SYBILLE BAECKER

Ausstieg rechts

Sybille Baecker wurde 1970 im Emsland geboren, studierte Betriebswirtschaft in Münster und Neu-Ulm und war mehrere Jahre als Pressereferentin eines Sportfachverbandes in Stuttgart tätig. Heute lebt und arbeitet sie als Schriftstellerin in Ammerbuch. Durch ihre Krimiserie mit dem Tübinger Kommissar und Whiskyfreund Andreas Brander wurde sie zur Fachfrau für »Whisky & Crime« – sodass auch ihre Lesungen immer wieder von Whiskyverkostungen begleitet werden.
www.sybille-baecker.de

SYBILLE BAECKER

Ausstieg rechts

Ein Baden-Württemberg-Krimi

Silberburg-Verlag

FÜR FRANK

1. Auflage 2017

Umschlaggestaltung:
Christoph Wöhler, Tübingen.
Coverfoto: © erwo1 – iStockphoto.
Lektorat: Michael Raffel, Tübingen.
Druck: CPI books, Leck.
Printed in Germany.

ISBN 978-3-8425-2057-8

Es ist einfacher, jemanden zu hassen,
den man nicht kennt.

1

Donnerstag

»Kazmaier mein Name, Doktor Vitus Kazmaier. Ich möchte ein Verbrechen anzeigen.«

Kriminalhauptkommissar Andreas Brander saß an seinem Schreibtisch in der Polizeidirektion Esslingen, Kriminalinspektion 1, erste Etage, Fenster zum Hof. Er hatte sich dem Mann, der an der kurzen Seite seines Tisches auf dem Besucherstuhl saß, zugewandt. Die Hände lagen locker in Branders Schoß, die blauen Augen musterten sein Gegenüber aufmerksam. Er schätzte den Mann auf Anfang oder Mitte fünfzig. Kazmaier war knapp einen Meter achtzig groß, hager, der graue Anzug glänzte an Ellenbogen und Knien. Das schüttere Haar war, passend zum Anzug, grau und dünn, die Haut blass, vereinzelte Bartstoppeln zeugten von einer nachlässigen Rasur. Eine dezente, aber doch unangenehme Schweißnote ging von ihm aus. Wäre das Fenster nicht bereits geöffnet gewesen, hätte es Branders Kollegin Peppi innerhalb der ersten dreißig Sekunden nach Erscheinen des Mannes aufgerissen.

Peppi saß auf der anderen Seite des kleinen Büros, verschanzt hinter Tastatur und Monitor, und bemühte sich, flach zu atmen. Sie hatte eine empfindliche Nase. Ihre dunklen Locken hatte sie im Nacken zusammengebunden, aber einige widerspenstige Strähnen hatten sich wieder befreit.

Kazmaier sah vom Kommissar zu Peppi, dann zur geöffneten Bürotür in seinem Rücken und wieder zu Brander. Die hellgrauen Augen wollten nicht stillstehen. Dennoch, an diesem Mann war alles so unscheinbar, wie es unscheinbarer nicht sein konnte, ging es Brander durch den Kopf. Ein Mensch, den man nicht wahrnahm, abgesehen von seinem Schweißgeruch. Der war vermutlich dem Wetter geschuldet. Es war bald Mitte Oktober und heiß wie im Hochsommer, tagsüber stiegen die Temperaturen fast bis an die Dreißig-Grad-Marke. Der Anzug des Mannes war viel zu warm. Brander selbst trug an diesem Tag ein beiges T-Shirt mit einem nicht lesbaren hellen Schriftzug und Jeans.

»Könnten Sie die Tür bitte schließen?«, bat der Unscheinbare. Die Stimme des Mannes war ein eiliges Stakkato, leise und gehetzt. »Zu viele Menschen hier … Das lenkt ab. Konzentration. Konzentration ist wichtig.«

Brander, der näher zur Tür saß, stand auf und schloss sie. Dann kehrte er an seinen Platz zurück. »Was für ein Verbrechen möchten Sie denn zur Anzeige bringen?«

Kazmaier ließ sich einen Atemzug Zeit, bevor er eilig erklärte: »Es geht um ein Kapitalverbrechen. So nennen Sie das doch, nicht wahr? Kapitalverbrechen. Schwere Straftaten. Capitalis. Latein. Das Haupt betreffend. Eine Straftat, die einen Menschen den Kopf kosten kann. Früher … heute nicht mehr. Nicht mehr in Deutschland. In anderen Ländern schon. In Deutschland nur im übertragenen Sinne …«

Brander hob bremsend die Hand. »Herr Kazmaier. Was für ein Verbrechen möchten Sie melden?«

»Das sagte ich doch: ein Kapitalverbrechen.«

Brander lehnte sich zurück und verschränkte die Arme vor der Brust. Zu warm. Er löste sie wieder. Auf seiner Stirn bildeten sich ein paar Falten. »Sie sind also Zeuge der Tötung eines Menschen geworden?«

Vitus Kazmaiers Augen wurden rund. Der Blick hob sich schräg zur Decke und verharrte dort in unerwarteter Ruhe.

Brander sah ratlos zu Peppi. Was für einen schrägen Vogel hatten die Kollegen von der Wache ihnen da ins Büro gebracht? Als er sich wieder dem Besucher zuwandte, sah er die hellgrauen Augen auf sich gerichtet.

»Der Mensch muss also tot sein?«

»Wenn wir von einem Kapitalverbrechen sprechen, impliziert es das, ja«, schwafelte Brander. Aus den Augenwinkeln sah er Peppis Mundwinkel zucken.

Kazmaier blickte erneut konzentriert zur Decke, dann wieder zu Brander. »Ich muss gehen.«

»Sie wollten ein Kapitalverbrechen melden.«

»Ja … nein … ich bin mir nicht mehr sicher … muss darüber nachdenken.«

Brander beugte sich ein Stück näher zu seinem Gast. »Herr Kazmaier, worum geht es denn?«

»Nein.« Der Unscheinbare schüttelte energisch den Kopf. »Ich muss nachdenken.«

»Wenn Sie Zeuge eines Verbrechens wurden, egal ob Kapitalverbrechen oder ein anderes Vergehen, dann sollten Sie uns das sagen«, versuchte Brander, die Zweifel des Mannes zu zerstreuen. Anscheinend hatte er ja etwas gesehen, was ihm keine Ruhe ließ.

»Ich muss erst noch einmal nachdenken. Ich möchte nicht durch Ungenauigkeit Verwirrung stiften.«

Was tun? War Kazmaier einer dieser Leute, die überall Verdächtiges ahnten und die Polizei mit unsinnigen Aussagen davon abhielt, dort zu sein, wo sie gebraucht wurde? War er einer, der Ufos am Himmel entdeckte und mit Menschen sprach, die niemand anders sah außer er selbst? Oder hatte er tatsächlich etwas beobachtet? Noch wusste Brander zu wenig, um zu entscheiden, wen er vor sich hatte.

»Um was für ein Verbrechen handelt es sich? Was haben Sie beobachtet? Ist ein Mensch in Not? Braucht jemand Hilfe?«

Kazmaier sah ihn erstaunt an. »Das müssen Sie doch eher wissen als ich.«

»Wir sind nicht allwissend.« Brander lehnte sich wieder zurück. »Anscheinend haben Sie etwas beobachtet. Bitte verraten Sie uns, was. Wenn ein Mensch in Gefahr ist, sollten Sie uns das sagen.«

»Ich sagte doch bereits, ich muss nachdenken. Ich bin mir nicht sicher.«

»Worin sind Sie sich nicht sicher?«

»Ob es ein Kapitalverbrechen war, das ich gesehen habe.«

»Lassen Sie das doch uns entscheiden. Dafür sind wir da. Erzählen Sie uns einfach, was sie gesehen haben.«

»Es geht nicht. Es sind doch noch zu viele offene Parameter. Ich muss nachdenken.«

»Herr …«

»Rufen Sie mir bitte ein Taxi? Es ist zu hell … zu hell …« Kazmaier sprang auf.

Brander sah erneut zu Peppi. Die kratzte sich mit dem Zeigefinger über die Schläfe. Ihr Blick verriet, was sie dachte.

»Ich begleite Sie nach unten«, erklärte Brander und stand ebenfalls auf. »Peppi, lässt du Herrn Kazmaier bitte ein Taxi rufen?«

»Was war denn das jetzt für ’ne Nummer?«, fragte Peppi, als Brander wieder ins Büro zurückkehrte.

»Herr Kazmaier hat mir auf dem Weg nach unten noch die Bedeutung und Herkunft des Wortes Taxi erläutert. Herleitung von Taxameter. Griechisch. Gebührenmesser.

Taxieren. Der Preis ist festgelegt. Verstehen Sie?«, ahmte er den Telegrammstil des Mannes nach. Er setzte sich an seinen Schreibtisch und ließ grübelnd einen Kugelschreiber durch die Finger kreisen. Warum war dieser Mann zu ihnen gekommen? War dieser Unscheinbare einfach nur ein seltsamer Kauz? Jemand, dem ein zu hoher IQ den Verstand geraubt hatte? Oder hatte er tatsächlich etwas beobachtet?

»Haben wir irgendetwas über diesen Kazmaier?«, fragte Brander seine Kollegin und startete dann selbst eine Personenabfrage. Vitus Kazmaier. Nichts.

»Wenn du mich fragst: Dem bekommt die Hitzewelle nicht.« Peppi blies sich eine Strähne aus der Stirn.

Brander wollte den Besuch dennoch nicht auf sich beruhen lassen. »Gab es in den letzten Tagen irgendeinen Vorfall, für den wir Zeugen suchen? Einen Unfall? Eine Schlägerei?«

Sie durchforsteten die aktuellen Meldungen. Peppi war schneller mit ihrer Zusammenfassung: »Beim Dick gab's letzten Samstag auf dem Parkplatz eine Prügelei zwischen ein paar Betrunkenen, keine ernsthaften Verletzungen. Dann habe ich noch zwei Fälle von häuslichen Streitigkeiten gestern und Montagnacht … ein schwerer Verkehrsunfall auf den Fildern am Dienstag … Ladendiebstahl können wir ausschließen, oder?«

»Hmm.« Brander rieb sich über das unrasierte Kinn. Cecilia würde sich am Abend beschweren, wenn er ihr einen Begrüßungskuss gab. Nach zwei rasurfreien Tagen waren die kurzen Stoppeln hart und borstig.

»Oh, hier, kam ganz frisch rein, Meldung vom Revier: Leichenfund in Esslingen, Maienwalterstraße. Todesursache ungeklärt. Kriminalpolizei angefordert.« Peppi sah breit grinsend auf. »Das sind wir. Mutmaßlich ein Kapitalverbrechen: Capitalus, das Haupt betreffend.« Sie zog die Handkante in einer schnellen Bewegung am Hals vorbei.

Exakt diesen Moment nutzte Käpten Huc – Inspektionsleiter Kriminaloberrat Hans Ulrich Clewer – zum Eintritt ins Büro der Kommissare. »Capita-lis, nicht Capitalus, Frau Pachatourides. Capitis damnare – zum Tode verurteilen. Wen möchten Sie einen Kopf kürzer machen?«

Peppi räusperte sich. »Och, da gibt's einige. Möchten Sie eine Liste?«

»Bei Gelegenheit gern.« Für eine Millisekunde huschte ein Lächeln über das wettergegerbte Gesicht des Achtundfünfzigjährigen. Clewer war leidenschaftlicher Bergsteiger, drahtig, gewissenhaft und zielorientiert. Er wandte sich an Brander. »In einer Wohnung in der Maienwalterstraße gab es einen Leichenfund. Opfer weiblich, Todesursache unbekannt. Es ist nicht sicher, ob es sich um ein Tötungsdelikt handelt. Die Kriminaltechniker sind bereits vor Ort. Fahren Sie bitte hin und machen Sie sich ein Bild vom Geschehen. Ein Marcel Schweikhard ist Mieter der Wohnung. Er wurde bisher nicht von den Kollegen vor Ort angetroffen.«

Brander sah verstohlen auf die Uhr an seinem Monitor. Kurz nach drei. Nix war's mit pünktlich Feierabend.

* * *

Zahlreiche Dienstfahrzeuge parkten vor dem nicht mehr ganz so taufrischen, mehrstöckigen Haus. Der einst weiße Putz war von Abgasen ergraut und rissig. Ein Leichenwagen wartete am Straßenrand auf seinen Einsatz. Auf dem Fußweg und dem Hof hatten sich zahlreiche Schaulustige eingefunden. Brander entdeckte zwei Pressefotografen – BILD und die Regionalzeitung, vermutete er –, die darauf warteten, ein Foto vom aus dem Haus getragenen Sarg schießen zu können. Männer in weißen Schutzanzügen hatten sie vermutlich schon zur Genüge im Kasten. An der Haustür standen zwei Beamte, die dazu verdonnert worden waren, nur Hausbewohnern und Menschen mit Dienstausweis Zutritt zu gewähren.

»Die Wohnung ist ganz oben rechts, direkt unterm Dach«, erfuhren Brander und Peppi von einem der Uniformierten.

Einen Fahrstuhl gab es nicht, und die Luft schien von Etage zu Etage stickiger zu werden. Als sie das Dachgeschoss erreichten, raubte der Gestank ihnen den Atem. Faulig, vergoren, verwest. Peppi wischte sich murrend mit einem Taschentuch den Schweiß von der Stirn.

Ein rot-weißes Absperrband verwehrte den Zutritt zum Ort des Geschehens. Zudem war ein Beamter als Wachposten aufgestellt worden. Die Wohnungstür war verschlossen. Ein zweiter Mann stand in einer Ecke und gehörte definitiv nicht zur Truppe. Er war klein, und Brander kam der Vergleich mit einer Kegelrobbe in den Sinn. Ein kleiner Kopf saß halslos auf einem mächtigen Körper, der von den breiten Schultern abwärts weit ausladend und zu den Beinen wieder schmaler wurde. Die kurzen, dicken Oberschenkel mündeten in schmale Knie, darunter stramme Waden. Die konnte Brander sehen, da der Mann eine halblange, schlammfarbene Cargohose trug, die mittels Hosenträgern davon abgehalten wurde, der Schwerkraft zu folgen. Es gab keine Taille, an der ein Bund hätte Halt finden können.

Brander wandte seine Aufmerksamkeit wieder der Wohnung zu. Er stellte sich dem Beamten vor und rief, statt zu klopfen, laut »Freddy!« durch die verschlossene Tür.

Er musste sich einen Moment lang gedulden, bis der Kriminaltechniker Manfred Tropper, gekleidet in einen weißen Unisex-Overall, erschien. Overalls waren diesen – oder war es schon im letzten? – Sommer in der Frauenmode *in*, hatte er von Peppi erfahren, die sich jedoch weigerte, so ein Kleidungsstück zu tragen. Ihrer Meinung nach gab es nichts Unpraktischeres als einen Overall, worin Brander ihr Recht gab.

Manfred Tropper war vor wenigen Monaten von der Tübinger Dienststelle nach Esslingen abkommandiert worden. Der hagere Mann war Mitte fünfzig, geschieden und wohnte unter der Woche zur Untermiete bei einem Esslinger Kollegen. Das ersparte ihm die tägliche Fahrerei von Tübingen nach Esslingen.

»Kann ich reinkommen?«

Tropper musterte ihn missbilligend. »Zieh dir erst mal was Hübsches an.«

»Muss das sein?«

»Ja.«

»Lohnt es sich?«

»Ich hab keine Zeit für Diskussionen. Entweder so, oder du geduldest dich, bis wir hier fertig sind.«

Missmutig sah Brander den Kriminaltechniker an. Schweißtropfen hingen Tropper in den Augenbrauen. Sie hatten sicherlich die Fenster nicht geöffnet, um die Spurenlage nicht zu verändern. Eine Dachgeschosswohnung bei sommerlichen Temperaturen mit einer – dem Geruch nach – Leiche in fortgeschrittenem Verwesungsstadium. Es gab schönere Seiten an seinem Job.

»Bin gleich wieder da.« Seufzend wandte sich Brander ab. Peppi lehnte an der Wand gegenüber, die Arme verschränkt, und lächelte gequält. »Reicht doch, wenn du gehst, oder?«

»Nix da, Kollegin. Zwei Augen sehen mehr als vier. Du kommst mit.«

»Vier sehen mehr als zwei.«

»Was?«

»Vergiss es.«

Nachdem sie sich dem Dresscode unterworfen hatten, gewährte Tropper ihnen Zutritt zur Wohnung. Von der Tür gelangten sie direkt in einen Raum, der Wohn- und Schlafzimmer in einem war. Ein schmaler Pfad war notdürftig markiert worden. An einer Wandseite führte eine türlose Öffnung in eine maximal zwei Quadratmeter große Mini-Küche. Daneben gab es einen weiteren Raum, dessen Tür halb geöffnet war – das Badezimmer. Doch allein der erste Raum forderte die gesamte Aufmerksamkeit der Kommissare. Vor ihnen lag ein Bild der Verwüstung: Die Wände waren mit Farbe beschmiert, Kissen aufgeschlitzt, Zeitungen zerrissen, Geschirr zerschmettert, der Fernseher zertrümmert, ein Sessel umgestürzt. Und über allem lag ein entsetzlicher Gestank. Die Leiche … aber da war noch etwas anderes.

»Urin«, erklärte Tropper. »Jemand hat auf das Sofa gepinkelt. Die Tote liegt im Bad. Eine Frau … oder eher noch ein Mädchen, vermutlich zwischen fünfzehn und maximal zwanzig Jahren alt. Sie liegt da nicht erst seit heute.«

»Dachte ich mir schon.« Brander versuchte, seine Atmung auf ein Minimum zu reduzieren. Der Schweiß war ihm bereits aus allen Poren getreten und verursachte ein unangenehmes Kribbeln auf der Haut. Er war versucht, die Kapuze in den Nacken zu schieben. Er hatte eine Glatze und würde sicher keine verdächtigen Haare zurücklassen. Aber Tropper würde ihn dennoch lynchen. Also ließ er die Kapuze, wo sie war.

»Todesursache?«, fragte er stattdessen.

Tropper hob beide Hände. »Bin ich Maggie?«

»Habt ihr die Rechtsmedizin informiert?«

»Heut ist da nichts mehr zu machen. Maggie versucht's morgen. Ich hab ihr versprochen, dass du dabei bist.« Tropper grinste boshaft.

»Danke.«

»Keine Ursache.«

»Wissen wir schon, wer die Frau ist?«

»Ich weiß es nicht. Du?«

Brander verdrehte die Augen. »Handtasche? Handy? Papiere?«

»Ein Smartphone, Akku leer, lag auf dem Wohnzimmertisch. Wir wissen nicht, ob es ihres ist. Keine Handtasche, keine Papiere.«

»Können wir mal einen Blick auf die Tote werfen?«

Tropper deutete mit einladender Geste auf das Badezimmer. »Und nicht vom Pfad abkommen.«

Brander ging die paar Schritte und blieb an der Türschwelle stehen. Es war eng in dem Badezimmer. Waschbecken links, WC rechts, die Badewanne unter der Dachschräge vor ihm. Das kleine Dachfenster war geschlossen. Die Luft verursachte mit jedem Atemzug mehr Übelkeit. Das Mädchen lag auf dem Boden, seitlich, den Körper zusammengekrümmt. Sie war bekleidet: knielanger Rock, der leicht verdreht und teilweise hochgerutscht war, T-Shirt, darüber eine leichte Sweatjacke, deren Ärmel zu den Ellenbogen hochgeschoben waren, Leinenschuhe. An den unbekleideten Stellen zeichnete sich das Venennetz deutlich unter der fast durchsichtig scheinenden Haut ab. Maden und Schmeißfliegen hatten die Leiche in Beschlag genommen. Der Duschvorhang war herabgerissen und lag zusammengerafft in der Ecke.

»Sieht nicht nach einem natürlichen Tod aus, oder?« Brander versuchte, das Bild in sich aufzunehmen, ohne es zu nah an sich heranzulassen. Es gab keine offensichtlichen Stich- oder Schussverletzungen, keine Blutlache. Es lag wohl an dem Chaos um sie herum, dass es nicht nach einem natürlichen Tod aussah.

»Könnte ein Schwächeanfall gewesen sein, oder ein Herzinfarkt«, erwiderte Tropper.

»Bisschen jung für einen Herzinfarkt.«

»Drogen, herzkrank, Leistungssportlerin …«

Brander bedachte den Kollegen mit einem skeptischen Seitenblick und wandte sich ab. Diesen Gestank würde er in den nächsten Tagen nicht aus der Nase bekommen. Egal, was Tropper der Rechtsmedizinerin gesagt hatte, er würde jemand anderes zur Obduktion schicken. »Wie lange ist sie schon tot?«

»Minimum drei Tage«, schätzte Tropper. »Vermutlich länger.«

»Und wie …?«

Der Kriminaltechniker hob abwehrend die Hände. »Ich kann's dir nicht sagen. Wir haben ja kaum mit der Leichenschau begonnen.«

»Freddy, du bist doch ein erfahrener Kripomann. Was sagt dir deine Intuition?«

»Sie hat Verletzungen, aber ob die durch Fremdeinwirkung entstanden sind oder ob sie sich die bei einem Sturz zugezogen hat, weiß ich nicht. Einige Verletzungen scheinen schon älteren Datums zu sein. Im Moment können wir nichts ausschließen – erstickt, erwürgt, erschlagen oder doch ein Herzinfarkt. Ich weiß es wirklich nicht.«

»Einigen wir uns auf Herzinfarkt.«

»Okay, sagst du es Maggie, oder ich?«

»Du. Natürlicher Tod – ich bin raus aus der Nummer.« Brander grinste halbherzig. Der Anblick des toten Mädchens hatte ihn unangenehm berührt, hatte ihn an jemanden erinnert, den er gut kannte, sehr gut kannte. Er zog mit dem Arm einen Kreis durch den Raum. »Um die Randale hier können sich andere kümmern.«

»Sie spielt Geige«, kam es aus einer Ecke des Wohnraums. Peppi hatte sich über einen Kasten gebeugt und deutete auf das Instrument, dessen Hals gebrochen war.

»Muss nicht ihre Geige sein. Käpten Huc sagte, Wohnungsmieter ist ein Marcel Schweikhard«, erinnerte Brander die Kollegin. Er warf einen genaueren Blick auf die Schmierereien an den Wänden. Jemand hatte mit schwarzer Farbe Symbole und Zahlen kreuz und quer über Tapete, Bilder und Möbel gesprüht. Moderne Kunst sah anders aus.

Auf einem Regalbrett standen ein paar Bücher, auf dem Boden davor lag ein herabgestürztes Exemplar. Eine Heß-Biografie.

»Interessante Lektüre«, murmelt Brander. Er wandte sich wieder Tropper zu. »Gibt es Einbruchspuren?«

»Nichts Offensichtliches. Es gibt ein paar Kratzer an der Tür, aber die sehen schon älter aus.«

»Wer hat die Tote gefunden?«

»Soweit ich weiß, zwei Kollegen vom Revier. Der Hausmeister hatte sie gerufen wegen des Gestanks.«

»Sind die noch da?«

»Sag mal, steht auf meiner Stirn *Auskunft*? Keine Ahnung. Wie wäre es, wenn du jetzt mal aufhörst, unseren Leichenfundort zu kontaminieren, und mit deiner Arbeit beginnst? Draußen, vor der Tür.«

»Nichts lieber als das.« Brander grinste den Kollegen an, dieses Mal etwas lockerer. »Ich erwarte deinen Bericht.«

»Du mich auch.« Tropper hatte sich bereits wieder seiner Arbeit zugewandt.

Die Kegelrobbe stand noch immer im Treppenhaus und beobachtete mit Argusaugen das Geschehen – obwohl eigentlich nichts geschah. Brander entschied, dass dies der Hausmeister sein musste, und ging auf ihn zu.

»Facilitymanager«, wurde er umgehend korrigiert. »Ja, das bin ich, Ottmar Beyer. Ich habe ja gleich gewusst, dass da was nicht stimmt. Der Gestank … das war ja fürchterlich. Da konnte ich ja gar nicht anders. Ich habe gleich Ihre Kollegen angerufen. Den Herrn Schweikhard, das ist der Mieter, so heißt der, Marcel Schweikhard. Also, den Herrn Schweikhard, den habe ich schon ein paar Tage nimmer gesehen. Da macht man sich ja schon irgendwann so seine Gedanken, vor allem mit dem Gestank. Würde ja jeder andere auch machen, sich Gedanken machen, meine ich. Oder nicht? Und die Nachbarn waren auch schon ganz narret. Schlimm genug, die Affenhitze – jetzt, im Oktober, aber dazu der Gestank. Der zieht durchs ganze Treppenhaus. Als würde man auf einer Müllkippe leben. Aber, ich kann da ja nicht einfach reingehen. Weiß man ja nicht, was da los ist, nicht wahr? Da hab ich gedacht, ich ruf mal lieber die Herren, also die Damen und Herren von der Polizei. Ich hab ja auch meine Vorschriften.«

Brander ertappte sich dabei, dass er dem Redeschwall des Facilitymanagers nur mit halbem Ohr zuhörte. Die Luft war zu stickig, um sich konzentrieren zu können. Er rieb sich über die Stirn. T-Shirt und Jeans klebten an seinem Körper. »Lebt Herr Schweikhard mit einer Freundin zusammen?«

»Nicht, dass ich wüsste. Da geht immer mal wieder wer ein und aus. Meistens allerdings irgendwelche Kerle. So Jungsche halt. Grüßen immer freundlich …«

»Herr Schweikhard lebt allein?«

»Ja«, erwiderte Beyer zögernd, kleine Schweißperlen glitzerten auf seiner Oberlippe. »Seine Schwester kommt manchmal an den Wochenenden. Die hab ich aber auch schon länger nimmer gesehen.« Er rieb verstohlen mit den Handflächen über die breite Hüfte. »Ist das denn der Herr Schweikhard, da in der Wohnung?«

»Wissen Sie, wie die Schwester heißt?«

Beyer schob grübelnd die Unterlippe vor. »Demi oder Denise oder irgendwie so was. Ich hab mit denen nicht viel zum Schaffen gehabt.«

»Und wie alt ist Demi oder Denise?«

Beyer zuckte die Achseln. »'n junges Ding.«

Ein junges Ding. Das Bild der Toten schob sich wieder vor Branders Auge. »Gab es andere weibliche Besucher?«

»Ha ja, schon … Letzte Woche, da war eine da, die hat ihn gesucht. So eine Dunkelhaarige. Ein hübsches Mädle, hab ich noch gedacht, was hat die mit einem wie dem Schweikhard zu schaffen. Der ist ja …«

»Hat dieses Mädle einen Namen?« Das Geschwätz der Facility-Kegelrobbe ging Brander auf die Nerven.

»Ja, aber den weiß ich nicht. Die hat mich gefragt, wann der Herr Schweikhard nach Haus käme. Ich hab draußen gekehrt, da kam sie. Aber da frag ich ja nicht gleich nach der ihrem Namen. Die wollte ja zum Herrn Schweikhard und nicht zu mir, ne.«

»Kennen Sie Namen von irgendwelchen Freundinnen von Herrn Schweikhard?«

»Na, so viele waren das nicht. Aber, wissen Sie, ich glaube, der wollte auch keinen Kontakt. Der wohnt hier, grüßt schon mal, aber schwätzen tut der nicht mit einem. Na ja, hilfsbereit isser, das muss man schon sagen. Der hält mal die Tür auf, oder der Frau Gastl, die wohnt im dritten, direkt unter ihm, die ist schon bald achtzig, da tut er mal die Einkäufe rauftragen. Das macht der schon, da isser …«

»Sie haben Markus Schweik…«

»Marcel«, korrigierte Peppi.

»Danke, ja. Sie haben Marcel Schweikhard in den letzten Tagen nicht gesehen?«

»Ja, nee, also, nee …«

»Wann zuletzt?«

Die Kegelrobbe stieß die Luft aus den Lungen, ließ die Lippen dabei vibrieren. Die kleinen Schweißperlen stoben davon. Brander zuckte unwillkürlich mit dem Kopf zurück.

»Das weiß ich nimmer. Letzte Woche vielleicht.«

»Wissen Sie, wo wir Herrn Schweikhard finden könnten? Wo er arbeitet?«

»Nee, ich sag doch, der schwätzt mit niemandem.«

»Haben Sie irgendwelche Kontaktdaten, wo Sie ihn erreichen können? Eine Handynummer?« Brander deutete mit dem Kopf zur Wohnungstür. »Falls mal irgendwas ist …«

»Da müsste ich mal unten nachgucken. Ich hab da einen Ordner mit so Sachen. Irgendwo ist bestimmt 'ne Nummer hinterlegt.«

»Das heißt, Sie haben nicht versucht, ihn telefonisch zu erreichen?«

Kurz mischte sich Unsicherheit in Beyers Blick. »Hätte ich das tun sollen?«

»Na ja, bei dem Gestank wäre es sicherlich einen Versuch wert gewesen.«

Der Mann senkte den Blick. Die Aufdeckung seines Versäumnisses war ihm sichtlich unangenehm.

»Sie haben also nicht versucht, Herrn Schweikhard in den letzten Tagen zu erreichen?«

Beyer murmelte ein undeutliches »Nein«.

»Ist Ihnen sonst irgendjemand aufgefallen, der in den letzten Tagen in der Wohnung war?«

»Nein, ich bin ja nicht der Pförtner, der jeden überwacht, der hier kommt und geht.« Der Hausmeister hob die Augenlider, versuchte, seine Facilitymanager-Ehre wieder herzustellen. »Ich kümmer mich darum, dass alles in Ordnung und sauber ist. Ich mach die Kehrwoche, ich räum den Schnee und kümmer mich um den Müll. Aber was die Leut machen, das geht mich nichts an.«

Aber du beobachtest doch trotzdem ganz genau, wer hier ein- und ausgeht, dachte Brander bei sich und schalt sich sogleich für seine Vorurteile. Nicht jeder Facilitymanager saß mit Kissen unterm Ellenbogen am Küchenfenster, hörte SWR4 und führte eine Strichliste über die Gäste des Hauses. Nach viel Bewegung sah Herr Beyer allerdings nicht aus.

»Gibt es sonst etwas, was Ihnen in den letzten Tagen aufgefallen ist?«

Der Mann schürzte wieder die Lippen. Ein Schnauzbart würde ihm gut zu Gesicht stehen, kam Brander in den Sinn, er würde den Kegelrobben-Eindruck positiv verstärken.

»Am Wochenende musses wohl mal laut gewesen sein. Das hat mir die Frau Habring gesagt, beschwert hat sie sich. Ich war ja nicht da. Ich war zwei Tage bei meiner Schwester, oben, auf der Ostalb. So oft sehe ich meine Schwester da nicht. Sonntagabend stand die Frau Habring dann gleich vor meiner Tür. So ein Krach, hat sie sich beschwert, sie hätt nicht schlafen können. Kein Auge hätt sie zugetan. Ich bin dann rauf und wollt dem Herrn Schweikhard Bescheid geben. Der wohnt ja nicht allein hier im Haus, da muss man Rücksicht nehmen. Aber der war nicht da … Er hat jedenfalls nicht aufgemacht.«

»Die Frau Habring wohnt wo?«

Beyer deutete auf die Tür gegenüber von Schweikhards Wohnung. »Die ist aber nicht da. Ich sag Ihnen, die würd 'nen Herzinfarkt kriegen, bei dem, was hier heute los ist!«

»Wo ist Frau Habring?«

»In Kur. Am Dienstag isse los. Die kommt in drei oder vier Wochen wieder.«

»Und wann hat sie den Lärm gehört?«

Beyer hob die Schultern, sodass der Kopf in Ermangelung eines Halses dazwischen versank. »Freitag- oder Samstagnacht muss das gewesen sein. Wie gesagt, ich war bei meiner Schwester. Bin Freitagnachmittag weg und Sonntagabend zurück.«

Das vergangene Wochenende. Dem Zustand der Toten nach könnte das auch gut der Tatzeitpunkt gewesen sein. Brander warf einen Blick hinunter ins Treppenhaus »Wie viele Parteien wohnen in diesem Haus?«

»Wohnungen sind's elf. Drei in jeder Etage und zwei unterm Dach.«

Brander sah erneut die Stufen hinunter. Sie würden nicht umhinkommen, sämtliche Mieter zu befragen. »Wenn Sie mir dann noch die Kontaktdaten von Herrn Schweikhard geben könnten?«

Sie waren in Beyers Erdgeschosswohnung hinuntergegangen. Es lag tatsächlich ein Kissen auf der Küchenfensterbank, Blick auf den Fußweg, der vom Hof zur Haustür führte, stellte Brander fest. Beyer gab ihm Schweikhards Handynummer. Branders Anruf wurde sofort auf die Mailbox umgeleitet.

Er verließ mit Peppi die Hausmeister-Suite. Während Peppi mit zwei Polizeibeamten sprach, forderte Brander telefonisch die Kollegen Fabio Esposito und Peter Sänger an.

»Andi, no … bitte«, protestierte Fabio. »Ich habe meiner Großen versprochen, sie vom Ballett abzuholen.«

»Kann sie nicht allein …«

»Sie ist sieben! Eine kleine Bambina! Was denkst du!«

»Dann sag Peter, er soll sich einen Kollegen suchen und herkommen.«

»Nun ja …«, druckste Fabio herum. »Peter ist gerade eben zur Tür raus.«

»Eine rauchen?«

»Ähm … no.«

»Wollt ihr mich ver…?« Sein Fluch wurde von einem lauten »Herr Kommissar!« unterbrochen. Brander hob den Blick, sah den Hausmeister aus dem geöffneten Fenster schräg über ihm winken. Er deutete mit den Arm über den Fußweg Richtung Hof. »Da isser doch!«

Ist wer?, lag Brander auf der Zunge. Er sah zur Seite, entdeckte einen jungen Mann, der im Hof stand. Im selben Moment trafen sich ihre Blicke. Der Mann stürmte davon.

Marcel Schweikhard.

»Peppi!« Brander drückte das Gespräch weg und rannte hinterher. Peppi spurtete ebenfalls los. Sie rannten den Weg zum Hof hinunter. Während Peppi rechts über den Platz zur Straße lief, hechtete Brander durch eine Hecke. Er landete auf einem Fußweg. Rechts eine Unterführung, links ging es durch die Siedlung. Keine Spur von Schweikhard. Eilig scannte Brander die Umgebung. Der Erdboden hatte den Mann verschluckt. Er hatte Heimvorteil. Peppi kam von der Straße zu ihm, zwei Beamte im Gefolge.

»Und?«

»Geht ihr zwei rechts. Sie kommen mit mir.« Brander trabte den von Büschen und Hecken gesäumten Weg hinauf. Dahinter verbargen sich Wohnhäuser, parallel verlief auf der anderen Seite die Straße. Bei einem Spielplatz blieben sie stehen. Zwecklos, zu viert weiterzusuchen. Es gab zu viele Möglichkeiten. Branders Handy klingelte. Fabio.

»Du warst plötzlich weg.«

»Gib Käpten Huc Bescheid. Wir brauchen eine Fahndung nach Marcel Schweikhard, wohnhaft Maienwalterstraße. Da auch zuletzt gesehen.«

»Beschreibung?«

»Anfang, Mitte zwanzig, zwischen eins achtzig und eins neunzig groß, kurzgeschorene Haare. Mehr hab ich nicht.« Trug er Jeansjacke? T-Shirt? Hoodie? Brander hätte es nicht sagen können. Der Anblick war zu kurz, zu unerwartet gewesen. Wohin war der junge Mann so schnell verschwunden?

* * *

Sie saßen um einen kleinen Nierentisch herum, in kleinen bunten Sesseln im Büro des Kriminaloberrats. Hans Ulrich Clewer hatte Mineralwasser in Gläser gefüllt. Ein Ventilator – wie die Sitzgarnitur aus privaten Beständen – sorgte, wenn nicht für kalte Luft, doch zumindest für etwas Zirkulation.

»Die Staatsanwaltschaft habe ich informiert. Die Fahndung nach Marcel Schweikhard läuft. Wo setzen wir an?« Clewer lehnte sich zurück. Er hatte die Ärmel seines Hemdes hochgekrempelt, die braungebrannten, sehnigen Bergsteigerarme ruhten auf den Sessellehnen, die Augen wanderten aufmerksam zwischen Brander und Peppi hin und her.

Brander zupfte an seinem verschwitzten T-Shirt. Ein Duftgemisch aus eigenem Schweiß, gepaart mit dem fauligen Geruch aus Schweikhards Wohnung, hing ihm in der Nase. Das Bild des toten Mädchens ging ihm nicht aus dem Kopf. Und noch immer war er sich nicht im Klaren, wie er zu Hans Ulrich Clewer stand. Er schätzte die Geradlinigkeit und Verlässlichkeit des Inspektionsleiters. Clewer stand für seine Leute ein, und auch wenn sie nicht immer einer Meinung waren, schätzte er Branders Arbeit. Aber Clewer wollte auch stets informiert sein, über alles – und das zeitnah.

»Die Tote konnte noch nicht identifiziert werden«, begann Brander.

»Wann ist die Obduktion angesetzt?«, unterbrach Clewer.

»Morgen früh. Neun Uhr in Tübingen. Manfred Tropper und ich werden zugegen sein.«

Peppi warf Brander einen irritierten Blick zu. »Zugegen sein« – so drückte er sich doch sonst nicht aus!

»Zwei Kollegen machen eine erste Anwohnerbefragung«, fuhr Brander fort. »Am vergangenen Wochenende muss es laut Aussage des Hausmeisters …«

»Facilitymanagers«, korrigierte Peppi.

»… relativ laut in Schweikhards Wohnung gewesen sein. Da die Frau bereits mehrere Tage tot ist, könnte in dem Zeitraum vielleicht der Tatzeitpunkt liegen.«

»Irgendwelche Hinweise, wer die Tote sein könnte?«

»Nichts Konkretes. Laut Hausmeister …«

»Facilitymanager«, verbesserte Peppi erneut.

Brander warf seiner unschuldig lächelnden Kollegin einen genervten Blick zu. »Laut Facilitymanager kommt Schweikhards Schwester hin und wieder zu Besuch. Letzte Woche wollte wohl auch eine andere junge Frau zu ihm. Er konnte uns aber keine Namen nennen.«

»Also ein Familien- oder Beziehungsdrama?«

Brander hob die Schultern. »Nicht auszuschließen.«

Clewer stützte die Ellenbogen auf die Oberschenkel und tippte die Fingerspitzen aneinander. »Was wissen wir über Schweikhard? Warum rennt er davon?«

»Da können wir im Moment nur spekulieren.« Brander hätte lieber in seinem Büro gesessen und versucht, mit einer Skizze Ordnung in seine Gedanken zu bringen, anstatt dem Inspektionsleiter Rede und Antwort zu stehen.

»Er spielt Geige«, berichtete Peppi. »Vermutlich.«

Es klopfte, kurz darauf erschien Fabio Esposito in Clewers Büro. Der junge Italiener hielt ein Blatt in die Runde. »Ich habe ein wenig recherchiert. Schweikhard ist kein Unbekannter.«

»Immer her mit den guten Neuigkeiten. Setzen Sie sich. Wasser?« Ohne eine Antwort abzuwarten, füllte Clewer ein Glas.

»Danke, also …« Fabio lupfte die Hose an den Knien und setzte sich. »Marcel Schweikhard, dreiundzwanzig Jahre, ledig, vorbestraft. Ist schon ein paar Jahre her: Er wurde mit fünfzehn zu zehn Monaten Jugendstrafe verurteilt, zwei Jahre zur Bewährung ausgesetzt. Versuchter Totschlag.«

»Wie bitte?«, entfuhr es Peppi.

»Si, er hat einen Schulkameraden zusammengeschlagen. Details später, ich bin noch nicht dazu gekommen, alles zu lesen.«

»Und jetzt also eine Leiche in seiner Wohnung. Kein Wunder, dass der Fersengeld gegeben hat«, befand Peppi.

»Das muss kein Schuldeingeständnis sein«, warnte Brander vor einem Schnellschuss. »Warum taucht er ausgerechnet heute bei seiner Wohnung auf, wenn er doch anscheinend in den letzten Tagen nicht dort gewesen ist? Hast du noch mehr Infos?«

»Er kommt gebürtig aus Esslingen. Mit sechzehn Umzug nach Dußlingen.«

»Das ist doch bei Tübingen, oder?«, fragte Clewer.

»Ja, ein paar Kilometer südlich. Schweikhards Eltern sind da immer noch wohnhaft gemeldet.«

»In der Tübinger Region kennen Sie beide sich ja bestens aus. Herr Brander, Frau Pachatourides, fahren Sie bitte heute noch bei Familie Schweikhard vorbei. Vielleicht sucht der Sohnemann ja Schutz im Schoße der Familie. Sitzung der Ermittlungsgruppe morgen Mittag, wenn Sie von der Obduktion zurück sind.« Die letzten Worte waren direkt an Brander gerichtet. Er würde wohl nicht umhinkommen, tatsächlich den nächsten Vormittag in Margarete Sailers heiligen Untersuchungsräumen zu verbringen.

»Wovon gehen wir aus?«, grübelte Brander, während er den Wagen über die B27 lenkte. Da er in dieser Woche den Fahrdienst in ihrer Zweierfahrgemeinschaft hatte, übte Peppi sich in Geduld und Toleranz gegenüber Branders – wie sie es nannte – defensivem Fahrstil.

»Wie Käpten Huc gesagt hat, Beziehungstat«, schlug Peppi vor. »Du hast die Wohnung gesehen, da hat ein Kampf stattgefunden.«

»Findest du?«

»Na, aufgeräumt war es jedenfalls nicht.«

»Ich weiß nicht, ich finde, es sah eher nach mutwilliger Zerstörung aus.«

»Das eine schließt das andere nicht aus.«

»Stimmt auch wieder.«

Der stärkste abendliche Berufsverkehr war bereits vorüber, aber am Ortseingang Tübingen gab es dennoch einen Rückstau, und sie krochen im Schritttempo über die Bundesstraße Richtung Hechingen. Wenige Kilometer später kam die Ausfahrt nach Dußlingen.

»Ach, guck an, hier ist morgen Abend eine Krimilesung in der Mediothek, und dazu gibt's noch Musik«, stellte Peppi fest. »Sollen wir da mal hin und denen ein bisschen aus unserem Polizistenalltag erzählen?«

»Das will doch keiner hören. Dienstbesprechungen, Akten wälzen, tausend Mal dieselben Fragen stellen, und am Ende kommt der Täter mit 'ner Bewährungsstrafe davon. Die wollen Action oder zumindest was Skurriles, Unterhaltsames.«

»Apropos. Was ist mit unserem Kazmaier? Könnte der ein Zeuge sein? Der sagte doch, er hätte ein Kapitalverbrechen beobachtet.«

»Er ist aber kein Nachbar von Schweikhard«, wusste Brander. »Wohnt in 'ner ganz anderen Ecke von Esslingen.«

»Vielleicht war er bei Frau … wie hieß die Nachbarin? Häberle? Nee, warte … Ha-Dings … Habring zu Besuch?«

»Lad ihn doch morgen ein und befrag ihn.«

»Während du gemütlich mit Maggie beim zweiten Frühstück sitzt?«

»Sehr witzig.« Brander bog in eine Seitenstraße und parkte am Straßenrand vor einer hohen weißen Mauer. Er wandte sich zu seiner Kollegin um. »Sag mal, was muss ich tun, damit du für mich zur Obduktion gehst?«

Peppi sah ihn verschmitzt grinsend an. »Sterben.«

»Danke.« Brander wollte aussteigen, hielt aber noch einmal inne. »Warte mal. Wie hast du … das heißt … Du würdest allen Ernstes dabei sein, wenn man mich obduziert?«

Peppi schenkte ihm ein Lächeln, das alles bedeuten konnte, und stieg aus.

Familie Schweikhard hatte ihr Haus hinter einer hohen Mauer verschanzt. Eine Doppelgarage grenzte daran, eine schmiedeeiserne Tür gewährte nur willkommenen Gästen Zutritt zum Grundstück. Der Bau war noch nicht alt, fünf bis zehn Jahre, tippte Brander. Modern, geradlinig, nüchtern. Auch der kleine Vorgarten, den man durch die Gitterstäbe sah, schien geometrisch akkurat angelegt. Grüner Rasen, drumherum ein paar grüne Büsche. Blumen suchte man vergebens.

Ihr Klingeln wurde mit einem Kameralämpchen und von einer männlichen Stimme beantwortet. »Ja, bitte?«

»Kripo Esslingen. Kommissar Brander und Kommissarin Pachatourides, wir möchten mit Familie Schweikhard sprechen«, erklärte Brander durch die Gegensprechanlage.

Ohne weitere Fragen ertönte ein Summen, und die Tür sprang auf. Ein mit großen grauen Platten gepflasterter Weg führte zur Haustür, an der sie erwartet wurden: ein Mann, eine Frau, beide wenig älter als die Kommissare, vielleicht Anfang, Mitte fünfzig. Konservativ gekleidet. Er in Anzughose, kurzärmligem Hemd und mit gepflegtem Kurzhaarschnitt. Sie trug einen knielangen Rock und eine schlichte weiße Businessbluse. Bemerkenswert war ihre Dürre. Eine eckige, kantige Frau mit kurzen, graublonden Haaren.

»Hermann Schweikhard«, stellte sich der Herr des Hauses vor. »Meine Frau, Annegret. Worum geht es, bitte?«

Es war den beiden anzumerken, dass dies nicht der erste Kontakt zur Polizei war. Sie bemühten sich, den Beamten mit neutraler Sachlichkeit zu begegnen, waren dabei aber wachsam und auf Distanz bedacht.

»Sie sind die Eltern von Marcel Schweikhard?«

»Ja, er wohnt aber nicht mehr hier.« Eine nüchterne Information, die nicht erkennen ließ, welches Verhältnis Vater Schweikhard zu seinem Sohn hatte.

»Das wissen wir. Wir hätten dennoch ein paar Fragen. Könnten wir vielleicht einen Moment reinkommen?«

Durch einen hellen Flur gelangten sie in ein steriles Wohnzimmer. An den Wänden standen Schränke mit glatten Flächen, an denen Türgriffe fehlten. Mitten im Raum umrahmte eine graue Sitzgarnitur einen flachen Glastisch, auf dem eine große Schale mit einem Potpourri getrockneter Blumen den einzig matten Farbklecks im Raum bildete. Hermann Schweikhard setzte sich auf ein Sofa, während seine Frau vor einem Sideboard stehen blieb und Dinge gerade rückte, die bereits millimetergenau ausgerichtet waren.

»Worum geht es?«, fragte Schweikhard.

Es war still in dem Haus. Viel zu still, fand Brander. Er saß dem Mann gegenüber und suchte nach den richtigen Worten. Wo sollten sie ansetzen? Nach dem Chaos in Marcel Schweikhards Wohnung passte diese nüchterne Welt nicht in das Bild, das sich Brander von der Familie des Mannes gemacht hatte.

»Wir sind auf der Suche nach Ihrem Sohn.«

»Er ist nicht hier. Er wohnt in Esslingen.« Schweikhard sah von Peppi zu Brander. »Sie hätten anrufen und fragen können. Warum kommen Sie hierher?«

»Wann haben Sie Ihren Sohn zuletzt gesehen?«

»Das … Das ist schon eine Weile her.«

Der Begriff war dehnbar – eine Woche, ein Monat, ein Jahr? »Was bedeutet eine Weile?«

Hermann Schweikhard sah zu seiner Frau, die ihnen den Rücken zugewandt hatte, als ginge sie dieser Besuch nichts an. Er seufzte unentschlossen. »An Weihnachten vielleicht. Annegret, war es nicht so? War er nicht Weihnachten zuletzt hier?«

»Zwölfter Januar.« Sie wandte sich um, ihr Gesicht war verschlossen, die Augen hart. »Er war am zwölften Januar hier, um Denise abzuholen.«

Zwölfter Januar, das waren fast zehn Monate.

»Denise?«, fragte Brander.

»Unsere Tochter.«

»Warum können Sie sich so genau an das Datum erinnern?«

»Es war Denises achtzehnter Geburtstag.«

»Und Denise lebt seitdem bei ihrem Bruder?«

»Nein!« Annegret Schweikhard schüttelte energisch den Kopf. »Sie lebt bei uns. Sie geht noch zur Schule.«

»Ist sie zu Hause?«

»Was wollen Sie denn jetzt von Denise?«, fuhr sie Brander an. Zorn im Blick. Und Angst.

»Das heißt, Ihre Tochter ist nicht zu Hause?«, fragte Peppi.

Die Frau sah flüchtig zu ihrem Mann, eine Antwort gab keiner von beiden.

»Wo ist Ihre Tochter?«

Auch darauf gab es keine Antwort.

Peppi sah zu Brander. Was sollten sie von diesem Schweigen halten? Er ahnte, was in Peppis Kopf vor sich ging.

»Wann haben Sie Denise zuletzt gesehen?«, hakte sie nach.

Schweigen.

Das Schweigen in diesem gänzlich geräuschlosen Haus war erdrückend. Peppi nickte Brander zu. Mach du weiter. Sag du ihnen, worum es geht.

»Wir suchen Ihren Sohn«, erklärte Brander erneut. Er drängte sämtliche Emotionen zurück. Es war eine simple, sachliche Auskunft. Noch war ihr Verdacht nur eine vage Vermutung. Noch stand nicht fest, was tatsächlich in Esslingen geschehen war. »In seiner Wohnung wurde heute die Leiche einer jungen Frau gefunden. Sie konnte noch nicht identifiziert werden.«

Noch während er die Worte aussprach, wich sämtliche Farbe aus Annegret Schweikhards Gesicht. Sie wandte sich ab, stakste wortlos aus dem Zimmer, den Rücken aufrecht, den Blick geradeaus, mechanische Bewegungen, wie ein Roboter.

»Frau Schweikhard?«

Sie ging weiter, hatte kaum den Raum verlassen, da stürzte sie auf alle Viere und erbrach sich auf die Fliesen.

»Annegret …« Herrmann Schweikhard saß erstarrt auf dem Sofa, sah zu seiner Frau, die würgend am Boden kniete.

Peppi eilte zu ihr. »Andi, ruf einen Arzt.«

»Nein, keinen Arzt«, widersprach Frau Schweikhard keuchend. »Es geht schon wieder. Ich …« Sie richtete den Oberkörper langsam auf, um Fassung bemüht. »Ich mach das sauber … Entschuldigen Sie.«

»Es ist wohl besser, wenn Sie sich erst einmal hinsetzen.« Peppi wollte ihr aufhelfen, aber die Frau wehrte sie ab. Unsicher kam sie auf die Beine, schwankte durch den Flur, kam mit Eimer und Wischer wieder zurück.

»Frau Schweikhard«, versuchte es Peppi erneut.

Die Frau begann, das Erbrochene aufzuwischen.

»Annegret, lass doch …« Der Ehemann verstummte unter dem kalten Blick, den ihm seine Frau zuwarf.

Selbst Brander verspürte ein leichtes Frösteln. In diesem Haus war nicht erst vor fünf Minuten die Eiszeit ausgebrochen. »Frau Schweikhard, wann haben Sie Ihre Tochter zum letzten Mal gesehen?«

Sie wischte weiter den Boden. »Vor einer Woche? Ich weiß es nicht.«

»Vor einer Woche? Aber …«

»Sie ist volljährig!« Annegret Schweikhard stützte sich auf den Stiel des Wischers und sah zu Brander. »Was soll ich machen? Sie von der Polizei suchen lassen? Sie ist volljährig. Sie darf ihren Aufenthalt selbst bestimmen. Soll ich sie einsperren? Was? Sagen Sie es mir! Was soll ich tun?«

»Haben Sie sich keine Sorgen gemacht? Eine Woche … das ist eine lange Zeit.«

»Es ist nicht das erste Mal.«

»Haben Sie zwischendurch mal miteinander telefoniert?«

»Was geht Sie das an? Was geht Sie unser Leben an? Lassen Sie uns in Ruhe.« Erschöpfung mischte sich in die aufgebrachte Stimme. Sie stieß die Luft laut aus. »Lassen Sie uns doch endlich in Ruhe.«

»Das kann ich leider nicht«, erwiderte Brander ruhig. »In der Wohnung Ihres Sohnes wurde ein totes Mädchen gefunden. Ihr Sohn ist flüchtig.«

»Mein Sohn ist kein Mörder!«

Deswegen bist du auch gerade in die Knie gegangen und hast auf den Boden gekotzt, dachte Brander bei sich. »Das behauptet auch niemand. Dennoch müssen wir mit Ihrem Sohn dringend sprechen. Wo könnte er sein? Haben Sie Namen von Freunden? Gibt es Orte, wo er sich häufig aufhält? Könnte Ihre Tochter es wissen?«

»Wir können Ihnen nicht weiterhelfen.« Sie starrte unverwandt in Branders Richtung, aber ihr Blick ging durch ihn hindurch.

Was war mit dieser Frau? Wovor fürchtete sie sich? Brander hätte gern gewusst, wem Annegret Schweikhards Gedanken galten. Ihrer Tochter? Ihrem Sohn? Die Stille zog frostig kalt durch den Raum. Die Distanz zwischen den Eheleuten war greifbar.

»Wir benötigen aktuelle Fotos von Ihren Kindern. Und ich möchte das Zimmer Ihrer Tochter sehen.« Für seine zweite Forderung gab es eigentlich keine Veranlassung, außer der Möglichkeit, dass das tote Mädchen die Tochter des Hauses sein könnte.

Nachdem Annegret Schweikhard ihn weiterhin nur anstarrte, wandte er sich an ihren Mann. Der stützte schließlich die Hände auf die Oberschenkel und erhob sich. »Kommen Sie bitte mit.«

Das Bett war gemacht, aber den Rest des Zimmers beherrschte eine ertragbare Unordnung. Ein angenehmer Kontrast nach der Nüchternheit des Wohnzimmers. Kleidungsstücke lagen auf Schreibtisch und Stuhl, an den Wänden hingen Poster von Bands, die Brander nicht kannte. Grimmig blickten die Musiker in das Zimmer. Schminkutensilien lagen auf einem Nachttisch, es roch nach kaltem Rauch. Es war ein Mädchenzimmer – und doch wieder nicht. Es strahlte eine unterschwellige Aggressivität aus. Sie schien zwischen den Wänden zu vibrieren. Brander entdeckte einen bunten Plüschpapagei neben dem Kopfkissen. Er wirkte deplatziert, verloren. Fühlte sich Denise in diesem Haus auch so? Brander versuchte, sich vorzustellen, wie der Umgang der Schweikhards mit ihren Kindern war. Gab es Herzlichkeit? Lustige Abende mit Gesellschaftsspielen? Er wandte sich wieder der Wanddekoration zu. »Kennen Sie diese Bands?«

»Nein.«

Brander betrachtete eines der Poster genauer. Vier Personen waren abgebildet, drei dunkel gekleidet mit Masken vor den Gesichtern, der vierte, im Zentrum der Gruppe, glatzköpfig, mit Sonnenbrille, Bart; der nackte, muskulöse Oberkörper war tätowiert. Die Rockbands, die Brander kannte, trugen keine Masken. Er entdeckte ein zweites Bild der Band, es war ein vergrößertes Foto von einem Konzert. Rücken und Hinterköpfe einiger anderer Konzertbesucher waren mit darauf. Das Hakenkreuz im Nacken eines Mannes ließ nichts Gutes vermuten.

»Was für einen Umgang hat Ihre Tochter?«

Schweikhard zuckte die Achseln. »Sie ist oft bei Marcel und seinen Freunden. Die beiden stehen sich sehr nahe.«

»Kennen Sie Marcels Freunde? Wir brauchen Namen, Kontaktdaten …«

»Denise hat manchmal von einem Robin gesprochen.«

»Robin – und wie weiter?«

Schweikhard hob erneut die Schultern. »Tut mir leid …«

»Fallen Ihnen andere Freunde Ihrer Kinder ein?«

»Nein. Ich … wir kennen Marcels Freunde nicht.«

Wenn es Männer waren wie auf diesen Postern, passten sie auch nicht in dieses glattpolierte Haus. »Gibt es Verwandte, bei denen Denise oder Marcel sein könnten?«

Der Mann senkte den Blick. »Sicher nicht.«

»Warum nicht?«

»Meine Eltern und meine Schwester mit ihrer Familie leben in Lindau. Annegrets Verwandtschaft lebt in Erlangen. Das ist zu weit weg.«

Das war sicher nicht der Grund, ahnte Brander. »Ich brauche dennoch Adressen und Telefonnummern.«

»Sie werden Denise oder Marcel dort nicht finden.«

»Das mag sein. Ich bitte Sie dennoch, mir diese Informationen zu geben.« Brander musterte den Mann vor sich. Ein gestandener Managertyp, dessen Karrieretipps bei seinen Kindern anscheinend versagt hatten. »Herr Schweikhard, was für eine Beziehung haben Sie zu Ihren Kindern? Ich meine, Ihre Tochter bleibt einfach eine Woche weg, und Sie machen sich keine Sorgen?«

»Natürlich mache ich … machen wir uns Sorgen. Aber Denise ist ein sehr schwieriges Mädchen. Sie wissen nicht, wie das ist, mit so einem rebellischen Kind zurechtkommen zu müssen.«

Oh, doch, das wusste Brander ziemlich genau. Unwillkürlich sah er die tote Frau in dem Badezimmer am Boden liegen, und gleichzeitig sah er Nathalie vor sich. Ein verzweifelter, wütender Wildfang, der ihn schon manche Stunde Schlaf gekostet hatte. Doch in ihr Leben war Ruhe eingekehrt. Hier in diesem Zimmer schien er eine ähnliche Verlorenheit zu spüren, wie er sie damals bei Nathalie wahrgenommen hatte. Oder bildete er sich das nur ein?

»Hat Ihre Tochter ein Handy?«

»Ja.«

»Haben Sie mal versucht, sie zu erreichen?«

»Ja, aber … sie geht selten ran, wenn wir anrufen.«

»Ich brauche die Nummer. Haben Sie vielleicht doch irgendeine Idee, wo wir Marcel finden könnten?«

Schweikhard schüttelte den Kopf.

Brander ließ den Blick noch einmal durch das Zimmer schweifen. »Haben Sie ein Foto von Denise und Marcel?«

Der Mann ging an Brander vorbei zum Bett seiner Tochter, zog eine Schublade des Nachttisches auf und entnahm ein Foto. »Das sind sie vor ungefähr einem Jahr.«

Brander betrachtete das Bild. Das Mädchen war etwas kleiner als ihr Bruder, dunkelblondes, langes, glattes Haar, schmale Lippen, dezent geschminkt. Eine hübsche junge Frau. Marcel wirkte älter, als er war. Er hatte herbe, ernste Gesichtszüge, die Haare waren auf wenige Millimeter kurzgeschoren. Beide grinsten in die Kamera. Ein Selfie, man sah nur die Gesichter, wenig vom Hintergrund. Er fragte sich, woher Schweikhard so genau wusste, dass sich dieses Foto in dem Nachttisch befand.

»Kann ich das Foto mitnehmen?«

»Wir hätten es aber gern wieder.«

»Ja, natürlich. Wenn Sie mir dann bitte noch die Handynummer Ihrer Tochter geben.«

***

Erst vor wenigen Wochen war Peppi aus ihrem geliebten französischen Viertel in Tübingen zu ihrem Lebensgefährten Marco Schmid gezogen. Der Staatsanwalt besaß eine geräumige Wohnung am Österberg. Brander setzte Peppi vor dem Haus ab und fuhr zu dem Kampfsportzentrum, in dem sein Kumpel Karsten Beckmann an zwei Abenden

Taekwondo unterrichtete. Nathalie ging seit knapp anderthalb Jahren zu ihm. Sie würde sich freuen, wenn sie nicht mit der Bahn zurück nach Entringen fahren musste.

Während er vor dem Gebäude wartend im Auto saß, ging er das Gespräch mit Schweikhards Eltern noch einmal durch. Die Ehe schien nicht von Herzlichkeit geprägt, das gesamte Umfeld war nicht besonders einladend. Diese Stille. Die nüchterne, kühle Einrichtung. Warum war Annegret Schweikhard zusammengebrochen? *Lassen Sie uns doch endlich in Ruhe.* Die Vorstrafe von Marcel Schweikhard kam ihm in den Sinn. Er wusste noch zu wenig über den damaligen Vorfall. Körperverletzung. Verurteilt. Was war danach geschehen? War das tote Mädchen Denise? Hatte der Bruder seine Schwester getötet?

Ein Klopfen an der Seitenscheibe ließ ihn zusammenzucken. Karsten Beckmann beugte sich herunter, als Brander das Fenster öffnete.

»Hallo schöner Mann, heute schon was vor?« Beckmann zwinkerte ihm lüstern zu.

»Ja, aber in diesen Träumen kommst du nicht vor.«

»Du brichst mir das Herz. Was führt dich dann her, wenn nicht die Sehnsucht nach meinem gestählten Männerkörper?«

»Ich wollte Nathalie abholen.«

Beckmann zog die Augenbrauen hoch. »Na, Pflegepapa, du bist ja gar nicht informiert. Nathalie hat sich diese Woche vom Training abgemeldet, muss lernen, das arme Kind. Matheprüfung.«

Davon wusste Brander in der Tat nichts.

»Und, Süßer? Wie wär's, wenn du mich nach Hause bringst und ich dich noch auf einen kleinen Schlummertrunk verführe?«

»Spar dir deinen Baggermodus für Manuel auf.«

»Ach, Manu …« Beckmann seufzte abgrundtief. »Den seh ich gerade kaum noch. Seit er beim Musical ist, muss er jeden Abend arbeiten, kommt irgendwann nachts nach Hause, und bis er dann aus den Federn kriecht, bin ich schon längst bei der Arbeit.«

»Hör auf zu jammern, Sissy.«

»Oh, mein Freund, darf ich dich daran erinnern …«

»Nein, darfst du nicht.« Brander ahnte, dass Beckmann nur darauf herumreiten würde, wie liebeskrank er gewesen war, als Cecilia vor wenigen Jahren drei Wochen in den Staaten verbracht hatte – ohne ihn.

»Ich habe einen Glen Scotia zu Hause, Campbeltown Single Malt, ein sanfter maritimer Charakter. Ein winziger Schluck müsste doch mit der Straßenverkehrsordnung vereinbar sein, oder?«

»Aber nicht mit meiner Einstellung zum Thema Alkohol und Autofahren.«

»Andi, Darling, du kannst mir nicht ständig einen Korb geben. Das ist nicht gut für mein Ego.«

Brander lachte. »Dein Ego hält das aus. Jetzt steh hier nicht rum wie 'ne Bordsteinschwalbe und steig ein.« Er könnte ja zumindest mal an dem Whisky schnuppern.

»Bordsteinschwalbe?« Beckmann grinste belustigt. »Aus welchem Jahrhundert kommst du denn?«

2

Freitag

Das Büro der Rechtsmedizinerin befand sich in Tübingen in der Nägelestraße, die Obduktion wurde jedoch im Institut für Pathologie in der Liebermeisterstraße durchgeführt. Die Lage zwischen altem Botanischem Garten und Stadtfriedhof war nett und zentrumsnah, stellte Brander aber vor ein Parkplatzproblem. Am Institut waren sämtliche Parkplätze belegt, der Studentenparkplatz in der Wilhelmstraße war überfüllt, die Parkstreifen am Straßenrand ohnehin zugeparkt. So blieb ihm nur das Parkhaus König. Die lange Parkplatzsuche ließ ihn mit einigen Minuten Verspätung eintreffen. Zeit, sich am Anblick des alten klassizistischen Gebäudes zu erfreuen, blieb Brander nicht. Er eilte hinein, zog sich um und stand wenig später schwitzend im Obduktionssaal. Ein ganzer Pulk erwartete ihn: Maggie Sailer mit ihrem Kollegen, dazu eine Handvoll Medizinstudenten und Manfred Tropper.

»Ich dachte schon, du wolltest kneifen«, begrüßte Tropper ihn.

»Der Herr Brander hat's also doch noch geschafft«, freute sich Margarete Sailer. »Florian, hol mal 'nen Stuhl und 'nen Eimer für den Herrn Kommissar«, wies sie einen der Medizinstudenten mit süffisantem Grinsen an.

»Danke, aber so alt bin ich noch nicht. Ich kann noch stehen.«

»Und wie sieht's mit dem Frühstück aus?« Maggie Sailer zwinkerte ihm zu. »Du warst lange nicht dabei, und das wird heute keine appetitliche Angelegenheit.«

»Das ist nicht meine erste Obduktion.«

»Wie du meinst. Aber wenn dir schlecht wird – da ist die Tür.« Sie wandte sich ihrem Kollegen zu. »Wir wären dann vollzählig.«

Die beiden Rechtsmediziner begannen mit der äußeren Leichenschau. Das Mädchen hatte ein paar Blutergüsse an Armen und Oberkörper. »Die meisten davon hat sie sich aber schon mindestens ein paar Tage vor ihrem Tod zugezogen«, stellte Sailer fest. »Hier, das sieht etwas heftiger aus, könnte eine leichte Rippenprellung sein.«

»Wurde sie verprügelt oder war es ein Sturz?«, fragte Brander.

»Kann ich auf die Schnelle noch nicht sagen.«

»Was ist mit dem Hämatom am Hinterkopf?«, fragte Tropper.

»Florian?«, rief Sailer erneut den Studenten auf.

Der junge Mann trat näher, neigte sich zum Kopf des Opfers. »Unterhalb der Hutlinie. Könnte also von einem Sturz kommen.«

»Korrekt. Wir schauen uns die Verletzung aber nachher noch genauer an. Denn ausschließen können wir Fremdeinwirkung durch bloße Inaugenscheinnahme nicht.«

»Und kann mir auch einer von euch sagen, was das ist?«, wandte sich Sailers Kollege an die anwesenden Studenten. Er deutete auf den rechten Unterschenkel. Es war keine Verletzung, sondern eine Tätowierung über dem Knöchel, die seine Aufmerksamkeit erregt hatte: drei gleich lange Striche, die sich in der Mitte trafen, am äußeren Ende der Striche war jeweils ein weiterer Strich, wie ein kleiner Haken. Darunter eine Zahl: 28.

»Irgend so ’n Symbol«, murmelte eine Studentin.

»Nein, wirklich? Könnten Sie das bitte ein bisschen genauer spezifizieren?«

»Nun ja …« Die Aufmerksamkeit behagte der Studentin nicht. Ihr Gesicht lief rot an. »Sieht aus wie … wie 'n Hakenkreuz, aber mit nur drei Haken.«

Der Rechtsmediziner nickte. »Andere Meinungen?«

Tropper wollte zu einer Erläuterung ansetzen, wurde aber mit einem »Du hältst die Klappe« zum Schweigen verurteilt. Nachdem die Studenten jedoch nicht weiterwussten, wurde dem Kriminaltechniker doch noch das Wort erteilt.

»Das Symbol ist eine sogenannte Triskele. Die hier verwendete Darstellungsform findet man in der rechten Szene. Das Symbol und auch die Zahlen geben einen konkreten Hinweis auf eine bestimmte Gruppierung. Die Zahlen stehen für Buchstaben, die zwei für das B, die Acht für das H. Vorschläge?«, reihte sich Tropper nahtlos in das Abfrage-Komitee der Rechtsmediziner ein.

»Na, wenn's rechts ist, vielleicht *beloved Hitler*«, schlug eine Studentin vor.

Tropper schüttelte den Kopf

»BH steht doch für Büstenhalter«, wusste ein vorwitziger Student.

»Bevor mir jetzt noch einer mit dem chemischen Zeichen für Bohrium kommt, lösen wir das Rätsel lieber auf«, schlug Maggie Sailer vor.

»Die Buchstaben stehen für *Blood and Honour*. Das ist ein weltweites rechtsextremes Netzwerk, die Division Deutschland wurde 2000 hierzulande verboten, was aber nicht heißt, dass es sie in Deutschland nicht mehr gibt«, dozierte Tropper. »*Blood and Honour* leitet sich von den Worten *Blut und Ehre* ab. Diese Worte standen zum Beispiel auf den Fahrtenmessern der Hitlerjugend.«

»Dann war die ’ne Nazibraut.« Die Studentin, die das *beloved Hitler* in den Raum geworfen hatte, schaute mit Abscheu auf die Tote.

»Das wissen wir nicht, aber es gibt uns zumindest einen Hinweis auf ihre mögliche politische Einstellung.«

»Wer lässt sich denn sonst so was tätowieren?«

»Sie könnte eine Aussteigerin gewesen sein«, gab Brander zu bedenken.

»Und die Nazis haben sie jetzt umgebracht?«

»Das herauszufinden ist nicht unsere Aufgabe. Und bevor die Dame hier vor uns vollends der Verwesung anheimfällt, machen wir mal weiter. Denn unsere Aufgabe ist es, zunächst erst einmal herauszufinden, woran sie überhaupt gestorben ist«, meldete sich Sailers Kollege wieder zu Wort und bat um Skalpell und Säge.

»Maggie, jetzt lass uns mal rekapitulieren. Wo stehen wir? Woran ist das Mädchen gestorben?«, fragte Brander, nachdem die Obduktion beendet war. Er war mit der Rechtsmedizinerin und Tropper zur Mittagspause in die Stadt gegangen. Da das Wetter noch immer sonnig warm war, hatten sie sich einen der freien Plätze vor der Kelter gesucht. Während Margarete Sailer und Manfred Tropper sich ein Hauptgericht von der Tageskarte bestellten, begnügte Brander sich mit einem Cappuccino. Er konnte die Gerüche und Bilder aus dem Obduktionssaal nicht so leicht abschütteln und war dankbar für die frische Luft, die er tief in seine Lungen sog.

»Ganz ehrlich? Du siehst mich ein wenig ratlos.« Die Rechtsmedizinerin verzog bedauernd das Gesicht. »Also, definitiv ausschließen können wir Ertrinken, Erstechen, Erschießen. Auch die Verletzungen, die sie hat, wären niemals tödlich gewesen, zumal die meisten davon schon älter waren. Könnten von einer Prügelei stammen.«

»Was ist mit dem Hämatom am Hinterkopf?«

»Nach Sachlage sieht es ja so aus, als ob sie im Bad gestürzt wäre. Daher wurde das Hämatom höchstwahrscheinlich bei ihrem Sturz verursacht, aber es hätte nicht zum Tode geführt. Maximal eine kurze Bewusstlosigkeit, wenn überhaupt.« Maggie Sailer strich sich gedankenverloren durch ihre kurzen Haare. »Das Wahrscheinlichste ist, dass sie erstickt ist. Aber ich bin nicht sicher, wie. Strangulation können wir ausschließen. Dafür gibt es keine Anzeichen.«

»Sicher? Die Leiche war schließlich …«

»Es gibt keinerlei Würgemale am Hals«, unterbrach die Medizinerin ihn. Sie ließ die Arme wieder sinken. »Zungenbein und Kehlkopf sind nicht gebrochen. Es gibt keine petechialen Blutungen … Willst du mehr hören?«

»Aber wie ist sie dann erstickt? Freddy, zeig noch mal die Bilder aus der Wohnung.« Vielleicht hatten sie etwas übersehen.

Manfred Tropper nahm seinen Tablet-PC und reichte ihn Brander. Maggie Sailer beugte sich zu ihm. »Ersticken durch Aufhebung der Atemexkursion wäre möglich.«

»Heißt im Klartext?« Brander schnupperte einen Hauch ihres Parfums. Ein angenehm blumiger Duft, der ein wenig die Gerüche von der Obduktion überdeckte, die sich in Branders Nase festgesetzt hatten.

»Druck auf den Thorax. Sie hat ein paar blaue Flecken im Brustbereich.«

»Aber eher seitlich, und du hast selbst gesagt, dass die Blessuren schon älter sind«, warf Tropper ein. »Rippenfrakturen hat sie auch keine.«

»Burking«, schlug die Rechtsmedizinerin vor.

»Burking?« Brander hob fragend den Blick. Er hatte den Begriff schon einmal gehört, konnte ihn aber so schnell nicht zuordnen.

»Ja, die Erstickung kommt dadurch zustande, dass sich der Täter zum Beispiel auf die Brust des Opfers setzt oder kniet und dadurch massiven Druck ausübt. Eventuell hält er noch Nase oder Mund des Opfers zu, dann geht's ein bisschen schneller. Durch den Druck kann das Opfer nicht mehr ausreichend atmen. Das Opfer gerät in Panik, dadurch wird Adrenalin ausgeschüttet, was wiederum zu höherem Sauerstoffbedarf führt, der aber nicht eingeatmet werden kann. Ergo Sauerstoffmangel, Ohnmacht, Koma, Tod.«

»Wie lange dauert so was?«

»Na ja, in zwei Minuten ist das nicht unbedingt abgehandelt.«

»Wieso nennt man das Burking?«

»Benannt nach William Burke, einem Serienmörder aus Edinburgh um achtzehnhundert-irgendwann. Eine Mordmethode, die kaum Spuren hinterlässt.« Sailer lächelte ein wenig schuldbewusst. »Daran war Burke gelegen, weil er die Leichen für anatomische Forschungszwecke verkauft hat.«

»Heute wird diese Methode mitunter in der militärischen Nahkampfausbildung vermittelt, und es wird auch als Foltermethode angewandt«, wusste Tropper.

»Aber sie lag auf der Seite. Wie soll der Täter da auf ihrem Brustkorb gekniet haben?«, gab Brander zu bedenken.

»Der Täter kann die Lage unmittelbar nach ihrem Tod verändert haben. Vielleicht war sie auch noch nicht tot, als er von ihr abgelassen hat.«

Brander atmete tief durch. Er hatte selbst das Gefühl, dass ihm jemand die Luft abschnürte. *Blood and Honour*, rechte Szene. Wo war dieses Mädchen reingeraten?

Maggie Sailer tätschelte mütterlich Branders Arm. »Sind das die Nachwehen der Obduktion oder wirst du im Alter weich?«

»Was heißt hier Alter? Ich bin siebenundvierzig.«

»Für meine Kids bist du schon fast ein Opa.«

»Also Tod durch Ersticken«, lenkte Brander das Thema wieder in eine Richtung, die nicht sein Alter oder sein Feingefühl betraf. Konnte ja nicht jeder so eine Rossnatur wie die Sailer haben.

»Nicht so schnell, Herr Kommissar. Jetzt warten wir erst einmal die histologischen und toxikologischen Untersuchungen ab. Vielleicht stand sie unter Drogen, und das hat zum Atemstillstand geführt. K.-o.-Tropfen wären auch noch eine Option. Die können wir aber nur schwer nachweisen, wenn überhaupt.«

»Oder doch ein Herzinfarkt«, mutmaßte Tropper.

»Nein, ein Herzinfarkt war es definitiv nicht. Da hätten wir entsprechende Anzeichen gefunden. Ihr Herz war jung, kräftig und gesund. Ich hätte jetzt gern noch einen Espresso.« Sie gab der Bedienung ein Zeichen.

»Du hast dich noch nicht über den Todeszeitpunkt geäußert«, fiel Brander ein.

»Andi, du bist und bleibst derselbe. Hat man dir eine Frage beantwortet, kommt gleich die nächste. Lass mich mal in meine Glaskugel schauen …« Maggie Sailer strich mit den Händen über eine imaginäre Kugel. »Schätzungsweise vor fünf oder sechs Tagen. Genauer kann ich es dir im Moment nicht sagen. Wir müssen noch weitere Analysen machen. Vielleicht weiß ich dann mehr.«

Fünf oder sechs Tage. Brander rechnete zurück. Das wäre das vergangene Wochenende. Also wären auch Freitag- oder Samstagnacht denkbar, als sich die Nachbarin über den Lärm beschwert hatte. Er würde mit dieser Frau Habring unbedingt ein Gespräch führen müssen.

***

Kriminaloberrat Hans Ulrich Clewer hatte das Team in einem Konferenzraum zusammenkommen lassen. Brander fasste das Ergebnis der Obduktion für die Kollegen zusammen.

»Herr Tropper, welche Erkenntnisse gibt es von der Spurensicherung in der Wohnung?«, wandte sich Clewer an den Kriminaltechniker, nachdem Brander geendet hatte.

»Die Wohnung von Marcel Schweikhard ist verwüstet worden. Es könnte auch ein Kampf stattgefunden haben. Genau lässt sich das zum gegenwärtigen Zeitpunkt noch nicht sagen.« Freddy ließ einige Bilder aus der Wohnung über einen Beamer an die Wand werfen. »Wir haben unzählige Fingerabdrücke gesichert, die wir aber noch nicht zuordnen konnten, weder zur Tat noch zu einem Tathergang oder zu irgendwelchen Tätern. Die Auswertung läuft.«

Clewer sah auf seine Notizen, hob den Blick und zählte mit den Fingern ab: »Wir haben einen unbekannten Tathergang, wir haben eine ungewisse Todesursache, wir haben eine nicht identifizierte Leiche. Wo setzen wir an?«

»Die Symbole«, meldete sich Brander zu Wort. »Freddy, zeig nochmal das Foto mit den Schmierereien an den Wänden.«

Der Kollege tat ihm den Gefallen, und Brander betrachtete die Bilder genauer. »Hier gibt es Parallelen zu unserem

Opfer. Da links, das ist ein Hakenkreuz, oder? Bisschen verwischt vielleicht, die Farbe ist verlaufen. Das andere da in der Mitte über dem Sofa könnte so eine Triskele sein, wie sie das Opfer am Knöchel tätowiert hat. Die anderen Schmierereien da rechts … weiß nicht, Runen vielleicht? Das sollten wir uns noch genauer ansehen. Die Zahl 144 könnte ein Code sein, so wie 28 für *Blood and Honour* steht.«

»144 – ADD. Das Kürzel kenne ich nicht«, grübelte Tropper.

Auch die anderen Ermittler blickten ratlos auf die Zahlen.

»Fabio, was hast du über Marcel Schweikhard noch herausgefunden? Gehört er einer rechtsgerichteten Organisation an?«, fragte Brander den Kollegen.

»Ist nichts bekannt. Er war zwar hin und wieder in Schlägereien verwickelt, aber da war nie die Rede von irgendwelchen rechten Motiven. Das muss natürlich nichts heißen.«

»Er hat eine Heß-Biografie.« Brander dachte an das Buch auf dem Boden in der Wohnung. Und es kamen ihm die Bilder aus Denise Schweikhards Zimmer in den Sinn. »Es muss in die Richtung gehen. Seine Schwester hat in ihrem Zimmer Fotos von Konzerten, bei denen eindeutig auch Personen aus dem rechten Lager dabei waren. Das kann doch alles kein Zufall sein.«

»Was für Konzerte?«, fragte Clewer.

»Das weiß ich nicht. Ich kenne mich in der rechten Musikszene nicht aus.«

»Wir sollten einen Kollegen vom Staatsschutz hinzuziehen«, überlegte der Inspektionsleiter laut. »Der könnte mal einen Blick auf die Schmierereien werfen, und vielleicht weiß der auch was über Herrn Schweikhard oder das Opfer.«

»Wenn alles aufs rechte Milieu deutet, könnten wir denen den Fall doch auch gleich übergeben«, schlug Peppi vor.

Clewer sah zu ihr, Besorgnis legte sich in seinen Blick. »Wir können Sie aus dem Fall raushalten, wenn Sie möchten.«

Peppi riss die Augen auf. »So habe ich das nicht gemeint.«

Clewer schien nicht überzeugt. »Darüber sprechen wir noch.«

»Da gibt es nichts zu besprechen!«

»Peppi«, mahnte Brander leise, aber die Kollegin protestierte vehement weiter.

»Ich will den Fall nicht abgeben, weil ich Angst vor so ein paar Scheißnazis habe, sondern weil ich die Sache nach Faktenlage eher beim Staatsschutz sehe als bei uns.«

Einige Kollegen hielten gespannt den Atem an. Selbst Clewer schien Peppis lautstarker Widerspruch einen Moment die Sprache zu verschlagen. Er musterte sie stumm, und niemand im Raum hätte sagen können, was in ihm vorging. Schließlich sah er wieder auf seine Notizen, schrieb etwas in seinen Block. Einige Sekunden verstrichen in unangenehmem Schweigen. Dann hob er den Blick wieder in die Runde und sprach so ruhig weiter, als wäre nichts geschehen. »Ich werde einen Kollegen vom Staatsschutz hinzubitten. Beim gegenwärtigen Stand der Dinge hat die Fahndung nach Marcel Schweikhard oberste Priorität. Herr Brander, koordinieren Sie das, bitte.«

Peppi kochte noch immer, als sie zurück in ihrem Büro waren. Brander hatte vorsorglich die Tür geschlossen, während seine griechische Kollegin vor ihrem Schreibtisch wutschnaubend hin und her stampfte. Schließlich blieb sie vor dem Fenster stehen und blies sich energisch eine Locke aus dem Gesicht.

»Das war ja wohl das Hinterletzte! Mich so bloßzustellen!«

»Er wollte dich sicher nicht bloßstellen, er hat deinen Vorschlag einfach falsch interpretiert«, entschuldigte Brander den Inspektionsleiter.

Peppi warf ihm einen zornigen Blick zu. »Falsch interpretiert? Was faselst du in letzter Zeit eigentlich für einen geschwollenen Mist?«

Brander verschränkte die Arme vor der Brust und lehnte sich zurück. »Was soll das jetzt?«

»Ich …« Sie sah wieder aus dem Fenster, biss die Zähne zusammen. »'tschuldigung. Aber was gibt's denn da falsch zu interpretieren?«

»Wir stehen ganz am Anfang der Ermittlungen. Es ist völlig unklar, in welchem Milieu wir suchen müssen, ob es tatsächlich irgendetwas mit der rechten Szene zu tun hat, und du willst den Fall gleich abgeben. Warum?«

Brander musste sich ein paar Sekunden gedulden, bis er eine Antwort bekam.

»Weil ich andere Pläne fürs Wochenende hatte.«

Brander lachte ungläubig auf. »Das ist jetzt nicht dein Ernst.«

»Doch«, kam es trotzig vom Fenster.

»Dann mach das doch. Wir kommen auch mal zwei Tage ohne dich klar.«

»Ja.« Peppi drehte sich mit gequältem Blick zu ihm. »Aber nach der Nummer gerade eben kann ich das jetzt nicht mehr bringen. Dann denkt der, ich zick rum.« Sie nahm ihr Handy vom Schreibtisch. »Kann ein paar Minuten dauern.«

Da hatte Peppi sich ja schön reingeritten. Brander starrte seiner Kollegin ratlos hinterher. Hätte sie nicht einfach nach der Sitzung mit Clewer sprechen können? Ein freies Wochenende, das hätte sich doch regeln lassen.

»Mann, Peppi!«, zischte er verärgert ihren leeren Schreibtisch an. Er versuchte, sich wieder auf seine Arbeit zu konzentrieren, nahm sein Diensthandy und suchte die zuletzt gewählte Nummer heraus. Er startete erneut einen Anrufversuch bei Denise Schweikhard. Dieses Mal wurde er nicht gleich auf den Anrufbeantworter umgeleitet. Es ertönte ein Freizeichen. Brander lauschte gebannt in den Hörer. Es klingelte zwei-, dreimal, dann nahm jemand ab. Aber statt sich zu melden, schwieg die Person am anderen Ende. Brander wartete. Er hörte leises Geraschel, dann eine zögerliche weibliche Stimme. »Hallo?«

»Frau Schweikhard?«, fragte Brander.

»Wer ist da bitte?«

»Hier spricht Andreas Brander von der Kriminalpolizei Tü… Esslingen.« Wann würde er sich endlich daran gewöhnen, nicht mehr Tübingen zu sagen?

»Nee, oder?«, erklang im Hintergrund eine verblüffte männliche Stimme, die ihm irgendwie bekannt vorkam. »Andi?«

»Ja …« Er war mindestens ebenso überrascht.

Der Mann am anderen Ende lachte. »Du hast keine Ahnung, mit wem du gerade sprichst, oder?«

»Nicht wirklich.«

»Ich bin's, Jens. Das war gerade meine Kollegin, Anita Stern.«

Brander schlug sich die flache Hand vor die Stirn. Jens Schöne. Fast sechs Jahre hatten sie in der Kriminalinspektion 1 in Tübingen zusammengearbeitet. Jens war ein begnadeter Computerspezialist und hatte sich in den letzten Jahren auf diesen Bereich der Kripoarbeit spezialisiert.

»Jens! Wo steckst du?«

»Nicht weit entfernt von dir. Bin seit Mittwoch hier bei der K5. Wir hätten uns eigentlich schon begegnen müssen.«

K5 – das war die Kriminalinspektion 5, zuständig für Cybercrime und digitale Spuren.

»Wir haben gestern dieses Smartphone von euch bekommen«, fuhr Jens fort. »Wir haben's gehackt und wollten gerade anfangen, die Daten auszulesen, da klingelt's. Wir hatten die Info, dass der Apparat mutmaßlich einer weiblichen Person gehört, deshalb ist Anita rangegangen.«

»Der letzte Anruf war von mir.«

»Das wissen wir jetzt auch. Mensch, Andi, wir haben lange nichts voneinander gehört. Wie geht's dir?«

»Kann nicht klagen … Jetzt können wir zumindest mal vermerken, dass dieses Smartphone Denise Schweikhard gehört.«

»Ist sie das Opfer?«

»Es deutet alles stark darauf hin. Wenn ihr gerade erst mit dem Datencheck angefangen habt, kannst du mir vermutlich noch nichts sagen, oder?«

»Manche Dinge ändern sich nie.« Die Stimme wurde undeutlicher, als Jens sich vom Telefon weg seiner Kollegin zuwandte. »Der Herr Brander will immer alles sofort wissen. Ich halte immer ein paar Infos zurück, damit ich seine Neugier dann befriedigen kann, wenn die Nachfragen kommen. Haben wir irgendwas, was wir ihm geben können?«

»Könntest du mal aufhören, so respektlos über deinen Kollegen zu sprechen?«

»Sorry, ich versuch hier gerade, ein bisschen Eindruck zu schinden.«

»Fein, und jetzt schinde mal bei mir ein bisschen Eindruck.«

Es wurde still in der Leitung.

»Also«, meldete sich Jens schließlich wieder, »so, wie ich das sehe, gab es keine ausgehenden Anrufe, da ist zumindest nichts im Speicher. Aber es gab mehrere eingehende Anrufe, die jedoch allesamt nicht angenommen wurden. Drei Nachrichten auf der Mailbox. Die haben wir noch nicht abgehört.«

»Schick mir die Liste mit allen Telefonnummern, und ich muss wissen, wer auf die Mailbox gesprochen hat und was.«

»Du kriegst die Infos ASAP – *as soon as possible.*«

»Das ist ein Kürzel, das sogar ich schon kenne.«

»Mir geht's übrigens auch gut, danke der Nachfrage.«

»Das muss ich nicht fragen, das höre ich«, konterte Brander. Er sah auf seine Uhr. Kurz nach vier. »Gruß an deine Kollegin, und dass du mir nicht ins Wochenende gehst, bevor ich die Infos habe.«

»Was immer der Herr verlangt.«

»Komm du mal in mein Büro.« Brander legte grinsend auf. So fröhlich hatte er Jens Schöne selten erlebt. Der Wechsel war für ihn offensichtlich die richtige Entscheidung gewesen, obwohl Brander ihn damals ungern hatte gehen lassen. Aber dafür hatte er nun einen direkten Ansprechpartner bei den IT-Forensikern. Da konnte man sicher auch mal das eine oder andere auf dem kurzen Dienstweg regeln.

Lange hielt Branders gute Laune jedoch nicht an. Wenn das Smartphone Denise Schweikhard gehörte, war es sehr wahrscheinlich, dass die tote Frau in Marcel Schweikhards Wohnung seine Schwester war. Konnte er den Eltern zumuten, den Leichnam zu identifizieren? Eine Leiche, die deutliche Anzeichen von Verwesung aufwies. Er würde nicht umhinkommen, ihnen Bilder des toten Mädchens zu zeigen. Ein DNA-Abgleich würde länger dauern, aber den Eltern diesen traumatischen Anblick ersparen. Hermann Schweikhard hatte ihm doch ein Foto seiner Kinder gegeben, erinnerte Brander sich. Er suchte in seinen Unterlagen, fand das Bild und verglich Denise Schweikhards Gesicht mit den Aufnahmen, die die Kriminaltechniker von der Toten gemacht hatten. Ihr Gesicht war durch die fortgeschrittene Verwesung entstellt, aber Ähnlichkeit bestand. Er hätte sich ohrfeigen können, dass er am Morgen nicht daran gedacht hatte, es bei der Obduktion abzugleichen. Eilig suchte er einen Scanner und schickte das Foto an Margarete Sailer.

Zurück an seinem Schreibtisch nahm er ein Blatt und zeichnete einen Umriss von Schweikhards Wohnung: Ein Zimmer, Miniküche, kleines Bad. Er skizzierte die Leiche, daneben die Tätowierung. »Was hast du gemacht, Mädel? Hast du die Wohnung deines Bruders verwüstet?«

Jemand hatte auf das Sofa uriniert, hatte Tropper gesagt. Machten Mädchen so etwas? Das war doch eher eine männliche Handschrift. Aber Marcel Schweikhard würde es wohl kaum selbst getan haben. Er war geflüchtet, als der Hausmeister auf ihn gezeigt hatte. Warum? Er wusste zu wenig über den Mann.

Brander ließ den Bleistift fallen und ging zu Fabio Espositos Büro. »Wie ist deine kleine Ballerina gestern eigentlich nach Hause gekommen?«

»Mamma mia, erinnere mich nicht daran. Ich habe das Herz meiner kleinen Prinzessin gebrochen. Ich werde ihr neue Ballettschühchen kaufen müssen und meine Frau – Bella Donna!« Er wedelte wild mit den Armen durch die

Luft. »Ich muss sie zum Essen einladen. Aber nicht einfach so in irgendeine Ristorante. Da muss ich zu Salvatore, einen Tisch bestellen, Prosecco, Wein, fünf Gänge, das ganze Programm … Mamma mia!«

»Salvatore? Ist das dein Cousin?«

»Eh, Andi! Du kennst Salvatore nicht? Beste Ristorante in der Stadt. Beste Adresse am Rathausplatz. Und das Essen.« Er führte die Fingerspitzen schwärmerisch an die Lippen, verzog dann aber sogleich das Gesicht zu einem traurigen Dackelblick. »Aber wovon soll ich das bezahlen? Ich bin so ein armer Beamter! Ich werde bei Salvatore den Boden wischen müssen! Meine Frau – sie ist so eine gute Frau. So viel Verständnis … Drei Kinder, und ich bin nicht da! Immer arbeiten. Oh dio mio, alles muss sie allein machen.«

»Du solltest zum Theater gehen.« Brander war kurz davor zu applaudieren. »Gibt's hier sowas überhaupt?«

»Eh! Andi! Du weißt ja gar nichts von Esslingen!«, empörte sich Fabio. »Wir sind nicht in Stuttgart, aber wir haben die Württembergische Landesbühne. Weißt du, was das ist? Eines der ersten Landestheater Deutschlands überhaupt! Schauspielhaus, Theater, Freilichtbühne. Alles, alles, was man für das schöne Leben braucht.«

»Wieso bist du da mit deinem Talent nur bei der Polizei gelandet?«

Fabio grinste gequält. »Commissario, ich muss eine Familie ernähren – ich brauche das Geld.«

Brander klopfte Fabio mit gespieltem Bedauern auf die Schulter. Er mochte den jungen Kollegen. »Dann zeig mal, was du für dein Geld getan hast. Was hast du noch über Marcel Schweikhard herausgefunden?«

»Setz dich.« Der verhinderte Theaterstar schaltete seinen italienischen Akzent ab und öffnete ein Dokument auf seinem Bildschirm. »Marcel Schweikhard, dreiundzwanzig Jahre, ledig, arbeitslos – das hatten wir ja schon … Bis zur neunten Klasse besuchte er in Esslingen das Gymnasium. Dann gab es diesen Vorfall. Es war nach der Schule. Auf dem Heimweg hat er angeblich einem Mitschüler aufgelauert, ihn angegriffen, geschlagen, getreten. Auch als das Opfer bereits am Boden lag, hat Marcel weiter auf ihn eingeprügelt. Er soll den Jungen an den Haaren gepackt und seinen Kopf auf den Asphalt geschlagen haben. Der Junge hatte zahlreiche Blutergüsse, Rippenprellung, zwei Rippen waren sogar angebrochen, schwere Gehirnerschütterung. Ein Lehrer, der hinzukam, ist dazwischengegangen. Alles in allem hatten sowohl Täter als auch Opfer vermutlich großes Glück, dass es nicht schlimmer ausgegangen ist.«

»Warum sagst du, Marcel hätte ihm angeblich aufgelauert?«

»Weil es dafür keine Zeugen gibt. Die kamen erst hinzu, als die Prügelei bereits im Gange war. Es ist die Aussage des Opfers, Marcel Schweikhard hat sich nicht dazu geäußert.«

»Warum hat er den Mitschüler zusammengeschlagen?«

»Auch dazu hat er jegliche Aussage verweigert. Er hat sich weder seinen Eltern, seinem Lehrer noch Freunden, einem Sozialarbeiter oder dem Rechtsbeistand anvertraut. Er hat keinerlei Reue oder Einsicht gezeigt und hat sich auch nicht bei seinem Opfer entschuldigt.«

»War er vorher schon mal auffällig geworden?«

»Nein, er galt als ruhiger, wohlerzogener Junge und hat wohl für sein junges Alter sehr gut Geige gespielt. In der fünften und siebten Klasse hat er Preise bei Jugend-Musikwettbewerben gewonnen. Da siehst du's wieder – Kultur made in Esslingen!«

Die zerbrochene Geige in der Wohnung. Sie gehörte offensichtlich nicht dem Opfer, sondern tatsächlich Marcel Schweikhard.

»Eine Mitschülerin sagte damals aus, dass Marcel von dem Mitschüler, den er verprügelt hat, und zwei anderen Jungen, die aber nicht Schüler in dem Gymnasium waren, massiv gemobbt worden wäre.«

»Und da ist ihm dann irgendwann der Kragen geplatzt«, resümierte Brander. »Hast du Infos über das Opfer?«

»Nicht viel, Salman Balzani, Kurde, nicht mehr in Deutschland wohnhaft, vermutlich Frankreich, aber nagle mich nicht darauf fest. Das ist noch nicht bestätigt. Sollen wir da weiterforschen?«

»Nein, hat im Moment keine Priorität. Wie ging es mit Marcel weiter?«

»Es kam zur Gerichtsverhandlung. Der Junge kam aus geordneten Verhältnissen, Eltern Akademiker mit guten Jobs, keine sonstigen Auffälligkeiten, regelmäßiger Schulbesuch, Geigenschüler, Mobbingopfer ... Er wurde zu zehn Monaten Haft verurteilt plus einhundert Stunden gemeinnützige Arbeit. Die fehlende Reue wurde bedauert, aber die Strafe dennoch zur Bewährung ausgesetzt. Man hatte Verständnis wegen der Mobbingvorgeschichte. Die gemeinnützige Arbeit absolvierte er in einem Altenpflegeheim. Parallel dazu erfolgte der Umzug von Esslingen nach Dußlingen inklusive Schulwechsel. Schweikhard hat in Tübingen sein Abitur gemacht. Zwei Komma acht. Danach begann er ein Studium zum Wirtschaftsingenieur in Jena, das er aber nach dem dritten Semester abgebrochen hat. Im Anschluss arbeitslos. Er zog nach Esslingen, bezieht Hartz IV und ist zeitweise als Aushilfe bei einem Getränkehändler tätig. Mit dem habe ich kurz telefoniert. Er sagt,

Marcel hätte am Mittwoch arbeiten müssen, hat aber mittwochmorgens angerufen und sich krankgemeldet.«

»Was ist mit Freunden oder Freundinnen? Hast du Namen?«

Fabio schüttelte bedauernd den Kopf. »Die Nachbarn sagten aus, dass er hin und wieder Besuch von ein paar Kumpels hatte. Namen kannten sie keine. Manchmal wäre es recht laut geworden. Laute Musik, Gespräche und so was, manchmal auch Streit. Mädels sehr selten. Bis auf seine Schwester, die häufig an den Wochenenden zu ihm kam, und diese eine, die letzte Woche wohl mal da war. Die war anscheinend schon vorher ein-, zweimal da. Aber das hat dir der Hausmeister ja schon gesagt.«

»Sprich nochmal mit dem, ob er uns eine genauere Beschreibung von der Frau geben kann.«

»Hab ich schon. Sie ist nicht besonders groß, vermutlich zwischen eins sechzig und eins siebzig, lange, dunkle Haare, schlank, aber nicht dürr. Beyer vermutet, dass sie keine Deutsche war. Türkin, Syrerin, Afghanin – da wollte er sich nicht festlegen.«

»Danke, gute Arbeit«, lobte Brander.

»Krieg ich 'ne Gehaltserhöhung?«

»Dafür bin ich nicht zuständig.«

»Dann sag Käpten Huc wenigstens, dass ich der absolut beste und zuverlässigste Mitarbeiter hier im Team bin.«

»Wenn ich dran denk«, feixte Brander. »Besorge mir bitte als nächstes Informationen über die Schwester, Denise Schweikhard. Mutmaßlich unser Opfer.«

Peppi saß wieder an ihrem Schreibtisch, als Brander ins Büro zurückkehrte. Sie war nicht mehr so aufgebracht, aber glücklich war sie auch nicht.

»Wir fahren nochmal zu Familie Schweikhard«, erklärte Brander. »Der Verdacht hat sich erhärtet, dass das Opfer ihre Tochter Denise ist.«

Auf der Fahrt durch den zähen Feierabendverkehr berichtete er Peppi von den Gesprächen mit Jens Schöne und Fabio Esposito.

»Diese ausländische Frau, die ihn besucht haben soll, passt irgendwie nicht ins Bild, oder?«, überlegte Peppi.

»Inwiefern?«

»Gehen wir mal davon aus, dass die Tote Denise Schweikhard ist. Die Tätowierung am Knöchel und die Poster in ihrem Zimmer, von denen du erzählt hast, deuten doch zumindest eine Nähe zur rechten Szene an, oder?«

»Ja.«

»Ihre Eltern sagten gestern, dass Denise viel mit ihrem Bruder und seinen Freunden zusammen sei. Marcel wurde verurteilt, weil er einen kurdischen Jungen krankenhausreif geschlagen hat.«

»Das macht ihn aber nicht gleich zu einem Rechtsradikalen«, widersprach Brander.

»Sagst du.«

»Ja, sage ich. Er wurde gemobbt, da ist er irgendwann ausgerastet.«

»Er wurde von einem Ausländer gemobbt«, betonte Peppi. »Wer waren die anderen zwei? Waren das kurdische Freunde von diesem Salman Dingens? So eine Erfahrung könnte schon den Grundstein für eine Radikalisierung legen.«

»Na gut, verfolgen wir diese Richtung mal weiter. Wieso hat jemand Triskelen und Hakenkreuze an seine Wände geschmiert? Und warum liegt Denise Schweikhard tot in seinem Badezimmer?«

»Vielleicht wollte sie aussteigen, und das hat ihrem Bruder nicht gefallen. Geige hin oder her – er scheint doch ein gewisses Aggressionspotenzial in sich zu haben. Muss ja kein vorsätzlicher Mord gewesen sein. Totschlag.«

Brander dachte an die Burking-Theorie von Margarete Sailer. Ein Streit zwischen Geschwistern, bei dem es zu Handgreiflichkeiten kommt. Denise Schweikhard flüchtet ins Bad, stürzt vielleicht. Marcel will sie am Boden halten, drückt sein Knie auf ihren Brustkorb, unterschätzt die Wirkung, die Kraft, die sein Gewicht auf die schwächere Frau ausübt. Denise gerät in Panik, doch je mehr sie sich wehrt, desto mehr verstärkt Marcel den Druck. Er missversteht die Gegenwehr seiner Schwester. Bis sie sich nicht mehr wehrt.

»Möglich«, stimmte er Peppi zögernd zu.

»Elendes Pack.«

Brander warf aus den Augenwinkeln einen prüfenden Blick auf seine Kollegin. »Das sind alles nur Vermutungen. Es kann auch ganz anders sein. Wir werden niemanden vorverurteilen, okay?«

Peppi brummte etwas, was Brander als Akzeptanz deutete, und wandte das Gesicht zum Seitenfenster. Sie überquerten die Aichtalbrücke. Die Aussicht auf den Naturpark Schönbuch und ins mehr als fünfzig Meter tiefer liegende Tal wurde von Leitplanken und Windschutz begrenzt. Der Himmel über ihnen hatte sich im Laufe des Tages zugezogen. Es würde am Abend noch Regen geben. War die Hitzewelle endlich vorbei?

Brander wusste, dass einer von Peppis ersten Fällen der Mord an einem Aussteiger aus der rechten Szene gewesen war. Man hatte ihn erhängt und ein Hakenkreuz in seine

Brust geritzt. Peppi hatte ihm erzählt, dass sie damals überlegt hatte, den Dienst zu quittieren. War ihr Vorschlag bei der Sitzung am Nachmittag vielleicht doch nicht nur von privaten Freizeitplänen motiviert gewesen?

»Was hast du denn so Tolles am Wochenende vorgehabt?«, störte Brander Peppis Schweigen.

Sie wandte sich ihm wieder zu. »Marco und ich wollen den Fischereischein machen. Dieses Wochenende wäre der erste Unterrichtsblock gewesen. Den brauche ich, damit ich für die Prüfung zugelassen werde.«

»Du machst einen Angelschein? Du willst mich verkohlen.«

»Fischereischein heißt das, und: Nein, ich will dich nicht verkohlen.«

»Wie kommst du denn darauf?«

»Wir mögen beide gern Fisch.«

»Ich esse gern mal ein Steak, deswegen fang ich nicht an, Rinder zu züchten.«

»Ich habe nicht gesagt, dass ich mir einen Teich zulege und Forellen züchten will.«

»Wer weiß, was als Nächstes kommt. Sucht ihr nicht schon ein Haus mit Garten?«, stichelte Brander.

»Wir dachten, wir sollten mal etwas zusammen machen, was nichts mit unserem Job zu tun hat. Und da habe ich Marco vorgeschlagen, angeln zu gehen.«

Peppis Lebensgefährte Marco Schmid war Staatsanwalt, und nicht selten kam es vor, dass sie an demselben Fall arbeiteten. Da blieb es sicher nicht aus, dass man auch nach Feierabend über die Arbeit sprach.

»Du kannst doch gar nicht so lange stillsitzen.«

»Du hast überhaupt keine Ahnung vom Angeln.«

»Du aber schon?«

»Mein Vater hat mich früher oft mitgenommen, wenn wir auf Korfu bei seiner Familie waren. Mein Onkel hat ein Boot, damit sind wir zum Angeln rausgefahren.«

»Und hast du auch mal was gefangen?«

»Natürlich! Ich hab mal einen ein Meter langen Hornhecht rausgezogen.«

»Das Anglerlatein beherrscht du ja schon gut«, flachste Brander.

»Es gibt Beweisfotos. Ich hab den Hecht nicht allein rausgezogen, da musste Papa mir helfen. Aber er war trotzdem ganz schön stolz auf mich.«

Brander musste Peppis Gesicht nicht sehen, um zu spüren, wie viel ihr die Erinnerung bedeutete. »Und wenn du dann den Angelschein hast, gehst du mittags rüber zum Roßneckarkanal und sorgst für unser Mittagessen?«

»Na, soweit kommt's noch. Und Freddy und du, ihr sitzt dann auf der Parkbank und schaut zu wie die zwei Alten von der Muppets-Show.«

Brander lachte auf. Das war eine nette Vorstellung. »Heute Abend geht's los?«

»Ja.«

Peppi, die Anglerin. Es gab immer noch Seiten an seiner Kollegin, die er nie vermutet hätte. »Ich mach dir einen Vorschlag: Wir fahren jetzt zu Schweikhards, und danach bringe ich dich zum Neckar und du machst diesen Kurs.«

»Der Lehrgang findet in Kirchentellinsfurt statt.«

»Auch dahin fahre ich dich.«

»Und unsere Ermittlungen?«

»Wenn du möchtest, schicke ich dir stündlich eine SMS mit dem aktuellen Stand.«

»Schaff dir endlich mal WhatsApp an.«

»Nicht in diesem Leben.«

Peppi verfiel in Schweigen. Sie schien seinen Vorschlag und ihr Pflichtgefühl innerlich gegeneinander abzuwägen. »Aber, wenn ihr mich braucht … Ein Anruf, und ich bin da.«

»Sollte irgendetwas sein, was wir ohne deine Hilfe nicht bewältigen können, melde ich mich.«

»Und was ist mit Käpten Huc?«

»Das überlass mal mir. Und dafür fängst du mir einen richtig fetten Lachs.«

»Die sind meines Wissens zumindest in Baden-Württemberg ganzjährig geschützt.«

»Na, dann nehme ich eine Forelle.« Brander lenkte den Wagen auf die Ausfahrt nach Dußlingen und freute sich auf den gegrillten Fisch.

***

Wie anfangen? Trotz der vielen Dienstjahre wollte sich bei Brander keine Routine einstellen, wenn es darum ging, Angehörigen den gewaltsamen Tod einer nahestehenden Person mitzuteilen. Erschwerend kam hinzu, dass die Identität der Toten noch nicht abschließend geklärt war.

Sie saßen wieder in dem nüchternen Wohnzimmer: Annegret und Hermann Schweikhard auf einem Sofa, Brander und Peppi auf dem anderen.

»Ich habe hier Bilder von einigen Kleidungsstücken. Ich möchte, dass Sie sich diese Bilder anschauen und mir sagen, ob die Kleidungsstücke Ihrer Tochter gehören.« Er nahm die Fotos aus der Mappe und reichte sie Hermann Schweikhard. Der Mann hielt sie so, dass auch seine Frau sie sehen konnte. Brander beobachtete die starren Gesichter. Sie verzerrten sich nicht, aber in den Augen meinte Brander Unsicherheit zu erkennen.

»Besitzt Denise solche Kleidungsstücke?«, hakte er nach.

»Vielleicht … vermutlich schon, ja.« Annegret Schweikhard wirkte gefasster als am Abend zuvor. Sie hatte Zeit gehabt, sich mit dem Gedanken zu beschäftigen, dass ihrem Kind etwas zugestoßen sein konnte.

Brander nahm ein weiteres Foto und zeigte es den beiden.

»Hat Ihre Tochter so eine Tätowierung über ihrem rechten Knöchel?«

Die Mutter sah auf das Bild, dann zu ihrem Mann. Hermann Schweikhard presste die Lippen zusammen. Schließlich wandte sie sich den Kommissaren wieder zu. »Ich will sie sehen.«

Brander sah die Frau überrascht an. »Bitte?«

»Ich will sie sehen. Zeigen Sie mir das Mädchen. Ich will sehen, ob sie meine Tochter ist.«

»Sie …« Er geriet ins Stocken. »Das geht nicht.«

»Warum nicht?«

»Die Untersuchungen sind noch nicht abgeschlossen.«

»Ich will sie doch nur sehen!«

Wie sollte er es ihr erklären? Solange nicht feststand, wie und durch wen die junge Frau zu Tode kam, konnte er ihr keinen Zugang zu der Leiche gewähren. Es durften keine Spuren verändert oder hinzugefügt werden. Zudem war der Körper in einem fortgeschrittenen Verwesungsstadium.

»Ich kann Ihnen ein paar Fotos zeigen. Aber … sind Sie sicher, dass Sie das möchten?«

Sie erwiderte seinen Blick mit aller Entschiedenheit: »Ja.«

»Also gut …« Brander öffnete seine Mappe, suchte ein Foto heraus, das die Tote noch vor der Obduktion zeigte. Er reichte es ihr.

Sie starrte auf das Bild. Ihre Hände begannen zu zittern. Sie sog bebend die Luft ein. Hermann Schweikhard, der sich zu ihr gebeugt hatte, wandte sich abrupt ab. Sie hob den Blick, die Augen waren nur noch große schwarze Pupillen. »Das … das … Was ist mit ihr passiert?«

»Ist das Ihre Tochter?«

Annegret Schweikhards Lippen zitterten, die Farbe war aus ihrem Gesicht gewichen.

»Ja«, wisperte Hermann Schweikhard mit heiserer Stimme. Er vergrub das Gesicht in den Händen.

Die beiden Menschen waren geschockt. Natürlich waren sie geschockt. Sie würden dieses Bild nie wieder vergessen. Brander hatte noch viele Fragen, aber die Eheleute waren nicht in der Lage zu antworten. Er bot an, einen Psychologen zu verständigen, aber sie wollten keine Hilfe. Sie wollten allein sein, verarbeiten, dass Realität geworden war, was sie vielleicht schon befürchtet hatten. Brander würde am nächsten Morgen noch einmal zu ihnen fahren.

Brander hatte Peppi vor dem Angler-Vereinsheim in Kirchentellinsfurt abgesetzt. Als er zu Hause ankam, verließ Cecilia gerade das Haus. »Ich geh zum Sport, bin spät dran.« Sie hauchte ihm eilig einen Kuss auf die Lippen und wollte los.

»Warte.«

»Was denn?«

Er wusste es selbst nicht. Er wollte nicht, dass sie jetzt ging und er den Abend ohne sie verbringen musste. »Hat Nathalie was gesagt, wie die Klausur gelaufen ist?« Eine fadenscheinige Frage, nur um sie aufzuhalten.

»Welche Klausur?«

»Ich glaub, Mathe hat Karsten gesagt. Sie war nicht beim Training.«

Cecilia ließ die Tasche auf den Boden sinken. »Wie? Sie war nicht beim Training? Wo war sie dann gestern Abend?«

Gut gemacht, Andi. Jetzt hatte er seiner Frau den Abend verdorben.

»Ich sprech mit ihr.« Er zog sie an sich und gab ihr einen Kuss, dann strich er mit dem Finger über ihre Stirn, um die Sorgenfalten zu vertreiben. »Mach dir keine Gedanken, und jetzt zisch ab und hab einen schönen Abend.«

»Bist du sicher?«

»Ganz sicher.«

Sie schulterte ihre Sporttasche wieder und weg war sie. Mit Bedauern sah er ihr hinterher. Er ging ins Haus, wusch sich, schlüpfte in einen bequemen Jogginganzug und klopfte an Nathalies Tür.

»Ja?«, kam es undeutlich von innen.

Brander betrat das Zimmer. Es war aufgeräumt wie immer. Nathalie hatte jahrelang in einem Chaos leben müssen, und ihr Zimmer war der einzige Bereich, in dem sie zumindest äußerlich einigermaßen Ordnung halten konnte. Diese Angewohnheit hatte sie auch in den zweieinhalb Jahren, die sie inzwischen bei Branders lebte, nicht abgelegt. Das Mädchen saß auf dem Bett, den Laptop auf dem Schoss.

»Hey, wie war die Klausur?«

Seine Frage hatte sie überrumpelt. Sie starrte ihn ertappt an, senkte rasch wieder den Blick. »Okay.«

»Du hast gar nicht erzählt, dass du diese Woche Mathe schreibst.«

Sie hob die Augenlider, Wut im Blick. »Ey, werd ich schon wieder kontrolliert?«

»Zufall, ich war gestern Abend bei Karsten. Er hat nur gesagt, dass du nicht beim Training warst, weil du lernen musst.«

»Ja, und?«

»Zuhause warst du nicht.«

»Ey, ist doch scheißegal, wo ich war«, brauste Nathalie auf.

»Ist es nicht, du bist noch keine achtzehn. Wo warst du?«

»Geht dich nichts an.«

Ihr Ton gefiel ihm überhaupt nicht. »Nathalie, ich will dich nicht kontrollieren. Aber ich will, dass du ehrlich zu uns bist. Wieso lügst du Karsten an?«

»Weil der immer gleich das Diskutieren anfängt, wenn ich mal keinen Bock auf Training habe.« Sie wich seinem Blick wieder aus. »Ich war einfach nur unterwegs, musste nachdenken.«

»Und worüber?«

»Die Gedanken sind frei.«

Geflügelte Worte. Wie sollte er mit der Situation umgehen? Brauchte sie Hilfe? Oder wollte sie wirklich nur ein bisschen Zeit für sich haben? Das hätte sie sagen können. Warum diese Lügerei? Sie hatten doch schon oft genug darüber gesprochen, dass sie Ehrlichkeit von ihr verlangten. »Hast du getrunken?«

Sie verzog genervt das Gesicht. »Wo soll ich reinpusten?«

»Ich meine nicht jetzt, sondern gestern.«

»Nein.«

Ihre Antwort kam entschlossen, aber Brander war sich nicht sicher, ob sie die Wahrheit sagte. Er fluchte innerlich, weil er nicht gleich am Abend zuvor mit ihr gesprochen hatte. »Ist irgendetwas vorgefallen?«

»Boh, nee …«

»Nath…«

»Ey, ich will einfach nur chillen. Lass mich in Ruhe, okay?«

Ihr patziger Ton brachte sein Blut in Wallungen. Er war drauf und dran, ihr Internetverbot zu geben und den Laptop abzunehmen. Aber das wäre nur eine simple Machtausübung gewesen und würde sie noch bockiger werden lassen.

»Du kannst auch chillen, ohne uns anzulügen. Muss ich dir sagen, dass du dich bei Karsten und Ceci zu entschuldigen hast, oder kommst du da von allein drauf?«

Sie wechselte von patzig zu schuldbewusst, blinzelte mit einem Lieb-Mädchen-Augenaufschlag zu ihm auf. »Sarkasmus?«

»Den Blick kannst du dir sparen. Wenn du uns noch einmal anlügst, hat das Konsequenzen, haben wir uns verstanden?«

»Ja.«

»Gut.« Er schloss die Tür und verzog sich ins Wohnzimmer.

3

Samstag

Das Ehepaar Schweikhard war gekleidet, als wären sie auf dem Weg ins Büro: er in Anzug, Hemd und Krawatte, sie in Kostüm und Bluse. Alles in gedeckten Farben. Sie waren angespannt, was verständlich war. Der Kollege Peter Sänger war aus Esslingen gekommen, um Brander zu begleiten. Eigentlich hätte Brander lieber eine Frau bei diesem Gespräch dabei gehabt, aber er hatte Peppi gesagt, dass sie zwei Tage ohne sie auskommen würden. Da musste es jetzt mal so gehen. Sänger war mit seinen zweiunddreißig Jahren um einiges jünger als Brander. Er trug an diesem Morgen Jeans, graues T-Shirt und dunkles Sakko. In den letzten Wochen hatte er sich einen Kinnbart gezüchtet, die blonden Haare waren etwas zu lang.

»Wann haben Sie Ihre Tochter zum letzten Mal gesehen oder gesprochen?«, begann Brander, nachdem sie in dem inzwischen schon vertrauten Wohnzimmer Platz genommen hatten.

»Sie ist Freitag vor einer Woche nach der Schule nach Esslingen gefahren«, antwortete Annegret Schweikhard. Sie saß vor ihm, steif, bemüht, Haltung zu bewahren. Sie erschien ihm noch magerer als an den Tagen zuvor. Hermann Schweikhard war still. Er saß neben seiner Frau, in sich zusammengesunken, das Gesicht blass und ausdruckslos. Brander hätte nicht sagen können, was in ihm vorging. Trauer? Verzweiflung? Unglauben? Nichts von alledem zeichnete sich in seiner Mimik ab.

»Sie hat eine Notiz hinterlassen, dass sie in Esslingen ist. Hermann und ich waren noch bei der Arbeit.«

»Das heißt, Sie haben nur diese Nachricht vom letzten Freitag. Aber wann haben Sie sie zuletzt gesehen?«

»Am Abend davor.«

»Und dann hinterließ sie freitags diese Notiz und ansonsten gab es keinen weiteren Kontakt? Einen Anruf, eine SMS, WhatsApp?«

Frau Schweikhard schüttelte den Kopf.

»Und Ihr Sohn? Wann haben Sie das letzte Mal mit ihm gesprochen?«

»Das sagten wir doch schon. Wir haben ihn am zwölften Januar gesehen. Seither hatten wir keinen Kontakt mehr.«

»Warum nicht?«

»Das ist eine private Familienangelegenheit.«

Bei einer Mordermittlung gab es nicht mehr viel Raum für private Familienangelegenheiten. »Denise wurde in der Wohnung Ihres Sohnes gefunden …«

»Marcel ist kein Mörder!«, fuhr Annegret Schweikhard ihn an. »Er würde Denise niemals etwas antun!«

»Niemand sagt, dass Ihr Sohn Ihrer Tochter etwas angetan hat. Wir wissen nicht, was passiert ist. Es könnte auch ein Unfall gewesen sein.«

»Wie … woran ist sie gestorben?«, fragte Hermann Schweikhard. Seine Stimme klang zaghaft, als wäre er nicht sicher, ob er die Antwort hören wollte.

»Das konnte noch nicht abschließend geklärt werden.« Was konnte er den Eltern sagen? Alles war noch viel zu ungewiss. »Hatte Ihre Tochter irgendwelche Erkrankungen? Allergien, Diabetes, Herzprobleme …?«

»Nein.« Zur Bestärkung ihrer Antwort, schüttelte die Mutter den Kopf. »Sie hat geraucht.«

Das Mädchen war nicht an einer Nikotinvergiftung gestorben.

»Ihre Tochter war tätowiert«, erinnerte Brander an das Foto, das er den Eltern am Abend zuvor gezeigt hatte. »Wissen Sie, was die Tätowierung bedeutet, die Ihre Tochter am Knöchel hatte?«

Das Elternpaar sah ihn an. Wenn sie es nicht wussten, so schienen sie es doch zu ahnen.

»Das Symbol ist eine sogenannte Triskele. Die Zahlen stehen für *Blood and Honour*, das ist eine internationale rechte Organisation. Dieses Symbol lässt man sich nicht einfach so im Tattoo-Laden um die Ecke stechen. Es deutet darauf hin, dass Ihre Tochter mit der rechten Szene zumindest sympathisierte und da anscheinend auch Kontakte hatte.« Er suchte in den Gesichtern nach einer Reaktion, aber sie starrten ihn nur weiterhin an.

»Wir brauchen Namen von Freundinnen, Freunden ...«, ergänzte Brander.

»Ich kann Ihnen keine Namen nennen. Ich kenne diese Freunde nicht«, erklärte Annegret Schweikhard hart. Und kaum hörbar – wobei sie den Blick zu ihrem Mann vermied – ergänzte sie: »Und ich will sie auch gar nicht kennen.«

Brander war froh, dem Elternhaus Schweikhard zu entkommen. Nachdem das Ehepaar keine Fragen mehr beantworten wollte, hatten sie sich noch einmal das Zimmer des Mädchens angesehen und ihren Laptop mitgenommen. Peter Sänger zündete sich auf dem Weg zu den Autos eine Zigarette an. Er hatte seinen Dienstwagen hinter Branders Auto geparkt.

»Sorg bitte dafür, dass das so schnell wie möglich bei unseren IT-Forensikern landet«, bat Brander den jüngeren

Kollegen. »Und die Kriminaltechniker sollen sich Denises Zimmer auch mal vornehmen.«

»Geht klar.« Er blies den blauen Dunst in den trüben Himmel. »Seltsame Familie.«

»Sie haben gerade ihre Tochter verloren«, gab Brander zu bedenken.

Sänger sah skeptisch zu der weißen Mauer, hinter der sich das stille Haus verbarg. »Dass die angeblich so gar nichts über ihre Kinder wissen …Wenn man die glattgeleckte Fassade wegnimmt, bleibt entweder nichts oder es kommt ein Haufen Dreck zum Vorschein.«

»Wir werden sehen.« Brander blickte ebenfalls zu dem Haus. Was spielte sich jetzt hinter der Mauer ab? Die Eltern hatten sich nicht in den Arm genommen, keine haltgebende Hand gesucht. Sie hatten sich nicht einmal berührt. Kein Wort des Zuspruchs. Diese beiden Menschen waren nicht in der Lage, sich Trost zu spenden. Wie waren sie mit ihren Kindern umgegangen?

Während Sänger sich um den Laptop kümmerte, ließ Brander sich von Fabio Esposito die Adresse des Getränkehändlers geben, für den Marcel Schweikhard arbeitete, und fuhr dorthin.

»Ich suche Johannes Ruckaberle«, erklärte er einem älteren Mann, der im Laden Kisten hin und her wuchtete. Der Mann im grauen Arbeitskittel sah ihn mürrisch an. »Warum?«

Brander zog seinen Dienstausweis hervor. »Kriminalpolizei Tübingen, ich habe ein paar Fragen.«

Sein Gegenüber studierte blinzelnd den Ausweis. »Tübingen?«

Verdammt! »Esslingen. Entschuldigung, Kripo Esslingen.«

Der Mann grinste, was ihn gleich viel sympathischer aussehen ließ. »Sind Sie versetzt worden?«

»Ja.« Vor einem dreiviertel Jahr – aber die Information behielt er lieber für sich. Wie lange würde es dauern, bis er sich endlich daran gewöhnte?

»Ich bin Johannes Ruckaberle. Was für Fragen haben Sie denn?«

»Es geht um einen Ihrer Mitarbeiter, Marcel Schweikhard.«

Der Mann nickte, sah an Brander vorbei und rief: »Lotti, ich bin gerade mal hinten.«

Er führte Brander aus dem Verkaufsraum in den dahinter liegenden Lagerraum.

»Was hat der Bua angestellt?«

Ruckaberle mochte Ende fünfzig, Anfang sechzig sein, alt genug, um Marcels Vater zu sein.

»Er ist verschwunden.«

»Verschwunden?«

»Wann haben Sie ihn zuletzt gesehen?«

Der Mann kratzte sich im Nacken. »Freitag vor a Woch'. Er sollte eigentlich jetzt am Mittwoch wieder kommen, rief aber morgens an, dass er krank wäre.«

»Haben Sie mit ihm persönlich gesprochen?«

»Ha-jo.«

»Kam es öfter vor, dass er kurzfristig nicht zur Arbeit erschien?«

»Noi, eigentlich nicht. Vor zwei, drei Monaten war er mal ein paar Tage krank. Aber er meldet sich immer ab, wenn er nicht kommen kann.«

»Wie lange arbeitet Herr Schweikhard schon für Sie?«

»Der schafft jetzt 'n gutes Jahr bei mir … Ich kann ihn halt nicht fest einstellen, das gibt der Laden nicht her.«

»Können Sie mir Marcel Schweikhard beschreiben? Was ist er für ein Mensch?«

Ruckaberle schnaufte ratlos. »Ruhig. Macht, was man ihm sagt. Kommt pünktlich, hat sich nie was zu Schulden kommen lassen. Ist 'n guter Junge.«

»Kennen Sie Freunde von Herrn Schweikhard? Arbeitet vielleicht einer für Sie?«

»Ha-noi, des isch ein Familienunternehmen, so viele Leute kann ich mir nicht leisten. Mittwochs und freitags fahr ich aus, deswegen hab ich den Marcel, dass die Lotti nicht die schweren Kisten schleppen muss. Der hilft mir beim Verladen und dann hier im Geschäft.« Ruckaberle kratzte sich wieder im Nacken. »Zuhause ist der Junge nicht?«

»Nein, schon seit mehreren Tagen nicht.«

»Mir könnet mal die Lotti fragen, vielleicht woiß die ebbes.«

Sie kehrten in den Verkaufsraum zurück und warteten, bis der Kunde an der Kasse abgearbeitet war.

»Lotti, kennsch du irgendwelche Freunde von dem Marcel?«

Lotti Ruckaberle war eine kräftige Frau mit grauen Locken, rosigen Wangen und strahlenden Augen. »Hm, der eine, oh, wie heißt der no … so 'n Hübscher im Anzug ... Wartet Se, i hen's glei' … ha-jo, Robin! Robin heißt der. Der hat den Marcel manchmal abgeholt.«

»Robin – und wie weiter?«

Lotti Ruckaberle zuckte die Achseln. »Das woiß i nedde. Die jungen Leut, die sprechen sich ja nicht mit Nachnamen an. Und wenn der Marcel sagt, dass der Robin auf ihn wartet, da fragt man ja nicht nach dem Nachnamen, nicht?«

»Wie sieht dieser Robin aus?«

»Ein großer, schlanker junger Mann. Kurze, blonde Haare – so was Modernes … Obenrum bissle länger und an den Seiten kurz. Ist immer schick angezogen. 'nen BMW fährt er. Nich', Hannes? Ein BMW ist das?«

Johannes Ruckaberle nickte bestätigend.

»Esslinger Kennzeichen?«

»Oh, Sie können frage! Des woiß i nedde. Dunkelbraun ist's, also, das Auto, nicht das Kennzeichen.«

»Das Modell wissen Sie nicht zufällig?«

»Noi, da kenn ich mich nicht aus.«

Das war nicht viel. Dunkelbrauner BMW. Wie viele gab es davon in der Region?

Als Brander das Gebäude der Polizeidirektion betrat, wurde er am Empfang gebremst.

»Da war ein Herr Kazmaier, der wollte zu dir.«

Kazmaier? Brander kramte in seinem Hirn. »Was wollte er?«

»Mit dir sprechen. Genauer gesagt, eine Aussage machen, eine Zeugenaussage bei dem Herrn Kriminalhauptkommissar Andreas Brander. Ich darf dir ausrichten, dass es sich vermutlich doch nicht um ein Kapitalverbrechen handelt, jedoch eine gefährliche Körperverletzung nicht auszuschließen ist und er es als seine staatsbürgerliche Pflicht ansieht, seine Beobachtung zu Protokoll zu geben, sodass Ermittlungen eingeleitet werden können. Er steht als Zeuge zur Verfügung«, wiederholte die Kollegin vom Empfang die Worte des Besuchers, und bei Brander fiel der Groschen. »Ich habe ihm gesagt, dass du am Montag wieder im Büro bist.«

»Bin ich das?«, fragte Brander wenig begeistert. Ob er Vitus Kazmaier auf Peppi abwälzen konnte? Oder die Kollegen vom Revier? »Wenn er wiederkommt, sag ihm, ich bin auf unbestimmte Zeit undercover im Einsatz.«

»Das kannst du ihm selbst sagen, sonst muss ich mir einen Vortrag über die genaue Definition von verdeckten Ermittlungen anhören. Heute gab's 'ne Gratislektion zum Thema Kapitalverbrechen.«

»Ich hoffe, du hast was gelernt.« Brander grinste mitfühlend und stieg die Stufen zu seinem Büro hinauf. Ihm blieben nur wenige Minuten bis zum Beginn der Sitzung.

Die Ermittlungsgruppe hatte Zuwachs bekommen. Neben Kriminaloberrat Clewer und den Ermittlern der Kriminalinspektion 1 waren Kollegen von der Fahndung, einige Kriminaltechniker, ein Mitarbeiter vom Öffentlichkeitsreferat sowie ein altbekannter Kollege von der IT-Forensik hinzugekommen: Jens Schöne. Er war nicht mehr ganz so dünn, wie Brander ihn in Erinnerung hatte, und sein Gesicht zierte ein gepflegter Sechs-Tage-Bart, der ihn reifer wirken ließ. Doch noch immer hatte er die blonden, strubbeligen Haare, die jeglichen Anschein von Seriosität wieder zunichtemachten, und seine langen schlanken Finger schnippten auch heute nervös, wie immer, wenn er keine Tastatur vor sich hatte.

»Wir haben die Datenauswertung von Denise Schweikhards Smartphone«, berichtete Jens. »Der Apparat war bis Sonntagnacht eingeschaltet, dann war vermutlich der Akku leer. Von Sonntagabend bis heute gab es mehrere eingehende Anrufe. Drei Anrufer haben Nachrichten hinterlassen. Der erste Anrufer war männlich.« Der IT-Fachmann machte einen Mausklick und eine leise, heisere Stimme erklang aus seinem Laptop: »Denise, wir müssen reden. Meld dich, ja? Melde dich.«

»Wann kam der Anruf?«, fragte Brander.

»Montagmorgens acht Uhr dreiundzwanzig.«

»Wer ist der Anrufer?«

»Ihr Bruder, Marcel.«

Brander stutzte. Warum rief er an, wenn seine Schwester bereits seit Stunden, wenn nicht Tagen tot in seiner Wohnung lag?

»Ein Täuschungsmanöver«, sagte Fabio. »Er tut so, als wüsste er nicht, dass seine Schwester tot ist.«

»Oder er weiß es tatsächlich nicht.« Brander lauschte dem Echo der Stimme auf dem Anrufbeantworter. Wie hatte der junge Mann geklungen? Ruhig, gefasst? Nervös, angespannt? Was hörte er heraus? Er musste sich die Aufnahme noch einmal in Ruhe anhören. »Wer hat noch angerufen?«

»Sara Geisslinger, vermutlich eine Schulkameradin, wohnhaft in Tübingen, Mittwochmorgen, sieben Uhr achtundvierzig.«

Dieses Mal klang eine genervte weibliche Stimme aus dem Laptop.

»Hier ist Sara. Ey, wo steckst'n? Aufwachen, heut ist Englisch!«

»Die dritte Nachricht wurde Mittwochabend hinterlassen, zweiundzwanzig Uhr siebenunddreißig.« Jens bediente erneut seine Maus.

»Denise? Mama hier. Denise, warum hast du … warum tust du uns das an? Waru…« Die Stimme brach, die Leitung wurde unterbrochen. Annegret Schweikhard schien in Tränen aufgelöst.

»Von der Mutter gab es im Laufe der Woche drei Anrufe, aber nur bei dem letzten hat sie eine Nachricht hinterlassen.«

Warum tust du uns das an? Was? Dass sie nicht ans Telefon ging? »Hat Marcel Schweikhard es auch öfter versucht?«, fragte Brander.

»Nein, nur der eine Anruf.«

»Und sonst?«

»Ein Anruf am Montagabend. Der Anschluss läuft auf einen Jochen Kastner, wohnhaft in Berkheim. Hat keine Nachricht hinterlassen.«

Brander kritzelte grübelnd auf einem Blatt herum. Unbewusst hatte er die Triskele skizziert. »Was ist mit den Anrufen davor? Zu wem hatte sie Kontakt?«

Jens hob einen Mundwinkel zu einem freudlosen Grinsen. »Das ist eine gute Frage. Der Speicher war leer – sowohl ihre Kontaktdaten als auch die Anrufprotokolle. Keine SMS.«

»WhatsApp?«

»Fehlanzeige.«

»Willst du mich verarschen?«, rutschte es Brander heraus. »Kein Jugendlicher, der ein Smartphone besitzt, lebt heute noch ohne WhatsApp.«

»Was uns zu der gewagten These verleiten könnte, dass jemand die Daten und die App vorsätzlich gelöscht hat. Wir versuchen, die Daten wiederherzustellen, aber das dauert.« Jens sah auf den Monitor seines Laptops. »Im Rahmen …« Er hielt inne, als die Tür aufgerissen wurde und eine Frau, Mitte dreißig, füllig, blond, gekleidet in Hosenanzug und mit Aktentasche in der Hand, in den Raum wirbelte.

»Entschuldigen Sie die Verspätung. Die Kinder, der Verkehr … Machen Sie bitte weiter.« Sie nahm eilig Platz.

Hans Ulrich Clewer bemerkte Branders fragenden Blick und stellte sie vor: »Frau Staatsanwältin Isabella Mertens. Herr Schöne, Sie wurden unterbrochen …«

»Ähm, ja.« Jens Schöne räusperte sich. »Im Rahmen der Fahndung nach Marcel Schweikhard haben wir versucht, sein Handy zu orten, es scheint aber zur Zeit ausgeschaltet zu sein. Das letzte Signal kam von einer Funkzelle beim Scharnhauser Park, Donnerstagnacht. Wir versuchen, ein Bewegungsprofil zu erstellen. Er war anscheinend in den letzten Tagen viel im Esslinger Norden unterwegs, Serach hab ich mir hier notiert.« Er kratzte sich ratlos am Kopf.

»Das ist ein Esslinger Stadtteil, Halbhöhenlage, im Norden«, erklärte Kriminaloberrat Clewer. »Hat er da Freunde oder Verwandte?« Der Inspektionsleiter sah zu Brander.

»Uns ist nichts bekannt. Es liegt leider kein Adressbuch oder Ähnliches vor. Oder, Freddy?«

Tropper schüttelte den Kopf. »Wir haben nichts dergleichen in seiner Wohnung gefunden. Er hat keinen Festnetzanschluss, nur das Smartphone.«

»Was ist mit seinem Computer? Er hat doch sicherlich einen PC oder Laptop?«, hakte Brander nach.

»Auch den haben wir leider nicht in der Wohnung gefunden.«

»Das heißt, er hat keinen? Oder hat ihn jemand mitgenommen?«, fragte Brander.

Tropper hob die Schultern. »Gute Frage. Nächste Frage.«

»Wissen wir schon irgendetwas über diesen Jochen Kastner?«, wandte Brander sich an Jens Schöne.

»Nein, da haben wir bisher nur Name und Adresse.«

Brander sah zu seiner Rechten. »Fabio, könntest du …?«

»Gleich nach den Theaterproben«, murmelte dieser wenig begeistert.

»Was für Theaterproben?«, fragte Clewer irritiert.

Fabio wedelte mit dem Zeigefinger zwischen Brander und sich hin und her. »Ist 'n interner. Ich kümmere mich um diesen Kastner. Bei der Gelegenheit: Zu Denise Schweikhard liegt uns nichts vor. Mit sechzehn gab's mal eine kleine rebellische Phase. Das wusste ein Kollege vom zuständigen Polizeiposten. Sie wurde mehrfach nachts betrunken aufgegriffen. Dann gab es eine Vermisstenmeldung, da war sie ein paar Tage ausgebüchst, wurde beim Trampen entdeckt und wieder nach Hause gebracht. Ansonsten scheint sie nicht weiter auffällig geworden zu sein.«

»Warum war sie abgehauen?«, fragte Brander.

»Laut Protokoll wollte sie zu ihrem Bruder, der hat zu der Zeit noch in Jena studiert.«

Clewer sah auf seine Notizen. »Herr Tropper, gibt es neue Erkenntnisse von der Spurensicherung in Schweikhards Wohnung?«

»Nichts Konkretes«, erklärte der Kriminaltechniker. »Zahlreiche Fingerabdrücke gehören Marcel Schweikhard, was ja nicht verwunderlich ist. Ein paar wenige konnten wir bereits der Toten zuordnen. Es scheint so, als hätte sie in der Wohnung ein Bier getrunken. Eine leere Flasche stand auf dem Couchtisch, da waren ihre Fingerabdrücke drauf.«

»War sie stark alkoholisiert?«, fragte Clewer.

»Laut Obduktionsbericht nein.«

»Und sonst? Was ist mit diesen Schmierereien? Sind wir da weiter?«

»Da sollte uns doch der Staatsschutz helfen«, erinnerte Brander den Inspektionsleiter an seine Worte vom Vortag.

»Ja, die sind gerade zu … haben irgendeine aufwendige Aktion.« Clewer klang frustriert. »Mit etwas Glück kommt morgen oder Montag jemand zu uns.«

Die Staatsanwältin wurde unruhig. »Es gibt keine Einbruchspuren, korrekt?« Sie sah zu Brander, der wandte sich an Tropper.

»Korrekt?«

»Keine Einbruchspuren, korrekt.«

»Gut.« Isabella Mertens scrollte geschäftig auf ihrem Tablet-PC. »Wenn ich es richtig sehe, wurde die Tote mittlerweile eindeutig als Denise Schweikhard identifiziert. Sie wurde in der Wohnung ihres Bruders gefunden. Es gibt keine Einbruchspuren, die darauf hindeuten, dass jemand anderes sich gewaltsam Zutritt zu der Wohnung verschafft hat. Es gibt bislang keine Zeugen, die eine andere Person in der Wohnung gesehen haben. Marcel Schweikhard ist bereits seit mehreren Tagen flüchtig. Er ist in der Vergangenheit schon gewalttätig geworden und vorbestraft. Er ist meines Erachtens dringend tatverdächtig. Konzentrieren wir uns also darauf, ihn zu finden. Dann sind wir doch schon einen ganzen Schritt weiter.«

Was dachte die Frau Staatsanwältin eigentlich, was die Beamten seit zwei Tagen machten? Brander kannte Isabella Mertens nicht. Es war das erste Mal, dass er mit ihr zusammenarbeitete. Er fragte sich, wie viele Mordfälle die junge Frau in ihrem Leben bearbeitet hatte. Mordfälle. War es überhaupt ein Mordfall? Ging es um Totschlag? Einen Unfall?

»Es könnte genauso gut sein, dass Marcel oder Denise Schweikhard den Täter kannten und ihm die Tür öffneten und in die Wohnung einließen«, gab er zu bedenken.

Die Staatsanwältin sah ihn kampfeslustig an. »Warum flüchtet Marcel Schweikhard vor Ihnen, wenn er nichts getan hat?«

Darauf hatte Brander keine Antwort.

Isabella Mertens nickte zufrieden. »Das kann er uns dann ja verraten, wenn Sie ihn haben.«

Brander saß kaum an seinem Schreibtisch, als das Telefon klingelte: Käpten Huc.

»Herr Brander, kommen Sie bitte noch einmal kurz zu mir.«

Brander ging zum Büro seines Vorgesetzten. Dieses Mal bot Clewer ihm nicht einen Sitzplatz in seiner bunten Sesselgruppe an, sondern deutete auf den Stuhl vor seinem Schreibtisch. Was gab es jetzt? Einen Rüffel, weil er es gewagt hatte, der neuen Staatsanwältin vor versammelter Mannschaft zu widersprechen?

»Frau Pachatourides hat mich heute Morgen angerufen und sich für das Wochenende abgemeldet.«

Daher wehte der Wind. »Wir hatten gestern darüber gesprochen. Wir …«, begann Brander, wurde aber unterbrochen.

»Wir haben ein ungeklärtes Tötungsdelikt und stecken mitten in den Ermittlungen.«

»Wir sind aber zurzeit auch nicht unterbesetzt, und Frau Pachatourides hatte das ganze Jahr noch keinen Urlaub.«

»Im September eine Woche, wenn ich mich richtig erinnere.«

»Für einen Umzug. Einen Umzug würde ich nicht als besonders erholsam bezeichnen. Für dieses Wochenende hatte sie bereits Pläne, die sich nicht einfach verschieben ließen. Am Montag ist sie wieder im Dienst.«

»Wochenendpläne?«

»Ja.«

Clewer lehnte sich zurück, tippte in einer Merkelgeste die Fingerspitzen aneinander. Schließlich schnalzte er mit der Zunge und beugte sich wieder zu Brander vor. »Und diese Wochenendpläne sind tatsächlich der einzige Grund für ihre Abwesenheit?« Der Achtundfünfzigjährige zog zweifelnd die Stirn in Falten und sah Brander konzentriert in die Augen, als er fortfuhr: »Ganz objektiv, Herr Brander, denken Sie, dass Frau Pachatourides diesem Fall gewachsen ist?«

»Wie bitte?«

»Sie haben meine Frage verstanden.«

Was war denn jetzt los? »Ich sehe da überhaupt kein Problem.«

»Ich habe mir die Personalakte Ihrer Kollegin angesehen. Sie kennen ihre Vorgeschichte?«

»Ja.« Er sah den Inspektionsleiter verärgert an. »Und ich sehe trotzdem kein Problem.« Vorgeschichte! Da machte er aus einer Mücke einen Elefanten. Peppi hatte nach einem Fall Zweifel an ihrer Berufswahl gehabt. Hatte damals tatsächlich jemand darüber einen Aktenvermerk gemacht?

»Frau Pachatourides ist sehr emotional. Wie reagiert sie auf Anfeindungen?«

Unwillkürlich erinnerte sich Brander an die Befragung eines braunen Gesellen vor wenigen Jahren. »Wenn ich dieses rassistische Geschwätz höre, krieg ich das Kotzen!«, hatte Peppi damals geschimpft, nachdem die Befragung erfolglos verlaufen war – woran ihre schroffe Art gegenüber dem Mann nicht schuldlos gewesen war. »Sie ist eine erfahrene Ermittlerin. Sie …«

Clewer bremste ihn mit einer Handbewegung, sah auf seinen Notizblock und zitierte: »Ich will den Fall nicht abgeben, weil ich Angst habe vor so ein paar Scheißnazis.« Er hob den Blick wieder. »Klingt das für Sie nach einer objektiv ermittelnden Beamtin?«

Brander rieb sich über den Nacken. Was sollte er sagen? Peppi war emotional, neigte manchmal zu kurzen Wutausbrüchen, sie hatte ein Problem mit Rechtsradikalen. Da gab es nichts zu rütteln.

»Sollte es sich herausstellen, dass es sich in diesem Fall um Mord oder Totschlag handelt, und sollte der mutmaßliche Täter tatsächlich eine Nähe zur rechten Szene aufweisen, wird man uns so einen Ausspruch um die Ohren hauen. Der Verteidiger wird anprangern, dass wir nicht objektiv, sondern voreingenommen und einseitig ermittelt hätten!«

Die Sorge des Inspektionsleiters war nicht unbegründet. Der Verlauf dieser Unterredung gefiel Brander ganz und gar nicht. »Sie sollten dieses Gespräch nicht mit mir führen, sondern mit Frau Pachatourides.«

»Die ist ja bedauerlicherweise heute nicht hier.« Clewer atmete tief durch. Er schien zu spüren, dass die Stimmung in eine Richtung kippte, in die er nicht wollte. »Verstehen Sie mich nicht falsch. Ich stelle Frau Pachatourides' Fähigkeiten nicht in Frage. Aber bei solchen Aussprüchen werde ich hellhörig. Sie arbeiten schon viele Jahre mit ihr zusammen. Sie kennen Ihre Kollegin besser als ich. Mich interessiert Ihre Meinung. Sagen Sie mir Ihre ehrliche, objektive Meinung. Was soll ich tun?«

»Es steht mir nicht zu, dazu etwas zu sagen.«

»Herr Brander, jetzt kommen Sie mir bitte nicht so.« Clewer schnaufte unzufrieden, wissend, dass Brander nicht ganz unrecht hatte. »Wir sind hier unter uns. Versuchen wir es mal rein hypothetisch … Stellen Sie sich vor, Sie säßen hier auf meinem Platz. Was würden Sie tun?«

Rein hypothetisch. Er hatte Peppi versprochen, dass sie keinen Ärger bekommen würde, dass er sich für sie einsetzen würde. »Ich würde sie nicht von dem Fall abziehen«, erwiderte er mit Nachdruck.

Der Inspektionsleiter lehnte sich zurück, nickte langsam vor sich hin, nicht zustimmend, aber akzeptierend. »In Ordnung. Aber sollte etwas vorfallen, will ich der Erste sein, der es erfährt.« So ganz überzeugt schien er nicht.

»Es wird nichts vorfallen.«

»Ihr Wort in … Ach, lassen wir Gott lieber aus dem Spiel. Ich habe Frau Mertens nichts von Frau Pachatourides unsachlicher Bemerkung gesagt.« Er klappte seinen Block zu. »Danke. Das wäre es dann.«

Brander stand auf. Clewers Sorge machte ihn stutzig. War das nur wegen eines unbedachten Ausspruchs seiner Kollegin? Oder gab es irgendeinen Vorfall in Peppis Vergangenheit, von dem er nichts wusste? Irgendetwas musste in ihrer Akte stehen.

Auf halbem Weg zur Tür bremste ihn der Inspektionsleiter noch einmal. »Herr Brander, eine Sache noch: Wir bekommen ab Montag Verstärkung. Stephan Klein wird von der OK zu uns wechseln. Er wird bei diesen Ermittlungen mitarbeiten.«

Brander hob überrascht die Augenbrauen. »Und da machen Sie sich Sorgen um Frau Pachatourides?«, rutschte es ihm heraus.

»Tja …« Clewer zuckte die Achseln.

Auf dem Weg zurück in sein Büro beschloss Brander, Feierabend zu machen, bevor die nächste böse Überraschung über ihn hereinbrach. Doch die saß bereits auf Peppis Platz und grinste fröhlich.

»Andreas, mein Freund. Wo hast du gesteckt?«, grüßte Stephan Klein.

»Was machst du hier? Ich dachte, du kommst erst ab Montag.«

»Du hast die frohe Botschaft schon gehört?«

»Du siehst mich jubilieren.«

Der Kollege von der OK – Organisierte Kriminalität – war viele Jahre verdeckter Ermittler im Bereich Bandenkriminalität gewesen und sah dementsprechend aus: Er war knapp zwei Meter groß, bullig, tätowiert bis an die Handgelenke, und mit Anfang fünfzig wirkte sein Gesicht so verlebt, als hätte er seine Tage mit Alkohol, Schlägereien und anderem Ungemach verbracht. Im Kontrast dazu stand jedoch sein klarer Blick aus stahlblauen Augen und seine fast jugendliche, angenehme Stimme. Vor einem halben Jahr hatten sie sich bei Ermittlungen kennengelernt, die über den Bereich der Kriminalinspektion 1 hinausgegangen waren. Trotz eines holprigen Starts hatten sie sich irgendwie angefreundet. Brander mochte Kleins direkte, unkomplizierte Art, andererseits raubte genau diese Eigenschaft ihm hin und wieder auch den letzten Nerv. »Kommst du freiwillig, oder hatten die bei der OK die Schnauze voll von deinen illegalen Methoden?«

»Andreas! Warum hast du so eine schlechte Meinung von mir?«

»Dodge Ram. Muss ich mehr sagen?«

Klein lachte laut, seine Augen funkelten auf bei der Erinnerung. »Pass auf, Andreas, ich hab mich von Fabio schon mal updaten lassen. Was machen wir jetzt?«

»Wir? Jetzt? Es ist halb fünf. Feierabend.«

»Mach keine Sachen. Wir haben ein totes Mädel, da gibt's keinen Feierabend.«

Brander setzte sich seufzend an seinen Schreibtisch. »Schaff dir mal ein Hobby an.«

»Hab ich, die hat aber dieses Wochenende Dienst.«

»Oh, wie heißt die Glückliche?«

»Daria, Krankenschwester oben im Klinikum. Jetzt lenk nicht ab.«

Brander sah auf seine Notizen aus der Sitzung. »Jochen Kastner, wohnt in Berkheim. Er hat …«

»Ich weiß Bescheid. Fahr ich oder du?«

»Hab ich gesagt, dass wir da hinfahren?«

»Ich kenne mich besser aus, ich fahre.« Schon war Stephan Klein zur Tür hinaus.

Sie überquerten den Neckar und gelangten entlang eines kleinen Waldstücks zum eingemeindeten Ortsteil Berkheim. Die Adresse, die sie von Jochen Kastner hatten, führte zu einem imposanten Einfamilienhaus mit Einliegerwohnung. Es gab zwei Briefkästen und zwei Klingeln. »Dr. J. u. W. Kastner« und »J. Kastner«.

Brander klingelte zwei Mal bei J. Kastner, aber niemand öffnete ihnen. Na also, Feierabend.

»Lass mal schauen, ob der Doktor zu Hause ist.« Klein drückte auf den oberen Klingelknopf.

Von drinnen erklangen Schritte, die Tür wurde geöffnet. Vor ihnen stand ein Mittfünfziger. Bürstenhaarschnitt, Hemd, Anzughose, fliehendes Kinn. »Ja?«

»Kripo Esslingen, Kommissar Klein. Wir suchen Herrn Jochen Kastner.«

Kurz zeichnete sich Überraschung auf dem Gesicht ab. »Steht vor Ihnen. Was gibt's?«

Bevor Brander den Irrtum aufklären konnte, fragte Klein: »Sie kennen Denise Schweikhard?«

»Ja.«

»Warum haben Sie die junge Dame letzten Montag angerufen?«

Kastner deutete ein schmallippiges Lächeln an. »Ich habe die junge Dame sicherlich nicht angerufen. Das war wohl eher mein Sohn.«

»Heißt der auch Jochen Kastner?«, mimte Klein den dummen Beamten.

»Ganz genau. Es tut mir leid, Jochen ist gerade nicht zuhause.«

»Wo ist der Junge denn?«

Kastner zuckte die Achseln. »Mein Sohn ist sechsundzwanzig, da ist er mir nicht mehr über jeden seiner Schritte Rechenschaft schuldig.«

»Dann richten Sie Ihrem Junior bitte aus, dass er sich bei uns melden soll.« Klein klopfte seine Taschen ab. »Andreas, hast du …«

Brander reichte dem Mann seine Visitenkarte. »Kennen Sie auch den Bruder von Denise Schweikhard?«

»Marcel? Ja, warum?«

»Haben Sie ihn in den letzten Tagen gesehen?«

»Nein.«

»Wann zuletzt?«

»Das weiß ich nicht mehr. Vor ein paar Wochen vielleicht.« Kastner studierte die Visitenkarte und sah wieder zu Brander. »Worum geht es denn überhaupt?«

»Wir haben nur ein paar Fragen.«

»Und dafür fahren Sie extra hier raus?«

Klein machte eine ausladende Geste. »Ist ’ne schöne Gegend, die wollten wir uns mal angucken.«

Sie verabschiedeten sich. Brander spürte Kastners Blick im Rücken, während sie zum Wagen gingen.

»Was meinste, ruft der gleich seinen Sohnemann an?«, fragte Klein, als sie wieder im Auto saßen.

»Gut möglich.« Brander sah zurück zum Haus. Hier wohnten keine armen Leute. Er war gespannt, was Fabio Esposito ihm zu Familie Kastner berichten würde.

Statt zur Dienststelle zurückzukehren, lenkte Klein den Wagen Richtung Esslinger Norden.

»Wo willst du denn jetzt noch hin?«

»Will mir mal den Ort des Geschehens anschauen.«

»Das können wir auch morgen.«

»Heute geht aber auch.«

»Es wäre zumindest sinnvoll, vorher den Schlüssel von der Dienststelle zu holen.«

Klein klopfte wortlos auf seine Jackentasche.

Vor dem Haus erinnerte nichts an den grausigen Fund, den die Beamten vor wenigen Tagen in der Dachgeschosswohnung gemacht hatten. Im Hof standen ein paar Autos. Ein Tretroller lehnte an einem Busch. Sie gingen den schmalen Pfad zur Haustür entlang, und Brander war sich sicher, dass Beyer ihre Ankunft vom Küchenfenster bis zum Türspion beobachtete.

Das Licht im Treppenhaus war schummrig. Klein wollte die Tür aufschließen, stutzte und wich zurück. »Schau mal.«

Die Siegel waren zerschnitten.

»Warst du vorhin schon mal hier?«, fragte Brander.

»Andreas!«

Sie lauschten ins Innere der Wohnung. Es war still.

»Kann die was wissen?« Klein deutete auf die Tür der Nachbarin.

»Ist in Kur.« Brander haderte mit sich: Sollte er erst mit dem Hausmeister sprechen? Wusste er, ob jemand in der

Wohnung war? Das gab demjenigen, der vielleicht drinnen war, die Chance zu flüchten oder zu vertuschen, was auch immer er gerade tat. Vielleicht war aber auch niemand mehr da. Seine Pulsfrequenz hatte sich erhöht, während er angestrengt an der Tür lauschte. Er klopfte laut. Als nichts geschah, zog er die Waffe aus dem Holster.

»Wir gehen rein«, flüsterte er Klein zu.

Der positionierte sich auf der anderen Seite der Tür und schloss auf. Brander gab der Tür einen leichten Kick. Sie schwang zur Seite. »Polizei! Jemand zuhause?«

Nichts regte sich. Lediglich der Verwesungsgeruch, der noch immer zwischen den Wänden hing, kroch zu ihnen heraus.

Brander warf einen schnellen Blick ins Innere. Da war niemand. Sie betraten die Wohnung. Der Raum war leer. Die Küche ebenso. Brander schlich zum Bad. Die Tür stand halb offen. Er stieß sie mit dem Fuß auf, wich zur Seite. Stille. Er ging hinein. Keine Menschenseele. Brander steckte die Waffe zurück ins Holster und kehrte in den Wohnraum zurück. Klein stand grinsend im Zimmer und applaudierte. »Guter Mann. Das war ja wie im Kino.«

Brander fand die Situation alles andere als unterhaltsam. Er nahm sein Handy und wählte Troppers Nummer. »Freddy, war von euch jemand heute in Schweikhards Wohnung und hat vergessen, die Siegel zu erneuern?«

»Nein, wir sind noch hinreichend damit beschäftigt, die Spuren auszuwerten, die wir haben. Warum?«

»Weil jemand in der Wohnung war.«

Tropper stöhnte genervt. »Wir sind unterwegs.«

Brander beendete das Gespräch und sah prüfend zu Klein: »Oder warst du das vielleicht doch mit den kaputten Siegeln?«

Klein hob sich ergebend die Hände. »Dann hätte ich es dir gesagt, bevor du hier rein bist wie Bruce Willis in seinen besten Tagen.«

Brander verzog grimmig das Gesicht. Jetzt, wo die Anspannung nachließ, machte ihn das überschüssige Adrenalin in seinen Adern nervös. Er ließ den Blick über die Einrichtung gleiten. Die Schmierereien prangten an den Wänden und auf den Möbeln. Der Fernseher lag noch in Scherben auf dem Boden. Es gab keine offensichtlichen Veränderungen.

»Wer lebt hier?« Auch Klein hatte sich in der Wohnung umgesehen.

»Marcel Schweikhard, soweit bekannt, allein.«

»Schon klar. Aber wer ist dieser Marcel? Ist er Täter oder Opfer?«

»Keine Ahnung.«

»Ich will wissen, wer hier wohnt, verstehste? Wo pennt der? Hat er kein Bett? Nur das Sofa?«

»So wie's aussieht. Er hatte einen Aushilfsjob, da konnte er sich vermutlich nicht viel leisten.«

»Und dann kommt jemand und pisst ihm aufs Sofa. Warum? Was ist das für eine Schweinerei?«

Branders Blick fiel auf einen Schrank, dessen Tür nur noch halb in den Angeln hing. Ein paar Kleidungsstücke lagen auf dem Boden, der Rest lag noch teilweise akkurat gefaltet im Regal. »Er ist in gewisser Weise diszipliniert.«

Klein war seinem Blick gefolgt. »Gute Kinderstube.«

»Vielleicht – er hat mal Geige gespielt. Dazu braucht man sicher Disziplin. Und irgendjemand hat seine Geige zerbrochen.«

»Oder er selbst.«

»Oder er selbst«, stimmte Brander zu. Ein Wutanfall. Erst die Geige, dann seine Schwester? Oder umgekehrt? Ein Akt der Verzweiflung? Wer ist dieser Marcel Schweikhard? Was hatte sich in dieser Wohnung abgespielt?

Aus dem Treppenhaus drangen die Stimmen der Kriminaltechniker herauf. Sie hatten sich beeilt. Brander verließ die Wohnung. »Wir sprechen mit den Anwohnern, ob die was bemerkt haben.«

Doch niemand hatte jemanden gesehen. Nicht einmal Facilitymanager Ottmar Beyer.

Nachdem sie die Befragung erfolglos beendet hatten, rief Brander Hans Ulrich Clewer an.

»Ich hab's schon vernommen«, grüßte dieser ins Telefon. Wie immer bestens informiert.

»Die Wohnung muss überwacht werden«, forderte Brander. Es ärgerte ihn, dass er nicht gleich daran gedacht hatte. Vielleicht war Marcel Schweikhard noch einmal zurückgekehrt, nachdem die Polizei abgezogen war.

»Ich kümmere mich darum. Ach, Herr Brander, wie ich höre, hat sich Stephan Klein bereits zur Ermittlungsgruppe hinzugesellt. Sagen Sie ihm, dass er gern die erste Schicht übernehmen darf, ich schicke ihm noch einen Kollegen zur Unterstützung.«

* * *

Es war nach elf, als Brander endlich die Tür zu seinem Haus aufschließen konnte. Er fand seine Frau in der dunklen Küche am Fenster stehend. »Hey.«

Sie wandte sich zu ihm um. »Na, langer Tag?«

Brander nickte. »Hast du nach mir Ausschau gehalten?« Er deutete mit dem Kinn zum Fenster. In dem Licht, das vom Flur in den Raum hereinschien, konnte er ihr Gesicht nur schemenhaft erkennen.

»Ja.« Ihre Stimme klang besorgt. »Sag mal … war da gerade jemand auf der Straße, als du gekommen bist?«

»Du meinst außer Kater Piet?«

»Ja.«

Brander fuhr im Geiste das kurze Stück der Sackgasse, in der ihre Doppelhaushälfte stand, noch einmal entlang. »Nein. Keine Menschenseele. Warum?«

»Ich dachte nur …« Sie machte eine abwehrende Handbewegung. »Hast du Hunger? Da sind noch ein paar Fleischküchle.«

Er ging zu ihr und zog sie in die Arme. Ihr Körper war verspannt. Cecilia war kein ängstlicher Mensch, aber irgendetwas beunruhigte sie. Er sog ihren Duft ein, küsste ihr dunkelbraunes Haar. »Was dachtest du *nur*?«

»Ich hatte etwas gehört und mir war so, als ob da draußen jemand herumschleicht. Aber das habe ich mir sicherlich nur eingebildet.« Sie lächelte über sich selbst. »Ich bin heut ein bisschen übersensibel. Nathalie ist so schlecht drauf, gestern hatte ich ein anstrengendes Gespräch mit einer Patientin, die Schlimmes erlebt hat, und seit wir hier diese Einbruchserie hatten …«

Die Einbruchserie lag schon einige Zeit zurück. Brander sah zum Fenster. Ihm war nicht wohl bei dem Gedanken, dass ein Einbrecher in der Gegend herumschleichen könnte, während seine Frau und Nathalie allein im Haus waren. Er würde mit Amadeus Schätzle sprechen, einem Kollegen vom örtlichen Polizeiposten, ob es irgendwelche neuen Vorfälle in der Gegend gegeben hatte.

»Sollen wir einen Hund kaufen?«, schlug er vor.

»Sag das nicht zu laut. Nathalie wäre gleich Feuer und Flamme. Und ich bin dann diejenige, die ständig mit ihm Gassi gehen muss.«

»Ein bisschen frische Luft schadet dir bestimmt nicht.«

»Andreas Brander, sei nicht so frech, sonst kriegst du keinen Nachtisch.«

Er streichelte zärtlich ihren Nacken. »Damit bestrafst du dich aber selbst.«

4

Sonntag

Sonntagsarbeit hatte einen Vorteil: Die Straßen waren frei. Brander erreichte in Rekordzeit die Esslinger Dienststelle und war eine Stunde vor Beginn der morgendlichen Besprechung im Büro. Zeit, die er nutzte, um die Informationen, die sie in den letzten Tagen zusammengetragen hatten, zu sichten und eine neue Skizze anzulegen.

In alter Gewohnheit setzte er das Opfer ins Zentrum seines Blattes. Wieder verwendete er die Tätowierung als Symbol für Denise Schweikhard. Unmittelbar daneben ihr Bruder, hierfür wählte er die Geige. Oben rechts der Getränkehändler Ruckaberle. Eine Flasche war zu simpel, also skizzierte Brander ein paar Getränkekisten. Unten links ein hübsches, sauberes Häuschen mit Mauer für die Eltern Schweikhard.

Wen gab es noch? Jochen Kastner Junior. Er hatte Denise Montagabend angerufen, aber keine Nachricht hinterlassen. Er zeichnete ein Smartphone, Mitte rechts. Aber jetzt war die Skizze ihres Bruders zwischen Denise und Jochen. Nein, das passte nicht. Brander radierte das Telefon wieder weg, versetzte das Symbol an den mittleren unteren Bildrand, sodass er eine direkte Verbindungslinie zu Denise ziehen konnte. Besser. Dann war da noch Beyer-Facilitymanager. Ein Fenster mit Kissen. Brander schmunzelte über dieses Klischee, das einfach nicht aus seinem Kopf wollte. Aber schließlich hatte in der Küche tatsächlich ein Kissen auf der Fensterbank gelegen. Er setzte die Zeichnung dahin, wo zuvor Jochen Kastners Smartphone gewesen war. Nun hatte er noch zwei Unbekannte: Die dunkelhaarige Frau, die anscheinend ein paar Mal bei Marcel Schweikhard gewesen war, und ein gewisser Robin, den die Getränkehändler kannten. Und hatte Papa Schweikhard den Namen nicht auch erwähnt? Er setzte das Wort Robin an den oberen mittleren Rand, zeichnete die Umrisse eines Autos dazu. Von der Frau hatte er nicht einmal einen Namen. Rechts unten in die Ecke skizzierte er das Profil eines weiblichen Gesichts.

Brander betrachtete seine Zeichnung. Half ihm dieses Bild weiter? Was fehlte? Die Zahl. 144. Dazu die Triskele. Das hatte man doch nicht ohne Grund an die Wände geschmiert. 1-4-4. A-D-D. »Alternative der Deutschen«, sinnierte er in Anlehnung an eine Bundespartei. Er schrieb die Zahl in die linke obere Ecke des Blattes, wiederholte das Triskelen-Symbol. Dies war ein direkter Bezug zur Toten. Sie war in der Wohnung ihres Bruders aufgefunden worden. Hatte sie die Wände beschmiert? Aber warum? Warum tust du uns das an, hatte die Mutter auf ihrem Anrufbeantworter gefragt. Was wusste die Mutter über ihre Tochter? Marcel Schweikhard war geflüchtet und untergetaucht. War das ein Schuldeingeständnis? Er hatte schon einmal unter Beweis gestellt, wie gewalttätig er sein konnte. Vielleicht hatte er eine heftige Auseinandersetzung mit seiner Schwester … Er verliert die Kontrolle … Denise stirbt … Er haut ab.

»Andreas, alles wartet auf dich.« Stephan Klein stand im Türrahmen.

Brander sah auf die Uhr. Seit fünf Minuten hätte er bei der Sitzung sein müssen. Eilig sprang er auf. »Was machst du schon hier? Ich dachte, du hast die ganze Nacht vor Schweikhards Wohnung Wache geschoben?«

»Nur die erste Schicht. Halb elf kam die Ablösung. Keine besonderen Vorkommnisse.«

Die gesamte Mannschaft war im Besprechungsraum versammelt. Staatsanwältin Mertens grüßte ihn mit süffisantem Lächeln. »Schön, dass ich nicht die Einzige bin, die es nicht immer pünktlich schafft.«

Brander nickte ihr zu und setzte sich auf einen freien Platz.

Clewer erweckte den Eindruck, als hätte er schlecht geschlafen. »Wenn ich es richtig sehe, ermitteln wir seit fast drei Tagen und sind noch keinen Schritt weiter.« Er sah in die Runde. Sein Blick blieb bei Brander hängen, sodass dieser sich genötigt sah, zu reagieren.

»Die Identität der Toten konnte zweifelsfrei festgestellt werden.«

»Und weiter?«

»Denise Schweikhard, achtzehn Jahre, Schülerin, wohnhaft in Dußlingen, sympathisiert anscheinend mit der rechten Szene …«

»Herr Brander, wiederholen Sie nicht, was eh schon allen bekannt ist«, unterbrach die Mertens ihn barsch.

»Hey!«, knurrte Klein. »Immer schön sachlich bleiben, Isabella.«

»Für Sie immer noch Frau Mertens! Und ich verbiete mir diesen schnodderigen Ton!«

»Hör dir erst mal selber zu.«

Clewers Wangen verfärbten sich. »Stephan.«

Isabella Mertens biss wutschnaubend die Zähne zusammen.

»Frau Mertens, ich kann Ihnen nichts Neues berichten«, ergriff Brander eilig das Wort, bevor Klein sich weiter reinritt. Es war niemandem gedient, wenn sie sich gegenseitig das Leben schwer machten. »Ich weiß, dass die Zeit drängt. Die Eltern des Mädchens wollen Antworten, die Presse sitzt uns im Nacken.« Brander drehte die Handflächen zur Decke. »Wir tun, was wir können, aber wir stehen noch am Anfang der Ermittlungen. Bisher konnte nicht einmal die Todesursache einwandfrei geklärt werden.«

Die Staatsanwältin schien noch immer verärgert, bemühte sich aber um einen versöhnlichen Gesichtsausdruck. »Ich wollte Sie nicht angreifen, Herr Brander.«

Brander akzeptierte mit einem Nicken die angedeutete Entschuldigung. Er wandte sich Fabio Esposito zu: »Was hast du über Jochen Kastner?«

Der Kollege hatte halbwegs auf seinem Stuhl gelegen und schob sich in eine aufrechte Position. »Kastner, Jochen … sechsundzwanzig, hat BWL studiert, Bachelorabschluss im letzten Jahr, Master steht noch aus. Arbeitet zur Zeit in der Steuerberatungskanzlei seines Vaters. Der heißt übrigens auch Jochen. Im letzten Jahr vier Wochen Fahrverbot, siebzig in 'ner Dreißigerzone. Im Frühjahr war er mal in eine Schlägerei verwickelt, Ausschreitungen nach einem Fußballspiel in Stuttgart. Bekam eine Verwarnung. Mehr hab ich im Moment nicht.«

Das war nicht viel.

»Haben wir irgendwelche Anhaltspunkte, wer dieser Robin ist?«, fragte Brander.

»Nur mit einem Vornamen kann ich nichts anfangen«, erwiderte Fabio bedauernd.

»Jens, könnt ihr uns nicht weiterhelfen? Gab es irgendwelche Telefonverbindungen?«, wandte sich Brander an den Kollegen von der IT-Forensik.

»Wir haben die Einzelverbindungsnachweise zu Marcel und Denise Schweikhards Mobiltelefonen beantragt. Ist gerade Wochenende, da mahlen die Mühlen langsamer. Es hat schon vierundzwanzig Stunden gedauert, bis wir den richterlichen Beschluss hatten«, versetzte Jens der Staatsanwältin einen Seitenhieb. Seine Loyalität galt Brander. »Ich hoffe, dass wir die Daten heute noch bekommen, wahrscheinlicher ist morgen. Den Laptop von Denise Schweikhard nehmen wir uns heute noch vor.«

»Gut, danke. Freddy, habt ihr euch das Zimmer von Denise Schweikhard schon angesehen?«, fuhr Brander fort. Clewer ließ ihn gewähren, offensichtlich nicht undankbar, dass er sich ein Stück zurücknehmen konnte.

»Ja, im Zimmer des Mädchens haben wir nichts gefunden, was uns auf den ersten Blick weiterhilft: Kleidung, Schulsachen, Schminkzeug … Auf zwei Postern sind Bands, die vom Staatsschutz überwacht werden. Wir sollten unbedingt bei den Kollegen nachhaken, ob denen Denise oder Marcel Schweikhard in irgendeiner Weise schon einmal untergekommen sind.«

»Herr Clewer?« Brander sah zu seinem Inspektionsleiter.

»Ich rede mit den Kollegen«, versprach Clewer und gab ihm ein Zeichen, fortzufahren.

»Was ist mit Schweikhards Wohnung?«, wandte Brander sich wieder an Tropper.

»Es gibt keine Einbruchspuren und keine offensichtlichen Veränderungen. Die Auswertung der Spuren läuft, aber Leute, wir können nicht alles auf einmal.«

Brander kam der Verdacht, dass der Hausmeister in der Wohnung gewesen sein könnte, weil er seine Neugier nicht hatte zügeln können. Auch wenn Beyer den Ersatzschlüssel zu Schweikhards Wohnung den Beamten übergeben hatte – hatten diese Facilitymanager nicht Universalschlüssel zu allen Wohnungen, nur für den Fall der Fälle? Er machte sich eine Notiz, dass er noch einmal mit Beyer sprechen musste.

Clewer rieb sich über die Stirn, als hätte er Kopfschmerzen. »Wenn es sonst keine Neuigkeiten gibt, schlage ich vor, Sie gehen an die Arbeit. Wir treffen uns heute Abend wieder.«

Die Staatsanwältin klappte die Schutzhülle um ihren Tablet-PC. »Herr Clewer, ich möchte umgehend informiert werden, wenn es Neuigkeiten gibt.«

»Steht 'n bisschen unter Erfolgsdruck, die gute Isabella«, stellte Klein fest, während er es sich auf Peppis Platz bequem machte.

»Das ist normal bei einer Mordermittlung«, ergriff Brander Partei für die Staatsanwältin.

»Kein Grund, zickig zu werden.«

Brander musterte sein Gegenüber. Klein war mit seinen einundfünfzig wenige Jahre älter als Brander und hatte lange Zeit in einem Milieu gearbeitet, in dem Frauen oft eine untergeordnete Rolle spielten. Hätte er die Art der Staatsanwältin auch als »zickig« bezeichnet, wenn statt ihrer ein Mann vor ihm gesessen hätte?

»Du solltest dein Macho-Gehabe bei uns ablegen. Ich dachte, dass hätte ich dir damals schon deutlich zu verstehen gegeben?«

»Pass auf, nur weil sie eine Frau ist, gibt es ihr nicht das Recht, dir so an den Karren zu fahren. Hat was mit Respekt zu tun. Du bist 'n guter Mann.«

»Das wird Frau Mertens auch noch kapieren.«

Klein grinste. »Wahrscheinlich träumt sie schon von dir.«

Branders Blick verfinsterte sich. Solche Sprüche wollte er in seinem Team nicht haben. »Halt dich zurück, Stephan, sonst endet deine Zeit bei der K1, bevor sie offiziell begonnen hat.«

Auch Kleins Grinsen verschwand. »Was weißt du über die Isabella?«

»Sie ist Staatsanwältin. Mehr muss ich nicht wissen.«

»Falsch. Du musst mehr wissen. Du musst wissen, mit wem du es zu tun hast.« Klein beugte sich vor, stützte die tätowierten Unterarme auf den Schreibtisch. »Pass auf, Andreas, die Isabella hat Mist gebaut. Sie war bis vor einem halben Jahr bei der Staatsanwaltschaft Pforzheim, steil die Karriereleiter rauf. Und dann hat sie bei einem Fall kurz vor Anklageerhebung zwei verdeckte Ermittler auffliegen lassen, von denen einer kurz darauf bei einem Autounfall ums Leben kam, was schlussendlich dazu führte, dass das angestrebte Verfahren gegen einen internationalen Menschenhändlerring eingestellt werden musste, bevor es überhaupt richtig losging.« Klein lehnte sich wieder zurück. »Wenn ich das richtig überschaue, begeben wir uns hier gerade ins Reich der Glatzen. Das ist heikel, verstehste? Auch wenn's keiner wahrhaben will, die sind untereinander gut vernetzt. Und darum musst du wissen, mit wem du es zu tun hast. Auf allen Seiten. Verstehste? Sonst kann's nämlich mal ganz schnell 'ne böse Überraschung geben.«

»Von wem hast du die Informationen über Frau Mertens?«

»Aus zuverlässiger Quelle.«

»Vielleicht hat man sie nur zum Sündenbock gemacht.«

»Vielleicht reißt sie aber auch manchmal zu schnell das Maul auf.«

Brander gab eigentlich nichts auf Bürotratsch. Stephan Klein allerdings auch nicht. Klein war ein Haudegen, aber dennoch handelte er mit Bedacht, auch wenn es nicht immer offensichtlich war.

»Danke für die Warnung.«

»Bevor ich in Pension gehe, musst du noch ein bisschen was von mir lernen, mein Freund.«

»Du denkst jetzt schon an deine Pensionierung? Bisschen früh, oder?«

»Ich mach nicht bis zum Schluss. Irgendwann verkauf ich mein Haus und segel um die Welt.«

»Du kannst segeln?«

»Nee, aber kann man ja lernen.« Klein grinste, und auch Brander entspannte sich wieder.

»Du brauchst einen eigenen Schreibtisch, Peppi ist morgen wieder da.« Brander nahm die Liste von Jens mit den Anrufen von Denise Schweikhards Smartphone, fand Jochen Kastners Telefonnummer. Nach vier Freizeichen meldete sich eine verschlafene Stimme. »Ja?«

»Brander, Kriminalpolizei Esslingen. Spreche ich mit Jochen Kastner Junior?«

»Ja.« Der Mann räusperte sich, im Hintergrund hörte Brander ein Rascheln, als setzte er sich in seinem Bett aufrecht hin. »Mein Vater sagte mir, dass ich mich bei Ihnen melden soll. Ich dachte, das hat Zeit bis Montag.«

»Hätten Sie jetzt Zeit? Wir haben nur ein paar Fragen.«

»Wenn's sein muss.« Begeistert klang er nicht.

»Wir sind in einer halben Stunde bei Ihnen.«

»Nee, das ist mir nicht so recht. Ich komme zu Ihnen, brauch aber ein bisschen.«

Auch gut, blieb Brander Zeit für einen Kaffee. »Agnespromenade, melden Sie sich unten am Empfang.«

Jochen Kastner war groß, drahtig, gepflegter Kurzhaarschnitt, das fliehende Kinn, das er von seinem Vater geerbt hatte, war glatt rasiert. Er trug Jeans und ein helles Hemd, das an den Handgelenken zugeknöpft war. Brander hatte ihn zur Befragung in sein Büro geführt. Kastner musterte die beiden Kommissare abschätzend, während er Platz nahm.

»Worum geht's denn?« Er hatte eine leicht kratzige Stimme, sein Blick war bei Brander hängengeblieben.

»Sie kennen Denise Schweikhard?«

»Ja.«

»In welcher Beziehung stehen Sie zu ihr?«

»Beziehung?« Kastner grinste schief. »Gar keine. Ist die kleine Schwester von Marcel.«

»Und Marcel Schweikhard ist Ihr Freund, Kumpel …?«

»Ja.«

»Was denn? Freund oder Kumpel?«, mischte sich Klein ein.

Kastner sah zu ihm. »War mal 'n Freund.«

»Und jetzt nicht mehr?«, übernahm Brander wieder.

»Unsere Interessen haben sich 'n bisschen auseinanderentwickelt.«

»Können Sie uns das etwas konkreter beschreiben?«

Kastners Blick wurde noch eine Spur aufmerksamer. »Warum? Was ist mit Marcel?«

»Er ist verschwunden. Wir versuchen herauszufinden, wo er steckt.«

Der junge Mann lehnte sich zurück, verschränkte die Arme vor der Brust, seine Augen wanderten eine Weile zwischen den Beamten hin und her. Schließlich stieß er die Luft aus den Lungen. »Was soll das hier werden? Ich weiß, dass Denise tot ist. Warum sagen Sie mir das nicht?«

»Woher wissen Sie das?«

»Ihr Vater hat mich gestern angerufen.«

Das war interessant. Hatte Papa Schweikhard nicht behauptet, die Freunde seiner Kinder nicht zu kennen?

»Hermann Schweikhard hat Sie angerufen? Was hat er Ihnen gesagt?«

»Dass Denise tot ist. Dass sie in Marcels Wohnung gefunden wurde. Er wollte wissen, ob ich weiß, wo Marcel ist.«

»Und?«

Kastner hob die Schultern. »Keine Ahnung.«

»Wann haben Sie Marcel Schweikhard zuletzt gesehen?«

»Weiß nicht, ist schon 'ne Weile her. Zwei, drei Wochen.«

»Was haben Sie gemacht?«

»Nichts. Wir haben uns gesehen, haben uns gegrüßt, das war's.«

»Wo war das?«

»Weiß ich doch jetzt nicht mehr. Irgendwo mal abends in der Stadt.«

»Woher kennen Sie Marcel Schweikhard?«

»Weiß nicht mehr. Wir haben uns irgendwann mal kennengelernt.«

»Im Rahmen Ihrer gemeinsamen Interessen?«, spielte Brander darauf an, dass diese sich auseinanderentwickelt hätten.

»Kann gut sein.«

»Was sind denn das für Interessen?«

Kastner hatte Mühe, ein überhebliches Lächeln zu unterdrücken. »Wir spielen Schach.«

»Wo?«

»Ich glaub nicht, dass Sie das was angeht.«

»Und Herr Schweikhard spielt jetzt nicht mehr Schach?«

»Nee, hat irgendwie keinen Bock mehr.«

»Und Denise Schweikhard spielte auch Schach?«

»Manchmal.«

»Wann haben Sie sie denn zuletzt gesehen?«

»Vor zehn Tagen vielleicht.«

»Sie hatten also noch Kontakt zu Denise, aber nicht mehr zu ihrem Bruder?«

»Die kam halt manchmal vorbei.«

»Wo vorbei?«

»Das geht Sie nichts an.«

»Vielleicht ja doch.« Die Überheblichkeit, mit der Kastner sprach, gefiel Brander nicht. »Sie haben Denise letzten Montag angerufen.«

»Ist ja nicht verboten, oder?«

»Was wollten sie von ihr?«

»Nix.«

»Sie rufen Ihre Freundin an wegen nichts?«

Kastner drückte die Zungenspitze in die Seite, sodass sich eine Beule in der Wange abzeichnete. Er schnaufte laut, starrte an die Zimmerdecke und wandte sich schließlich Brander wieder zu. »Sie ist nicht meine Freundin, nicht so, wie Sie denken. Ich kenne sie, Punkt. Und es geht Sie nix an, warum ich wen anrufe. Das hier ist ein freies Land, da kann ich reden, mit wem ich will und wann ich will.«

»Da haben Sie recht. Nur ist Denise leider tot. Und uns interessiert, was die Ursache dafür sein könnte. Und dazu müssen wir uns mit ihrem Umfeld beschäftigen.«

Jochen Kastner setzte einen genervten Gesichtsausdruck auf und schwieg.

»Wer gehört ’n da noch so zu eurem Verein?«, fragte Klein.

»Wir sind kein Verein. Wir sind Freunde.«

»Sie, Marcel, Denise, Robin …«, zählte Brander auf.

Kastner deutete ein Nicken an.

»Könnte es sein, dass Marcel bei Robin ist?«

»Keine Ahnung, fragen Sie ihn doch.«

»Das werden wir. Dazu benötige ich allerdings Nachname und Adresse.« Brander schob dem jungen Mann Zettel und Stift über den Schreibtisch. Als Kastner zögerte, fügte er hinzu: »Wir finden es auch so raus, aber wenn Sie uns die Daten geben könnten, behindern Sie nicht unsere Ermittlungen.«

Jochen Kastner tat ihm den Gefallen, wenn auch widerwillig.

»Kennen Sie andere Freunde, bei denen wir nach Marcel Schweikhard suchen könnten?«

»Nein.«

Brander ließ ein paar Sekunden verstreichen, schließlich nahm er ein neues Blatt, schrieb eine Zahl darauf und schob auch diesen Zettel zu Kastner. »Schon mal gesehen?«

»Klar, ich arbeite in einem Steuerbüro, da hab ich ständig mit Zahlen zu tun.«

Du bist ja ein ganz schlaues Kerlchen, dachte Brander bei sich. »In einem anderen Zusammenhang vielleicht?«

Kastner schürzte die Lippen und schüttelte den Kopf.

»Gut, das wäre es dann erstmal. Wenn Ihnen noch etwas einfällt oder Herr Schweikhard sich bei Ihnen meldet, informieren Sie uns bitte umgehend.«

»Warum suchen Sie nach Marcel?«

»Dazu kann ich Ihnen im Moment nichts sagen.«

»Hat er Denise umgebracht?«

»Wer sagt, dass sie umgebracht wurde?«

Für einen Moment nahm Brander dem jungen Mann den Wind aus den Segeln. Dann zuckte er mit den Achseln. »Die war gesund. Die fällt nicht einfach um und ist tot.«

»Schach! Der wollte uns ja wohl komplett verarschen«, schimpfte Klein, als Brander wieder in seinem Büro war.

»Gut möglich. Aber immerhin haben wir jetzt die Kontaktdaten von diesem Robin und«, Brander hob den Zettel, »können die Handschrift mit den Schmierereien in Schweikhards Wohnung vergleichen. Ich bring das geschwind zu Freddy, und dann will ich nochmal mit dem Hausmeister sprechen.«

»Sollten wir nicht erst einmal Freund Robin kontaktieren?«

»Irgendein kluger Mann hat mal zu mir gesagt, man muss wissen, mit wem man es zu tun hat.« Brander grinste sein Gegenüber an. »Fabio soll schauen, ob dieser Robin …«, er entzifferte mit Mühe das Gekritzel auf dem Zettel, »Endress bei uns aktenkundig ist. Gib das bitte weiter. Willst du mit zu Beyer?«

»Ich hatte nicht vor, den Rest des Tages hier zu sitzen und Däumchen zu drehen.«

Familie Beyer hatte das Mittagessen beendet, als die Kommissare klingelten. Ottmar Beyer führte sie dieses Mal in das Wohnzimmer, in dem ein abgetretener Teppich von Tisch und ausladender Sofagarnitur halbwegs verdeckt wurde.

»Ich wusste gar nicht, dass Sie heute arbeiten, sonst hätte ich Sie schon angerufen«, erklärte Beyer eifrig, während sie in den durchgesessenen Polstern versanken.

»Was haben Sie uns denn mitzuteilen?«

»Ich hatte Ihnen doch von diesem Mädle erzählt, die in der letzten Woche mal hier war und nach Herrn Schweikhard gefragt hatte.«

»Ja.«

»Die heißt Nuran. Warten Sie …« Beyer erhob sich schnaufend aus seinem Sessel, ging zur Anrichte, setzte eine schmale Lesebrille auf die Nasenspitze und nahm einen Zettel. »Nuran Aydin. Die schafft manchmal drüben in der Änderungsschneiderei von dem Dings … wie heißt der?« Er hob die Stimme und rief durch die Wohnung: »Chrischta, wie hoißt der … der mit der Schneiderei?«

»Ahmed«, kam es aus der Küche. Kurz darauf erschien Ottmar Beyers Frau im Zimmer. »Ahmed Aydin. Die wohnen da oben, Krummenackerstraße.« Sie deutete mit einer unbestimmten Geste zum Fenster. »Ich geh da ja nicht hin, aber die Frau Gastl aus'm Dritten, die hat da mal was machen lassen. Die hat die Leut da schon mal gesehen. Und die hat gemeint, dass das die Nuran gewesen wär, die zum Herrn Schweikhard wollte. Man schwätzt ja miteinand, wenn sowas passiert im Haus. Ich mein, wenn die da oben jetzt wirklich das Mädle umgebracht haben, da macht man sich ja Sorgen …«

»Wer sind denn *die*?«, unterbrach Brander sie.

»Ha, der Herr Schweikhard und dem seine Freunde. Also, ich will ja nichts sagen, die sind immer höflich und so, da will ich nichts gesagt haben. Aber in letzter Zeit gab's da immer mal wieder Ärger. Die Frau Habring hat sich ein paar Mal wegen dem Krach beschwert.«

»Das sind junge Leut, da wird's halt manchmal ein bissle lauter. Bissle Musik haben wir früher doch auch gehört«, relativierte Beyer die Aussage seiner Frau.

»Des isch doch koi Musik!«

»Die höret halt ned die Helene.«

»Ha, des isch koi Musik, was die da höret. Des isch Krach!«, beharrte Christa Beyer.

»Falls Sie irgendetwas beobachtet haben, wüssten wir das gerne«, unterbrach Brandner den schwäbischen Disput.

»Nein, da gibt's nix«, erwiderte Beyer.

»Ha, aber des junge Mädle mit dene drei Kerle da immer unterwegs … i woiß ned … bissle komisch war die ja au manchmal.«

»Chrischta, des sind junge Leut.«

»Sie sagten gestern, dass Sie in den letzten Tagen nichts bemerkt hätten. Jemand war aber in der Zeit zwischen Freitagabend und Samstagmittag in der Wohnung von Marcel Schweikhard«, kam Brander auf den eigentlichen Grund seines Besuchs zu sprechen. »Haben Sie noch einen weiteren Schlüssel zu der Wohnung?«

Beyer sah ihn überrascht an. »Nein.«

»Das heißt, Sie waren auch nicht in der Wohnung?«

»Nein!« Beyer war sichtlich empört.

»Es war nur eine Frage.«

»Eine unverschämte Frage!«

»Sie glauben gar nicht, mit was für Unverschämtheiten wir es täglich zu tun haben«, erwiderte Klein.

»Es war eine Frage, die wir abklären mussten.« Brander tippte auf den Zettel, den Beyer ihm gegeben hatte. »Wir danken Ihnen für Ihre Hilfe.«

Sie fuhren die Krummenackerstraße hinauf auf der Suche nach einem Parkplatz, aber der Straßenrand war zugeparkt. Erst weit oben in einer Seitenstraße fanden sie eine Parklücke und mussten wieder ein ganzes Stück zu dem Mehrfamilienhaus, in dem Familie Aydin wohnte, zurückgehen. Ein breiter Fußweg führte an den aneinandergereihten Häusern vorbei zum Eingang. Ein vielleicht sieben- oder achtjähriger Junge kam heraus, als Brander klingeln wollte.

»Weißt du, wo die Familie Aydin wohnt?«, sprach Klein das Kind an.

Der Junge sah zu ihm auf und nickte eingeschüchtert. Mit seiner gewaltigen Gestalt und den Pitbullfalten im Gesicht wirkte Klein nicht unbedingt wie der nette Onkel von nebenan.

»Verrätst du uns die Etage?«

Der Junge streckte ihm die Hand mit zwei Fingern entgegen und flitzte eilig an den Beamten vorbei.

»Na dann, immer mal rein in die gute Stube.« Klein hielt einladend die Tür auf.

In der zweiten Etage gab es drei Wohnungstüren, neben einer stand ein Regal, in dem sich zahlreiche Schuhe, Stiefel, Slipper und Ballerinas stapelten. Brander drückte auf den Klingelknopf. Hinter ihnen erklangen Schritte auf den Stufen. Vor ihnen wurde die Tür geöffnet. Klein wandte sich zur Treppe.

»Das isse doch. Nura…?« Der Rest ging in einem Fluch unter. Die Frau hatte Klein gegen das Knie getreten und stürmte blindlings die Treppe runter.

Brander sprang hinterher. Am letzten Treppenabsatz hatte er sie eingeholt, packte ihren Arm. Ihr Fuß verfehlte sein Bein nur knapp. Sie schrie, schlug um sich. Er drehte ihren Arm auf den Rücken, drückte ihren Oberkörper nach unten. Sie schrie weiter. Das ganze Haus war alarmiert. Die Frau kreischte aus Leibeskräften, gebärdete sich wie wild.

»*Imdat! Imdat!*«

Ein Mann rief dazwischen. Brander verstand die Sprache nicht. Er hatte genug zu tun, die Frau festzuhalten.

»*Ahmed Polisi çağır! Imdat!*«

Was rief sie da? Ahmed was? Branders Hirn versuchte zu verstehen. Sie trat ihm auf den Fuß, gebärdete sich wie toll. Hinter ihm vermischte sich weiteres Geschrei mit ihrem.

Brander verstärkte den Druck, drängte die Frau an die Wand.

»*Imdat, Polis!* Hilfe!«

Polis? Oh, Mann.

»Die Polizei ist da!«, schrie Brander die junge Frau an. »Verflucht, wir sind die Polizei! Schluss jetzt!«

Die Gegenwehr erstarb. Sie drehte den Kopf zurück über die Schulter zu Brander, die Augen ängstlich weit aufgerissenen.

»Ich bin Polizist. Ich bin Kriminalhauptkommissar Andreas Brander.« Noch immer brüllte er in die plötzlich eingetretene Stille. Er atmete durch, lockerte den Griff ein wenig, hielt sie dennoch weiter fest. »Wir sind von der Polizei.«

»Polizei?«, fragte eine männliche Stimme hinter ihm.

»Ja, verdammt«, kam es von Klein. Er hatte dem Mann den Weg versperrt und zog seinen Dienstausweis hervor. »Kriminalpolizei Esslingen. KHK Klein. Wird man hier immer so begrüßt?«

»Polizei.« Der Mann sah ratlos von einem zum anderen.

Brander merkte, dass er noch immer den Arm der Frau auf den Rücken verdreht hielt. Er löste seinen Griff, verstellte ihr vorsichtshalber den Weg zur Haustür.

»Es ist alles in Ordnung«, rief er unbestimmt in das Treppenhaus, um die Nachbarn zu beruhigen, die aus ihren Wohnungen gekommen waren. Würde ein Video dieser hässlichen Szene in Kürze im Internet kursieren? »Es gibt nichts zu sehen, gehen Sie bitte wieder in Ihre Wohnungen.«

»Ahmed, brauchst du Hilfe?«, rief eine männliche Stimme aus der oberen Etage.

Der Mann, dem Klein den Weg versperrte, wandte sich an die Frau. Er war kleiner als sie, leicht gebeugt, graumeliertes Haar. Er ging sicher bereits auf die sechzig zu. Er sagte etwas auf Türkisch, woraufhin sich ein für Branders Ohren wilder Disput entspann. Dann sah der Mann wieder zu Brander. »Warum kommt Polizei und verhaftet meine Nichte?«

»Niemand wird hier verhaftet. Verraten Sie mir lieber, warum hier grundlos auf uns eingetreten wird!«

Noch immer standen die Nachbarn im Treppenhaus und beobachteten das Geschehen. Brander konnte nicht einschätzen, wie die Stimmung war. Das Blut pulsierte in seinen Adern. Er atmete erneut tief durch, um ruhiger zu werden. Die Situation sollte nicht weiter eskalieren. »Darf ich erst einmal erfahren, wer Sie sind?«

»Mein Name ist Ahmed Aydin. Und sie ist Nuran, meine Nichte.«

Die junge Frau rieb sich über den schmerzenden Arm. Sie zitterte, ihr Blick schwankte zwischen Wut, Angst und Scham.

»Ich bin Kriminalhauptkommissar Brander«, wiederholte Brander. »Wir sind von der Kriminalpolizei Esslingen und wir müssen mit Frau Aydin sprechen. Wir haben nur ein paar Fragen. Niemand wird verhaftet.«

Der Mann mit der ledrig braunen Haut sah zu seiner Nichte, wandte sich dann wieder Brander zu. »Kommen Sie, wir trinken Tee.«

»Wenn du mir dazu noch einen Eisbeutel gibst, sind wir im Geschäft«, erklärte Klein, der sich über sein schmerzendes Knie rieb.

Ahmed Aydin sah zu dem Koloss vor sich. Brander meinte, ein mitfühlendes Lächeln wahrzunehmen. »Kommen Sie, bitte.« Er wechselte wieder in seine Muttersprache und wandte sich an seine Nichte. Nuran bedachte Brander mit misstrauischem Blick und folgte ihrem Onkel in die Wohnung.

Brander ging zu seinem Kollegen. »Geht's?«

»Ich bin nur froh, dass die nicht einen halben Meter höher getroffen hat«, stöhnte Klein, und ein Hauch Respekt vor der Unverfrorenheit der jungen Frau war nicht zu überhören. Er deutete auf sein Knie. »Pass auf, Andreas, damit eins klar ist: Das hier bleibt unter uns.«

Brander war sich nicht sicher, ob Klein die Frau vor einer Anzeige schützen wollte oder Sorge um sein Image hatte.

»Kommen Sie, bitte.« Ahmed Aydin wartete an seiner Wohnungstür. Klein streifte die Schuhe von den Füßen, Brander tat es ihm gleich. Sie gingen in den Flur. Dort gab es erneut einen Wortwechsel zwischen Onkel und Nichte. Schließlich verschwand die Frau in der Küche, während Ahmed Aydin die Männer in das Wohnzimmer lotste.

Es war Brander ganz und gar nicht recht, dass er nicht sofort mit der Frau reden konnte. Warum war sie derart in Panik geraten und auf sie losgegangen? Warum hatte sie nach der Polizei geschrien?

»Bitte, setzen Sie sich. Sie müssen entschuldigen. Es tut mir sehr leid, sehr leid.« Er sah zu Stephan Klein. »Nuran ist ein gutes Kind.«

»Schon okay«, wehrte Klein ab.

»Warum Sie wollen mit Nuran sprechen?«

»Wir haben ein paar Fragen.«

»Ja.« Ahmed Aydin blickte auf seine gefalteten Hände. Schweigend saßen sie im Wohnzimmer. Brander sah sich um: Zwei bequeme Sofas, dicke Teppiche, eine Schrankwand mit Fernseher, Familienfotos an den Wänden, Gardinen vor den Fenstern. Der Geruch eines würzigen Mittagessens hing in der Luft.

Nuran kam herein, ein Tablett mit Teekanne und Tassen in den Händen. Sie verteilte wortlos das Geschirr, verließ noch einmal den Raum und kam mit einem Eisbeutel, den sie in ein Handtuch gewickelt hatte, zurück. Sie reichte ihn Stephan Klein und setzte sich zu ihrem Onkel auf das Sofa. Aufrecht und auf der Hut. Ihre Augen huschten immer wieder nervös zu Brander.

»Danke.« Klein presste den Beutel auf sein Knie.

»Es tut mir leid, ich wollte das nicht.« In dem Gesicht der jungen Frau stand ehrliches Bedauern.

»Schon gut. Jetzt haben wir uns hier alle mal genug entschuldigt«, befand Klein.

»Frau Aydin, wovor haben Sie Angst?«, fragte Brander. Endlich hatte er Gelegenheit, sich die Frau genauer anzusehen. Sie war jung, Anfang zwanzig, vermutete er, hatte glatte, hellbraune Haut, gezupfte Augenbrauen über den dunklen Augen, eine kleine Narbe an der Schläfe. Die schwarzen Haare, die bei dem Zweikampf in Unordnung geraten waren, hatte sie gekämmt. Sie trug kein Kopftuch, fiel Brander auf.

»Ich habe keine Angst.«

»Warum rennen Sie dann vor uns weg?«

»Ich …« Sie verstummte und senkte die Augenlider.

»Warum haben Sie meinen Kollegen getreten?«

Sie presste die Lippen zusammen.

»Nuran, der Polizist hat dich gefragt.«

Sie hob den Blick wieder. »Ich habe gedacht, Sie wären jemand anderes.«

»Wer?«

Sie schüttelte den Kopf, wollte nicht auf seine Frage antworten.

»Jemand, dem Sie diese Narbe im Gesicht verdanken?« Ein Schuss ins Blaue. Die Narbe war noch nicht alt, allenfalls ein paar Monate.

Sie strich sich im Reflex darüber.

»Wer war das?«

»Niemand.«

»Wann ist das passiert?«

»Bitte, ich möchte nicht darüber reden.«

»Frau Aydin …«

»Sie haben gehört. Nuran möchte nicht reden darüber. Es ist geheilt. Es ist gut«, unterbrach Onkel Ahmed Brander.

Nichts war gut. Jemand hatte dieser Frau brutal ins Gesicht geschlagen. Aber mit Drängen kamen sie nicht weiter. Immerhin hatte sie anscheinend inzwischen gelernt, sich effektiv zu verteidigen. »Deswegen sind wir auch nicht hier. Frau Aydin, es geht um einen jungen Mann, den Sie kennen. Er heißt Marcel Schweikhard.«

In ihren Augen flammte erneut Panik auf, die sie nicht verbergen konnte. »Er … ich … ich kenne ihn von der Schule. Das ist lange her.«

»Sie waren vor kurzem bei ihm.«

»Nein.«

»Es gibt Zeugen, die Sie gesehen haben. Sie haben nach ihm gefragt.«

»Nein.«

»Nuran, du musst die Wahrheit sagen«, mischte sich der Onkel wieder ein.

Sie fuhr ihn wütend an, und erneut entspann sich ein türkischer Disput.

»Würden Sie bitte deutsch sprechen, solange wir anwesend sind?«, bat Brander.

»Bitte Sie entschuldigen. Nuran sagt, sagt sie die Wahrheit.« Dennoch bedachte Ahmed Aydin seine Nichte mit verständnislosem Blick.

»Marcel Schweikhard ist verschwunden. Wir müssen in einer dringenden Angelegenheit mit ihm reden«, erklärte Brander. »Wann haben Sie ihn zuletzt gesehen?«

»Ich weiß es nicht.« Ihre Hände zitterten. Sie verschränkte die Finger fest ineinander, hielt den Kopf gesenkt.

»Ungefähr: heute, gestern, letzte Woche?«

Sie hob den Blick, zischte wütend: »Ich weiß es nicht.«

»Hat er Sie geschlagen?«

Sie biss die Zähne zusammen, senkte die Augenlider, deutete ein Kopfschütteln an. Aber er hatte das Funkeln in ihren Augen gesehen.

»Kennen Sie seine Schwester? Denise?«

Sie schluckte trocken. »Nein … nicht wirklich. Ich habe sie mal gesehen.«

»Sie ist tot.«

Sie reagierte nicht, nichts regte sich in ihrem Gesicht. Die Finger klammerten sich fest aneinander. Wusste sie es bereits? Die Wohnung ihres Onkels lag nicht weit von Marcel Schweikhards Wohnung entfernt. Sie hatte sicherlich etwas von dem Polizeieinsatz mitbekommen, Nachbarn redeten miteinander, und auch in den Medien war über einen Leichenfund berichtet worden.

»Warum waren Sie bei Marcel Schweikhard?«

»Ich war nicht bei ihm.«

»Lügen Sie mich nicht an«, wurde Brander strenger. »Sie standen vor dem Haus, in dem er wohnt, Sie haben nach ihm gefragt.«

»Ich war nicht bei ihm.«

»Sie waren nicht nur dieses eine Mal dort.«

Ahmed Aydin konnte nicht an sich halten, fiel in einem Wortschwall über seine Nichte her. Sie konterte in seiner Landessprache. Brander sah stirnrunzelnd zu Klein. Sagte das Mädchen nichts, weil ihr Onkel dabei war? Durfte sie nicht zu einem deutschen Mann gehen? Sie war vermutlich Muslimin, da galten andere Gesetze. Klein kühlte unbeteiligt sein Knie. Irgendwo aus der Wohnung drang ein surrendes Geräusch zu ihnen, der Motor einer Nähmaschine.

»Herr Aydin«, unterbrach Brander genervt den aufgebrachten Mann.

Der sah schuldbewusst zu ihm. »Bitte Sie entschuldigen. Nuran war nicht bei diesem Mann.«

»Okay.« Brander sah zu Nuran. Was las er in diesem jungen Gesicht? Da waren so viele Emotionen, die sie zu verbergen versuchte. Warum diese panische Reaktion, als Klein und er vor ihrer Tür standen? »Frau Aydin, könnten Sie morgen früh zu uns in die Dienststelle kommen, um das Protokoll dieses Gesprächs zu unterschreiben?« Er wollte sie allein sprechen, ohne ihre Familie.

Sie wollte schon verneinen, als ihr Onkel erwiderte: »Sie wird kommen. Nuran ist ein gutes Mädchen. Sie wird zu Ihnen kommen.«

»Du fährst.« Klein warf ihm den Autoschlüssel zu und quälte sich auf den Beifahrersitz. Er versuchte, das Bein so wenig wie möglich zu beugen, lehnte sich zurück und schloss einen Moment die Augen.

»So schlimm?«

»Alte Verletzung. Das beruhigt sich wieder.« Er rieb sich mit beiden Händen kräftig durch das Gesicht, als könnte er damit den Schmerz verscheuchen. »Sie ist vor ein paar Monaten überfallen worden.«

»Das habe ich mir schon gedacht.«

»Von Marcel und seinen Freunden.«

»Gut möglich.«

»Nein, Fakt.«

»Woher weißt du das?«, fragte Brander erstaunt.

»Ich kann Türkisch.« Klein fand sein Lächeln wieder. »Nicht perfekt, aber einige Brocken habe ich verstanden. Ihr Onkel hat was in der Art gesagt, dass sie uns von den Männern erzählen soll, die sie überfallen haben. Aber sie wollte nicht. Sie hat Angst vor dir. Sie denkt, du bist einer von denen.«

»Wie bitte?«

Klein tätschelte Branders Glatze. »Du kleiner Skinhead.«

Brander fluchte. Er würde sich auf der Stelle die Haare wieder wachsen lassen. »Warum hast du nichts gesagt? Das hätten wir klarstellen müssen. Das Mädchen soll doch keine Angst vor mir haben!«

»Ich fand es klüger, sie in dem Glauben zu lassen, dass wir sie nicht verstehen.«

»Aber …« Brander konnte es nicht fassen. Hielt diese Frau ihn tatsächlich für einen rechtsradikalen Nazi? Die panische Angst, die sie erfasst hatte, ihre heftige Gegenwehr, als er sie festgehalten hatte. Das durfte doch wohl nicht wahr sein!

»Pass auf, du kannst ihr fünfmal sagen, dass du kein Rechter bist – warum sollte sie dir glauben?« Klein schnallte sich an. »Die klassischen Nazis von früher – Springerstiefel, Bomberjacke, Hakenkreuz – die sind doch eher noch eine Randerscheinung. Die Nazis heute tragen Anzüge oder Streetwear, die sind kaum noch von Otto Biedermann oder den Linken zu unterscheiden. Kommen fein gepflegt daher, sind in allen Bereichen tätig. Polizisten, Rechtsanwälte, Manager, Politiker. Hast doch die Wahlen gesehen, wer da alles um die Macht buhlt. Den Rechten siehst du das Rechtssein nicht unbedingt an. Aber wem erzähl ich das? Du alter Glatzkopf solltest das ja wissen.«

»Das ist nicht lustig.« In diesem Punkt hatte Brander keinen Humor. »Haben die beiden denn noch was Brauchbares gesagt?«

»Ich bin nicht sicher. Sie haben beide sehr schnell gesprochen. Sie hat irgendwas zu ihm gesagt, dass Marcel ihr nichts mehr tun könnte. Na ja, und dass sie dir nicht traut.« Klein rieb sich über das Knie. »Bring mich mal nach Hause. Ich werd heut wohl Schwesternspielchen mit Daria machen.« Er lachte freudlos. Der Tritt gegen das Knie musste ihn übel erwischt haben.

»Das ist ein Dienstunfall, du solltest das melden.«

»Papperlapapp.«

»Du willst wohl als einbeiniger Pirat in See stechen.«

***

Karsten Beckmann saß mit Cecilia im Wohnzimmer. Weintrauben und Schokolade lagen auf dem Tisch, im Fernseher lief ein Film, den Karsten stoppte, als Brander hereinkam.

»Da ist der Kommissar live und in 3D. Und? Hast du für Recht und Ordnung gesorgt?«, begrüßte Beckmann ihn.

»Hör auf«, wehrte Brander mürrisch ab. Er setzte sich zu seiner Frau und gab ihr einen Kuss.

»Siehst du, Ceci, das ist es, was ich meine. Der Andi kommt nach Hause und ist total fertig – aber er geht zu dir, begrüßt dich, gibt dir einen Kuss. Und Manu? Der kommt heim, brummt ›ey, bin müde‹, geht ins Bad und dann pennen. Unsere Beziehung findet überhaupt nicht mehr statt.«

»Da hab ich jetzt wirklich keinen Bock drauf«, stöhnte Brander. Er stand auf, winkte lahm und verzog sich in die Küche. Du bist ein schlechter Freund, tadelte er sich innerlich. Aber für Beziehungsprobleme hatte er jetzt wirklich nicht den Nerv, und Ceci war sicherlich die bessere Gesprächspartnerin dafür. Er machte sich sein Abendbrot, setzte sich an den Küchentisch und verfiel in Grübelei. Nuran Aydin hielt ihn für einen rechtsradikalen Polizisten. Wie kam sie darauf? Es konnte doch nicht nur an seiner mangelnden Haarpracht liegen. Er hoffte, dass die junge Frau tatsächlich am nächsten Tag zur Polizeidirektion kommen würde. Vielleicht konnte Peppi das Eis ein wenig brechen.

Er hatte einen Block neben seinen Teller gelegt, kritzelte drei Zahlen auf das Papier, während er sein Brot aß. Eins-Vier-Vier. Hundertvierundvierzig? Eins-vierundvierzig? Vierzehn-vier? Wofür standen diese Zahlen? Er zählte das Alphabet ab. Eins A. Vier D. Vierzehn N. Vierundvierzig … Welche Kombinationen ergaben sich? ADD. ND. Oder war es tatsächlich als Zahl gemeint? Ein Datum?

»Trinken wir noch einen zum Abschied?« Beckmann stand im Türrahmen und hielt zwei Whiskygläser in der Hand.

Die Verlockung war groß. »Was haben wir denn im Angebot?«

»Einen Tomatin – Cù Bòcan. Highland Single Malt in einer wunderbaren Verpackung.«

»Die ist mir herzlich egal.«

»Banause.« Beckmann nickte mit dem Kopf zur Tür und ging hinaus.

Brander zerknüllte den Zettel, nahm Jacke und Mütze von der Garderobe und folgte seinem Kumpel nach draußen. Es war kalt geworden. Die Hitzewelle noch vor wenigen Tagen schien in weiter Ferne. Sie saßen auf der Bank neben dem Hauseingang, und Beckmann füllte den Scotch in die Gläser.

»Cù Bòcan ist gälisch und heißt Geisterhund«, erklärte er. »Es gibt eine schöne Legende, dass die Bewohner in der Gegend von Tomatin viele Jahre von einem Höllenhund heimgesucht wurden. Ein großes, furchteinflößendes schwarzes Biest mit riesigen Zähnen und rauchenden Nüstern. Eines Nachts verfolgte dieses Tier einen Mitarbeiter der Destillerie, der allein unterwegs war. Der Mann wollte fliehen, aber gleichzeitig war er fasziniert und wollte das Tier berühren. Er blieb stehen und berührte sein Fell. Da löste das Biest sich in blauen Rauch auf und geistert seither über die Moore der Highlands. Und jetzt guck dir mal diese schöne Verpackung an. Siehst du den Geisterhund?«

Beckmann hielt ihm die schwarze Packung hin, und Brander betrachtete im fahlen Licht der Außenleuchte die Zeichnung. Sie war tatsächlich gut gelungen. In den Rauchschwaden entdeckte er die Umrisse, die Augen und die Pfoten des Hundes.

Und auch der Whisky schmeckte ihm gut. Er lag weich auf der Zunge, entfaltete ein leichtes Zitrusaroma, gepaart mit süßem Toffee, das im Abgang noch angenehm nachklang und von einer dezenten Rauchnote ergänzt wurde.

Eine Wohltat nach diesem aufwühlenden Tag. Sie tranken schweigend und schauten in den nächtlichen Himmel. Beckmann machte keinen Versuch, ihm von seinen Beziehungsproblemen zu berichten. Manchmal tat es gut, einfach nur schweigend nebeneinanderzusitzen.

Eine Bewegung im Schatten eines Busches ließ Brander aufschrecken. Er schaute zur Straße, die schwach von einer Straßenlaterne beleuchtet wurde.

»Was ist?«, fragte Beckmann.

»Hast du nicht gesehen? Da war was.«

»Der Geisterhund?«, flachste Beckmann

»Quatsch, irgendwas …« Brander stand auf, ging die paar Schritte vom Haus zu der schmalen Straße. Wo genau hatte er die Bewegung wahrgenommen? Hinter der Hecke beim Nachbarn gegenüber? Cecilias Sorge schoß ihm durch den Kopf. Einbrecher. Er ging auf die andere Straßenseite. Der Bewegungsmelder schaltete sich ein und beleuchtete den Hauseingang. Wäre vorher schon jemand da gewesen, wäre das Licht bereits angegangen. Er hatte sich wohl geirrt. Er kehrte zu Beckmann zurück, der entspannt auf der Bank saß und ihm ein frisch gefülltes Glas entgegenhielt. »Na, dir erzähl ich nochmal 'ne Geistergeschichte im Dunkeln.«

»Ich dachte, ich hätte was gesehen.«

»Herr Kommissar, entspannen Sie sich. Wir trinken noch einen, dann gehst du rein, kuschelst mit deiner wunderbaren Frau, und ich radle nach Hause und heul in mein Kissen.«

Beckmann klang wirklich deprimiert. Brander ließ sich wieder auf der Bank nieder. »Was is'n los bei euch?«

»Ach Andi, wenn ich das wüsste.«

5

Montag

Peppi holte Brander zuhause ab. Sie war entspannt und gut gelaunt. Das Wochenende mit ihrem Lebensgefährten hatte ihr gutgetan.

»Andi, worauf hab ich mich eingelassen!«, erzählte sie lachend. »Weißt du, wie viele Fischarten es gibt?«

»Zweitausenddreihundertvierundsiebzig.«

»An die dreißigtausend! Überleg mal, dreißigtausend!«

»Und die musst du alle kennen?«

»Du lieber Himmel, nein. Siebzig bis achtzig inklusive Schonzeiten und Laichzeiten, dazu kommen noch Insekten, Vögel, Pflanzen und Gesetze. Es gibt wirklich nichts, was wir in Deutschland nicht bis ins kleinste Detail mit Gesetzen und Verordnungen geregelt haben. Ich weiß gar nicht, wann ich das alles lernen soll. Wenn ich den Schein habe, kann ich zur Wasserschutzpolizei wechseln.«

»Das lässt du mal schön bleiben«, protestierte Brander.

»Mal schauen. Was gibt's Neues an der Front? Ich habe deine stündlichen Meldungen vermisst.«

Brander gab ihr einen raschen Überblick. Peppi lenkte den Wagen von der Bundesstraße auf die Autobahn. Der Berufsverkehr staute sich bereits vor dem Tunnel, und sie kamen nur im Schritttempo voran. Nicht zum ersten Mal dachte Brander mit Wehmut an die Zeiten, zu denen er mit dem Fahrrad nach Tübingen zur Arbeit gefahren war. Die Fahrten nach Esslingen waren jedes Mal aufs Neue eine Geduldsprobe.

»Was? Stephan kommt zu uns?«, rief Peppi überrascht. »Na, ob Käpten Huc sich das gut überlegt hat?«

Apropos Käpten Huc. »Fahr mal da vorne raus, ich lad dich auf einen Espresso ein.« Er deutete auf die Ausfahrt zur Raststätte Schönbuch.

»Hier?« Sie warf ihm einen irritierten Seitenblick zu.

»Ja.«

»Jetzt?«

»Nein, übermorgen. Natürlich jetzt.«

Peppi tat ihm den Gefallen. Sie parkten den Wagen und gingen in die Raststätte. Brander bestellte zwei Espressi, während Peppi an einem der Tische wartete.

»Okay, raus mit der Sprache. Huc ist sauer, weil ich am Wochenende nicht im Dienst war, oder?« Peppis Unbeschwertheit war verflogen. Es tat Brander leid, aber er musste sich Klarheit verschaffen.

»Gibt es etwas in deiner Vergangenheit, was ich wissen sollte?«

»Was? Wieso?«

»In deiner Dienstzeit. Irgendetwas, was in deiner Personalakte stehen könnte«, wurde Brander konkreter.

»Was soll denn das jetzt?« Sie blies sich eine Haarsträhne aus der Stirn. »Oh Mann, ich hab gewusst, dass er es in den falschen Hals kriegt! Ich hab's dir doch gleich gesagt! Verdammt!«

»Peppi …«

»Nix Peppi! Scheiße, Mann!«

Peppi war lauter geworden, und hier und da drehte einer der frühen Gäste den Kopf in ihre Richtung.

Sie ließ den Espresso unberührt stehen, schob den Stuhl zurück und stapfte hinaus.

Prima, Andi, Glanzleistung, lobte Brander sich selbst. Er kippte seinen Espresso herunter und folgte ihr. Peppi stand mit dem Rücken an den Wagen gelehnt und starrte ihm grimmig entgegen. Immerhin war sie nicht einfach ohne ihn weitergefahren.

»Halt die Klappe«, bremste er einen weiteren Wutausbruch. Er berichtete ihr von dem Gespräch mit dem Inspektionsleiter. »Er stellt deine Fähigkeiten nicht in Frage, er macht sich Sorgen«, endete er. »Warum?«

»Keine Ahnung.«

»Peppi, ich hab dich schon mehr als einmal bei der Befragung von rechts angehauchten Kadetten erlebt. Das ist nicht dein Ding.«

Sie wich seinem Blick aus. »Keine Sorge, ich werde mir nichts zuschulden kommen lassen.«

»Jetzt mauer nicht.«

»Ich mauer nicht.«

»Du redest aber auch nicht mit mir.«

»Ich …« Sie schüttelte den Kopf. »Nicht jetzt … später, okay?«

»Okay. Aber später heißt nicht nie.« Er wollte sie nicht unter Druck setzen, drückte kurz ihre Schulter zum Zeichen der Versöhnung. Er mochte es nicht, wenn Peppi wütend auf ihn war.

***

Hans Ulrich Clewer hatte Brander eine E-Mail geschrieben. Er würde erst mittags in die Dienststelle kommen und bat Brander, ihn in der Sitzung zu vertreten.

»So viel dazu, dass wir mitten in einer Ermittlung stecken«, murmelte er vor sich hin, während er seine Unterlagen zusammensuchte. Er war einige Minuten vor der Zeit im Konferenzraum und informierte die Staatsanwältin.

»Möchten Sie die Sitzung …«

Mertens winkte ab. »Machen Sie nur, ich kann eh nicht lange bleiben. Ich habe gleich noch eine Verhandlung.«

Brander wartete, bis sich alle Kollegen eingefunden hatten, und gab eine kurze Zusammenfassung vom Wochenende. Schließlich wandte er sich an Manfred Tropper. »Liegen neue Erkenntnisse vor?«

Graue Stoppeln verteilten sich über das Kinn des hageren Kriminaltechnikers. Er zog die Stirn in Falten. »Nicht viel. Der Urin auf dem Sofa stammt nicht vom Opfer. Die Untersuchung hat ergeben, dass es höchstwahrscheinlich eine männliche Person war.«

»Könnt ihr da mehr rausziehen? DNA?«

»Nein, das ist eine Mischspur. Selbst wenn man DNA finden sollte, könnte man diese nicht eindeutig zuordnen. Der Urin war ja keine Pfütze. Der ist ins Sofa eingesickert und hat sich mit allem möglichen vermischt. Von der Bierflasche, die auf dem Wohnzimmertisch stand, hat Denise Schweikhard getrunken, das konnten wir zweifelsfrei abklären. Die Ergebnisse der toxikologischen Untersuchungen von der Rechtsmedizin liegen noch nicht vor.«

»Danke. Jens, was ist mit dem Laptop von Denise Schweikhard?«

»Hilft uns leider im Moment nicht weiter«, bedauerte der Computerfachmann. »Wir konnten uns zwar einloggen, aber jemand hat sich die Mühe gemacht, sämtliche Daten zu löschen.«

»Nicht dein Ernst?«

»Doch. Frisch installiert am neunten Oktober – wenn da niemand am Zeitstempel gedreht hat. Wir schauen, ob wir die alten Daten wieder herstellen können.«

Neunter Oktober – das war der Montag nach dem Wochenende, an dem Denise Schweikhard starb. »Wer hatte Zugriff auf den Rechner?«

»Keine Ahnung. Die Eltern haben behauptet, dass sie das Passwort nicht kennen, ergo können sie die Daten theoretisch nicht gelöscht haben.«

»Was heißt theoretisch?«

»Ich weiß nicht, wie IT-Affin die beiden sind. Praktisch könnten sie die Kiste einfach komplett neu installiert haben, auch wenn sie das Passwort nicht kannten. Muss man sich ein bisschen auskennen, aber das geht.«

Aber warum sollten sie das tun? Brander machte sich eine Notiz. Er würde sich das Ehepaar Schweikhard noch einmal vornehmen. »Informier mich, sobald ihr irgendetwas habt. Fabio, was hast du zu Nuran Aydin?«

»Ich dachte, du wolltest Infos zu Robin Endress?«

»Auch.«

»Andi, alles auf einmal geht nicht.«

»Das heißt, du hast nichts zu Nuran Aydin?«

»Si.«

»Und Robin Endress?«

»Auch nicht viel. Achtundzwanzig, ledig, gebürtig aus Esslingen, VWL-Studium in Tübingen, heute wohnhaft Scharnhauser Park, arbeitet bei einer Vermögensberatung in Plochingen. Keine Vorstrafen bekannt.«

»Ist das alles?«

Fabio hob die leeren Handflächen. »Es war Wochenende, da erreichst du niemanden.«

»Ein Vermögensberater, ein Steuerberater, eine Aushilfe im Getränkemarkt, eine Schülerin«, fasste Brander zusammen. »Und diese vier treffen sich zum vergnüglichen Schachspielen. Wo ist die Verbindung? Wie haben die sich kennengelernt? Fabio, versuch, noch mehr rauszufinden. Und ich will den Endress sprechen. Bestelle ihn noch heute zu einem Gespräch ein.«

»Und was ist mit dieser Nuran?«

»Darum kümmern wir uns.« Brander deutete auf Peppi und sich.

Entgegen Branders Erwartungen erschien Nuran Aydin kurz vor elf in der Dienststelle. Er bat Peppi, die junge Frau am Empfang abzuholen. Nuran Aydin zögerte, als sie Brander am Schreibtisch sitzen sah.

Brander war froh, dass sie allein gekommen war. Vielleicht konnte sie jetzt etwas offener sprechen. Sie trug Jeans und ein Sweatshirt mit weitem Ausschnitt, das ihr lässig über die linke Schulter gerutscht war.

»Möchten Sie etwas trinken? Kaffee? Tee? Wasser?«

Sie schüttelte den Kopf, schob das Shirt zurück auf die Schulter.

»Setzen Sie sich.« Er deutete mit einer einladenden Geste auf den Stuhl, der an der kurzen Seite seines Schreibtisches stand.

Sie blieb weiter im Raum stehen.

»Setzen Sie sich, bitte«, wiederholte Brander sein Angebot. »Ich möchte mich gern mit Ihnen unterhalten.«

»Ich wüsste nicht worüber.« Ihre Stimme, ihre ganze starre Körperhaltung verriet ihre Ablehnung.

Mit ignoranter Höflichkeit kam er hier nicht weiter. Sein Blick war noch immer freundlich, sein Ton wurde ernster. »Zum Beispiel über die kleine Narbe in Ihrem Gesicht.«

Wie am Tag zuvor strich sie sich unwillkürlich über die Schläfe. Sie setzte sich und sah ihn abwartend an.

»Es tut mir leid, ich wollte Sie gestern nicht vor Ihrem Onkel in Verlegenheit bringen.«

Sie schwieg.

»Sie wurden von Marcel Schweikhard und vermutlich seinen Freunden überfallen.«

Bei der Erwähnung des Namens presste sie die Lippen fest zusammen. Es gab dem hübschen Gesicht einen verkniffenen Ausdruck.

»Wann war das? Wo?«

Ihre Pupillen waren groß, ließen ihre dunklen Augen noch finsterer erscheinen. Sie war wütend. Ihre Wut gab ihr vermutlich Kraft. »Sie haben gesagt, ich soll kommen und ein Protokoll unterschreiben.«

»Ja, das Gesprächsprotokoll von gestern.«

»Ich werde nichts unterschreiben. Ich kann mich nicht mehr erinnern, was ich Ihnen gesagt habe.«

Dann würde er ihr Gedächtnis ein bisschen auffrischen. »Sie sind in Panik geraten, als mein Kollege und ich vor Ihrer Tür standen. Warum?«

Sie zuckte die Achseln.

»Frau Aydin! Sie haben meinem Kollegen fast das Knie zertrümmert.« Das war ein wenig übertrieben. Peppi warf ihm einen überraschten Blick zu. »Was dachten Sie, wer wir sind? Warum haben Sie nach der Polizei gerufen?«

»Ich wusste nicht, wer Sie sind.«

»Sie haben uns nicht einmal die Zeit gegeben, den Mund aufzumachen.«

Ihr Blick wanderte an ihm vorbei zum Fenster. »Den Fehler habe ich einmal gemacht.« Es war nur geflüstert, dennoch hatte Brander sie verstanden.

Zeit, lass ihr Zeit, mahnte er sich. Sie taute auf, aber noch immer war sie voller Misstrauen ihm gegenüber.

»Sie arbeiten für Ihren Onkel in der Schneiderei?«, wechselte er das Thema.

Sie sah wieder zu ihm. Kampflust flackerte in ihren Augen. »Ich studiere Medizin.«

Brander musste überrascht geguckt haben, denn sie war sofort auf Hundertachtzig.

»Sie haben richtig gehört. Ich studiere Medizin. Ah, die Türkin studiert Medizin!«, polterte sie los. »Hier in Deutschland. In Ihrem schönen Deutschland. Ah, das geht nicht in Ihr Weltbild, was? Was kommt die hierher zum Studieren? Soll die doch in der Türkei studieren. Die …«

»Mein Kollege hat ganz bestimmt kein Problem damit, dass Sie in Deutschland Medizin studieren«, bremste Peppi die Frau. »Er hat auch kein Problem damit, seit mehr als acht Jahren mit einer Griechin zusammenzuarbeiten.« Sie sah Nuran Aydin verständnislos an. »Nicht jeder, der eine Glatze hat, ist aus dem rechten Lager. Wovor haben Sie so eine Angst?«

»Ich habe keine Angst.«

»Sie haben sich gestern gebärdet, als würden Sie um Ihr Leben fürchten«, erinnerte Brander sie an ihren Zusammenstoß. »Frau Aydin, wir suchen Marcel Schweikhard, und Sie haben ihn anscheinend aufgesucht. Ich möchte wissen, warum?«

Sie presste die Lippen wieder fest zusammen. Sie verschloss sich wieder, zog ihren Schutzwall hoch.

»Warum waren Sie bei seiner Wohnung? Wollten Sie mit ihm reden? Haben Sie statt ihm seine Schwester ange…?«

»Hören Sie auf!« Sie funkelte ihn zornig an. »Ich werde nichts unterschreiben.«

Ein Klopfen störte sie. Stephan Klein erschien im Türrahmen. »Andreas, kannst du mal kurz …« Er deutete mit dem Kopf in den Flur.

Brander ließ die beiden Frauen allein. Kleins Informationen kamen gerade recht. Er kehrte in sein Büro zurück, setzte sich an seinen Schreibtisch, musterte Nuran Aydin ein paar Sekunden schweigend. »Einundzwanzigster Juli.«

Sie biss sich auf die Lippe, ihre Nasenflügel blähten sich.

»Wie geht es Herrn Özer?«

Sie hatte nicht länger die Kraft, ihn störrisch anzustarren, senkte die Augenlider.

»Marcel Schweikhard war einer der Männer, die Sie beide überfallen haben?«

Sie gab ein abfälliges »tz« von sich, hob den Blick wieder, nicht mehr ganz so stark, wie sie es eingangs gewesen war. »Ich will nicht darüber reden, und ich werde niemanden anzeigen.«

»Aber, Sie können doch nicht …«

»Ich kann!«, fuhr sie ihm über den Mund. »Wozu soll eine Anzeige gut sein? Sie verhaften die Leute, ja. Und dann? Sie werden bis zur Verhandlung wieder entlassen. Und wissen Sie, was dann passiert? Sie setzen mich und meine Familie unter Druck, damit wir nicht aussagen.« Sie schnippte laut mit den Fingern. »Das war's.«

»Wir können Sie schützen.«

»Ja, klar! Was denken Sie? Die kommen nicht und schlagen mich wieder. Die stehen vor dem Geschäft meines Onkels. Nein, nicht direkt vor dem Geschäft, ein paar Meter links, ein paar Meter rechts.« Ihre Arme wedelten durch den Raum. »Die Kunden trauen sich nicht zu uns. Und dann? Keine Arbeit, kein Geld. Und sie fahren mit dem Auto durch die Straße, durch die ich gehe. Ganz langsam. Gucken mich an. Sie tun nichts, nein. Aber sie sind da!« Ihre Augen glühten vor Wut. »Und dann kommt die Verhandlung. Und keiner von denen sagt was. Und vielleicht bekommen sie ein paar Monate auf Bewährung. Ich lebe ja. Ich habe noch Arme und Beine. Was beschwere ich mich? Alles gut. Denen passiert nichts. Und meine Familie? Und ich? Wie soll ich hier leben? Ich kann aufpassen auf mich. Aber ich kann nicht meine Familie belasten.«

»Es hilft aber auch nicht, wenn Sie den Kopf in den Sand stecken.«

»Das tue ich nicht.« Sie hatte ihre alte Stärke wieder zurückerlangt. »Ich tue, was ich kann. Ich habe gelernt! Aber ich werde niemanden anzeigen. Und ich werde nichts unterschreiben.«

»Ich kann sie irgendwie verstehen«, erklärte Peppi, nachdem Nuran Aydin wieder gegangen war.

»Sie tut, was sie kann. Was hat sie damit gemeint?« Brander starrte grübelnd aus dem Fenster. Die Aussicht war nicht berauschend, der Himmel grau, der Innenhof leer. Es war zwölf – eigentlich Zeit für Käpten Hucs Zigarette. Der Inspektionsleiter hatte die Angewohnheit, zu jeder geraden Stunde im Hof eine Zigarette zu rauchen. Anscheinend war er noch nicht wieder im Büro. Brander nahm den Telefonhörer und bat Klein, zu ihm zu kommen.

»Jetzt erzähl: Einundzwanzigster Juli, woher hast du die Info, was ist da passiert?«

Klein ließ sich im Reitersitz auf dem Besucherstuhl nieder. »In der Nacht vom einundzwanzigsten auf den zweiundzwanzigsten Juli kam Nuran Aydin mit ihrem Freund Yasin Özer in die Notaufnahme unseres Klinikums. Yasin hatte üble Verletzungen: Prellungen, Blutergüsse, Gehirnerschütterung, zwei Finger der rechten Hand gebrochen. Es bestand der Verdacht, dass er auch innere Verletzungen hatte. Die hatte er aber zum Glück nicht. Nuran behauptete, er wäre eine Treppe runtergestürzt. Sie wollten keine weiteren Angaben machen. Auch sie hatte einige Verletzungen, musste an der Schläfe genäht werden. Sie bestand darauf, dass die Polizei nicht informiert werden sollte. Nuran arbeitet in dem Krankenhaus in den Semesterferien als Aushilfe, sie kannte die Ärzte und Schwestern. Und es wurde keine Polizei gerufen, obwohl Yasin einige Tage stationär aufgenommen werden musste.«

»Und woher hast du diese Info?«, wunderte sich Peppi.

»Lass mich raten: Daria?«, fragte Brander.

Klein nickte. »Ich hab sie gestern gefragt, ob sie von einer Türkin wüsste, die vor zwei, drei Monaten überfallen worden ist. Sie hat heute Morgen mal ein wenig die Patientenkartei sortiert.«

Brander beschloss, Kleins Vorgehen nicht zu kommentieren. »Wie geht's deinem Knie?«

»Bestens.« Es klang nicht überzeugend.

»Leute, was war denn los?« Peppi sah fragend von einem zum anderen.

»Bin gestolpert und hab mir's Knie verdreht.«

»Andi, du sagtest vorhin etwas von zertrümmert …?«

»Sagtest du?« Klein warf Brander einen warnenden Blick zu.

»Ich hab Hunger. Gehen wir was essen?«, manövrierte Brander sich aus der Gefahrenzone.

Robin Endress war so etwas wie der Traum vieler Schwiegermütter. Groß, schlank, den Undercut gepflegt frisiert, strahlend blaue Augen. Zu einem sandfarbenen Anzug, der leger genug war, um ihn mit seinen achtundzwanzig Jahren nicht zu bieder erscheinen zu lassen, trug er ein Zahnpastalächeln, bei dem sich Grübchen in den Wangen bildeten. Einzig die krumme Nase störte ein wenig die ebenmäßige Erscheinung, tat seinem sympathischen Auftreten aber keinen Abbruch. Brander hatte ihn am Empfang abgeholt und führte ihn in sein Büro.

»Meine Kollegin, Frau Pachatourides.«

Peppi reichte ihm die Hand. Er nahm sie mit einem Lächeln, nestelte kurz mit einem Taschentuch herum und setzte sich auf den Stuhl, den Brander ihm angeboten hatte.

»Ich hatte Ihren Anruf schon gestern erwartet«, stellte er fest.

»So?«, fragte Brander.

»Jochen hat mich angerufen, Jochen Kastner. Er sagte, dass Sie Marcel suchen.«

»Und können Sie uns weiterhelfen?«

»Wenn ich das könnte, hätte ich mich gleich bei Ihnen gemeldet.« Wieder ein unverbindliches Beraterlächeln. Das hatte er drauf.

»Wann haben Sie Marcel Schweikhard zuletzt gesehen?«

»Das ist schon eine Weile her.« Er legte die Stirn in kleine Fältchen. »Heute haben wir Montag … Das muss vor gut zwei Wochen gewesen sein. Ja, Sonntag vor zwei Wochen.«

»Wo?«

»Ich war bei ihm.«

»In seiner Wohnung?«

»Ja.«

»Und was haben Sie gemacht?«

»Wir haben geredet, ein Bierchen getrunken, was man so macht.«

»War Herr Kastner auch dabei?«

»Jochen? Nein.«

»Worüber haben Sie mit Marcel Schweikhard gesprochen?«

Wieder verursachte das Lächeln ein paar Grübchen auf den Wangen. »Das weiß ich jetzt leider nicht mehr. Über dies und das. Wir haben einfach ein bisschen zusammen abgehangen.«

»In der Nacht vom einundzwanzigsten auf den zweiundzwanzigsten Juli, wo waren Sie da?«

Aus dem Lächeln wurde ein ungläubiges Lachen. »Das ist jetzt nicht Ihr Ernst?«

Brander reagierte seinerseits mit einem Lächeln, um deutlich zu machen, dass seine Frage sehr wohl ernst gemeint war. Verschanzte sich Endress hinter seiner professionellen beruflichen Freundlichkeit, oder war er wirklich so ein Sonnyboy?

»Das ist fast drei Monate her. Keine Ahnung, wo ich da war.«

»Haben Sie einen Kalender?«

»Natürlich habe ich einen Kalender. Aber ich trag doch nicht jeden Tag ein, was ich wann wo gemacht habe. Geschweige denn, dass ich das alles im Kopf habe! Tut mir leid, die Frage kann ich Ihnen beim besten Willen nicht mal eben aus dem Stegreif beantworten.«

»Haben Sie eine Idee, wo wir Marcel Schweikhard finden könnten?«, mischte sich Peppi in die Befragung ein.

Endress sah zu ihr. »Er arbeitet als Aushilfe im Getränkemarkt.«

»Da haben wir es schon versucht.«

»Tja, dann … vielleicht ist er bei seinen Eltern?«

»Woher kennen Sie sich?«, übernahm Brander wieder.

Endress lehnte sich zurück und verschränkte einen Arm hinter dem Kopf. »Gute Frage. Marcel und ich kennen uns schon ewig. Da ging er noch zur Schule, hier in Esslingen. Er war gerade in der Mittelstufe, ich kurz vorm Abi.«

»Wie haben Sie sich da kennengelernt?«

»Wir waren beide in der Schach-AG.«

Natürlich. Da hätte er auch selbst draufkommen können, dachte Brander sarkastisch. Jahrelange Schachfreunde.

»Und seitdem sind Sie befreundet?«

»Nein, das kam erst später, als er wieder in Esslingen war. Er hat ja eine Zeitlang in Tübingen gewohnt.«

»Sie doch auch, oder?«

»Ich habe dort studiert. Gewohnt habe ich hier. Sagen Sie …« Endress hatte anscheinend beschlossen, dass es an der Zeit war, selbst ein paar Fragen loszuwerden. Er lehnte sich ein Stück zu Brander vor. »Warum suchen Sie Marcel? Hat es etwas mit Denises Tod zu tun?«

»Darüber kann ich Ihnen keine Auskunft geben.«

Endress hatte das Lächeln abgelegt, seine Gesichtszüge wurden ernster. »Reden wir doch nicht länger um den heißen Brei herum. Ich kannte Denise, und ich kenne Marcel. Marcel hatte sich verändert in der letzten Zeit. Und wenn er Denise etwas angetan hat, dann will ich das wissen.«

»Was heißt *verändert*?

»Er war … unzufrieden, reizbar.«

»Ihr Kumpel sagte, Ihre Interessen hätten sich auseinanderentwickelt«, berichtete Peppi.

Endress wandte sich ihr zu, erneut kleine Fältchen auf der Stirn. »Nein, das …« Er legte sich seine Worte zurecht. »Sein Problem war, zuzusehen, wie Jochen und ich Karriere machen. Wir haben unser Studium absolviert, haben gute

Jobs, wir verdienen gutes Geld. Nach dieser Geschichte damals … Sie wissen davon?«

»Ich weiß nicht. Welche Geschichte meinen Sie denn?«, fragte Peppi. Brander meinte, einen lauernden Unterton in ihrer Stimme wahrzunehmen.

»Er ist wegen Körperverletzung verurteilt worden.«

»Was wissen Sie darüber?«, fragte Brander.

»Das war damals eine ganz miese Sache. Er wurde von diesen Typen gemobbt, er wehrt sich, und dann wird er verurteilt. In was für 'ner Welt leben wir? Da wurde das Opfer zum Täter gemacht! Hinterher hatte er Schwierigkeiten, wieder auf die Füße zu kommen. Na ja, Denise hat ihrem Bruder manchmal vorgeworfen, sich nicht genug anzustrengen, um aus seinem Leben was zu machen. Das hat ihn sicherlich zusätzlich belastet.«

»Wie gut kannten Sie Denise Schweikhard?«

»Ziemlich gut.«

»Was heißt das?«

»Ich mochte sie.« Er lehnte sich wieder zurück. »Sehr sogar.«

»Hatten Sie eine Beziehung miteinander?«

Endress zog die Augenbrauen hoch. »Sie möchten wissen, ob ich mit ihr geschlafen habe.«

»Das gehört zu den meisten Beziehungen heutzutage dazu«, bestätigte Brander.

Der junge Mann rieb sich über das glatt rasierte Kinn. Er schien mit sich zu hadern, wie er seine Beziehung beschreiben sollte. »Denise ist … war noch sehr jung.«

»Achtzehn.«

»Ja, ich kannte sie schon länger. Wir waren zusammen, aber ich war mir nicht sicher, was Denise in mir sieht.«

»Inwiefern?«

»Ob sie wirklich Gefühle für mich hat oder mich einfach nur anhimmelt.«

»Was Sie aber nicht davon abgehalten hat, mit ihr zu schlafen«, bemerkte Peppi spitz.

Einen winzigen Augenblick legte sich ein zorniger Schatten über das smarte Gesicht. »Ich habe sie nicht ausgenutzt!«

»Was haben Sie in ihr gesehen?«, fragte Brander, bemüht um einen sachlich neutralen Ton. Peppis aggressiver Tonfall gefiel ihm nicht.

Endress legte die Hände in seinem Schoß locker ineinander, schluckte trocken und sah Brander eine Weile stumm an. Seine Stimme klang belegt, als er antwortete. »Die Mutter meiner Kinder.«

Das klang nach mehr als nach einer lockeren Liebelei.

»Na, wenn Sie sich so nahestanden«, ergriff Peppi wieder das Wort, »können Sie uns doch sicher etwas über die Tätowierung an ihrem Knöchel sagen?«

»Die Tätowierung?«

»Ja, diese hier.« Sie zeigte ihm ein Foto mit der Triskele.

»Das … ja, das war …«

»Ja?« Peppis Blick war deutlich auf Angriff gerichtet.

Endress parierte mit einem Lächeln. »Sie hat sich das vor knapp sechs Monaten stechen lassen. Aber es ist nicht richtig, nicht fertig … es ist nicht das, was es sein sollte.«

»Was sollte es denn sein?« Peppi war weit davon entfernt, Mitgefühl mit dem jungen Mann zu haben, der gerade seine geliebte Freundin verloren hatte.

»Eine Trinacria. Wissen Sie, was das ist?«

»Ja, und ich weiß auch, wie sie aussieht.«

Brander sah verwundert zu seiner Kollegin. Er hatte keinen Schimmer, was eine Trinacria war, und tippte das

Wort in die Suchmaschine seines Computers ein. Ein Frauengesicht umrankt von drei angewinkelten Beinen – Symbol Siziliens. Was Peppi alles wusste.

»Die achtundzwanzig, die ist für mich. Ich bin im März achtundzwanzig geworden, und es sollte uns daran erinnern, dass wir da … Nun, das ist privat.«

»Hat sie Ihnen ihre Unschuld zum Geburtstag geschenkt, ja?«

»Aus Ihrem Mund klingt es schmutzig.« Endress' Blick war hart geworden. »Wir waren seitdem zusammen.«

Brander sah mahnend zu Peppi, doch die fuhr unbeirrt fort: »Sie wissen ganz genau, dass dieses Symbol keine Trinacria ist und dass die Zahl ganz sicher nicht für ihren ersten romantischen Beischlaf steht. Das ist kompletter Schwachsinn!«

Endress sah zu Brander. »Wird dieses Gespräch aufgezeichnet?«

»Nein.«

»Frau … wie war Ihr Name? Pachatourides? Aus welchem Land kommen Sie? So ein respektloser Umgang mag in Ihrer Heimat ja normal sein, aber nicht in Deutschland. Diese unverschämte Art und Weise, die Sie mir gegenüber an den Tag legen, lasse ich mir nicht von Ihnen gefallen. In diesem Land geht man anständig miteinander um. Als Polizeibeamtin im deutschen Staatsdienst sollten Sie das wissen! Ich werde mich über Sie beschweren.« Er warf Peppi einen drohenden Blick zu und wandte sich wieder an Brander. »Herr Brander, Sie sind Zeuge dieses Gesprächs.«

Brander hätte Peppi gern einen Maulkorb verpasst. Er bemühte sich, ruhig zu bleiben. »Frau Pachatourides hat es sicherlich nicht respektlos gemeint.« Er sah auffordernd zu ihr.

»Entschuldigen Sie. Ich wollte Ihre Gefühle nicht verletzten«, lenkte sie ein, aber es klang nicht besonders ehrlich, und ihr Blick sprach Bände. »Es ist nur so, dass das Symbol ganz bestimmt keine Trinacria darstellt, sondern eine Triskele, ein Symbol aus dem rechtsextremen Milieu. Und auch die Zahl hat, wie Sie sicher wissen, in diesem Milieu eine andere Bedeutung.«

»So kann man sich irren.« Endress' Gesicht war zu einer kalten Maske geworden. »Wenn Sie keine weiteren Fragen haben, werde ich jetzt gehen.«

Brander hatte noch etliche Fragen. Aber die Befragung würde er ohne Peppi fortsetzen. »Ich bringe Sie zum Ausgang.«

Sie gingen nebeneinander die Treppe hinunter.

»Wobei haben Sie sich die gebrochen?« Brander schlug einen lockeren Ton an, um die Situation zu entspannen, und tippte auf seine eigene Nase.

»Ich hab in meiner Jugend geboxt. Da hab ich mal nicht aufgepasst.«

»So was passiert.«

»Ja.« Endress fand sein Lächeln wieder. »Haben Sie mal geboxt?«

»Nein, aber Schach gespielt.« Sie waren im Foyer angekommen. »Wann haben Sie Denise zum letzten Mal gesehen?«

»Samstag vor einer Woche. Sie war bei mir und wollte abends zu ihrem Bruder.«

»Haben Sie danach nochmal mit ihr gesprochen?«

»Nein. Ich dachte … Ich will ehrlich zu Ihnen sein: Wir hatten uns ein bisschen gestritten, bevor sie ging. Jetzt wünsche ich mir, ich hätte sie nicht gehen lassen.« Endress sah Brander aufmerksam an. »Hat Marcel sie umgebracht?«

»Es ist noch nicht geklärt, wie Denise gestorben ist.«

»Aber Sie ermitteln.«

»Wenn Ihnen noch etwas einfällt, was Ihnen wichtig erscheint oder wo wir Marcel Schweikhard finden könnten, melden Sie sich bitte bei uns.«

»Ich melde mich gern bei Ihnen, aber nicht bei Ihrer Kollegin. Solche Personen im Staatsdienst sind ein Grund, warum das Vertrauen der Menschen in den deutschen Polizeiapparat sinkt.«

Brander nahm zwei Stufen auf einmal, stampfte ins Büro und knallte die Tür hinter sich zu. »Sag mal, hast du sie noch alle beieinander?«, donnerte er los.

»Wa…«

»Heute Morgen noch habe ich mit dir darüber gesprochen. Ich habe mich beim Chef für dich verbürgt, verdammt nochmal! Kannst du dich nicht einmal zusammenreißen? Nur ein einziges verfluchtes Mal!«

»Der wollte uns doch komplett verarschen, und du fällst auch noch drauf rein! Die Mutter meiner Kinder! Der denkt doch, wir glauben an den Weihnachtsmann!«

»Das muss nicht gelogen gewesen sein! Und es geht hier nicht darum, was er aussagt, sondern wie du ihn behandelst!«

»Wenn du dich zum Narren halten lassen willst – bitte.«

»Peppi, du bist nicht objektiv. Du bist voreingenommen … du …«

»Ich bin voreingenommen, ja? Hast du nicht gesehen, wie fein säuberlich der sich die Finger an seinem Taschentuch abgewischt hat, nachdem er mir die Hand gegeben hatte? Und die ganze Zeit dieses schmierige Grinsen im Gesicht!«

Brander schüttelte energisch den Kopf. »Du verurteilst jemanden, ohne auch nur den geringsten Anlass!«

»Hast du dem gerade nicht zugehört? Aber schlag dich ruhig auf seine Seite.«

»Ich schlage mich auf niemandes Seite! Ich ermittle. Und zwar objektiv! Weißt du was? Clewer hat recht. Du bist raus aus dem Fa…« Jemand stieß Brander die Tür in den Rücken.

»Freunde, man hört euch über den ganzen Flur. Was is'n los?« Stephan Klein sah von einem zum anderen.

Peppi funkelte Brander zornig an. »Ich bin nicht raus.«

»Und wie du das bist.« Brander ging wutschnaubend an seinen Platz. Er hatte nicht die Ruhe, sich zu setzen. Er sollte umgehend mit dem Inspektionsleiter sprechen, aber er war viel zu aufgebracht. Ungeduldig suchte er seine Papiere zusammen.

»Unten sitzt übrigens ein Herr Kazmaier und möchte mit dir sprechen«, erklärte Klein.

Brander stöhnte auf. Nicht der auch noch. »Peppi, den übernimmst du. Und vielleicht schaffst du es ja, seine Aussage aufzunehmen, ohne ihm einen Vogel zu zeigen, nur weil du meinst, dass er spinnt.«

»Seit wann sagst du mi…«

»Stephan, wir fahren zu Familie Schweikhard. Komm.«

Brander versank in grimmiges Schweigen. Er verstand Peppi nicht. Sie war doch sonst eine routinierte Ermittlerin. Warum passierte das immer wieder? Sobald sie meinte, jemanden vor sich zu haben, der dem rechten Milieu angehören könnte, der sie auf einen Mensch mit Migrationshintergrund – was für ein dämliches Wort – reduzierte, wurde sie bissig und unsachlich. *Er hat sich die Finger abgewischt.* Brander rief sich die Begrüßung in Erinnerung. Endress hatte ihr die Hand gereicht, dann hatte er ein Taschentuch aus der Anzugjacke gezogen und sich die Finger sorgfältig abgeputzt, während er sich gesetzt hatte. Peppi hatte nicht gelogen. Aber musste das eine bewusste Handlung gegen sie als Ausländerin gewesen sein? Vielleicht hatte er einfach nur schwitzige Hände. Dann hätte er sich die Hände vorher abgewischt, erklärte Brander sich selbst. Ausländerin. Peppi war in manchen Dingen deutscher als er. Peppis Eltern waren Griechen. Aber sie war im Ländle aufgewachsen. Ach, und selbst wenn.

Er erinnerte sich an ein Gespräch, das sie vor ein paar Jahren geführt hatten. Er kannte den Grund, warum sie Polizistin geworden war. Sie hatte dieses Erlebnis offensichtlich noch immer nicht bewältigt. Er musste mit ihr reden. Sie musste dieses Problem endlich in den Griff kriegen.

Auf Höhe der Pliezhausener Aussfahrt störte Klein seine finsteren Grübeleien. »Was ist denn passiert?«

»Nichts.«

»Ja, so hat sich's angehört.«

»Wie geht's deinem Knie?«

Klein brummte ein »hm« vor sich hin, akzeptierte aber, dass Brander nicht über seinen Streit mit Peppi reden wollte.

»Sind wir eigentlich sicher, dass es Marcel Schweikhard und seine Kameraden waren, die Nuran Aydin und ihren Freund überfallen haben?«

»So habe ich es aus dem Gespräch mit ihrem Onkel herausgehört.«

»Aber sicher ist es nicht«, beharrte Brander.

»Nein, sicher ist es nicht.«

»Endress und Kastner haben den Verdacht geäußert, dass Marcel Schuld an Denises Tod ist.«

»Und?«

»Bring mir Marcel Schweikhard, und ich sag's dir.«

Im Hause Schweikhard war es so aufgeräumt und steril wie bei Branders erstem Besuch. Annegret Schweikhard war blass, die Augen gerötet und geschwollen. Sie hatte geweint. Auch Hermann Schweikhard war die Trauer anzusehen. Sie saßen im Wohnzimmer, Wassergläser vor sich auf dem Tisch, sorgfältig platziert auf dunkelgrauen Untersetzern.

»Haben Sie etwas von Ihrem Sohn gehört?«, fragte Brander.

Die Eheleute schüttelten die Köpfe.

»Meldet er sich nie bei Ihnen?«

»Das letzte Mal haben wir ihn an Denises Geburtstag gesehen. Das sagten wir Ihnen bereits«, erklärte Annegret Schweikhard bitter.

»Ja, aber in Anbetracht der Umstände …«

»Verstehen Sie nicht? Wir haben keinen Kontakt mehr zu Marcel.«

»Warum nicht? Was ist vorgefallen?«

Die Eheleute schwiegen.

»Frau Schweikhard, Sie haben Ihre Tochter mehrfach angerufen. Zuletzt haben Sie eine Nachricht auf dem Anrufbeantworter hinterlassen.« Brander nahm seinen Notizblock und zitierte: »Warum tust du uns das an?« Er sah wieder auf. »Was meinten Sie damit?«

»Das weiß ich nicht.«

»Sie haben …«

»Ich weiß es nicht!«, unterbrach sie ihn heftig, das Gesicht schmerzverzerrt. »Meine Tochter ist tot. Ich kann nicht denken, verstehen Sie das nicht? Ich … ich …« Sie presste die Handballen an die Schläfen. »Ich kann einfach nicht denken!«

»Es tut mir leid, ich muss Ihnen diese Fragen stellen. Es gibt so viele offene Punkte, die wir klären müssen.«

»Hat Marcel sie umgebracht?« Sie wollte Klarheit in ihr Gefühlschaos bekommen.

»Es ist noch nicht geklärt, wie Ihre Tochter zu Tode gekommen ist.«

»Warum nicht? Ich verstehe das nicht. Sie haben doch Möglichkeiten! Denise wurde untersucht. Da muss es doch Spuren geben, in der Wohnung, hier … Ihre Kollegen haben Denises Zimmer durchwühlt.«

»Es wurden Spuren verwischt. Wer hat zum Beispiel die Daten auf Denises Laptop gelöscht?«

»Das …« Annegret Schweikhard sah zu ihrem Mann.

»Schau mich nicht an.«

»Irgendjemand hat die Daten gelöscht. Wenn Sie es nicht waren – hatte vielleicht noch jemand Zugriff auf den Computer?«

»Nein«, antwortete Annegret Schweikhard.

»Hatten Sie Besuch? War jemand von Denises Freunden hier?«

»Nein, die waren nie hier.«

Brander schaltete einen Gang zurück. »Erzählen Sie mir von Ihrer Tochter. Wie war sie?«

»Sie war normal.«

»Was heißt das? War sie lustig? Lebensfroh? Still? Schüchtern? Hatte sie viele Freunde? War sie lieber allein? Ging sie gern zur Schule? Welche Hobbys hatte sie?«

»Sie war …« Die Mutter verstummte ratlos.

»Sie war fleißig, ehrgeizig«, erklärte Hermann Schweikhard.

»Was hat sie in ihrer Freizeit gemacht?«

»Was Jugendliche eben so machen – Musik gehört, im Internet gesurft. An den Wochenenden war sie oft bei Marcel.«

»Was hat sie dort gemacht?«

Der Vater zuckte die Achseln. »Das weiß ich nicht.«

»Hat Denise mal erzählt, dass sie Streit mit Marcel hatte?«

»Was soll diese Frage?«, zischte Annegret Schweikhard argwöhnisch.

Brander beschloss, seine Fragen in eine andere Richtung zu lenken. »Herr Schweikhard, Sie haben uns gesagt, Sie kennen die Freunde von Denise und Marcel nicht. Aber Sie haben am Samstag Jochen Kastner angerufen.«

Annegret Schweikhard schnappte nach Luft. »Du hast was? Wieso …«

»Ich … nein, ich …«

»Wie konntest du? Wir hatten … du hast …« Sie schüttelte verständnislos den Kopf.

»Ich wollte doch nur wissen …«

»Du bist so armselig! Du bist so ein fei…« Mit Schrecken sah sie zu Brander und Klein. »Bitte gehen Sie.«

»Jetzt wird's doch gerade interessant.« Klein erwiderte ihren Blick ungerührt. »Warum beschimpfen Sie Ihren Mann?«

Sie strich sich mit einer Hand durch die Haare, ein paar Strähnen gerieten in Unordnung. »Wir haben Ihnen nichts mehr zu sagen.«

»Das sehe ich aber anders«, befand Brander. »Sie haben uns gesagt, Sie kennen die Freunde Ihrer Kinder nicht. Und dann rufen Sie Herrn Kastner an – einen jungen Mann, der sowohl mit Marcel als auch mit Denise befreundet ist.«

»Befreundet.« Sie lachte höhnisch. »Sag's Ihnen. Sag du es Ihnen. Befreundet!«

»Sie waren Freunde«, kam es schwach von Hermann Schweikhard.

Annegret Schweikhard spuckte ein höhnisches »tz« in den Raum.

»Waren sie keine Freunde?«, fragte Brander. Er erhielt keine Antwort, richtete seine Aufmerksamkeit wieder auf den Vater. »Warum haben Sie uns die Namen verschwiegen? Warum rufen Sie hinter unserem Rücken bei ihm an?«

»Ich wollte wissen, wo Marcel ist.«

»Und dann?«

»Ich wollte mit ihm reden. Er muss sich stellen. Es ist doch besser, wenn er sich freiwillig stellt.«

Brander spürte ein altbekanntes Kribbeln im Nacken. »Sie beschuldigen Ihren Sohn, Ihre Tochter Denise getötet zu haben?«

»Nein, ich … er hätte es nie mit Absicht getan.«

Annegret Schweikhard verbarg ihr Gesicht in den Händen. »Es hört nie auf.«

»Was hört nie auf?«, fragte Klein.

»Er gibt ihm die Schuld. Er gibt ihm die Schuld für alles.« Sie hob den Kopf wieder. »Er ist dein Sohn!«

»Er …«

»Es ist deine Schuld! Kapier das endlich! Es ist nicht Marcels Schuld, es ist deine Schuld! Alles! Verstehst du? Alles!« Sie schüttelte angewidert den Kopf, sah zu Brander. »Bitte gehen Sie jetzt.« Sie stand auf und verließ den Raum.

»Was ist Ihre Schuld, Herr Schweikhard?«, fragte Brander den Vater.

»Ich weiß nicht, was sie meint.«

»Herr Schweikhard, Ihr Sohn ist untergetaucht, er ist vorbestraft wegen schwerer vorsätzlicher Körperverletzung. In seiner Wohnung finden wir Ihre Tochter. Sie ist tot. Die Daten auf ihrem Laptop wurden gelöscht. Sie behaupten, Sie kennen die Freunde Ihrer Kinder nicht, und dann rufen Sie diese Freunde an. Was soll ich davon halten?«

Schweikhard rieb unwohl die Finger aneinander.

»Was verheimlichen Sie uns?«

Der Mann zog sich in sein Schweigen zurück.

»Ihre Tochter hat mit der rechten Szene zumindest sympathisiert, das wussten Sie, oder?«

»Es ist nicht verboten, eine Meinung zu haben, oder?«

»Und Ihr Sohn? Gehört der auch zur rechten Szene?«

»Schauen Sie sich doch mal um, was in unserem Land los ist. Wir werden überschwemmt von fremden Kulturen und Religionen! Man tut so, als wären diese Leute die Schwachen, die Opfer. Aber wissen Sie was? Bei denen, die hierher kommen, da gilt das Gesetz des Stärkeren. Fragen Sie doch mal die Jungs, die meinen Sohn gemobbt haben, was die mit ihm gemacht haben. Das waren keine deutschen Jungs! Aber wenn Marcel sich wehrt, dann ist er gleich ein Rechter, ein Nazi. Wird verurteilt wie ein Schwerverbrecher. Ein fünfzehnjähriger Junge! Aber diese Jungs und deren Familien – hat da ein Hahn nach gekräht, was die meinem Jungen, was die uns angetan haben? Die leben hier, schmarotzen sich durch unser Sozialsystem. Fragt da einer nach Schuld? Dieses …«

»Halt den Mund«, fauchte Annegret Schweikhard aus dem Hintergrund. Sie war wieder zurückgekehrt und stand im Türrahmen. »Ich fordere Sie noch einmal auf, unser Haus zu verlassen!«

Brander erhob sich. »Wenn es Ihnen möglich ist, kommen Sie bitte in den nächsten Tagen zu uns in die Polizeidirektion nach Esslingen. Wir müssen Ihre Aussagen zu Protokoll nehmen.«

»Muss das sein?«

»Ja, das muss sein.«

Brander warf Klein den Schlüssel zu. »Setz mich in Tübingen am Bahnhof ab, ich fahr mit der Bahn nach Hause.« Er nahm sein Handy und schickte Peppi eine Nachricht, dass sie nicht auf ihn warten sollte.

»Ich kann dich auch nach Hause bringen, ist kein großer Umweg.«

»Mir egal.«

»Nicht dein Tag heute, was?«

Brander strich sich frustriert über die Glatze. »Ich blick einfach nicht durch. Worum geht's hier überhaupt?«

»Wir wollen rausfinden, wer dieses Mädchen umgebracht hat.«

»Ja, und alle beschuldigen Marcel, aber irgendwie habe ich das Gefühl, dass uns jeder ins Gesicht lügt. Keiner weiß irgendwas, und eigentlich weiß jeder alles.«

»Die Annegret beschuldigt nicht ihren Sohn«, gab Klein zu bedenken. »Sie beschuldigt ihren Mann.«

6

Dienstag

Peppi war überpünktlich, als sie Brander am nächsten Morgen zur Arbeit abholte. Sie trug die langen, lockigen Haare offen, sorgfältig darauf bedacht, einen zu genauen Blick auf ihr Gesicht zu verhindern, dennoch registrierte Brander die Ringe unter ihren Augen. Die Fahrt verlief in unangenehmem Schweigen. Die Nebelschwaden, die noch über der Autobahn und auf den Feldern hingen, verstärkten die frostige Stimmung. Er wollte keine Eiszeit mit seiner Kollegin. So konnte er nicht arbeiten.

»Fahr hier raus«, bat Brander, als sie den Schönbuchtunnel hinter sich hatten.

»Da waren wir doch erst gestern.«

»Fahr bitte trotzdem raus.«

Peppi lenkte den Wagen auf die Abfahrt. »Wird das jetzt Tradition? Jeden Morgen erst einmal einen Espresso in der Autobahnraststätte?«

»Nein.«

Sie stiegen aus und gingen in das Gebäude.

»Cappuccino?«, fragte Brander.

»Oh, dauert's länger?«

Brander orderte die Getränke, und sie suchten sich eine ruhige Ecke.

»Bevor du loslegst: Ich werde heute noch meinen Urla…«

»Das wirst du nicht«, unterbrach Brander seine Kollegin.

»Du hast doch gest…«

»Ich war sauer. Mächtig sauer. Ich entschuldige mich. Ich wollte dich nicht anschreien.«

»Na ja, du …«

»Wir müssen reden.«

Peppi hob energisch die Hände. »Das versuche ich ja, aber du unterbrichst mich ständig.«

Brander lächelte entschuldigend, wurde aber gleich wieder ernst. »Peppi, wann willst du dich endlich deinem Problem stellen?«

Dieses Mal setzte sie sich nicht mit einem wütenden Gegenangriff zur Wehr. Stattdessen verschränkte sie die Arme vor der Brust und sah zum Fenster. Ein LKW-Fahrer stieg in sein Fahrerhaus und rollte mit dem Truck vom Parkplatz, der Beginn einer neuen Tagestour. Peppis Pupillen wanderten unruhig umher. »Tu ich doch.«

»Nein, das tust du nicht.« Brander suchte nach den richtigen Worten. Er wollte nicht, dass sie sich vor ihm zurückzog. »Du bist eine großartige Ermittlerin, du bist empathisch, du bist sensibel, du hast ein Gespür für Menschen. Aber genau das macht dich auch angreifbar. Du verlierst deine Professionalität in Situationen wie gestern. Da reicht ein einziges falsch betontes Wort.«

Er hatte die halbe Nacht mit Cecilia darüber gesprochen, wie er mit der Situation umgehen sollte. Der Vorfall vom Vortag war vielleicht keine große Sache gewesen, aber es war nicht zum ersten Mal passiert. Und er wollte nicht, dass Peppi an ihrer Wut im Dienst scheiterte. Er hatte Cecis Rat gebraucht. Seine Frau arbeitete seit vielen Jahren als Psychotherapeutin, sie hatte Erfahrung mit traumatisierten Menschen. Trauma. Das war so ein großes Wort.

»Ich hab doch gesagt, ich nehm Urlaub.«

»Nein. Ich will nicht, dass du vor deinem Problem davonläufst, ich will, dass du dich ihm stellst. Du bleibst Teil dieses Ermittlungsteams.«

»Das hat wohl Käpten Huc zu entscheiden.«

»Das kriegen wir hin. Aber du musst dich an ein paar Regeln halten.«

»Die da wären?« Sie sah ihn herausfordernd an. Noch immer hielt sie die Arme vor der Brust verschränkt.

»Wenn wir jemanden befragen, der bei dir diese alte Verletzung hervorruft, und dir wieder einmal eine schnippische Bemerkung auf den Lippen liegt, zählst du innerlich bis zwanzig, bevor du den Mund aufmachst.«

Peppi riss die Augen auf. »Das ist jetzt nicht dein Ernst.«

»Doch, das ist es.«

»So ein Quatsch!«

»Das ist kein Quatsch. Du musst diesen Impuls, den anderen anzugreifen, in den Griff kriegen. Zählen ist eine simple, effektive Methode. Und wenn du merkst, es funktioniert nicht, gehst du raus aus der Situation. Gib mir ein Zeichen, wir unterbrechen die Befragung, du verlässt das Geschehen, wir nehmen jemand anderes hinzu. Es gibt genug Kollegen in der Dienststelle.«

»Ach, und wie stellst du dir das vor? Hey, Stephan, bei Andi sitzt gerade so ein kleines Nazischwein, bei dem ich echt das Kotzen krieg, übernimmst du bitte?«

»Jetzt wäre ein guter Moment gewesen, bis zwanzig zu zählen.«

Peppi biss sich auf die Lippen und senkte den Blick. »Ich krieg das nicht hin, Andi. Weißt du, was die mir angetan haben?«

»Ja, das weiß ich. Und ich will, dass du dich nicht länger zum Opfer machen lässt. Das ist mehr als fünfundzwanzig Jahre her! Du bist doch sonst auch ein Profi und lässt dich nicht so leicht provozieren. Wenn du merkst, dass es dir zu nahe geht, dann gehst du raus zum Kollegen, sagst: Stephan, übernimm bitte, und basta. Du bist niemandem Rechenschaft schuldig. Außer mir natürlich«, fügte er mit einem versöhnlichen Lächeln hinzu.

Peppi schnaufte freudlos, strich sich mit beiden Händen durch die Haare und sah zu Brander. »Ich hab da ein echtes Problem, was?«

»Ja, hast du. Und das bringt mich zum nächsten Punkt unserer Vereinbarung: Ich will, dass du dir professionelle Hilfe suchst.«

Peppi stöhnte erneut auf. »Ach, komm! Ich bin doch kein Fall für die Couch.«

»Wenn jemand ein chronisches Rückenleiden hat, geht er auch zum Arzt.«

»Ach, Andi, nee …« Peppi verzog unwillig das Gesicht.

»Da gibt es für mich keine Diskussion.«

Peppi rührte in ihrem Cappuccino, naschte einen Löffel Milchschaum. »Meinst du, Ceci…?«

»Nein, du brauchst jemanden, der unseren Beruf kennt.«

»Sie kennt unseren Job. Sie ist mit dir verheiratet.«

»Und sie kennt dich. Ceci macht keine Therapie mit Menschen, mit denen sie privat befreundet ist.«

»Ich will keine Therapie. Ich brauch das nicht.«

»Peppi, es ist nichts dabei, sich Hilfe zu holen.«

Sie saßen sich schweigend gegenüber. Brander konnte Peppis Unsicherheit verstehen. Ihm würde es nicht anders gehen. Aber er wollte auch nicht zusehen, wie Peppi sich irgendwann vielleicht mit einer unbedachten Reaktion um ihren Job brachte.

»Also – Deal?«, fragte er, als ihm das Schweigen zu lang wurde.

»Hab ich eine Wahl?«

»Keine, die mir gefallen würde.«

»Ich denk drüber nach.«

Das war nicht die Antwort, die er sich erhofft hatte, aber immerhin hatte sie nicht alles abgeblockt. Er trank seinen mittlerweile lauwarmen Cappuccino. Eine Frage ließ ihm noch keine Ruhe. »Warum ist Käpten Huc so besorgt? Was steht in deiner Personalakte?«

Peppi sog die Luft zwischen den Zähnen ein. »Du kennst meine Geschichte.«

»Der Überfall, von dem du mir erzählt hast, war vor deiner Zeit bei der Polizei. Der steht nicht in deiner Akte. Und ich kann mir auch nicht vorstellen, dass jemand einen Aktenvermerk gemacht hat, weil du damals deinen Job an den Nagel hängen wolltest, als du den Fall mit diesem Nazi-Aussteiger hattest.«

Sie kämpfte mit sich. Er sah, dass ihre Finger zitterten. Als sie seinen Blick bemerkte, versteckte sie die Hände in den Jackentaschen. Er musste sich gedulden, bis Peppi sich zu einer Antwort durchrang.

»Es gab mal ein Verfahren gegen mich.«

»Wie bitte?« Er hatte mit vielem gerechnet, damit nicht.

»Die Sache mit dem Aussteiger, den sie umgebracht haben. Der Täter hat mich bedroht, als wir ihn verhaften wollten. Ich hab ihn geschlagen … ein-, zweimal hatte ich zugeschlagen, bevor meine Kollegen einschreiten konnten. Hinterher wurde es so ausgelegt, als hätte ich versucht, ein Geständnis aus ihm rauszuprügeln. Es kamen noch einige andere angebliche Ermittlungsfehler hinzu, und das Verfahren gegen ihn wurde eingestellt. Stattdessen gab es einen Strafprozess gegen mich wegen Körperverletzung, dazu bekam ich ein Disziplinarverfahren und eine Abmahnung.«

»Oh Mann.« Brander rieb sich über das Kinn. Das war keine Kleinigkeit. Er hatte Peppi in all den Jahren, die sie nun zusammenarbeiteten, niemals gewalttätig erlebt … zumindest nicht dienstlich, räumte er ein. Aber selbst dieser eine Vorfall – das war Sachbeschädigung gewesen, kein Mensch war zu Schaden gekommen. Dennoch begann er, Clewers Besorgnis zu verstehen.

Peppi seufzte. »Und das kriegste dann zwanzig Jahre später wieder aufs Butterbrot geschmiert.« Sie zog die Hände aus den Taschen, strich sich energisch über die Finger, um das Zittern zu stoppen. »Jetzt kennst du all meine Geheimnisse. Können wir bitte das Thema wechseln?«

»Ja … klar …« Brander musste diese Information selbst erst einmal verdauen. Er suchte nach etwas Unverfänglichem, etwas Neutralem, was sie wieder auf festeren Boden brachte. Da waren so viele alte Wunden in Peppi, und er wünschte sich, er hätte schon früher mit ihr gesprochen. »Wie war das Gespräch mit diesem Kazmaier?«

»Anstrengend, aber nicht uninteressant.« Peppi ließ die Schultern kreisen und schüttelte sich, als wollte sie sich von dem Ballast der vergangenen Minuten befreien. »Er hat beobachtet, wie ein Mann von zwei anderen Männern überfallen und verprügelt wurde.«

»Also kein Kapitalverbrechen.«

»Nein, vermutlich nicht. Er hat sich entschuldigt, dass er uns beinahe in eine falsche Richtung gelotst hätte. Ein seltsamer Kauz.«

»Und was ist jetzt genau passiert?«

»Es war die Nacht von Freitag auf Samstag vor zehn Tagen, sechster auf siebter Oktober gegen zwei Uhr siebenundvierzig oder achtundvierzig – ganz genau wollte sich Herr Kazmaier nicht festlegen. Er war beim Esslinger Bahnhof, Ausgang Südseite, am Färbertörlesweg. Er hörte unter sich, aus dem Bahnhofsdurchgang, schnelle Schritte, seiner Meinung nach sei jemand zum Ausgang gerannt. Es folgten relativ zeitnah weitere Schritte. Jemand wurde verfolgt und an den Stufen, die zu dem schmalen Neckar-Radweg führen, von seinen Verfolgern eingeholt. Kazmaier hörte Geräusche, die darauf hindeuteten, dass jemand stürzte und jemand auf etwas einschlug. Dumpfe Schläge. Parallel dazu hörte er Schmerzensschreie und Stöhnen. Es wurde geflucht, und einer der Beteiligten rief etwas wie *Watte* oder *Latte* oder so.«

»Watte?« Brander runzelte die Stirn. »Eher ›warte‹, oder?«

Peppi zuckte die Achseln. »Vielleicht, Kazmaier hat es nicht genau verstanden, und er wollte sich auch nicht festlegen, ob das Opfer oder einer der Täter dieses Wort gebrauchte.«

»Und gesehen hat er nichts?«

»Er hat kurz über die Brüstung nach unten geschaut und gesehen, wie eine Person am Boden lag und zwei andere auf diese Person einschlugen und sie traten. Er sagt, es sei ein wenig surreal gewesen, wie ein Schattenspiel, weil es schlecht beleuchtet war. Er sei sich nicht sicher gewesen, was er tun solle. Er war allein unterwegs, es war mitten in der Nacht, und diese zwei Personen schienen ihm äußerst aggressiv, der Angegriffene relativ wehrlos.«

»Hat er einen Notruf abgesetzt?«

»Habe ich ihm auch als Alternative vorgeschlagen, aber er besitzt kein Handy. Er habe ein paar Steine und Zweige gesucht …«

»Um Gottes Willen, er ist doch ni…«

»Jetzt lass mich doch mal ausreden. Er hat damit geworfen, aber nicht auf die Täter, sondern drumherum, auf den Weg, in den Neckar oder sonst wohin, damit die denken, es käme jemand den Radweg entlang. Sie haben von dem Opfer abgelassen, sind den kurzen Treppenabsatz wieder hinaufgerannt, zurück in die Unterführung. Kazmaier hat sich versteckt. Als er aus seinem Versteck wieder herauskam, war auch das Opfer weg.«

»Und da fällt ihm zehn Tage später ein, diesen Vorfall könnte man ja mal melden?«, fragte Brander ungläubig.

»Genaugenommen ist er ja schon nach sechs Tagen zu uns gekommen, letzte Woche Donnerstag. Der Gedanke, sich bei uns zu melden, hat ihn von Anfang an beschäftigt, wie er mir mehrfach versicherte, aber er war sich unsicher über das tatsächliche Geschehen und musste das erst genau analysieren. Er musste genau rekonstruieren, was er gesehen und erlebt hatte, um eine möglichst präzise Aussage zu machen. Er sagt aber, dass er weder Täter noch Opfer genau gesehen habe und niemanden identifizieren könne, auch bei einer Beschreibung der Personen ist er gescheitert. Aber er könne zumindest bezeugen, dass am Südausgang des Bahnhofs ein Mensch verprügelt worden sei.«

»Hat er sich wenigstens festgelegt, ob Mann oder Frau?«

»Er hat männliche Stimmen gehört und schließt daher eine weibliche Tatbeteiligung weitestgehend aus. Sicher sei er sich aber nicht, denn die Beleuchtung war nicht besonders gut, und er habe nur ganz kurz hinuntergesehen. Er sagte, er habe sich vorbeugen müssen, und die Gefahr einer Entdeckung sei zu groß gewesen.«

»Hast du irgendetwas in der Sache unternommen?«

»Ich habe mir die Meldungen vorgenommen, da ist aber kein derartiger Vorfall in der Nacht gemeldet worden. Und ich habe eine Abfrage bei Kliniken und Notdiensten gestartet, da warte ich noch auf Antwort.«

»Was hat Kazmaier am Bahnhof gemacht, nachts um drei, allein?«

»Er sagt, er sei ein Nachtläufer.«

»Ein Nachtläufer?«

»Ja, früher hätte er sich als Nachtwanderer bezeichnet, seit es aber diese Initiativen in einigen Städten gibt, würde das zu Missverständnissen führen. Es geht ihm nicht darum, zu patrouillieren und Jugendliche zu schützen oder ihnen zu helfen. Er sucht seine Ruhe. Er geht nachts spazieren, weil er die vielen Menschen und den hektischen Verkehr tagsüber nicht erträgt, zu viel Lärm, zu viele Eindrücke, die auf ihn einprasseln, die er aber nicht verarbeiten kann. Aber er kann ja nicht ständig in seiner Wohnung sitzen. Ein Mensch braucht frische Luft und Bewegung, hat er mir erklärt. Die Luft wäre nachts übrigens wesentlich angenehmer, da dann nicht so viel Verkehr wäre, weniger Feinstaub und so. Ja, und mitten am Tag zu uns in die Polizeidirektion zu kommen – auch noch mehrfach – hätte ihn immense Überwindung gekostet. Es ist vielleicht eine Art Autismus. Ich habe ihn darauf hingewiesen, dass es eine Internetwache gibt, über die er eine Nachricht an uns schicken kann. Er war sich aber zu unsicher, ob das dann wirklich bearbeitet würde, und dann könnte er ja auch nichts erklären, wenn noch Fragen wären.«

»Aha.«

»Das Gespräch hat mehr als zwei Stunden gedauert. Er hat jedes Wort auf die Goldwaage gelegt, und ich habe ihm keinen Vogel gezeigt.«

»Ich sag doch, du bist ein Profi.«

* * *

»Freddy hat dich gesucht«, erfuhr Brander von dem Kollegen Peter Sänger, als er mit Peppi den Flur der Polizeidirektion in Esslingen entlangkam.

»Was wollte er?«

»Keine Ahnung, du sollst zu ihm kommen, wenn du da bist.«

Brander brachte seine Jacke in sein Büro und stieg die Stufen hinauf in die zweite Etage zu den Kriminaltechnikern.

»Wo ist Freddy?«, fragte er Troppers Kollegen, als er nur den verwaisten Schreibtisch vorfand.

»Im Labor.«

Das Labor war abgedunkelt. Tropper stand, mit dem »Hausfrauenschreck« bewaffnet – einem Querschnittswandler, dessen Licht jedes noch so kleine Staubkrümelchen sichtbar machte –, an einem Arbeitstisch und ließ das Licht über einen Duschvorhang wandern, den er vor sich ausgebreitet hatte. Der Plastikvorhang war einst durchsichtig gewesen, durchbrochen von Abbildungen mit kleinen, bunten Fischen. Nach Troppers Behandlung waren auf dem Vorhang zahlreiche weiße Abdrücke zu erkennen.

»Na, Sherlock, wieder mit Pinsel und Pülverchen gespielt?«

»Guten Morgen, Andi.« Tropper schaltete die Deckenlampe ein und den Querschnittswandler aus und wandte sich Brander zu. »Weißt du, wir sind hier schon ein bisschen moderner. Ich habe den Duschvorhang aus Schweikhards Wohnung in diese Wundermaschine gehängt und mit einem Zaubermittel bedampft. Dieses Zaubermittel nennt man Cyanacrylat. Aber sag's nicht weiter.«

Er deutete auf einen schrankförmigen Kasten, dessen große Glastür den Blick auf einen leeren Innenraum gewährte. Oben waren ein paar Metallstäbe angebracht, die an die Aufhängevorrichtung eines IKEA-Schranks erinnerte. Ein Ventilator sorgte für Umluft, sodass das verdampfende Cyanacrylat jeden Millimeter des Vorhangs erreichen konnte.

»Und schau: Abrakadabra werden interessante Spuren sichtbar.«

»Toll, was ihr hier so alles macht«, lobte Brander unbeeindruckt.

»Ja, genau.«

»Und teilst du deine Erkenntnisse mit mir oder hast du mich nur zum Spaß hergebeten?«

»In erster Linie bestelle ich dich immer zu mir, damit du noch was lernst.« Tropper schaltete das Gerät in seiner Hand wieder ein und leuchtete über den Vorhang. »Wir haben zahlreiche Fingerabdrücke, wie vielleicht sogar dein ungeschultes Auge erkennen kann. In der Hauptsache werden die Fingerabdrücke vermutlich von Marcel Schweikhard stammen. Duschvorhang auf, Duschvorhang zu.« Er untermalte seine Worte mit der entsprechenden Geste. »Und wir wissen nicht, wer sonst noch so bei ihm geduscht hat. Seine Schwester sicherlich auch mal. Vielleicht Freunde, Freundinnen … Aber …« Tropper zögerte. Dieses Mal nicht, um Brander unnötig auf die Folter zu spannen.

»Aber was?«

»Ich weiß noch nicht, ob es tatsächlich von Bedeutung ist: Es gibt Spuren von Ungeziefer und Madenbefall am Duschvorhang. Die können natürlich sonst wie dahin gekommen sein. Der Vorhang lag in unmittelbarer Nähe des Opfers, das Bad war überheizt, der Duschvorhang ist nicht gerade klinisch sauber. Der Schimmel hier am Saum und an der Seite ist nicht erst seit ein paar Tagen da.« Wieder zögerte Tropper. »Schau dir das mal an und sag mir, was du siehst.« Er nahm die Lampe erneut zur Hand und leuchtete dieses Mal gezielt einen bestimmen Bereich aus.

Das waren keine Fingerabdrücke.

Brander beugte sich näher über die Stelle. Die Fläche war größer, vielleicht zwanzig Zentimeter, kleine Ausbuchtungen, eine Lücke …

»Geh ein Stück zurück. Das ist wie ein Gemälde, man muss es im Ganzen aus der Entfernung betrachten.«

Brander richtete sich wieder auf, sah auf die hellen Flecken. »Ist das … sieht aus wie … wie der Teil eines Gesichts.«

»Ja, der Gedanke kam mir auch, als ich das entdeckt habe.« Tropper zeichnete wenige Millimeter über dem Vorhang mit dem Finger ein kleines Oval. »Das hier ist ein Ohrabdruck.«

In Branders Nacken begann es zu kribbeln, das altbekannte Gefühl, etwas entdeckt zu haben, aber noch nicht richtig einordnen zu können. Er erkannte das Ohr, die weißen Flächen und Konturen erschlossen sich zu einem Ganzen. Die Silhouette eines Gesichts. Das Ohr, die Wange, die Augenhöhle war ausgespart, oben der Stirnansatz, unten der Kiefer, sogar ein kleiner Abdruck der Nasenspitze war zu erkennen. »Ist das ihr Gesicht?«

»Das kann ich dir erst hundertprozentig sagen, wenn ich den DNA-Abgleich habe. Ich schicke es gleich zum KTI nach Stuttgart.«

»Was ist mit Textilfaserspuren?«

»Auf die Suche begebe ich mich als Nächstes. Wenn der Vorhang auf ihr gelegen hat, werden wir ganz bestimmt etwas finden.«

Brander zupfte an seinem Kinn. »Was bedeutet das? Wurde sie mit dem Vorhang erstickt?«

»Ich bin nicht sicher. Ich könnte mir vorstellen, dass die Spurenlage dann eine andere wäre. Der Vorhang müsste meines Erachtens dazu flach auf ihrem gesamten Gesicht gelegen haben, wir hätten also eher die Front als die Seitenansicht des Kopfes. Es könnte auch sein, dass der Täter den Vorhang erst über sie gelegt hat, nachdem sie bereits tot war.«

»Warum?«

»Ekel, Skrupel«, schlug Tropper vor.

»Ja, gut möglich«, stimmte Brander zu. »Aber dann zieht er den Vorhang wieder weg … Sie kann ihn sich ja unmöglich selbst vom Gesicht gezogen und zusammengeknüllt haben.«

»Das wäre eine etwas gruselige Vorstellung. Die kurze Auferstehung der Toten.«

»Könnte dieser Abdruck schon vor längerer Zeit dort hingekommen sein?«

»Theoretisch ja.«

»Das klingt nach einem Aber«, stellte Brander fest.

»Nun ja, hier an dieser Stelle, in unmittelbarer Nähe zum Abdruck, haben wir winzig kleine Partikel von getrocknetem Blut gefunden. Du erinnerst dich, dass das Mädchen eine Verletzung am Hinterkopf hatte? Und sie hatte im Gesicht eine Schramme. Aber ich will mich da noch nicht festlegen. Lass uns erst einmal den DNA-Abgleich abwarten.«

»Die sollen sich beeilen.« Erneut strich sich Brander übers Kinn. »Wir haben drei Varianten. Erstens: Der Abdruck ist schon älter und hat nichts mit dem Geschehen zu tun.«

»Wobei ich mich dann aber frage, wie man auf die Idee kommt, sein Gesicht so gegen einen Duschvorhang zu legen«, warf Tropper ein.

»Variante zwei: Der Täter hat sie damit erstickt. Er tötet sie, dann zieht er den Vorhang wieder weg.«

»Was aber, wie gesagt, meines Erachtens nicht schlüssig zur Spurenlage passt. Wir müssten die Situation mal nachstellen, um zu prüfen, wie der Abdruck in dem Fall tatsächlich aussehen müsste.«

»Ja, mach das mal. Der Täter muss ja nicht unbedingt frontal über ihr gewesen sein. Vielleicht lag sie auf der Seite und er hat den Vorhang seitlich auf ihr Gesicht gedrückt.« Brander sah auf die zahlreichen weißen Flecken, die alle möglichen Abdrücke sichtbar machten, und versuchte, sich ein Szenario vorzustellen. »Dann hätten wir noch Variante drei: Der Täter bedeckt sein Opfer nach der Tat mit dem Vorhang, zieht ihn aber aus irgendeinem Grund wieder weg … Vielleicht wird ihm da erst bewusst, was er getan hat.«

Marcel Schweikhards Gesicht tauchte vor Branders Augen auf. Der kurze Blickkontakt auf dem Hof vor dem Wohnhaus, in dem sie das tote Mädchen gefunden hatten. Denise Schweikhard, tot im Badezimmer ihres Bruders.

***

»Wir können die Wohnung von Marcel Schweikhard nicht weiterhin rund um die Uhr überwachen. Dazu fehlen uns schlichtweg die Ressourcen.« Mit dieser Botschaft eröffnete Inspektionsleiter Hans Ulrich Clewer die Sitzung der Ermittlungsgruppe. »Wir hatten unsere Chance, die haben wir verpasst.«

Es war kein Vorwurf an die Kollegen, sondern eine frustrierte Selbsterkenntnis. Clewer war grau im Gesicht, die Tränensäcke unter den Augen ließen ihn müde wirken. »Und da ich gerade die schlechten Nachrichten verkünde: Ich hatte ein Gespräch mit den Kollegen vom Staatsschutz. Wir werden keine Unterstützung bekommen. Die Namen von Denise und Marcel Schweikhard und ihren Freunden sind bei ihnen nicht bekannt. Ich habe sie zu den Schmierereien in Schweikhards Wohnung befragt. Die eins-vier-vier ist ihnen noch nicht untergekommen, sie hatten die Überlegung, dass man uns damit in eine falsche Richtung leiten will oder dass es sich um ein Tag von irgendeinem Sprayer handelt.«

»Willst du mich verarschen? Die haben doch bloß keinen Bock …«, begann Stephan Klein, wurde aber vom Inspektionsleiter unterbrochen.

»Die haben zu wenig Ressourcen, genau wie wir. Die laufen seit Jahren am Limit, die Terroranschläge und dazu ständig neue Gruppierungen, die meinen, aus Deutschland wieder ein nationalistisches Deutsches Reich machen zu müssen. Ihr kennt doch alle die Meldungen von Übergriffen …«

»Ja, und jetzt haben wir hier mal eine Fährte, und da wird schön weggesehen!«, schimpfte Klein.

»Wir sehen nicht weg. Aber bevor wir jetzt Alarm schlagen und morgen in den Medien steht, dass es in Esslingen eine neue braune Zelle gibt, brauchen wir mehr Informationen.«

»Mit dem Thema muss man vorsichtig umgehen«, pflichtete die Staatsanwältin Clewer bei. »So eine Geschichte ist für alle Seiten ein gefundenes Fressen: Die einen werden behaupten, das Mädchen war eine Aussteigerin und wurde von ihren eigenen Leuten getötet, die anderen machen daraus einen islamistischen Racheakt. Das hat politische Dimensionen, und die Lage ist ohnehin schwierig genug. Da sitzen uns morgen der Innenminister und die Parteivorsitzenden von AfD und NPD im Nacken.«

»Und die Berichterstattung in den Medien würde unsere Ermittlung sicher nicht einfacher machen«, stimmte Clewer zu. »Wir ermitteln in erster Linie ein Tötungsdelikt. Sollte sich etwas herauskristallisieren, was für den Staatsschutz von Belang ist, geben wir das umgehend an die Kollegen weiter.«

»Fangen wir gleich mal an: Nuran Aydin. Yasin Özer. Die beiden wurden überfallen«, erwiderte Klein.

»Aber weder Frau Aydin noch Herr Özer wollen Anzeige erstatten«, erinnerte Brander den Kollegen an die Aussage der jungen Türkin.

»Deswegen können wir trotzdem etwas unternehmen.«

»Das tun wir doch: Wir suchen Marcel Schweikhard. Er war ja anscheinend an dem Überfall damals beteiligt.«

Clewer nickte. »Es steht doch gar nicht fest, ob die Tat damals tatsächlich rechts motiviert war. Vielleicht gab es einen anderen Auslöser. Immerhin kannten sich Aydin und Schweikhard aus ihrer Schulzeit.«

Klein lehnte sich zurück und schnaufte unzufrieden. »Nuran sieht auch so aus, als ob sie des nachts drei rechte Schläger provozieren würde.«

»Konzentrieren wir uns auf unser Kernproblem«, ignorierte Clewer den Einwand. »Wo steckt Marcel Schweikhard? Er wurde letzten Donnerstag vor seinem Wohnhaus zuletzt gesehen. Es kann doch nicht sein, dass der Mann einfach spurlos verschwindet.«

»Wir haben Freunde, Familie, Verwandte und Arbeitgeber befragt«, erwiderte Brander. »Niemand hat ihn seither gesehen oder hatte einen Hinweis, wo wir noch suchen könnten.«

Clewer drückte seufzend die Hände in den Rücken. Er ließ seinen Blick über die Rückwand des Raumes gleiten, an der Fotos und Informationen gesammelt waren. »Wir gehen an die Öffentlichkeit.«

»Wie setzen wir an: vermisst, tatverdächtig?«, fragte der Kollege vom Öffentlichkeitsreferat.

»Tatverdächtig«, enthob Staatsanwältin Mertens den Inspektionsleiter einer Antwort.

»Das steht nicht fest«, widersprach Brander.

»Herr Brander, verschließen Sie doch die Augen nicht vor den Tatsachen! Ich wiederhole mich ungern: Die Tote wurde in seiner Wohnung gefunden, es gab keinen gewaltsamen Zutritt. Der Verdächtige ist untergetaucht, er ist vorbestraft, er ist gewalttätig, und laut Aussage von Robin Endress gab es öfter Streit zwischen den Geschwistern. Was brauchen Sie noch?« Sie warf ihm einen Blick zu, der keinen weiteren Widerspruch duldete.

»Ich fände es trotzdem ratsamer, die Suchmeldung neutral zu halten«, widersprach Brander dennoch.

»Ach ja? Er schlägt eine junge Türkin zusammen, er tötet seine Schwester … Was soll er denn als Nächstes tun, bis er bei Ihnen als tatverdächtig gilt?«

»Nichts von dem ist bisher bewiesen.«

»Ach, Herr Brander! Das mit der Unschuldsvermutung überlassen Sie doch bitte dem Gericht. Bringen Sie mir Marcel Schweikhard, ich kümmere mich um den Rest.«

Klein, der neben Brander saß, hob die Augenbrauen und raunte Brander zu: »Freispruch aus Mangel an Beweisen.«

»Wie war das, Herr Klein?«

»Nichts, werte Frau Staatsanwältin, nur ein unbedeutender, nicht weiter erwähnenswerter Kommentar eines kleinen Kommissars.«

»Leute!« Clewer hob mahnend die Hände. »Können wir bitte vernünftig miteinander umgehen? Haben wir ein Foto von Marcel Schweikhard?«

»Kein aktuelles.« Brander suchte das Foto, das ihm Denise Schweikhards Vater gegeben hatte, in seinen Unterlagen. »Laut Hermann Schweikhard ist die Aufnahme ein gutes Jahr alt. Ich habe Marcel letzten Donnerstag kurz gesehen, bevor er geflüchtet ist. Stark verändert hat er sich nicht. Vielleicht etwas schmaler im Gesicht.«

»Was ist mit der Auswertung von Denise Schweikhards Handy und Laptop?« Clewer sah sich suchend um.

»Läuft«, erklärte Peppi. »Die Kollegen melden sich, sobald sie etwas haben.«

»Wir sollten mit ihren Mitschülern und Lehrern sprechen«, sagte Brander. »Da gab es doch diesen Anruf von einer … wie hieß die? Wegen der Klausur …«

»Sara Geisslinger«, antwortete Fabio Esposito.

»Danke. Wir sollten prüfen, ob jemand etwas über die familiären Verhältnisse weiß. Wie stand Denise Schweikhard zu ihrem Bruder? Gab es im Vorfeld schon mal Probleme? Peter, Fabio, könnt ihr das übernehmen?«

Fabio sah zu seinem Kollegen, der nickte. »Machen wir.«

»Dann an die Arbeit, Leute.« Clewer schob seine Unterlagen zusammen. »Frau Pachatourides, Herr Brander, Sie bleiben bitte noch einen Moment hier.«

Clewer wartete, bis sie allein waren, und schloss die Tür. »Herr Brander, zunächst: Vielen Dank, dass Sie gestern so kurzfristig für mich eingesprungen sind.«

»Kein Problem.«

»Gut.« Clewer rieb die Hände ineinander, hielt inne, sah die beiden Beamten vor sich einen Moment lang prüfend an. »Was gab es gestern für ein Problem bei der Befragung von Robin Endress?«

»Ich …«, begann Peppi.

»Wer sagt, dass es ein Problem gab?«, unterbrach Brander sie.

»Um mal eine Plattitüde zu bemühen: Die Spatzen pfeifen es von den Dächern. Es gab Krach im ›Tübinger Büro‹, und zwar unmittelbar nach der Befragung von Robin Endress.«

»Eine Meinungsverschiedenheit unter Kollegen«, erwiderte Brander.

Peppi schüttelte den Kopf. »Schon okay, Andi.« Sie berichtete Clewer von der Befragung. »Herr Endress hat angedeutet, dass er sich über mich beschweren wolle.«

»Herr Brander, irgendwelche Anmerkungen?«

»Nein.« Peppi hatte nichts beschönigt oder verschwiegen.

»Also gut.« Clewer tippte die Fingerspitzen aneinander. »Über solche Vorfälle möchte ich zukünftig umgehend informiert werden. Frau Pachatourides, ich bin Ihr Vorgesetzter, ich stehe zu Ihnen, aber das kann ich nur, wenn ich informiert bin. Ist das klar?«

»Ja.«

»Ich möchte, dass Sie mir einen ausführlichen Bericht über diesen Vorfall schreiben, damit ich vorbereitet bin, falls eine Beschwerde eingeht.«

Brander sah, dass Peppi die Zähne zusammenbiss, innerlich zu zählen begann und nickte.

Gut so.

Auf Branders Schreibtisch lag eine Notiz: »Ines Habring, telefonisch erreichbar um dreizehn Uhr dreißig.« Dazu hatte Fabio Esposito eine Handynummer notiert.

»Habring … Wer war denn nochmal diese Habring?«

»Die Nachbarin«, wusste Peppi.

Brander sah auf die Uhr. Es war bereits Viertel vor zwei. Er wählte die Nummer.

»Habring«, meldete sich eine weibliche Stimme.

»Brander, Kriminalpolizei Esslingen. Frau Habring, haben Sie ein paar Minuten Zeit?«

»Ja, Ihr Kollege sagte, dass Sie sich melden würden. Um zwei habe ich aber meine nächste Anwendung.«

»Es dauert nicht lang. Es geht um das Wochenende, bevor Sie zur Kur gefahren sind. Ihr Hausmeister, Herr Beyer, sagte, Sie hätten sich bei ihm über Herrn Schweikhard beschwert.«

»Ja, und das nicht zum ersten Mal.«

»Was ist an dem Wochenende vorgefallen?«

»Lärm haben die gemacht, als ob die die Wohnung auseinandernehmen.«

»Wen meinen Sie mit ›die‹?«

»Den Herrn Schweikhard und seine Freunde. Der hat Besuch gehabt, und die haben einen Krach gemacht, das können Sie sich nicht vorstellen.«

»Wann genau war das?«

Die Frau am anderen Ende überlegte. »Samstagfrüh, so gegen vier Uhr vielleicht. Genau kann ich es nicht sagen. Ich habe auf die Uhr gesehen, aber … Ich bin Schmerzpatientin, ich leide unter chronischer Migräne, ich hatte Tabletten genommen.«

»Sind Sie aufgestanden? Haben Sie etwas gesehen?«

»Nein, also … ja, ich bin aufgestanden. Ich habe durch den Türspion geguckt, aber im Treppenhaus war alles dunkel. Ich habe nichts gesehen. Aber in der Wohnung gegenüber hat's gepoltert und gescheppert. Das müssen die anderen Nachbarn auch gehört haben. Aber von denen sagt ja nie einer was. Da will ja keiner Ärger haben.«

»Kam das öfter vor?«

»Hin und wieder, laute Musik, Streitereien …«

»Können Sie sagen, wie viele Personen an dem Morgen den Lärm verursacht haben? Haben Sie die Stimmen gehört? «

»Ich weiß es nicht … es müssen mehrere Personen gewesen sein. Jemand hat laut gelacht.«

»War eine Frau dabei?«

»Meinen Sie dem Herrn Schweikhard seine Schwester? Die ist tot, oder?«

»Ja.« Wozu etwas verschweigen, was sich ohnehin schon in der gesamten Nachbarschaft herumgesprochen hatte?

»Ob die morgens dabei war, weiß ich nicht, aber sie war später da, Samstagnacht, so gegen halb elf. Die war ja noch nie leise. Die hört man, wenn sie unten die Haustür aufmacht. Dann hat sie oben an die Wohnungstür gehämmert und ist in die Wohnung rein.«

»Haben Sie das gesehen?«

»Ich wollte gerade ins Bett und stand im Flur … da hab ich kurz durch den Spion gesehen.«

»War Denise Schweikhard allein?«

»Ja.«

»Und Marcel Schweikhard hat sie in seine Wohnung gelassen?«

»Das weiß ich nicht. Ich hab da nicht die ganze Zeit an der Tür gestanden und gelauert. Ich bin ins Bett gegangen. Ich hab sie aber noch rumschreien hören.«

»Denise und Marcel?«

Ines Habring zögerte. »Ja … also, eigentlich nur das Mädchen. Die hat ein lautes Organ. Das ging ein paar Minuten so, dann war Ruhe. Irgendwann später hab ich es dann nochmal poltern hören. Ich hab gedacht, jetzt geht's wieder los. Aber dann bin ich wohl wieder eingeschlafen und habe nichts mehr gehört. Ich nehme ziemlich starke Medikamente, wegen der Schmerzen.«

»Wann haben Sie Marcel Schweikhard zuletzt gesehen?«

»Gesehen?« Sie überlegte eine Weile. »Das war an dem Freitag vor dem Wochenende, irgendwann am Nachmittag im Treppenhaus. Ich kam gerade vom Einkaufen.«

»Kam Herr Schweikhard oder ging er?«

»Er kam auch gerade … von der Arbeit, glaube ich.«

»Und im weiteren Verlauf des Wochenendes haben Sie ihn nicht mehr gesehen? Sind Sie vielleicht mal zu ihm rüber, wegen des Lärms?«

»Nein, ich hab genug mit mir zu tun. Ich hatte gehofft, dass der Herr Beyer sich darum kümmert, deswegen habe ich es ihm gesagt.«

»Wissen Sie, wie die Beziehung zwischen Marcel Schweikhard und seiner Schwester war?«

»Nein. Sie war oft an den Wochenenden bei ihm. In letzter Zeit aber nicht mehr so oft, und dann haben sie sich meistens gestritten.«

»Haben Sie mitgekriegt, worum es bei den Streitereien ging?«

»So genau hab ich da nicht zugehört. Ich hab bei dem ja nicht an der Tür gestanden und gelauscht. Die haben sich angeschrien … das heißt, eigentlich hat man meistens nur sie gehört. Er ist ruhiger. Wenn er allein ist, kriegt man kaum etwas von ihm mit. Aber fragen Sie doch mal die Frau Gastl, die kennt ihn besser als ich. Die wohnt direkt unter ihm. Herr, ähm … ich muss jetzt zum Biofeedback-Training.«

»Wir müssen die Nachbarschaft noch einmal befragen«, beschloss Brander, nachdem das Gespräch beendet war. »So, wie Ines Habring den Lärm beschreibt, müssen zumindest die Bewohner direkt unter Schweikhards Wohnung etwas mitbekommen haben.« Brander schrieb den Namen »Gastl« auf seine Schreibtischunterlage und klickte gedankenverloren auf dem Knopf seines Kulis herum. »Denise Schweikhard besuchte Samstagnacht ihren Bruder, anscheinend kam es zum Streit. Gehen wir davon aus, dass Marcel Schweikhard tatsächlich unser Täter ist. Wo ist er? Zu wem geht er? Wem vertraut er sich an?«

»So, wie ich die Eltern erlebt habe, würde ich nicht vermuten, dass er sich dorthin wenden würde«, kam es vom Schreibtisch gegenüber.

»D'accord.«

»Hast du jetzt d'accord gesagt?« Peppis Augen funkelten belustigt.

»Ja, Fremdwort, hat mir Karsten beigebracht«, flachste Brander.

»Du und dein Beckmann, dieser Möchtegern-Philosoph.«

»Er ist kein Philosoph, er ist belesen, gebildet.«

»Da fehlt noch das ›ein‹ vor dem gebildet.«

»Irgendwann werdet auch ihr zwei Freundschaft schließen.« Von wegen, Brander kenne alle ihre Geheimnisse. Was Peppi gegen Karsten Beckmann hatte, war ihm seit Jahren ein Rätsel.

»Wo wir gerade von Freundschaft sprechen. Nur mal so laut nachgedacht …« Peppi lehnte sich zurück und strich sich die Haare aus der Stirn. »Wer sagt uns eigentlich, dass Endress und Kastner die Wahrheit gesagt haben, über den Stand ihrer Freundschaft zu Marcel?«

Brander hob die Augenbrauen. »Wie meinst du das?«

»Nun ja, vielleicht haben sie ihre Freundschaft etwas kleiner gemacht, als sie ist«, wurde Peppi konkreter.

»Wie kommst du darauf?«

»Wir haben doch das Handy von Marcel Schweikhard orten lassen.«

»Ja.«

Sie sah auf ihren Monitor, scrollte sich durch ein Dokument. »Das letzte Signal haben wir von Donnerstagnacht, Scharnhauser Park. Das war in der Nacht, nachdem wir seine Schwester in seiner Wohnung gefunden haben.«

»Ja.«

»Du weißt, wer da wohnt?«

Brander ließ den Kuli auf den Schreibtisch fallen.

Peppi nickte zufrieden. »Nimm Stephan oder Fabio mit. Ich muss da noch so einen Bericht schreiben …«

***

Der Scharnhauser Park war eine Modellsiedlung in Ostfildern. Die Wohnlandschaft war erst vor wenigen Jahren aus dem Boden gestampft worden. Wo sich einst eine amerikanische Kaserne befand, waren heute energieeffiziente

Mehrfamilienhäuser mit Flachdach akkurat in Reih und Glied am Straßenrand errichtet worden. Der Anblick der modernen Neubauten wirkte auf Brander wie eine real gewordene Computeranimation. Er hatte sich am späten Nachmittag mit Stephan Klein auf den Weg in die Siedlung gemacht. Sie fanden eine freie Lücke auf dem Parkstreifen vor dem Haus, in dem Robin Endress wohnte, und stiegen aus. Brander ließ den Blick über die Umgebung gleiten. Auch wenn es Grünflächen gab, überwog der Anblick von nüchternen, einheitlichen Hausfassaden.

»Da lob ich mir mein Landleben«, stellte er fest. Die Neubauten waren ihm zu steril. Dem Ort fehlte noch eine Seele.

»Ja, die einen gucken ihren Hühnern gern beim Eierlegen zu, die anderen genießen La Dolce Vita.« Klein deutete auf ein Café an einer Straßenecke.

»Ich hab keine Hühner.«

»Kommt noch, mein Freund«, prophezeite Klein. »Dann lass mal schaun, ob der Robin schon Feierabend hat.«

Sie gingen zum Hauseingang und studierten die Klingeln. »Wohnt auch oben unterm Dach, da wird sich Marcel ja fast wie zuhause fühlen, wenn er sich dort verkrochen hat.«

Brander wollte klingeln, aber Klein bremste ihn und klingelte bei einer der unteren Wohnungen. Beim dritten Versuch hatten sie Glück.

»Fahrstuhlservice, können Sie uns bitte ins Haus lassen?«

Brander verdrehte kopfschüttelnd die Augen. »Wenn die jetzt hier gar keinen Fahrstuhl im Haus haben?«

»Dann erzähl ich ihm, dass sie einen kriegen.«

Der Türsummer wurde betätigt. Sie gingen hinein, Klein rief »Danke, wir kommen dann klar« ins Treppenhaus und marschierte zum Aufzug. »Siehste, modernes Haus, die haben 'nen Fahrstuhl. Mal schauen, ob das Ding auch tut.«

Es gab zwei Türen im Obergeschoss. An keiner der Klingeln war ein Name angebracht.

»Ich tipp auf rechts, passt besser zur Gesinnung.«

»Fang du auch noch an.«

»Wer denn noch?«

»Niemand.« Peppis Problem ging niemanden etwas an.

»Ich versuch mal einen auf seriösen Ermittler, okay?«

»Das würde ich außerordentlich begrüßen.« Brander klingelte. Kurz darauf hörten sie Schritte auf der anderen Seite, die Tür wurde geöffnet.

»Herr Brander? Das ist eine Überraschung.« Robin Endress lächelte unverbindlich. »Und Sie sind?«

»Kriminalhauptkommissar Stephan Klein. Wir haben noch ein paar Fragen.«

»Da haben sie aber Glück, ich komme gerade von der Arbeit und wollte gleich wieder los.«

»Dauert nicht lange. Können wir drinnen weiterreden?«

»Ja, kommen Sie rein.« Endress trat einen Schritt zurück, ließ sie in die Diele. »Gleich links, ins Wohnzimmer, bitte.«

Der Boden war mit Parkett ausgelegt, zum Wohnzimmer gehörten neben einer schwarzen Ledersitzgarnitur ein moderner Esstisch und eine offene Küche. Die Front der Küchenzeile war in mattem Grau gehalten, sodass sie diskret im Hintergrund verschwand. Eine breite bodentiefe Fensterfront ließ viel Licht in den aufgeräumten Raum fallen und gewährte einen weiten Blick über die Siedlung.

Man hätte mit dem Geodreieck die akkuraten Winkel der Häuserdächer ausmessen können.

»Nett«, stellte Klein fest. Er war ans Fenster getreten und genoss die Aussicht.

»Setzen Sie sich.« Endress deutete auf die Stühle um seinen Esstisch. »Kann ich Ihnen etwas anbieten?« Ein Laptop stand auf dem Tisch. Er klappte ihn zu und stellte ihn auf den Tresen, der die Küche vom Essbereich trennte.

»Danke, nein.« Brander sah sich um, suchte nach Anzeichen, die den Verdacht einer rechten Gesinnung verstärkten. Er sah eine unauffällige, aufgeräumte Junggesellenwohnung. Nicht viel Schnickschnack in den Regalen. Keine Bücher, keine Fotos von Kameradschaftstreffen, keine Deutschlandflagge.

»Suchen Sie etwas?« Endress hatte Branders Rundum-Blick bemerkt.

»Nein, Sie haben eine schöne Wohnung.« Brander setzte sich.

»Danke.«

»Sie wohnen allein?«, fragte Klein.

»Ja.«

»Keine Freundin?«

Endress blinzelte irritiert. »Meine Freundin ist tot. Deswegen sind Sie doch hier, oder?«

»Oh, das ist mir jetzt … 'tschuldigung, tut mir leid.«

Endress setzte sich Brander gegenüber, behielt Klein aber im Auge. »Ich bin gleich verabredet. Wenn das hier länger dauert, müsste ich kurz Bescheid sagen.«

»Herr Endress, wo finden wir Marcel Schweikhard?«, ging Brander in die Offensive.

»Das kann ich Ihnen nicht sagen.«

»Sie sind mit ihm befreundet.«

»Ich weiß nicht, wo er ist. Das habe ich Ihnen gestern bereits gesagt. Wenn ich wüsste, wo Sie Marcel finden, dann würde ich Ihnen das sagen.«

»Vielleicht ist er ja bei Ihnen?«

Endress lachte ungläubig auf. »Ich versteck doch keinen Mörder.«

»Dürfen wir uns mal umsehen?«, fragte Klein.

Der junge Mann sah Klein befremdet an. »Wenn Sie einen Durchsuchungsbeschluss haben, gern.«

»Haben wir nicht«, bedauerte Brander.

»Dann hat sich Ihre Frage ja wohl erledigt.«

»Nicht ganz, mein Freund«, erwiderte Klein. »Wir fragen uns immer noch, ob Sie Ihren guten Kumpel Marcel vielleicht irgendwo verstecken.«

»Ich bin ganz sicher nicht Ihr Freund.« Über das freundliche Beratergesicht hatten sich dunkle Schatten gelegt. Brander fragte sich, ob er gleich mit der nächsten Beschwerde drohen würde. Bisschen empfindlich, der junge Mann.

»Wie kommen Sie darauf, dass Marcel Schweikhard ein Mörder ist?«, fragte Brander.

»Denise lag tot in seiner Wohnung. Wer sonst hätte sie dort umbringen sollen?« Endress sah von einem zum anderen. »Ich hatte Denise sehr gern. Das habe ich Ihnen gestern bereits gesagt, und das war nicht einfach dahergeredet. Ich … wir hatten Pläne. Und, ganz ehrlich, Marcel sollte sich besser von mir fernhalten, sonst kann ich nämlich für gar nichts garantieren.« Seine Rechte hatte sich unwillkürlich zur Faust geballt.

»Aber hallo, Herr Endress!« Klein mimte den Entsetzten. »Mit solchen Sprüchen wäre ich in Gegenwart von zwei Kripobeamten mal ganz vorsichtig.«

»Was ist mit Herrn Kastner? Wem stand er näher? Denise oder Marcel?«, fragte Brander.

»Jochen würde genauso wenig wie ich einen Mörder verstecken.«

»Sie sagten, Denise war an dem Samstag, bevor sie starb, bei Ihnen.«

»Ja.«

»Wann ist sie gegangen?«

»Gegen acht.«

Laut Aussage der Habring stand Denise erst gegen halb elf abends bei ihrem Bruder vor der Tür. Das waren zweieinhalb Stunden zwischen Verlassen der Wohnung ihres Freundes bis zum Eintreffen bei Marcel. Wo war sie in der Zwischenzeit gewesen?

»Wie ist sie zu ihrem Bruder gekommen?«

»Vermutlich mit der Bahn. Sie hat kein Auto.«

»Und Sie haben ihr nicht angeboten, sie hinzufahren?«

»Nein.«

»Was haben Sie an dem Abend noch gemacht?«

»Jochen kam, wir haben Schach gespielt.« Er deutete auf einen kleinen Beistelltisch in der Ecke. Tatsächlich war dort ein Schachspiel aufgebaut.

»Und Sie haben weder Denise noch Marcel nach diesem Abend noch einmal gesehen?«

Endress schüttelte langsam den Kopf. »Sie können mich noch tausend Mal fragen: Ich habe keine Ahnung, wo Marcel steckt.«

»Wir haben das Handy orten lassen. Es gab ein Signal letzten Donnerstag.«

»Und?«

»Eine Funkzelle, die darauf hindeutet, dass er sich hier in der Gegend aufgehalten hat.«

»Dann hat er verdammtes Glück gehabt, dass wir uns nicht begegnet sind.«

Brander musterte Endress. Der junge Mann war aufmerksam und konzentriert, aber da war auch eine gehörige Portion Wut in seinem Gesicht. »Wissen Sie, ob Denise Schweikhard einen Schlüssel zur Wohnung ihres Bruders hatte?«

»Ja.«

»Ja, Sie wissen es?«

»Ja, sie hatte einen Schlüssel.« Endress sah auf seine Uhr. »Meine Herren, entweder wir beenden das Gespräch jetzt, oder ich muss meine Verabredung verschieben. Ich kann's nicht leiden, wenn jemand zu spät kommt, und ich kann's auch nicht leiden, selbst unpünktlich zu sein.«

»Danke, das wäre es erst einmal. Wenn Sie morgen nach der Arbeit bei uns vorbeischauen könnten? Wir müssen Ihre Aussage noch protokollieren.« Brander erhob sich.

»Wozu das denn?«

»Vorschrift.«

Endress war ebenfalls aufgestanden und schüttelte den Kopf. »Ich kenne meine staatsbürgerlichen Rechte und Pflichten.«

Da bin ich mir sicher, dachte Brander bei sich. Er sah aus den Augenwinkeln, wie sich Klein mit Mühe einen bissigen Kommentar verkniff.

»Sie sind im Moment die letzte Person, die Denise Schweikhard lebend gesehen hat. Sie kannten Denise anscheinend recht gut, Sie kennen Marcel Schweikhard. Ihre Aussage ist wichtig für diese Ermittlung, und Ihnen ist doch sicher daran gelegen, dass wir möglichst bald herausfinden, was Ihrer Freundin zugestoßen ist?«

Endress musterte Brander einige Sekunden abschätzend. »Ja, daran ist mir sehr gelegen.«

»Was denkste? Versteckt er seinen Kumpel Marcel oder hat er ihn schon irgendwo verbuddelt?«, fragte Klein.

Sie saßen im Auto und sahen auf das weiße Gebäude vor sich.

»Was?« Brander sah verwirrt zu seinem Kollegen. Er war mit den Gedanken noch bei dem Gespräch.

»Vielleicht sind die zwei sich letzten Donnerstag doch begegnet …« Klein schlug die Faust in die flache Hand.

»Er hat mal geboxt«, fiel Brander ein.

»Siehste. Der weiß, wie man zuschlägt.«

»Marcel tötet Denise, Endress tötet Marcel. Hm.« Brander wusste nicht so recht, was er von dieser Option halten sollte.

»Und jetzt? Observierung Endress?«

»Der wird auf der Hut sein. Der ist nicht dumm.«

»Ein paar Minütchen warten können wir ja.«

Brander nickte abwesend. »Irgendetwas passt nicht.«

»Wie meinst'n das?«

»Ich weiß nicht, nur so ein Gefühl.«

»Sollte man nicht ignorieren«, erwiderte Klein. »Ich hab auch so ein Gefühl. Ich hab so ein Gefühl, dass wir uns nochmal mit Nuran Aydin unterhalten sollten.«

»Warum?«

»Weil ich wissen will, wo und warum ihr Freund Yasin zusammengeschlagen wurde.« Die Sitzung vom Mittag hatte Klein noch nicht abgehakt. »Wenn denen vom Staatsschutz das egal ist, nur weil keine Anzeige vorliegt – mir nicht.«

»Denen ist das auch nicht egal. Die sind einfach Land unter. Aber es ist schon ein seltsamer Zufall, dass Nuran Aydin ausgerechnet kurz vor Denise Schweikhards Tod Kontakt zu deren Bruder gesucht hat.«

»Das große Ganze«, sinnierte Klein. »Alles hängt irgendwie miteinander zusammen.«

»Nuran Aydin will nicht über den Überfall mit uns sprechen. Vielleicht sollten wir unser Glück eher bei Yasin Özer versuchen«, überlegte Brander.

»Wo wohnt der?«

»Irgendwo im Esslinger Norden.« Brander rief Peppi an und ließ sich die Adresse geben.

Yasin Özer war schmächtiger, als Brander es erwartet hatte. Dunkle Haare umrahmten das schmale Gesicht. Eine Narbe zog sich über die linke Schläfe. Er trug eine Brille mit dünnem Metallgestell, dahinter suchten die Augen unaufhörlich die Umgebung ab. Özer lebte mit seinen Eltern in der vierten Etage eines großen Mehrfamilienhauses im Stadtteil Serach. Er ließ die Kommissare nicht in die Wohnung, sondern kam zu ihnen ins Treppenhaus.

»Herr Özer, es geht um den Überfall vor drei Monaten«, begann Klein.

»Ich hab niemanden überfallen.« Er sprach dialektfreies Deutsch, eine weiche Stimme, die jedoch etwas gehetzt wirkte.

»Das nicht, aber Sie wurden überfallen.«

»Nein.«

»Wir wissen es.«

»Ich weiß nichts.«

»Herr Özer, Nuran Aydin ist Ihre Freundin?«, fragte Brander.

»Wir studieren zusammen.«

»Und manchmal unternehmen Sie gemeinsam etwas? Gehen abends zusammen aus?«

Yasin Özers Blick wurde noch misstrauischer. »Was ist mit Nuran?«

»Sie war dabei, als Sie damals überfallen wurden.«

»Nein.«

»Sie waren damals im Krankenhaus, Notaufnahme«, erklärte Klein.

»Nein, das … ich bin gestürzt.«

So kamen sie nicht weiter.

»Wir suchen Marcel Schweikhard, ein alter Schulkamerad Ihrer Freundin«, versuchte es Brander wieder. »Sie kennen Marcel Schweikhard?« Es war eher eine Feststellung als eine Frage.

Özer senkte die Augenlider. »Nein.«

Klein stöhnte genervt auf. »Erzähl uns keine Märchen, Junge! Der Marcel hat deine Freundin geschlagen. Seine Kumpels haben dich vermöbelt. Du weißt doch, wo Marcel wohnt, oder?«

Der junge Türke riss erschreckt die Augen auf. »Ich hab nix gemacht!«

»Sagt auch keiner.«

»Was haben Sie nicht gemacht?«, hakte Brander nach.

Er schob mit dem Zeigefinger die Brille auf der Nase zurecht. »Nichts. Ich … ich muss jetzt lernen.«

»Können Sie morgen zu uns in die Polizeidirektion kommen?«

»Nein, morgen ist schlecht … ich bin den ganzen Tag an der Uni.«

»Donnerstag?«

»Nein, das geht nicht. Ich hab… ich muss lernen, sonst schaff ich das Semester nicht.« Die Augen waren flehentlich auf Brander gerichtet.

»Sie werden nicht den ganzen Tag an der Uni sein. Morgen Abend, neunzehn Uhr, da machen Sie mal eine Pause von der Lernerei und kommen zu uns.«

»Ich …« Özer seufzte resigniert. »Ja.«

»Neunzehn Uhr. Wenn Sie nicht erscheinen, bekommen Sie eine richterliche Vorladung.« Das war geblufft. Nie im Leben würde die Staatsanwältin ihm eine richterliche Vorladung besorgen. Es gab keinen Grund dafür.

»Andreas, du bist zu gutmütig«, befand Klein, als sie wieder im Auto saßen.

Brander sah zu dem Haus. »Aus dem kriegen wir nicht viel raus. Der Junge hat Angst, genauso wie Nuran Aydin.«

»Ja«, stimmte Klein ihm zu. »Fragt sich nur, wovor.«

* * *

Es war nach zehn, als Peppi Brander vor seiner Haustür absetzte. Er fand Nathalie im Wohnzimmer vor dem Fernseher.

»Heute schon wieder kein Training?«

Sie schüttelte den Kopf, ohne den Blick vom Bildschirm zu nehmen. Ein paar Feuerwehrleute schnitten ein Auto auf.

»Wo ist Ceci?«

»Verabredet.«

Er blieb unschlüssig im Türrahmen stehen. »Alles klar?«

»Ja.«

»Sicher?«

»Boh ey, ja-ah.«

Brander wandte sich ab.

»War ’n Anruf für dich«, rief Nathalie ihm hinterher.

»Wer?«

»Keine Ahnung. Irgend ’n Typ.«

»Was wollte er?«

»Ey, bin ich die Auskunft? Keine Ahnung. Meldet sich wieder.«

Ob Nathalie auch so freundlich am Telefon gewesen war? Was war in letzter Zeit nur wieder mit ihr los? Brander ging in die Küche, füllte sich eine Apfelschorle ins Glas, holte seinen Block und setzte sich an den Küchentisch. Aber er konnte sich nicht konzentrieren. Durch das Küchenfenster schimmerte Licht, der Bewegungsmelder war angegangen. Er wartete, dass die Haustür geöffnet wurde und Cecilia hereinkam. Als das nicht geschah, ging er zum Fenster. Die Straße war leer. Vermutlich Nachbars Katze, die durch den Vorgarten gestreunt war. Lustlos kehrte er zu seinem Block zurück. Was war das Motiv? Warum musste Denise Schweikhard sterben? Ein Streit zwischen Geschwistern. So simpel. Und doch musste es einen Grund für so einen heftigen Streit geben. Und da war auch noch die verwüstete Wohnung. Er konnte sich nicht vorstellen, dass all das das Werk des Mädchens gewesen sein sollte. Der Urin auf dem Sofa war definitiv nicht von ihr, hatte Tropper gesagt. Und ihr Bruder würde sicher auch nicht auf sein eigenes Sofa pinkeln. Marcel Schweikhard – vor fünf Tagen hatten sie ihn zuletzt gesehen. Er konnte inzwischen Gott-weiß-wo sein. Kleins Hypothese kam ihm in den Sinn. Suchten sie nach einem Flüchtigen oder nach einer weiteren Leiche?

Brander massierte sich mit den Fingern den kahlen Schädel. Er brauchte eine Pause, ein bisschen Abstand zu den Ermittlungen, sonst verlor er sich in Endlos-Schleifen der immer selben Überlegungen. Er ging ins Wohnzimmer, setzte sich neben Nathalie auf das Sofa.

»Was guckst 'n da?«

»Doku.«

»Aha.«

»Ausbildung. Feuerwehr.«

»Aah.«

Sie warf ihm einen misstrauischen Seitenblick zu, ob er sich über sie lustig machte. Dann rutschte sie ein Stück näher und lehnte sich an seine Schulter. Vergessen war ihre Pampigkeit kurz zuvor. Ein zarter Moment der Vertrautheit. Unwillkürlich tauchte das Bild von Denise Schweikhard vor seinen Augen auf. War das Mädchen auch auf der Suche nach Geborgenheit gewesen? Das Elternhaus war ihm nicht besonders herzlich erschienen. Hatte ihr Bruder ihr einen Halt geben können? Oder war es tatsächlich Robin Endress, der selbstbewusste Mann, der mit beiden Beinen fest im Leben stand, der dem Mädchen einen Platz gegeben hatte? Geborgenheit. Sicherheit. Worüber hatten die beiden sich bei ihrem letzten Treffen gestritten? Brander dachte an die zwielichtigen Typen, mit denen Nathalie sich immer wieder eingelassen hatte. Junkies, Kleinkriminelle, Alkoholiker. Sie selbst war auf dem besten Weg gewesen, diese Karriere einzuschlagen, eine Streunerin, die sich ein warmes Bett mit Sex erkaufte. Irgendwann hätte auch ihre Leiche in irgendeiner Wohnung liegen können.

Brander rief sich zur Vernunft. Nathalie ging es gut. Sie war bei ihm und Ceci, und er passte gut auf sie auf. Er zauselte mit der freien Hand durch ihre kurze Strubbelmähne. »Wann gehst 'n mal wieder ins Training?«

»Pscht.« Sie schob seine Hand weg. »Ich seh nix.«

7

Mittwoch

Jens Schöne hatte seinen Laptop aufgebaut und ließ den Bildschirm über einen Beamer für alle sichtbar an die Wand projizieren. Die Mitglieder der Ermittlungsgruppe hatten sich mit Kaffee versorgt und warteten gespannt auf seine Neuigkeiten.

»Sorry, hat ein bisschen gedauert, aber wir konnten einige Daten auf Denise Schweikhards Laptop und Handy wieder herstellen, und ich glaube, wir haben ein paar interessante Informationen gefunden.« Er sah in die Runde, um sich der Aufmerksamkeit seiner Kollegen sicher zu sein. »Fräulein Schweikhard war Hobbytexterin … oder Liedermacherin … oder wie auch immer man das nennen möchte. Na ja, schaut selbst.«

Er öffnete ein Dokument mit vier Zeilen:

»Erhebt euch weiße Rasse,
vor uns liegt der Sieg,
wir sind die Herrenklasse,
zieht mit uns in den Krieg.«

»Das ist nur der Refrain. In ihrem Text geht es in der Hauptsache um die gewalttätige Auseinandersetzung mit nichtdeutschen Mitbürgern.«

Klein sah zu seinem Inspektionsleiter. »Da schau her, Hans. Aber der Staatsschutz weiß von nichts.«

»Ist es sicher, dass der Text von ihr ist?«, fragte Brander. Er erinnerte sich an die Bilder von Konzerten im Zimmer des Mädchens. »Vielleicht hat sie nur einen Text abgeschrieben.«

»Wir haben bis jetzt nichts Vergleichbares gefunden, werden das aber noch genauer prüfen.«

Hans Ulrich Clewer seufzte resigniert. »Ich werde das auf jeden Fall an die Kollegen drüben weitergeben.«

»Guter Mann«, kommentierte Klein und erhielt von seinem Vorgesetzten einen mahnenden Blick.

»Das ist aber noch nicht alles. Was auch sehr interessant ist, ist die Auswertung ihres WhatsApp-Accounts. Es war nicht ganz einfach, an die Daten ranzukommen. Die haben sich auf Datenschutzrichtlinien berufen.«

»Mach's nicht so spannend, Jens«, bat Brander. »Uns interessiert das Ergebnis.«

»Ich wollte nur betonen, dass es nicht immer so einfach ist, an Daten zu kommen, wenn man sie tatsächlich mal braucht.« Jens schnippte ein paar Mal mit den Fingern. »Das ist die letzte Nachricht, die Denise Schweikhard über ihren WhatsApp-Account verschickt hat. Samstagnacht um zweiundzwanzig Uhr einundfünfzig.« Wieder betätigte er die Maus und warf die Nachricht an die Wand:

»Wenn ihr meinem Bruder noch einmal ein Haar krümmt – ich schwör, ich lass euch alle hochgehen.«

»Was hat das zu bedeuten?«, fragte Peppi.

»An wen ging die Nachricht?«, war Branders Frage.

Jens lächelte. »An zwei Freunde: Robin Endress und Jochen Kastner.«

Das verblüffte Schweigen hielt einige Sekunden.

»Das heißt, sie hat kurz vor ihrem Tod diese Nachricht verschickt?«, meldete sich Peppi als Erste zu Wort.

»Oder Marcel hat ihren Account benutzt«, gab Peter Sänger zu bedenken. »Ein kleines Ablenkungsmanöver.«

»Das wäre ziemlich abgebrüht«, stellte Brander fest. Ihm waren dieselben Gedanken durch den Kopf gegangen. »Ich spreche mit Maggie, wir brauchen unbedingt den exakten Todeszeitpunkt.«

»Warum sollte Marcel die Nachricht von ihrem Handy aus verschicken und dann alle Daten löschen?«, fragte Peppi.

Sänger zuckte die Achseln. »War nur so ein Gedanke.«

»Wie hängt das alles zusammen?«, meldete sich die Staatsanwältin zu Wort. »Wurde Marcel Schweikhard von Endress und Kastner bedroht? Warum bringt er dann seine Schwester um?«

»Es steht nicht fest, dass er sie umgebracht hat«, erinnerte Brander Isabella Mertens daran, dass noch nichts bewiesen war.

»Das gefällt Ihnen, was?«, gab diese zynisch zurück.

Brander sah die Frau verständnislos an. »Ich versuche lediglich, sachlich und objektiv zu ermitteln und niemanden vorzuverurteilen. Ich habe mehr als fünfundzwanzig Jahre Berufserfahrung, da weiß ich, dass nicht immer alles so ist, wie es auf den ersten Blick scheint.« Noch während er die Worte aussprach, wusste er, dass er den falschen Ansatz gewählt hatte.

»Na, wunderbar! Sie halten mich also für unerfahren und inkompetent. Schön, dass es mal einer hier offen ausspricht.«

»Jetzt pass mal auf, Isabella«, begann Klein. Clewer hob bremsend die Hand, aber der bullige Kommissar ließ sich nicht unterbrechen. »Wir pissen uns hier nicht gegenseitig ans Bein. Niemand macht dir einen Vorwurf, dass du mal Mist gebaut hast. Jeder macht mal Fehler. Daraus lernt man, und man macht diesen Fehler nicht wieder. Hast du kapiert? Und dein Rumgezicke nervt. Wir sind ein Team, und jeder in diesem Raum will, dass derjenige, der dieses Mädchen umgebracht hat, dafür geradestehen muss. Und da darf man auch mal unterschiedlicher Meinung sein, auch wenn's dir nicht in deine staatsanwältliche Allwissenheit passt.«

Die Staatsanwältin starrte Klein fassungslos an. Die Stille im Raum ließ einen aufkommenden Orkan befürchten. Bevor dieser ausbrechen konnte, durchbrach Hans Ulrich Clewer das Schweigen mit einem Räuspern. »Das Ganze hätte man durchaus diplomatischer formulieren können, nun ja …« Clewer suchte nach den richtigen Worten, um die Situation zu entschärfen. »Wir sind ein Team und haben eine gemeinsame Aufgabe zu bewältigen, und dabei dürfen wir keinen Ansatz außer Acht lassen. Und ich stimme Herrn Brander zu, dass wir uns nicht einzig und allein auf Marcel Schweikhard als möglichen Täter festlegen dürfen. Die Erkenntnisse der IT-Forensik weisen ja nun auch andere mögliche Richtungen auf.«

Isabella Mertens biss die Zähne zusammen, bemüht darum, ihre Fassung wieder zurückzubekommen. »Das hat ein Nachspiel. So lasse ich nicht mit mir umgehen.« Sie verstaute ihren Tablet-PC in ihrer Aktentasche und verließ eilig den Raum.

»Jetzt zickt die schon wieder!«

»Stephan.«

»Ist doch wahr! Die Frau kann keine Kritik vertragen.«

Clewer hob beide Hände, strich sie zur Seite wie ein Dirigent, der ein Orchester zum Schweigen bringen will. »An die Arbeit, Leute.« Er wandte sich Klein zu und formte ein tonloses: »In mein Büro.«

***

Brander saß an seinem Schreibtisch und betrachtete die Skizze, die er vor wenigen Tagen angefertigt hatte.

Hatten Endress und Kastner ihren einstigen Freund bedroht? Warum? Und warum – sofern man den Aussagen der beiden Männer glauben wollte – war es überhaupt zum Zerwürfnis zwischen den Freunden gekommen? Sicher nicht, weil Schweikhard keine Lust mehr hatte, Schach zu spielen.

Hatte Denise die WhatsApp-Nachricht verschickt? Wer wusste, dass sie bei ihrem Bruder war? Robin Endress. War er zu ihr gefahren? Aber wo war Marcel? Warum hätte seine Schwester allein in der Wohnung sein sollen? Fragen – nichts als Fragen. Brander stand auf, stellte sich ans Fenster, starrte auf den trostlosen Innenhof. Die herbstliche Kaltfront brachte graue, kalte Tage. Unvorstellbar, dass die Temperatur noch vor einer Woche weit über die Zwanzig-Grad-Marke gestiegen war.

»Na, kriegt Käpten Huc das wieder hin?« Auch Peppi hatte einen Blick aus dem Fenster geworfen.

»Vielleicht.« Brander entdeckte Hans Ulrich Clewer beim Raucherhäuschen im Gespräch mit der Staatsanwältin. »Mal so aus deiner Frauenperspektive. Findest du die Mertens zickig?«

Peppi schürzte abwägend die Lippen. »Vielleicht eher unsicher.«

»Dafür vertritt sie ihre Meinung aber vehement. Kennt Marco sie?« Vielleicht hatte Peppis Lebensgefährte Staatsanwalt Marco Schmid ja eine Idee, wie man mit der Kollegin besser klarkommen konnte.

»Ja.«

»Und?«

Peppi grinste. »Willste jetzt Bürotratsch hören?«

»Ja, erzähl mal.«

»Andi, du enttäuschst mich.« Sie setzte sich wieder an ihren Schreibtisch. »Sagen wir mal, sie hat's nicht leicht.«

»Sie braucht einen Erfolg«, schlussfolgerte Brander.

Isabella Mertens sog mit schmalen Lippen an ihrer Kippe, Clewer hatte keine Zigarette zwischen den Fingern. Brander sah auf die Uhr – halb zwölf, noch keine volle gerade Stunde. Man konnte die Uhr nach den Rauchgewohnheiten des Inspektionsleiters stellen. Ein Telefonklingeln riss ihn aus seinen Beobachtungen.

»Hier ist ein Herr Schweikhard. Er sagt, du hättest ihn einbestellt.«

Hermann Schweikhard war ohne seine Frau gekommen. Er trug keine schwarze Trauerkleidung, stattdessen einen dunkelblauen Anzug und ein hellblaues Hemd, dazu eine passend gemusterte Krawatte. Aber seine Augen waren trüb.

Brander besorgte Kaffee und suchte die Notizen von ihrem letzten Gespräch heraus.

»Annegret wird sich bei Ihnen melden. Sie ist im Moment nicht in der Verfassung, Ihre Fragen zu beantworten«, entschuldigte Schweikhard seine Frau.

»Haben Sie ein bisschen Zeit mitgebracht?«, fragte Brander.

»Ich habe mir diese Woche Urlaub genommen.«

»Unter den Umständen hätten Sie sicher auch eine Krankmeldung bekommen.«

»Ich habe so viel Urlaub und Überstunden …« Sein Blick ging an Brander vorbei in die Ferne. »Die Zeit hätte ich mir besser vor Denises Tod nehmen sollen.«

Späte Einsicht. Brander konnte nur ahnen, was in dem Vater vor sich ging.

»Herr Schweikhard, bei unserem Gespräch am Montag haben Sie Ihren Sohn beschuldigt, Ihre Tochter getötet zu haben.«

Nur mühsam kehrte Schweikhard mit seiner Aufmerksamkeit zurück. Er zog die Mundwinkel nach unten. »Wer sollte es denn sonst getan haben?«

»Welchen Grund hätte Marcel denn gehabt?«

»Ich weiß es nicht. Ich kenne meinen Sohn nicht mehr.«

»Ist er jähzornig? Neigt er zu Gewaltausbrüchen?«

»Nein, er ist … Wir hatten nie Probleme mit ihm.«

Brander runzelte die Stirn. »Das stimmt ja so nicht ganz.«

»Aber das war nicht seine Schuld! Es waren diese verfluchten Kerle.«

»Wen meinen Sie?«

»Dieses verfluchte asoziale Gesocks.« Schweikhards Gesichtszüge verfinsterten sich. »Kommen in unser Land und nehmen sich einfach, was sie wollen. Die haben Marcel aufgelauert, ihn drangsaliert, ihn geschlagen, erniedrigt.«

»Hat Marcel Ihnen das erzählt?«

Schweikhard schluckte hart. »Nein, er ist sehr verschlossen, frisst alles in sich rein. Denise hat es mir damals erzählt. Ich …« Er geriet ins Stocken, beugte sich vor, raufte sich durch die Haare. »Ich habe ihm gesagt, er soll sich wehren. Er kann sich doch nicht von diesem Pack fertigmachen lassen.«

»Und dann hat er sich gewehrt.«

»Ja.«

»Haben Sie ihm gezeigt, wie man sich wehrt?«

»Nein, ich … Das haben andere getan.«

»Wer?«

Schweikhard antwortete nicht.

»Woher kennen Sie Herrn Kastner?«

»Ich kenne seinen Vater. Wir haben zusammen studiert.«

Brander sah sein Gegenüber kopfschüttelnd an. »Ich verstehe Sie nicht, Herr Schweikhard. Wir suchen Ihren Sohn. Wir fragen Sie nach seinen Freunden, und Sie verschweigen uns diese wichtigen Informationen. Warum?«

»Was ändert das denn an den Tatsachen?«

»Eine ganze Menge. Sie behindern unsere Ermittlungen.« Brander ließ einige Zeit still verstreichen. Manchmal musste man nicht viel sagen, um den anderen zum Reden zu bringen. Auch Hermann Schweikhard hielt das lange Schweigen nicht aus.

»Marcel ist kein Mörder. Wenn er es getan hat, dann nicht mit Absicht.«

»Aber Sie trauen Ihrem Sohn eine Tat im Affekt zu?«

»Ich weiß es nicht.« Er fuhr sich erneut durch die Haare. »Ich weiß es einfach nicht. Ich hätte ihm auch nie zugetraut, dass er einen anderen Jungen krankenhausreif prügelt.«

»Wie war das damals?«

»Er …« Schweikhard rieb sich unwohl über das Kinn. »Er hat sich nur gewehrt.«

Hatte er sich auch gegen seine Schwester gewehrt? Brander nahm eine Mappe, zog ein Foto der verwüsteten Wohnung hervor und zeigte es Hermann Schweikhard.

»Kann das Ihre Tochter getan haben?«

Er starrte auf das Bild. »Ist das Marcels Wohnung?«

»Sie waren noch nie dort?«

»Nein … doch, einmal, aber er hat mich nicht hineingelassen.«

»Die Zahl 144, sagt die Ihnen etwas?«

»Nein.«

Es war zum Verrücktwerden. Sie kamen einfach nicht weiter. Geduld, mahnte Brander sich innerlich. »Was wissen Sie über Robin Endress und Jochen Kastner – Junior?«

»Es sind beides gute Jungs, sie haben studiert, gute Jobs …«

»Robin Endress hatte eine Beziehung mit Ihrer Tochter.«

»Das wusste ich nicht.«

»Vermutlich bereits seit einem halben Jahr.«

»Sie mochte Robin schon immer. Was ist dabei?«

»Was ist damit? Davon wussten Sie auch nichts?« Brander legte ihm den Textauszug aus Denise Schweikhards Lied vor. »Unsere Computerspezialisten konnten die Daten auf Denises Laptop wieder herstellen.«

In dem müden Gesicht zeichneten sich kleine rote Flecken ab. »Das ist doch nur … das muss man doch nicht ernst nehmen.«

»So etwas nehmen wir hier sehr ernst, Herr Schweikhard. Jetzt frage ich Sie noch einmal: Was wissen Sie über Herrn Endress und Herrn Kastner?«

»Die beiden haben Denise nicht umgebracht.«

»Haben die beiden Ihnen das gesagt?«

»Nein, die … Was soll das? Worauf wollen Sie eigentlich hinaus?«

»Wer hat die Daten auf Denises Laptop gelöscht?«

Schweikhard schüttelte nervös den Kopf.

»Dann frage ich anders: Warum haben Sie die Daten gelöscht? Sie wussten davon, nicht wahr?« Brander klopfte mit dem Finger auf den Textauszug.

»Aber das hat doch alles nichts mit Denises Tod zu tun!«

»Und darum haben Sie die Daten gelöscht?«

»Sie suchen die Schuldigen an der falschen Stelle!«

»Wo sollen wir sie denn suchen?«

Die Antwort war ein grimmiges Schweigen.

»Es wäre leichter, wenn Sie offen mit uns sprechen würden.«

Schweikhards Blick wanderte missbilligend zwischen Brander und Peppi hin und her. »Wir werden unterwandert. Die sind überall, kommen in alle Bereiche, und ehe wir uns versehen, müssen unsere Frauen Kopftücher tragen. Man kann sich ja abends kaum noch auf die Straßen wagen. Ich kann meine Kinder verstehen, dass sie sich um Deutschlands Zukunft sorgen.«

»Hass und Gewalt waren noch nie das richtige Mittel, um ein Problem zu lösen«, erklärte Peppi mühsam beherrscht.

Schweikhard starrte sie feindselig an. »Korruption und Vetternwirtschaft sicher auch nicht. Warum sind Sie hier in Deutschland? Warum sorgen Sie nicht erst einmal in Ihrem Land für Ordnung?«

»Das war es dann für heute.« Brander schob seinen Stuhl energisch zurück. »Ich bringe Sie nach unten.«

Peppi bebte, als Brander in ihr Büro zurückkehrte. »Den hätte ich …«

»Ich weiß«, unterbrach er sie beschwichtigend. »Atme tief durch, zähl bis zwanzig, und dann machen wir weiter.«

»Muss ich mir denn allen Scheiß gefallen lassen? Ich unterwandere den Staat! Klar, wir machen aus Deutschland ein neues Griechenland.«

»Wenn ihr die Sonne mitbringt …«

»Andi, das ist nicht lustig.«

»Nein, das ist es nicht.« Brander strich sich über den kahlen Schädel. »Es ist aber Zeitverschwendung, sich darüber aufzuregen. Wir machen unseren Job. Und den machen wir gut. Basta.«

»Für so einen Arsch!«

»Gib dem nicht so viel Raum, Peppi. Es gibt sehr viele Menschen, die froh und dankbar sind, dass du hier bist und dass du diesen Job machst.«

Peppi sah ihn frustriert an. »Es ist so … unfair.«

»Ja.« Er erwiderte ihren Blick und nickte aufmunternd. »Lass uns weitermachen. Wir gehen noch einmal alles durch.«

Peppi atmete tief durch. »Okay. Leg los.«

»Wir haben dieses Quartett: Robin, Jochen, Marcel, Denise. Denise ist angeblich mit Robin liiert. Er behauptet, sie habe öfter Streit mit ihrem Bruder gehabt, was auch die Nachbarin ausgesagt hat. In ihrer letzten WhatsApp verteidigt Denise aber ihren Bruder gegen diese beiden Männer – wenn sie denn tatsächlich diese Nachricht selbst geschrieben hat.«

»Da hake ich kurz ein«, unterbrach Peppi. »Wenn ich gerade richtig zugehört habe, war sie es, die damals ihren Vater darauf aufmerksam gemacht hat, dass Marcel gemobbt wird. So wäre es durchaus plausibel, dass sie auch dieses Mal versucht, ihren Bruder zu schützen, auch wenn sie nur die kleine Schwester ist.«

»Ich sag jetzt mal d'accord, nur um dich zum Lächeln zu bringen.« Was Brander damit auch gelang. »Sie droht damit, alle – vermutlich die Adressaten Robin und Jochen – hochgehen zu lassen. Was haben die beiden geplant, was so riskant wäre, dass einer von beiden, oder vielleicht sogar beide, umgehend zu ihr fährt und einen Mord begeht?«

»Und was ist mit Marcel?«

Brander las noch einmal die WhatsApp-Nachricht: »Wenn ihr meinem Bruder noch einmal ein Haar krümmt …« Er hielt inne. »Noch einmal«, wiederholte er. »Das impliziert doch, dass sie ihm bereits mindestens einmal ein Haar gekrümmt haben.«

»Impliziert. Ich hätte es nicht besser sagen können«, spottete Peppi. »Gehen wir essen?«

»Warte noch … Gehen wir mal davon aus, dass Endress und Kastner Marcel Schweikhard schon vorher in die Mangel genommen haben, weil er nicht mehr mit Ihnen *Schach* spielen wollte. Dann töten sie seine Schwester. Das letzte Signal von Schweikhards Handy kam vom Scharnhauser Park. Seither wurde er nicht mehr gesehen.«

»Denkst du, die haben ihn nicht versteckt, sondern ein bisschen mehr als ein Haar gekrümmt?« Peppi blies die Backen auf. »Was wird die Mertens dazu sagen?«

»War nicht meine Hypothese. Den Gedanken hatte Stephan gestern.«

»Oh, das wird Frau Mertens noch mehr gefallen. Na gut, dann schmeiß ich auch mal was in den Pott: Was ist mit Nuran Aydin? Sie wurde einen Tag vor Denises Tod in der Nähe der Wohnung gesehen. Wer war damals dabei, als sie und ihr Freund überfallen wurden? Wenn es tatsächlich Marcel und seine Kumpels waren, wäre es doch gut möglich, dass Denise ebenfalls zu den Tätern gehörte.«

Brander nickte nachdenklich. »Auch eine Option.«

Er sah Yasin Özer vor sich: *Ich hab nix getan.* Nuran Aydin und Yasin Özer lebten in Angst. Doch bezog sich diese Angst vielleicht gar nicht auf die Geschehnisse einer heißen Julinacht?

»Falls du dich gerade fragst, ob hier irgendwo ein knurrender Rottweiler versteckt ist – ich hab echt Hunger.«

»La Gondola?«

Peppi nickte.

»Ich lad dich ein, und danach fahren wir zu Frau Gastl. Vielleicht hat die in der Tatnacht ja etwas gesehen.«

***

Louise Gastl war achtundsiebzig Jahre alt. Ihr weißes Haar war dauerwellengelockt und durchzogen mit einem Hauch von Pink. Sie war gekleidet in wadenlangem Rock und zugeknöpfter Bluse, und ihre Haltung war so aufrecht, wie sie es vermutlich einst als junges Mädchen gelernt hatte. Ihre Wohnung war in einem vorzeigbaren Zustand, wenngleich auch etwas überheizt.

»Meine Tochter kommt einmal in der Woche und hilft mir«, erklärte sie, als sie Branders Blick bemerkte. Ihre Stimme hatte einen kratzenden Unterton, vermutlich dem Alter geschuldet. »Möchten Sie einen Kaffee oder einen Tee?«

»Danke, nein, machen Sie sich bitte keine Umstände«, lehnte Brander ab.

»Das macht keine Umstände. Man muss in Bewegung bleiben, sonst rostet man ein. Bitte, machen Sie mir die Freude, sonst muss ich nachher meinen Kaffee allein trinken.« Sie schaffte es, trotz ihres Alters noch mädchenhaft zu lächeln.

»Dann trinken wir gern einen Kaffee mit Ihnen«, antwortete Peppi.

»Nehmen Sie bitte Platz. Ich bin gleich wieder bei Ihnen.« Sie schlurfte aus dem Wohnzimmer in die Küche.

»Ist die süß«, wisperte Peppi Brander zu.

»Warten wir den Kaffee ab.« Brander befürchtete entweder eine dünne Plörre oder einen ungenießbaren, herzkasperstarken Kaffee.

Es vergingen ein paar Minuten, in denen Louise Gastl in der Küche hantierte und Brander der Schweiß ausbrach. Er hätte gern ein Fenster geöffnet, um frische Herbstluft in das überheizte Zimmer hereinzulassen. Er war für diesen Hausbesuch definitiv zu warm angezogen.

Die alte Dame kehrte zurück, stellte geblümte Porzellan-Sammeltassen auf den Wohnzimmertisch, verschwand abermals, um den Kaffee zu holen. Nachdem der Gastfreundschaft genüge getan war, setzte sie sich aufrecht in einen Sessel und sah die Kommissare aufmerksam an. »Was kann ich für Sie tun?«

»Es geht um Ihren Nachbarn, Marcel Schweikhard«, begann Brander.

»Das dachte ich mir schon. Aber ich befürchte, ich kann Ihnen keine große Hilfe sein.«

»Es geht um den Samstag vor zehn Tagen. Der siebte Oktober. In den frühen Morgenstunden muss es in der Wohnung über Ihnen sehr laut gewesen sein. Und auch am späten Abend hat es wohl noch einmal Krach gegeben.«

»Ja, das stimmt.«

»Bleiben wir erst einmal bei dem Samstagmorgen.«

Louise Gastl schüttelte bedauernd den Kopf. »Es tut mir leid, Herr, ähm … Brander, ist das richtig? Ich trage nachts kein Hörgerät, ich kann Ihnen beim besten Willen keine konkrete Auskunft geben. Es war laut. Vielleicht eine halbe Stunde, nicht länger. Es war so gegen vier Uhr morgens, wenn ich mich richtig erinnere. Vielleicht auch halb fünf.«

»Und am Abend?«

»Ich habe ferngesehen, das mache ich meistens abends. Was will man sonst machen in meinem Alter? Da geht man so spät nicht mehr allein vor die Tür. Ja, ich habe ferngesehen, und dazu habe ich dieses Gerät.« Sie zeigte auf einen Kopfhörer, der neben dem Fernsehapparat lag. »Wenn ich den nutze, stelle ich mein Hörgerät ab. Da höre ich dann nur den Fernseher und sonst nichts.«

Die Tücken des Alters.

»Herr Beyer sagte, Marcel hätte Ihnen hin und wieder die Einkaufstaschen heraufgetragen?«, fragte Peppi.

Ein Lächeln legte sich auf das faltige Gesicht. »Ja, er ist ein sehr höflicher junger Mann.«

Der versonnene Blick ließ mehr vermuten. »Wie gut kennen Sie ihn?«, hakte Brander nach.

»Ich habe ihn das eine oder andere Mal überredet, mit mir einen Kaffee zu trinken, den Sie übrigens noch nicht angerührt haben. Er wird kalt, dann schmeckt er nicht mehr.«

Pflichtschuldig führte Brander das edle Porzellan an seine Lippen. Der Kaffee war weniger bitter, als die tiefschwarze Flüssigkeit befürchten ließ. Louise Gastl lächelte zufrieden.

»Marcel hat mir erzählt, dass er als Kind Geige gespielt hat, aber er wäre nie gut genug gewesen, um etwas daraus zu machen, darum hätte er aufgehört. Ich habe ihn gebeten, einmal für mich zu spielen.« Ihr Lächeln wurde etwas traurig. »Aber er wollte nicht mehr spielen.«

»Hatte er denn noch eine Geige?«, fragte Brander wider besseres Wissen.

»Ich habe ihm eine geschenkt. Ein gebrauchtes Instrument. Nichts Teures. Ich wollte ihn motivieren. Früher machten wir zuhause oft Hausmusik. Meine Tochter spielt Querflöte.«

»Hat er mal von seinen Freunden erzählt? Von seiner Schwester?«, fragte Peppi.

»Er hat nicht viel von sich oder seinen Freunden erzählt, manchmal hat er ein wenig von der Arbeit gesprochen. Er hat leider nur eine Aushilfsarbeit in einem Getränkehandel. Dabei ist er ein intelligenter junger Mann. Meistens bin ich allerdings diejenige, die redet.«

»Hat er vielleicht mal erwähnt, dass er Streit mit seinen Freunden oder seiner Schwester hatte?«

»Nein, aber …« Sie legte den Zeigefinger an ihre Lippen, ihre Augenlider sanken nach unten und Brander befürchtete schon, die alte Dame sei eingeschlafen, als sie den Blick wieder hob. »Es war vor ein paar Monaten, da kam er zu mir. Es war übrigens das erste und einzige Mal, dass er von sich aus zu mir kam, daher kommt es mir wohl jetzt in den Sinn. Er kam zu mir und sagte: Omi Gastl – so nennt er mich immer – Omi Gastl, sagte er, ich habe Mist gebaut. Ich habe die falschen Freunde.«

»Was hat er damit gemeint?«

Omi Gastl hob bedauernd die Schultern. »Mehr hat er leider nicht gesagt.«

Der Überfall auf Yasin Özer und Nuran Aydin war Brander als Erstes eingefallen. Louise Gastl wollte sich leider nicht festlegen, wann er bei ihr gewesen war – irgendwann im Sommer, es war heiß. Brander überlegte, wie das Wetter im Juli gewesen war. Es hatte sonnige Tage gegeben, es hatte Regentage gegeben. Er würde die Wetterstatistiken im Internet anschauen müssen. Aber selbst das würde keine Sicherheit bringen. Schweikhard musste ja nicht direkt nach dem Überfall zu seiner Omi Gastl gegangen sein.

»Lass uns mal schauen, ob Nuran Aydin zuhause ist.«

»Wozu?«, fragte Peppi verwundert. »Sie wird nicht mit uns über den Überfall sprechen.«

»Er überfällt sie, sie zeigt ihn nicht an …«

»Weil sie Angst hat vor weiteren Übergriffen. Und sie hat recht. Was hat sie denn zu erwarten? Das sind doch nicht nur diese drei Männer, die sie überfallen haben.«

»Sie wurde hier gesehen. Warum geht sie zu ihm?« Alles hängt irgendwie zusammen. Da hatte Stephan Klein mit Sicherheit Recht.

Als Brander und Peppi bei dem Wohnhaus in der Krummenackerstraße ankamen, schob Nuran Aydin gerade ihr Fahrrad über die schmale Schiene neben der Treppe entlang, die von ihrer Haustür zur Straße führte. Ein Beutel lag in ihrem Fahrradkorb, und auf dem Rücken trug sie einen gefüllten Rucksack.

»Wir kommen wohl ungelegen«, stellte Brander fest. Er ging auf die junge Frau zu. »Frau Aydin?«

»Ich hab keine Zeit«, erwiderte sie abweisend.

»Wir haben nur ein paar Fragen.«

»Kommen Sie ein anderes Mal wieder.«

»Nein.« Brander sah Nuran Aydin streng an. »Sie kommen, und zwar zu uns in die Polizeidirektion. Morgen früh um neun.«

»Ich habe Ihnen gesagt, dass ich keine Aussage mache.« Ihr Blick war ebenso hart wie der des Kommissars.

»Warum waren Sie bei Marcel Schweikhard? Was wollten Sie von ihm?«

»Ich war nicht dort.«

»Sie sind gesehen worden.«

Sie zuckte trotzig die Achseln.

»Ein Zeuge hat in der Nacht, als Denise Schweikhard starb, eine Frauenstimme aus Herrn Schweikhards Wohnung gehört. Waren Sie bei ihm? In seiner Wohnung?«

»Nein!«

»War Denise Schweikhard bei dem Überfall auf Sie und Ihren Freund dabei?«

»Lassen Sie mich in Ruhe.« Sie drängte an ihm vorbei, stieg hektisch auf ihr Rad. Sie geriet ins Straucheln, stürzte. Der Inhalt aus dem Fahrradkorb ergoss sich über den Weg: Äpfel, Trauben, Kartoffeln, ein Fladenbrot. Sie begann auf Türkisch zu fluchen. Brander und Peppi eilten zu Hilfe. Brander hob das Fahrrad auf, das sie ihm sogleich wieder entreißen wollte, sobald sie stand. Sie hatte sich die Hose aufgeschrammt und den Handballen aufgeschürft.

»Jetzt lassen Sie sich doch helfen! Ich stelle nur Ihr Fahrrad wieder hin.« Der Lenker war verdreht. Brander klemmte das Vorderrad zwischen die Knie und rückte ihn wieder gerade.

»Ich brauche Ihre Hilfe nicht!«

»Nuran, alles in Ordnung?« Ein Nachbar war aus dem Haus gekommen.

Sie funkelte Brander zornig an, während sie dem Mann zurief: »Ich bin gestürzt. Aber es ist nichts passiert.«

Peppi legte die Lebensmittel zurück in den Korb. »Frau Aydin, ich weiß nicht, was in Ihrem Leben los ist, aber ich glaube, in den letzten Wochen ist eine Menge passiert.« Die beiden Frauen sahen sich im stummen Zwiegespräch an. »Sie sollten den Schmutz aus der Wunde waschen. Aber das wissen Sie als angehende Ärztin ja besser als ich.«

»Du bist sie ziemlich hart angegangen«, stellte Peppi fest, als sie wieder im Auto saßen.

Brander sah Nuran Aydin nach, die mit dem Fahrrad davonfuhr. »Sie ist nicht nur das Opfer. Ich glaube, sie ist eine ziemlich starke Frau. Sie weiß mehr als das, was sie uns bisher erzählt hat.«

Und sie hatte Angst vor ihm, hatte Klein nach ihrer ersten Begegnung gesagt. Sie hielt ihn für einen Rechten. Nur wegen seiner Glatze. So gab es wohl auf allen Seiten Vorurteile und Missverständnisse.

Sie fuhren hinunter in die Innenstadt. Peppi lenkte den Wagen in die Tiefgarage der Polizeidirektion.

»Ich brauch ein bisschen frische Luft«, erklärte Brander.

Peppi kannte ihn gut genug, um zu wissen, dass er allein sein wollte.

Brander überquerte die Straße, stellte sich ans Ufer des Roßneckarkanals. Er vergrub die Hände tief in den Jackentaschen. Es war ungemütlich, feucht und kalt.

Was hing wie zusammen? Die Befragung von Robin Endress stand bevor. Gedanklich ging er das Gespräch vom Vortag noch einmal durch. Irgendetwas hatte in ihm einen Impuls angestoßen, aber er bekam ihn nicht zu fassen. Was hatte Endress gesagt? Seufzend strich er sich über den Nacken. Es war Herbst, er sollte zukünftig daran denken, seine Mütze mitzunehmen. Sein Blick glitt zu der Brücke, unter der hin und wieder ein Graureiher stand und auf Fischfang ging. Heute machte er sich rar. Auf der anderen Seite war der viereckige Schelztorturm, an dessen Zinne eine Figur über einen schmalen Balken balancierte. Der *Skywalker* – Himmelsstürmer. Fort. Richtung Himmel. »… angekommen …« hatte der Künstler sein Werk genannt. Ein Symbol für Heimatvertriebene. Sie fanden in der Fremde eine neue

Freiheit, aber sie waren entwurzelt, ihrer Heimat beraubt. Es ging um die Umstellung, die es für sie bedeutete, aber auch für die Einheimischen, die diese Menschen in ihrer Heimat aufnehmen sollten. Ein Balanceakt. Bei sich bleiben und sich gleichzeitig auf Neues einlassen – das galt für beide Seiten. Ein Thema, heute so aktuell wie vor dreißig, wie vor siebzig Jahren.

Ein leichter Nieselregen setzte ein. Brander schlug den Jackenkragen hoch und schlenderte Richtung Marktplatz. Die Tische der alten Zimmerei im freien Bereich am Kanalufer waren nicht bewirtschaftet. Er beschleunigte seine Schritte, marschierte an St. Dionysius vorbei und gelangte über Umwege zum Maille-Park. Zwei junge Mädchen, viel zu leicht bekleidet für das Wetter, liefen fröstelnd an ihm vorbei. Brander sah ihnen nach und dachte an Nathalie. Warum ging sie nicht mehr zum Taekwondo? Es hatte ihr doch Spaß gemacht. Brander zog sein Handy hervor und wählte Karsten Beckmanns Nummer.

»Sag nicht, du hast gerade an mich gedacht«, begrüßte der ihn gut gelaunt.

»Ich denk den ganzen Tag an nichts anderes. Bist du heute Abend zuhause?«

»Ich kann mein Glück kaum fassen. Eigentlich bin ich verabredet, aber das kann ich verschieben.«

»Kann später werden.«

»Komm, wie's dir passt. Ich bin zuhause.«

Karsten Beckmann brauchte keine Erklärung. Er hatte ein Gespür dafür, wenn Brander etwas auf dem Herzen lag. Ein dankbares Lächeln für diese Freundschaft huschte Brander flüchtig über die Lippen. Er steckte das Handy zurück in die Jackentasche. Denise Schweikhard. Wer war dieses Mädchen? Mit ihrer Tätowierung war sie schnell in einer Schublade gelandet: Das böse, fremdenfeindliche Mädchen. Aber sie war doch mehr. Da gab es den bunten Stoffpapagei, der neben ihrem Kopfkissen gelegen hatte. Wer hatte ihr den geschenkt? Die Eltern? Ihr Bruder? Robin Endress? Sie hing an ihrem Bruder. Sie war oft bei ihm. Sie hatte zweimal versucht, ihm zu helfen. Da war ein guter Kern in ihr. Und er war es ihr schuldig, herauszufinden, wer ihrem jungen Leben ein Ende gesetzt hatte.

***

»Ich nehme Stephan mit in die Befragung von Endress«, erklärte Brander, als er zurück in der Dienststelle war.

»Ist wohl besser so.« Peppi nahm einen Schmierzettel. »Ich habe zwei Nachrichten für dich: Zum einen will Käpten Huc dich sprechen.«

»Warum?«

»Hat er mir nicht verraten. Es wäre nicht eilig, du sollst dich melden, wenn du Zeit hast. Dann hat Maggie angerufen. Die Ergebnisse der toxikologischen Untersuchung sind da. Summa summarum: Denise Schweikhard war leicht alkoholisiert, knapp null Komma fünf Promille, aber keinerlei Anzeichen von Drogenkonsum. Sie hat uns den Bericht per Mail zugeschickt.«

»Okay.« Brander setzte sich an seinen Schreibtisch.

Peppi sah ihn abwartend an.

»Noch was?«

»Vermisst du nichts?«

»Nee.«

»Sicher?«

»Wenn du so fragst, vermisse ich anscheinend doch etwas.«

Peppi hob grinsend einen Schlüsselbund hoch. »Hier, hast du im Auto vergessen.« Sie warf ihm den Bund zu. »Jetzt hab ich mich um das dumme Gesicht gebracht, das du heute Abend gemacht hättest, wenn du vor deiner Haustür gestanden hättest.«

»Das hättest du ohnehin verpasst. Ich fahr mit dir nach Tübingen, bin mit Karsten verabredet.«

»Das wär's ja noch gewesen: Nachts um drei steht der liebe Andi angedudelt vor der Haustür und kommt nicht rein. Ceci hätte sich bedankt.«

»Wir sind nicht zum Trinken verabredet.« Brander wog die Schlüssel in der Hand. Wo war eigentlich …? Er suchte die Asservatenliste, hatte nicht die Geduld, alles durchzulesen und wählte Troppers Nummer. »Habt ihr auch den Schlüssel mitgenommen?«

»Andi, kannst du mir die Gedanken, die vor dieser Frage kamen, bitte auch mitteilen? Vielleicht kann ich dir dann antworten.«

»Robin Endress sagte, Denise hatte einen Schlüssel zur Wohnung ihres Bruders. Habt ihr den mitgenommen?«

»Hm«, brummte Tropper und verfiel in Schweigen. »Nein, wir haben nur den Schlüssel, den uns der Hausmeister gegeben hatte. Den haben wir noch hier.«

»Schick bitte nochmal jemanden zur Wohnung und lass nach dem Schlüssel suchen.«

***

Robin Endress und Jochen Kastner kamen gemeinsam in die Polizeidienststelle. Während Endress Businesskleidung inklusive Aktentasche trug, hatte Kastner sich für Bluejeans, Hemd und Pullover entschieden. Brander beschloss, mit Endress zu beginnen. Er überließ Kastner Peppis Obhut und führte den Vermögensberater in ein freies Büro. Stephan Klein gesellte sich zu ihnen.

Brander hatte ein Gesprächsprotokoll vom Vortag erstellt und legte es Endress zur Unterschrift vor. Endress las es in aller Ruhe durch.

»Das habe ich so nicht gesagt.« Er tippte auf einen Satz im Protokoll.

»Was denn?«

»Dass Marcel sich vor mir in Acht nehmen soll. Das habe ich nicht gesagt.«

»Das steht da so auch nicht.« Brander nahm seine Durchschrift und zitierte: »›Marcel soll sich von mir fernhalten, sonst kann ich für nichts garantieren.‹ Das haben Sie gestern gesagt. Sie beschuldigen Ihren Kameraden Marcel Schweikhard, dass er seine Schwester getötet hat, mit der sie quasi verlobt waren.«

»Wir waren nicht verlobt.

»Liiert.«

»Auch das habe ich nicht gesagt. Dieses Protokoll werde ich nicht unterschreiben.« Endress nahm das Papier und zerriss es. »Stellen Sie Ihre Fragen noch einmal. Lassen Sie bitte ein Diktiergerät mitlaufen. Ich möchte mir keine Worte in den Mund legen lassen.«

Endress spielte heute nicht den Sonnyboy, sondern versuchte es mit Opposition. Offensichtlich hatte ihm der Verlauf des Gesprächs vom Vortag nicht gefallen.

»Gut, fangen wir noch einmal ganz von vorn an.« Brander schaltete das Aufnahmegerät ein, diktierte die Formalitäten und begann: »Wie war Ihre Beziehung zu Denise Schweikhard?«

»Wir waren befreundet.«

»Wie gut waren Sie befreundet?«

»Sehr gut.«

»Das heißt, Sie haben sich regelmäßig getroffen?«

»Was spielt das für eine Rolle?« Robin Endress war auf der Hut.

Nun, die Antwort war im Moment nicht wichtig. »Wann haben Sie Denise Schweikhard zum letzten Mal gesehen?«

»Samstag vor zehn Tagen.«

»Das war der siebte Oktober. Wann genau? Tagsüber? Abends? Was haben Sie gemacht?«

»Sie kam Freitagnachmittag zu mir und blieb bis zum Samstagabend. Sie ist gegen zwanzig Uhr gegangen und erfreute sich bester Gesundheit. Und was wir gemacht haben, geht Sie nichts an.«

»Danach haben Sie Denise Schweikhard nicht mehr gesehen oder gesprochen? Oder vielleicht per SMS oder WhatsApp kommuniziert?«

»Nein.«

»Möchten Sie diese Antwort noch einmal überdenken?«

Endress schüttelte den Kopf.

»Herr Endress verneint durch Kopfschütteln«, diktierte Brander dem Aufnahmegerät und zog einen Ausdruck hervor. »Denise Schweikhard hat vor ihrem Tod eine WhatsApp-Nachricht von ihrem Smartphone verschickt: *Wenn ihr meinem Bruder noch einmal ein Haar krümmt – ich schwör, ich lass euch alle hochgehen.* Diese Nachricht ging an Ihren WhatsApp-Account.«

Zum ersten Mal schien Endress unangenehm überrascht. Er starrte Brander an, bemüht darum, jede Regung in seinem Gesicht zu unterdrücken.

»Die Nachricht wurde um zweiundzwanzig Uhr einundfünfzig verschickt. Knapp drei Stunden zuvor hatte

Denise Schweikhard Ihre Wohnung verlassen, um zu ihrem Bruder zu fahren. Wo waren Sie um zweiundzwanzig Uhr einundfünfzig?«

»Zuhause.« Endress' Kiefer war angespannt. »Ich habe mit Jochen Kastner Schach gespielt.«

»Was hat diese Nachricht zu bedeuten?«

»Das kann ich Ihnen nicht sagen. Ich kann mich an diese Nachricht nicht erinnern.«

»Sie hatten Streit mit Frau Schweikhard, bevor sie ging. Worum ging es bei dem Streit?«

»Das weiß ich nicht mehr.«

»Um ihren Bruder?«

»Ich weiß es nicht mehr.« Endress löste sich aus seiner starren Haltung. Der Überraschungsmoment war vorüber. Ein paar Falten hatten sich auf seiner Stirn gebildet, und er sah nicht mehr so freundlich aus, wie er es bei den Gesprächen zuvor gewesen war. Er legte die Hände locker auf den Tisch. »Wollen Sie mir irgendetwas vorwerfen?«

Wollte er? Dann hätte er Robin Endress spätestens jetzt darauf hinweisen müssen. Aber außer der Nachricht, die Denise an die beiden Männer geschickt hatte, gab es nichts, was Endress in irgendeiner Form mit der Tat in Verbindung brachte. Er hatte ein Alibi für die Tatnacht – was zwar noch zu überprüfen war, aber Brander war sich sicher, dass Kastner ihre Zusammenkunft bestätigen würde.

»Wir versuchen lediglich, den Abend vor Denise Schweikhards Tod zu rekonstruieren. Wann haben Sie Marcel Schweikhard zum letzten Mal gesehen?«

»Das sagte ich Ihnen bereits.«

»Können Sie es bitte noch einmal wiederholen?«

»Wozu?«

»Laut Ihrer Aussage vom Montag waren Sie das Wochenende vor Denise Schweikhards Tod bei Marcel Schweikhard.«

»Ja.«

»Wir haben ein Signal von Marcel Schweikhards Handy von einer Funkzelle im Scharnhauser Park am letzten Donnerstag. Danach gab es kein weiteres Signal mehr.«

Endress zuckte fragend mit den Augenbrauen. »Und?«

»War er vielleicht bei Ihnen?«

»Nein.«

»Sie sagten gestern, dass Herr Schweikhard verdammtes Glück gehabt hätte, dass sie sich an jenem Donnerstagabend nicht begegnet sind.«

»Daran kann ich mich nicht erinnern.«

Brander musterte den Mann vor sich. Robin Endress war jemand, der sich unter Kontrolle hatte. Auch wenn es in ihm brodelte, wog er seine Antworten ab. Und jetzt dieser Rückzieher. Dafür musste es einen Grund geben. Dafür gab es einen Grund! Die Erkenntnis traf Brander genau zur rechten Zeit. Das war der Punkt, der ihn bei ihrem letzten Gespräch gestört hatte. Er ließ einige Sekunden verstreichen, während er noch einmal alles überdachte.

»Wann haben Sie erfahren, dass Denise Schweikhard tot ist?«

Es war weniger die Frage, als Branders wissender Blick, der Endress aus dem Konzept brachte, ihm die Erkenntnis über seinen unbedachten Ausspruch vom Vortag deutlich machte. Er öffnete den Mund, schloss ihn wieder. Sein Blick huschte zu Stephan Klein, der sich bei dieser Befragung diskret zurückhielt. Klein war bei dem Gespräch am Tag zuvor dabei gewesen. Er wusste, was Endress gesagt hatte.

»Wann haben Sie erfahren, dass Denise Schweikhard tot ist?«, wiederholte Brander seine Frage.

»Sonntag.« Endress räusperte sich, um seiner Stimme wieder mehr Kraft zu verleihen. »Jochen hat mich angerufen.«

»Das war nach dem Donnerstag.«

»Das eine hat mit dem anderen nichts zu tun.«

»Aha.« Brander erkannte an den kleinen Muskelbewegungen am Kiefer, das Endress die Zähne zusammenbiss. »Wie hängt denn dann alles zusammen?«

Endress' Kiefer malmte. Sein Gehirn arbeitete auf Hochtouren. »Ich war schon seit einiger Zeit nicht gut auf Marcel zu sprechen«, erklärte er schließlich.

»Weil sich Ihre Interessen auseinanderentwickelt hatten?«

»Weil Marcel versucht hat, einen Keil zwischen Denise und mich zu treiben. Er hat ihr Lügen über mich erzählt.«

»Was für Lügen?«

»Dass ich was mit anderen Frauen hätte.« Endress schob grimmig das Kinn vor. »Ich dachte, er hätte es schließlich geschafft, weil Denise sich nach unserem letzten Treffen nicht mehr bei mir gemeldet hatte. Ich wusste nicht, dass er sie da längst umgebracht hatte.«

Jochen Kastner war weniger souverän als sein Kumpel. Die Zeit, die er im Büro in Peppis schweigender Gegenwart hatte ausharren müssen, hatte ihn nervös gemacht. Er trommelte unruhig mit den Fingern auf seinen Oberschenkeln, als Brander das Büro betrat. Brander hatte Endress in Kleins Obhut gelassen, bis das Protokoll zur Unterschrift bereit war, und beschlossen, Kastners Befragung zusammen mit Peppi durchzuführen.

»Es tut mir leid, dass Sie warten mussten.«

»Sie hätten mir sagen können, dass es so lange dauert, dann wäre ich später wiedergekommen.«

Und es hätte ihm die Chance gegeben, sich vorher mit Endress abzusprechen.

»Wie gesagt, es tut mir leid.« Brander setzte sich an seinen Schreibtisch. »Es haben sich ein paar neue Aspekte im Fall von Denise Schweikhard aufgetan, die wir mit Ihnen abklären möchten.«

»Die da wären?«

»Ist Ihnen inzwischen noch ein Ort eingefallen, an dem wir nach Marcel Schweikhard suchen könnten?«

»Nein.«

Brander räumte ein paar Papiere auf seinem Schreibtisch hin und her, um Zeit zu schinden. Er hatte sich noch nicht für eine Strategie entschieden. Sollte er das Gespräch langsam aufbauen oder gleich zur Sache kommen?

»Wo waren Sie am Abend des siebten Oktober?«, fragte Peppi.

»Bei Robin.«

»Von wann bis wann waren Sie bei ihm?«

»Weiß nicht mehr. Ich war vielleicht gegen acht bei ihm.«

»Haben Sie Denise Schweikhard noch gesehen?«

»Nein. Sie war schon weg.«

»Und wie lange sind Sie geblieben?«

Kastner zuckte die Achseln. »Lange.«

»Wann hatten Sie das letzte Mal Kontakt zu Denise Schweikhard?«, übernahm Brander die Befragung.

»Jetzt sind's wohl inzwischen zwei Wochen.«

»Wann genau?«

»An dem Donnerstag, bevor sie starb.«

»Haben Sie sich mit ihr getroffen?«

»Nein, sie hat angerufen.«

»Warum?«

Kastner stieß die Luft aus den Lungen. »Nur so, wollt quatschen.«

»Worüber?«

»Weiß ich nicht mehr.«

»Warum ruft sie Sie an und nicht ihren Freund?«, wunderte sich Peppi.

»Die kann doch wohl anrufen, wen sie will.«

»Und danach haben Sie sie nicht mehr gesehen oder gesprochen?«, fragte Brander.

»Nein.«

»SMS, facebook, WhatsApp?«

»Nein.«

Brander nahm seinen Ausdruck zur Hand. »*Wenn ihr meinem Bruder noch einmal ein Haar krümmt – ich schwör, ich lass euch alle hochgehen.*« Er sah zu Kastner. »Warum schickt sie Ihnen so eine Nachricht?«

Kastner konnte seinen Schrecken schlechter verbergen als Endress. Die Augen blinzelten nervös, die Wangen färbten sich rot. Er verschränkte die Arme vor der Brust, zuckte die Achseln, gab ein ratloses »pfff« von sich.

»Warum haben Sie uns nichts von der Nachricht erzählt?«

»Was hat das mit Denises Tod zu tun?«

»Sie hat diese Nachricht kurz vor ihrem Tod verschickt. Und Sie behaupten, Sie hätten keinen Kontakt mehr zu ihr gehabt. Das finde ich bemerkenswert. Haben Sie ihr geantwortet?«

»Nein.«

»Warum nicht?«

Wieder zuckte Kastner die Achseln.

»Was haben Sie Denises Bruder denn getan, dass sie so aufgebracht war?«, fragte Peppi.

»Nix.«

»Das hört sich in dieser Nachricht aber nicht so an«, stellte Brander fest. »Und was hat sie damit gemeint, dass sie alle hochgehen lassen will?«

»Keine Ahnung.«

»Das glaube ich Ihnen nicht.«

»Ich hab Denise nicht umgebracht!«, fuhr Kastner auf. »Die war bei ihrem Bruder. Holen Sie sich das Arschloch!«

»Denise setzt sich für ihren Bruder ein. Warum sollte er sie dann umbringen?«

»Der ist 'ne Ratte, 'ne miese, falsche Ratte!«

»Und so einer bringt halt mal seine kleine Schwester um.« Brander runzelte skeptisch die Stirn. »Und danach löscht er den WhatsApp-Account mit dieser Botschaft. Irgendwie unlogisch. Damit hätte er doch wunderbar die Tat auf Sie lenken können. Sie waren ja eh nicht mehr die dicksten Kumpels.«

»Hat sie doch nicht nur mir geschickt!«

»Wem denn noch?«, stellte Brander sich dumm.

Kastner biss die Zähne zusammen.

»Unsere IT-Fachleute haben gesehen, dass die Nachricht nicht nur an Sie, sondern auch an Herrn Endress ging. Der kann sich allerdings nicht mehr an die Nachricht erinnern.«

»Ist ja auch Schwachsinn. Die war doch nur sauer auf Robin … Scheißweiber eben.«

Brander schnalzte mit der Zunge. »Sie sitzen hier nicht mit Ihren Kumpels an der Theke.«

Kastner lehnte sich zurück und sah geringschätzig zu Peppi. »Ja, und?«

»Sie waren doch sicher öfter in Marcel Schweikhards Wohnung?«, lenkte Brander die Aufmerksamkeit wieder auf sich.

»Schon 'ne Weile her.«

»Unsere Kriminaltechniker haben zahlreiche Fingerabdrücke gesichert. Daher bräuchten wir Ihre Fingerabdrücke als Vergleichsspuren.«

Kastner musterte Brander eine Weile, die Lippen grübelnd zusammengepresst. Schließlich schüttelte er den Kopf. »Dafür brauchen Sie einen richterlichen Beschluss.«

Dasselbe hatte Robin Endress eine halbe Stunde zuvor erwidert. »Den kann ich besorgen. Danke, das wär's dann für heute.«

Nachdem auch Kastner das Protokoll unterschrieben hatte, geleitete Brander den jungen Mann zum Ausgang. Sie gingen schweigend die Treppen hinunter. Erst als Brander ihm die Tür in die Freiheit öffnete, wandte sich Kastner noch einmal zu ihm um. »In diesem Laden kümmert sich keiner um die richtigen Probleme.«

»Der Tod Ihrer Kameradin ist kein richtiges Problem?«

»Sie ist Opfer des Systems. Schauen Sie sich doch an, was in Deutschland los ist. Dieses ganze Gesocks, das die in unser Land lassen. Und Sie verschwenden Ihre Zeit mit Robin und mir.« Er war wenige Zentimeter größer als Brander und sah ihm in die Augen. »Machen Sie sich eigentlich nie Sorgen um Ihre Frau und Ihre Tochter?«

Wegen Typen wie Ihnen?, lag Brander auf der Zunge, stattdessen wies er zur Tür. »Schönen Abend noch.«

***

»Die Information, dass wir diese WhatsApp-Nachricht gefunden haben, hat beide anscheinend aus dem Konzept gebracht«, stellte Peppi fest, nachdem sie die Befragungen noch einmal durchgegangen waren. Stephan Klein hatte sich zu ihnen ins Büro gesellt.

»Aber keine dieser Informationen bringt uns näher zu Marcel«, resümierte Klein. »Den beiden Bubies möcht ich gern mal im Dunkeln begegnen.«

»Vertu dich nicht, Endress hat mal geboxt«, warnte Brander.

»Die halbe Portion.« Klein konnte sicherlich einiges einstecken, wenn ihm nicht gerade eine junge Frau unerwartet vors Knie trat.

»Wir haben zwei Optionen«, erklärte Brander. »Entweder, Kastner und Endress haben sich mit Marcel Schweikhard wieder versöhnt und verstecken ihn irgendwo …«

»Sie könnten ihm ein Ticket nach Timbuktu verschafft haben«, warf Klein ein. »Haben wir die Flughäfen überprüft?«

»Nicht, dass ich wüsste.« Brander sah fragend zu Peppi.

»Ich kümmere mich darum.«

»Danke.« Brander fuhr fort: »Zweite Option: Die drei haben sich nicht wieder vertragen, Endress und Kastner haben Schweikhard etwas angetan, und wir finden demnächst eine zweite Leiche.«

»Aber haben sie ihm etwas angetan, weil sie ihm den Tod von Denise anlasten«, fragte Peppi, »oder hat Denise mit ihrer Nachricht einen Stein ins Rollen gebracht?«

»Meinste, die beiden Jungs haben das Mädel umgebracht und anschließend Marcels Wohnung verwüstet?«

»Möglich.«

»Laut Zeugenaussagen wurden weder Endress noch Kastner in der Nacht bei Marcel Schweikhards Wohnung gesehen«, erinnerte sich Brander an die Aussage der Nachbarin Ines Habring.

»Und bleibt die Frage: Wo war Marcel?«, fragte Klein.

»Das ist ein weiteres ungelöstes Rätsel.«

»Das wir heute vermutlich nicht mehr lösen werden.« Peppi blies sich erschöpft eine Haarsträhne aus dem Gesicht.

Brander sah auf die Uhr, schon nach acht. »Hat sich Yasin Özer gemeldet?«

»Nee, sollte er?«, war Peppis Gegenfrage.

»Um neunzehn Uhr.«

Klein hob mitleidig die Augenbrauen: »Ich sag doch, du bist zu gutmütig.«

»Dann kriegt er eben morgen eine Vorladung.«

»Meinste, da spielt die Mertens mit?«

»Wenn ich sie ganz lieb bitte.«

***

Peppi setzte Brander in Tübingen in der Katharinenstraße ab. Die Seitenstreifen waren zugeparkt, in der Volkshochschule gegenüber dem Wohnhaus, in dem Beckmann lebte, war der Unterricht noch in vollem Gange.

»Und nicht die ganze Nacht durchzechen, Kollege. Morgen früh um halb sieben steh ich vor deiner Tür.«

»Lern du mal deine Fischis, damit du deinen Angelschein kriegst.«

»Fischereischein«, korrigierte Peppi und fuhr davon. Wenig später empfing Karsten Beckmann ihn barfuß in Jeans und T-Shirt an der Wohnungstür.

»Schuhe aus, ich hab geputzt.« Erst dann ließ er Brander herein. »Ich hoffe, du hast Hunger, ich hab ein bisschen was vorbereitet.«

Sie gingen ins Wohnzimmer. Brander sah auf einen stilvoll gedeckten Esstisch mit grünem Salat, Baguette, Käse, geräucherter Forelle. Neben einer Wasserkaraffe stand eine Flasche Whisky. Brander nahm die Flasche: Old Pulteney Single Malt Whisky.

»Ich sehe, wo deine Prioritäten sind«, stellte Karsten grinsend fest. »Der hat einen leicht maritimen Charakter, ein Hauch Meersalz im Geschmack, passt perfekt zum Fisch. Setz dich.«

Karsten nahm ihm den Whisky ab, füllte die helle Flüssigkeit in zwei Gläser. »Gelagert in Ex-Bourbon-Fässern.«

Er reichte Brander das Glas, und eine süße Note stieg ihm in die Nase.

»Die Destillerie steht in Wick, ist Schottlands nördlichste Destille auf dem Festland.«

»Da irrt der Kenner. In Thurso gibt es eine Brennerei, Wolfsburn«, wusste Brander. »Ich glaube, Thurso ist nördlicher als Wick.«

»Du Angeber.« Beckmann prostete ihm zu. *»Slàinte Mhath.«*

Brander nippte nur, damit ihm der Alkohol nicht gleich zu Kopf stieg – das Mittagessen lag schon Ewigkeiten zurück. Der erste Schluck hatte eine leichte Schärfe, entfaltete sich dann aber weich im Gaumen und hinterließ die versprochene maritime Note. Auf Beckmanns Empfehlungen war Verlass.

Brander zeigte mit dem Glas auf den Tisch. »Davon sollte ich ein Foto für Ceci machen. Vielleicht entfacht das ihren Ehrgeiz.«

Beckmann schnalzte missbilligend mit der Zunge. »Deine Frau hält dir Tag und Nacht den Rücken frei, mein Lieber. Wie wäre es, wenn du sie mal mit so einem gedeckten Tisch überraschen würdest? Weiß sie, dass du bei mir bist, oder denkt sie, dass ihr armer Mann wieder die halbe Nacht arbeiten muss?«

»Ich habe ihr eine SMS geschickt.«

»Wie nett von dir. Jetzt setz dich endlich, bevor der Fisch uns davonschwimmt.«

Sie füllten ihre Teller.

»Ich wollte eigentlich wegen Nathalie mit dir sprechen«, erklärte Brander zwischen zwei Bissen. »Sie war jetzt zwei Wochen nicht beim Training, oder?«

»Wenn sie morgen nicht kommt, ja.«

»Ist irgendetwas vorgefallen? Hat sie mit jemandem Ärger?«

Beckmann entgrätete seinen Fisch, während er über Branders Frage nachdachte. »Nicht, dass ich wüsste. Soll ich meine Jungs mal fragen?«

»Kriegst du das unauffällig hin? Ich will nicht, dass Nathalie das Gefühl hat, ich würde ihr hinterherspionieren.«

»Was du ja eigentlich gerade tust.«

»Ich will wissen, was mit ihr los ist.«

»Dann rede mit ihr.«

»Sind wir heute zu Scherzen aufgelegt, ja?«

Beckmann grinste verstehend. »Sie mauert wieder.«

»Ja. Und das macht sie immer, wenn sie ein Problem hat. Und irgendwann knallt's dann. Das möchte ich gern einmal verhindern.«

»Trinkt sie wieder?«

»Nein.« Brander hatte sie schon lange nicht mehr kontrolliert. Er vertraute ihr. Außerdem hätte er das gemerkt. Cecilia hätte es gemerkt.

»Ich hör mich mal um. Wie sieht's mit uns aus? Trinken wir noch einen?«

»Gern. Wie komme ich nachher eigentlich nach Hause?«

»Du hast mehrere Möglichkeiten: Du pennst auf dem Sofa. Du fährst mit der Bahn. Du nimmst mein Fahrrad. Oder ich zwinge Manu, wenn er nachher von der Arbeit kommt, dich nach Entringen zu fahren.«

Brander drehte abwägend den Ehering an seiner rechten Hand. Er würde auf jeden Fall nach Hause fahren. Ein Gedanke zuckte durch seinen Kopf. »Woher weiß der von Nathalie?«

»Wer?«

»Nichts, ich war in Gedanken.« Das unangenehme Zwicken in seinem Magen blieb. Der Ring zeigte an, dass er verheiratet war, aber er hatte kein Bild von Nathalie oder Cecilia auf seinem Schreibtisch im Büro stehen. Woher wusste Jochen Kastner von Nathalie?

»Wenn du 's Fahrrad morgen nicht brauchst – ein bisschen Bewegung täte mir gut.«

8

Donnerstag

Brander stand früh auf, kochte Kaffee und deckte den Frühstückstisch. Als Cecilia wenig später in die Küche kam, sah sie überrascht auf den Tisch. »Fall gelöst oder schlechtes Gewissen?«

Es war spät geworden am Abend zuvor. »Nein und nein. Und jetzt tu nicht so, als ob ich nie Frühstück mache.«

»Nicht, wenn ihr mitten in einer Mordermittlung steckt.«

Er küsste sie und strich durch ihre Haare. »Jetzt sei nicht so grimmig.«

Auf Cecilias Stirn bildeten sich tiefe Furchen. »Es ist sechs Uhr morgens. Verlang bitte kein fröhliches Lächeln.«

Cecilia war kein Morgenmensch. Brander goss ihr einen Kaffee ein und reichte ihr die Tasse. »Sag mal, du warst doch letztens so besorgt, dass ein Einbrecher ums Haus geschlichen wäre …«

»Ja, warum? Wurde eingebrochen?«

»Nicht, dass ich wüsste.« Wie fragen? Er wollte sie nicht beunruhigen. »Hast du nochmal irgendetwas bemerkt oder beobachtet?«

Ihr Blick wurde wachsam. »Andi, was ist los?«

»Nichts … ich dachte nur, ob ich die Kollegen vom Polizeiposten mal frage, ob gerade in der Gegend was im Gange ist …«

»Du bist so ein schlechter Lügner. Was ist los?«

Cecilia kannte ihn. Sie hatte ihn sofort durchschaut, auch wenn sie noch im Halbschlaf war.

»Nichts, mach dir keine Sorgen. Ich wollte es nur wissen. Wir kommen in letzter Zeit ja kaum zum Reden.«

»Stell nicht solche Fragen und sag dann, es wäre nichts.« Sie schüttelte genervt den Kopf. Auch wenn ihr Verstand jetzt wach war, ihre gute Laune schlief noch.

»Ich darf über laufende Ermittlungen nicht mit dir sprechen.«

»Aber du darfst mir am frühen Morgen Angst machen, ja?«

»Ich wollte dir keine Angst machen.« Brander kämpfte mit sich. Wie viel konnte er ihr sagen? Es ging schließlich um seine Familie. »Ich habe gestern jemanden befragt, und der wusste von dir und Nathalie. Und ich weiß nicht woher.«

»Wie heißt er?«

»Jochen Kastner.«

Cecilia schürzte grübelnd die Lippen. »Sagt mir nichts. Wie alt?«

»Sechsundzwanzig.«

»Dann frag Nathalie, ob sie ihn kennt. Viel Spaß, wenn du sie gleich weckst.«

Brander sah auf die Uhr. »Peppi kommt in fünf Minuten.«

»Glaub mir, du wirst das Gespräch nicht unnötig in die Länge ziehen. Sie ist in den letzten Tagen ein Ausbund an Freundlichkeit.« Ceci verzog sich spöttisch grinsend mit ihrem Kaffee an den Frühstückstisch, froh darum, den Weckdienst heute abgeben zu können.

Brander stieg die Stufen hinauf und klopfte an Nathalies Tür. Nachdem keine Antwort kam, ging er hinein. Die Luft war zum Schneiden. Er schaltete die Deckenlampe an.

Unter der Bettdecke erklang ein gequältes Stöhnen. »Bin krank.«

Branders Blick glitt durch den Raum. Nathalies Kleidung lag unordentlich auf Boden und Schreibtischstuhl verteilt. Die Schultasche lag mitten im Raum. Das war untypisch für sie. So chaotisch sie war, war sie doch immer darauf bedacht, in ihrem Zimmer Ordnung zu halten. Brander schnupperte genauer. Diese abgestandene Luft … Das durfte doch nicht wahr sein!

»Deine Krankheit kenn ich«, knurrte er. Er schritt durch den Raum und riss das Fenster auf. Kalte Luft strömte herein. Er nahm einen tiefen Lungenzug. Ruhe bewahren. Keinen Aufstand machen. Das brachte ihn nicht weiter. Er ging zum Bett, setzte sich auf die Kante. »Schau mich an.«

»Ey, Scheiße, lass mich. Hab meine Tage.« Sie verkroch sich tiefer unter die Decke.

»Nathalie, ich bin nicht blöd.« Er schnaufte ärgerlich. »Warum?«

Er erhielt keine Antwort. Er stand wieder auf, durchsuchte ihren Rucksack und ihre Sporttasche. In der Schultasche wurde er fündig. Billiger Fusel, den sie wahrscheinlich irgendwo geklaut hatte. Die Enttäuschung brachte sein Blut erneut in Wallungen. Dann überwog die Ratlosigkeit. Wie blind war er gewesen? Er war so mit seinem Fall beschäftigt. Dabei hatte er doch bemerkt, dass Nathalie ein Problem hatte. Irgendetwas Gravierendes musste vorgefallen sein. Warum sonst wurde Nathalie plötzlich rückfällig? Oder ging das schon länger so? Sie hatte ihr Leben doch in den Griff bekommen.

»Ein Kater ist kein Grund, nicht in die Schule zu gehen. Und über das hier sprechen wir heute Abend.« Er trat wieder ans Fenster und sog erneut die kühle Luft in seine

Lungen. Vor dem Haus fuhr Peppis PT Cruiser vor. Was würde er darum geben, heute mit dem Fahrrad zur Arbeit zu fahren. Sich die Wut abradeln, die Situation in Ruhe analysieren. Er wandte sich wieder um. »Kennst du einen Jochen Kastner?«

»He?« Ein halbes Auge schielte unter der Decke hervor.

»Jochen Kastner, sechsundzwanzig, groß, schlank, kurze blonde Haare.«

»Kennichnich«, nuschelte sie und verschwand wieder unter der Decke.

Brander blieb im Raum stehen, die Flasche Schnaps in der Hand. Es war nicht mehr viel Inhalt darin. Was sollte er tun?

»Nathalie, wenn du ein Problem hast, dann rede mit uns. Egal, was passiert ist. Wir kriegen das hin.« Er wartete auf eine Reaktion. Vor der Tür schaltete Peppi den Motor aus. Er musste los. Er trat noch einmal an ihr Bett, legte eine Hand auf die Bettdecke. »Nathalie, ich hab dich lieb. Vergiss das nicht.«

Er ließ das Licht an und ging zurück in die Küche. Cecilia riss die Augen auf. »Oh nein!«

»Ich habe ihr gesagt, sie muss trotzdem zur Schule gehen. Ich weiß nur nicht, wie wir sie aus dem Bett kriegen.«

»Wenn sie das alles getrunken hat, vermutlich gar nicht.« Cecilia sah ratlos auf die Flasche. »Sie hat gestern Abend gesagt, sie hätte Regelschmerzen und wollte früh schlafen gehen. Sie hat doch nicht allen Ernstes in ihrem Zimmer gesessen und getrunken?«

»Wenn sie noch nüchtern war, als du sie zuletzt gesehen hast … Hast du nichts bemerkt?«

»Nein, ich habe den halben Abend mit Babs telefoniert. Sie hatte Krach mit Julian.« Cecilia schüttelte verärgert über sich selbst den Kopf. Babs war Branders Schwägerin und gerade dabei, sich von Branders Bruder Daniel scheiden zu lassen. Julian war ihr neunzehnjähriger Sohn.

»Mach dir keine Vorwürfe.«

»Sagt sich so leicht. Ist es das erste Mal?«

»Ich hoffe. Mir ist zumindest nichts aufgefallen in den letzten Wochen. Dir?«

»Nein. Was machen wir jetzt?«

»Wenn ich das wüsste.« Brander goss den kleinen Rest aus der Flasche in den Ausguss.

Cecilia strich sich die Haare aus der Stirn. »Sie kann nicht allein zuhause bleiben. Ich versuche, meinen Termin heute Vormittag zu verschieben.«

Das schlechte Gewissen nagte an ihm. Nicht zum ersten Mal blieb die Verantwortung allein an seiner Frau hängen. »Es tut mir leid …«

»Ach, Andi, mach bitte nie wieder Frühstück. Damit verdirbst du mir irgendwie den Tag.« Sie stand auf und umarmte ihn. »Ich krieg das schon hin.«

»Ruf mich an, wenn was ist, ja?«

* * *

Branders Telefon klingelte, kaum, dass er sein Büro betreten hatte. »Freddy, was gibt's?«

»Auch schon da?«

»Nerv mich nicht.« Landschaftspflegearbeiten auf der A8 hatten ihre Anfahrt massiv verzögert.

»Maggie ist da. Wenn du rüber kommst, kriegste auch 'nen Kaffee.«

»Bin unterwegs.« Brander hängte seine Jacke in den Schrank und schaltete den PC ein. »Kommst du mit?«

Peppi nickte. Im Flur stießen sie mit Hans Ulrich Clewer zusammen. »Zu Ihnen wollte ich gerade.«

Die Botschaft ging an Brander. Er fluchte innerlich. Er hatte Peppis Nachricht vom Vortag, dass er sich beim Inspektionsleiter melden sollte, völlig vergessen.

»Tut mir leid, ich hab's gestern nicht mehr geschafft.«

»Kein Problem. Wollten Sie gerade wohin?«

»Zu Herrn Tropper.«

»Kommen Sie danach bitte kurz zu mir ins Büro.« Clewer zog weiter.

»Was will er denn von dir? Ich hab doch gar nichts angestellt«, wisperte Peppi Brander zu, sobald der Inspektionsleiter außer Hörweite war.

»Sicher?«

Peppi knuffte ihn in die Seite.

Die Rechtsmedizinerin Margarete Sailer saß auf einer Ecke von Troppers Schreibtisch, in der einen Hand eine Butterbrezel, in der anderen eine Kaffeetasse.

»Was führt dich nach Esslingen?«, wunderte sich Brander.

»Sicher nicht die Sehnsucht nach einem schlecht rasierten Kommissar.«

Unwillkürlich strich Brander sich über das Kinn. Das war schon wieder mehr als ein Drei-Tage-Bart. »Was dann?«

»Ich habe heute Vormittag einen Termin beim Amtsgericht und dachte mir, ich schau vorher mal bei euch auf einen Kaffee vorbei. Schöne Aussicht habt ihr hier.« Sie deutete mit der Brezel zum Fenster.

Tropper hatte Glück gehabt mit seinem Büro an der Nordwestseite des Gebäudes. Der Blick ging hinaus zu den Weinbergen, die Esslingen umgaben. Die Weinreben hatten sich jetzt im Oktober herbstlich verfärbt und gaben ein farbenfrohes Panorama – mit Sonnenschein wäre es sicher noch schöner gewesen. Dennoch war die Aussicht erfreulicher als der langweilige Blick in den Innenhof mit Raucherhäuschen, den Brander und Peppi von ihrem Büro aus genossen.

»Ihr kommt nicht voran in eurem Fall, oder?«, erkundigte sich die Rechtsmedizinerin.

»Verrate mir den genauen Todeszeitpunkt von Denise Schweikhard, das könnte uns helfen.«

»Ich arbeite daran, es genauer einzugrenzen. Ist aber nicht einfach. Sie lag mehrere Tage in einem überheizten Badezimmer, und jetzt eröffnet mir Freddy gerade, dass ihr Körper vermutlich auch eine unbestimmte Zeit unter einem Duschvorhang gelegen hat, was natürlich wieder einige Parameter verändert.«

Brander sah zu dem Kriminaltechniker, der seinen Schreibtischstuhl ein Stück zurückgeschoben hatte und ebenfalls eine Brezel verspeiste. »Ist es jetzt definitiv?«

»Ich habe heute früh die Ergebnisse vom KTI bekommen. Der Gesichtsabdruck auf dem Duschvorhang weist ihre DNA auf. Zudem haben wir einige Textilfasern sichern und abgleichen können, die mit den Textilien übereinstimmen, die das Mädchen getragen hat. Es ist also sehr wahrscheinlich, dass sie vor oder kurz nach ihrem Tod mit dem Duschvorhang in enge Berührung kam.«

»Kann man denn nicht erkennen, ob das Mädchen mit dem Duschvorhang erstickt worden ist?«, fragte Peppi.

»Nach aktuellem Kenntnisstand würde ich sagen, dass sie nicht damit erstickt worden ist. Zumindest nicht gewaltsam«, erklärte die Rechtsmedizinerin.

»Was heißt das?«

»Wenn mir jemand ein Stück Plastik, wie zum Beispiel einen Duschvorhang, auf das Gesicht drückt, dann kriege ich zwar schlecht Luft, aber das lasse ich mir doch nicht gefallen. Ich wehre mich. Es gibt aber keine Abwehrspuren. Wir haben jedenfalls keine gefunden. Es gibt auch keine Druckstellen, die belegen würden, dass jemand den Vorhang mit Gewalt auf ihr Gesicht gepresst hat.«

»Was ist mit diesem Burking? Du hast doch gesagt, das hinterlässt kaum Spuren.«

»Ja, aber wenn ich mir die Fotos der Auffindesituation anschaue, passt das nicht wirklich gut zusammen. Du hast das selbst damals reklamiert: Sie lag auf der Seite.«

»Der Täter kann sie auf die Seite gedreht haben. Wenn er das unmittelbar nach ihrem Tod gemacht hat, dürfte es auch keine verdächtigen unpassenden oder verschobenen Leichenflecken gegeben haben, oder?«

Maggie Sailer verzog abwägend das Gesicht. »Ja, die Livores …«

»Wenn er sie frontal erstickt hätte, hätten wir einen anderen Abdruck auf dem Duschvorhang gefunden. Sie muss auf der Seite gelegen haben«, stellte Tropper fest. »Ich nehm mir den Duschvorhang noch mal vor. Wenn jemand sie mit dem Vorhang erstickt hat, dann müsste es auf der Gegenseite entsprechende Handabdrücke vom Täter geben.«

»Nicht, wenn er Handschuhe getragen hat«, warf Peppi ein.

»An dem Wochenende, an dem Denise Schweikhard starb, hatte es sogar nachts noch an die zehn Grad«, erinnerte sich Brander. »Wenn der Täter Handschuhe getragen hat, muss er unter Vorsatz gehandelt haben. Dann kommt die Tat im Affekt, ein ausufernder Streit unter Geschwistern, eigentlich nicht mehr in Frage. Wer hatte also ein Motiv, Denise Schweikhard zu töten?«

Peppi sah Brander schräg von der Seite an. »Mir fallen da auf Anhieb zwei Herren ein, die etwas zu verbergen versuchen.«

»Andi, du hattest wegen der Schlüssel gefragt«, erinnerte sich Tropper.

»Schlüssel?«

»Denise Schweikhards Wohnungsschlüssel. Zwei Kollegen waren noch mal vor Ort. In der Küche lag auf der Arbeitsplatte neben dem Kühlschrank ein Schlüsselbund.«

»Und gehört er Denise?«

»Das wissen wir nicht. Könnte auch Marcel Schweikhard gehören. Es sind mehrere Schlüssel an dem Bund.« Tropper suchte in seinem Computer nach einem Bild und drehte den Monitor zu ihm.

Brander betrachtete das Foto: ein klobiger Bund mit fünf Schlüsseln an einem schwarzen Lanyard. »Sag mal … lag der Schlüssel schon da, als wir das erste Mal in der Wohnung waren?«

»Ich denke schon.«

»Es war nach unserem ersten Besuch noch mal jemand in der Wohnung.«

»Um den Schlüssel zurückzulegen?« Tropper zog die Stirn in Falten. »Ich überprüfe das. Der Schlüsselbund müsste ja auf einem der Fotos sein, die wir von der Wohnung gemacht haben, als wir das Mädchen gefunden haben.«

Brander fragte sich, was Hans Ulrich Clewer von ihm wollte. Ging es um den Disput mit der Staatsanwältin? So eine große Sache war das ja nun auch wieder nicht gewesen. Bei Ermittlungen gab es immer mal Reibereien. Oder hatte sich Endress jetzt offiziell über Peppi beschwert? Aber dann hätte Clewer Peppi zu sich diktiert. Seine letzte ärztliche Untersuchung war auch gut gelaufen. Er war fit, wenn auch nicht mehr ganz so trainiert wie zu seinen Tübinger Zeiten. Das Radfahren fehlte ihm. Apropos Rad: Nuran Aydin … hatte sie sich beschwert? Peppi hatte gesagt, er sei sie hart angegangen. Aber für ihren Fahrradsturz konnte er nun wirklich nichts. Brander schüttelte über sich selbst den Kopf. So nervös kannte er sich nicht. Vielleicht bei seiner Abschlussprüfung an der Polizeischule. Oder bei seiner Hochzeit. Oh Gott, war er da nervös gewesen. Cecilia. Sie war so schön gewesen in ihrem weißen Kleid. Ganz schlicht, sie mochte keinen Pomp. Ein Lächeln legte sich auf sein Gesicht und wurde umgehend vom schlechten Gewissen verscheucht. Wie würde sie heute mit Nathalie klarkommen? Beim Polizeiposten Ammerbuch hatte er auch noch nicht angerufen. *Machen Sie sich eigentlich nie Sorgen um Ihre Frau und Ihre Tochter?* Was sollte er von Kastners Frage halten? Dummes Gerede? Oder war es als Drohung gemeint?

»Herr Brander?«

Brander sah auf, registrierte, dass er wenige Meter vor dem Büro des Inspektionsleiters im Flur stehengeblieben war. Clewer war anscheinend gerade aus der anderen Richtung gekommen.

»Wollten Sie zu mir?«

»Ja, aber wenn …«

»Nein, nein, kommen Sie rein.« Clewer ging in sein Büro und wies Brander einen Platz in seiner kleinen bunten Sitzgruppe. Er selbst setzte sich ihm gegenüber, goss

Wasser in Gläser und schob eines Brander zu. Es war sein Standardritual.

»Zähe Ermittlungen«, stellt der Inspektionsleiter fest.

»Ja.« Was sollte er sagen? Clewer kannte den aktuellen Stand. Es gab keine Neuigkeiten.

Der Inspektionsleiter lehnte sich zurück, legte die Fingerspitzen aneinander und musterte Brander einige Sekunden schweigend.

Brander wusste, dass Clewer sich gern seine Worte zurechtlegte, bevor er sprach. Aber heute machte ihn das Warten nervös.

»Herr Brander, ich schätze Ihre Arbeit sehr, das wissen Sie hoffentlich.«

»Ähm, ja …« Also doch die Staatsanwältin.

»Ich halte Sie für einen ausgezeichneten Ermittler.« Clewer lächelte flüchtig, wurde aber gleich wieder ernst. »Ich habe mit Ihrem ehemaligen Tübinger Vorgesetzten gesprochen. Er hält große Stücke auf Sie. Er sagte, er konnte Ihnen einen Fall überlassen, Sie haben das Team geleitet und zum Erfolg geführt.«

Und hier dümpeln die Ermittlungen seit einer Woche vor sich hin ohne erkennbare Fortschritte, vollendete Brander im Stillen für sich. Suchten sie dafür jetzt einen Sündenbock? Herr Brander, Sie blockieren die Ansätze der Staatsanwaltschaft, statt dass Sie die Sache vorantreiben, an einem Strang ziehen. Machen wir es kurz: Strafversetzung zurück nach Tübingen. Wäre eigentlich eine gute Sache. Endlich wieder mit dem Fahrrad zur Arbeit. Nicht mehr ewig im Stau stehen. Corinna und Hendrik waren noch da, Anne würde sicherlich auch bald ihre Elternzeit beenden. Ob er sein altes Büro wieder bekommen würde?

»…tenden Inspektionsleiter«, drang an Branders Ohr. Er kehrte mit der Aufmerksamkeit zurück in den Raum.

»Was denken Sie darüber?« Clewer sah ihn erwartungsvoll an.

»Worüber?«

»Herr Brander, haben Sie mir zugehört?«

»Nun … ja, also …« Er versuchte zu improvisieren. »Das kann ich sicherlich so akzeptieren, ich …«

Clewer stutzte. »Akzeptieren? Sie meinen eher, Sie sind interessiert?«

»Ich … was?« Es half nichts, er musste Flagge bekennen. »Tut mir leid, ich war gerade ein wenig unkonzentriert. Worum geht's?«

Wieder huschte ein flüchtiges Lächeln über das herbe Gesicht des Inspektionsleiters. »Ich habe nicht den günstigsten Moment für dieses Gespräch erwischt. Ich wollte es schon vor vierzehn Tagen mit Ihnen besprechen. Nun denn, ich fasse mich kurz: Wie Sie wissen, geht KHK Unterberger nächstes Jahr in Pension. Er hat ja bisher informell meine Vertretung in der K1 übernommen, wenn ich nicht da war, und er hat mich in einigen Bereichen unterstützt.«

Einen offiziellen stellvertretenden Inspektionsleiter gab es nicht bei den Kriminalinspektionen. Vertretungen übernahm meist der dienstälteste oder erfahrenste Beamte, wenn der Inspektionsleiter verhindert war.

»Ich möchte, dass Sie zukünftig diese Aufgaben übernehmen. Sie bringen die nötigen persönlichen Kompetenzen mit, haben reichlich Berufserfahrung. KHK Unterberger und ich würden Sie nach und nach in die zusätzlichen Aufgaben einarbeiten. Sie könnten ein paar Weiterbildungen besuchen, das kann sicher nicht schaden. Können Sie mir noch folgen?« Der Inspektionsleiter wollte sichergehen, dass er sich nicht ein weiteres Mal wiederholen musste.

»Ja-a …« Branders Hirn ratterte.

»Es ist natürlich mit mehr Arbeit verbunden, aber Sie hätten mit einer Weiterqualifikation natürlich auch andere Möglichkeiten. Soweit ich weiß, müsste in Tübingen in den nächsten Jahren eine Inspektionsleiterstelle frei werden. Wobei mein Interesse natürlich ist, Sie hierzubehalten.«

»Ah ja …« Es wollte kein sinnvoller Satz über Branders Lippen kommen. Das kam alles zu unerwartet. Das Timing war schlecht, er hatte den Kopf nicht frei für so ein Gespräch, für so eine Entscheidung. Er war kaum fähig, Clewers Ausführung zu folgen.

»Herr Brander, Sie arbeiten zwar erst seit knapp zehn Monaten in meinem Team, aber ich habe Sie beobachtet. Sie sind teamfähig, aber Sie können auch Aufgaben delegieren, Sie können Menschen führen, Sie können Entscheidungen treffen. Ich schätze Ihren Umgang mit Kollegen, Vorgesetzten, mit Zeugen, Tatverdächtigen, Opfern … Muss ich Ihnen noch mehr Honig ums Maul schmieren?«

Stellvertretender Inspektionsleiter. Was genau bedeutete das? Er hatte sich nie über das Aufgabengebiet Gedanken gemacht. Eine Menge Verwaltungsarbeit vermutlich, Politik, Finanzen … Wollte er das überhaupt?

»Ich bin etwas überrascht«, erklärte Brander zögernd.

»Tut mir leid, dass ich Sie jetzt so überrumpelt habe. Denken Sie in Ruhe darüber nach. Ich schicke Ihnen noch eine Mail mit Informationen, was an Qualifikationsmaßnahmen möglich wäre. Sprechen Sie mit Ihrer Frau, mit Frau Pachatourides … Ich will Sie jetzt nicht länger aufhalten. Wenn Sie Fragen haben, kommen Sie einfach auf mich zu.«

Hatte er gehofft, nach dem Gespräch mit Clewer würde sein Gedankenkarussell stoppen, wurde er enttäuscht. Stellvertretender Inspektionsleiter. Es war keine offizielle Beförderung, konnte aber vielleicht ein Sprungbrett sein. Aber war er tatsächlich der Richtige für so einen Job? Er war Ermittler, und das mit Leib und Seele. Andererseits hatte er noch einige Jahre bis zur Pensionierung vor sich. Da war eine neue Herausforderung vielleicht gar nicht schlecht. Ein paar Fortbildungen konnten sicher nicht schaden. Brander strich sich energisch über den Schädel. Genug jetzt. Es gab Dringenderes zu tun. Erst einmal musste er diese Ermittlungen abschließen. Auf dem Weg zurück zu seinem Büro, stoppte er im Pausenraum, um sich einen Kaffee zu holen, und traf auf Fabio Esposito und Peter Sänger.

»Ah, Commissario, Sie möchten eine Espresso, si?«, säuselte Fabio in bester Barista-Manier und verscheuchte damit endgültig Branders Grübeleien.

»Cappuccino, per favore.«

»Si, Commissario, un momento …«

»Habt ihr gestern den ganzen Tag Däumchen gedreht, oder warum schleimst du dich so ein?«

Fabio verzog das Gesicht. »Da will man einmal seinem älteren Kollegen behilflich sein mit der modernen Technik, und gleich wird einem wieder nur Schlechtes unterstellt.« Er schüttelte kummervoll sein Haupt.

»Ich weiß, wie man den Kaffeeautomaten bedient.« Älterer Kollege! Er war siebenundvierzig. Brander zog sich einen Stuhl herbei und setzte sich zu Peter Sänger. »Erzählt mal, was habt ihr gestern getrieben?«

Er musste sich gedulden, bis das Zischen des Milchaufschäumers verstummte, wenig später kredenzte Fabio ihm einen formvollendeten Cappuccino.

»Wir waren den ganzen Tag in Tübingen und haben mit Mitschülerinnen und Lehrern gesprochen«, begann Peter Sänger kauend. »Sara Geisslinger ist eine der wenigen, die etwas näher mit Denise befreundet war, wenn man das so sagen kann. Denise war wohl eher eine Einzelgängerin. Sie war aber keineswegs ein schüchternes Mäuschen oder Mobbingopfer. Sara sagte, sie wollte einfach keinen Kontakt zu den Klassenkameraden. Zu Partys wäre sie nie gekommen. Allerdings wurde sie auch selten eingeladen. Sara hat es ein paar Mal versucht.«

»Ihre Klassenlehrerin, Frau Heinze, sagte, dass Denise regelmäßig zum Unterricht kam«, fuhr Fabio fort. »Unentschuldigt gefehlt hat sie nie, aber wenn sie fehlte, war es auffällig oft der Montag. Ihre Noten waren gut, Kandidatin für ein Einser-Abi, wobei ihre Leistungen nach den Sommerferien deutlich schlechter geworden seien. Frau Heinze hat versucht, mit Denise zu reden, aber da kam sie nicht weiter. Sie hat auch versucht, mit den Eltern zu sprechen, die hätten aber nicht reagiert.«

»Was heißt ›nicht reagiert‹?« Brander dachte an das kühle, geordnete Elternhaus. Hätten sie einen Anruf der Schule ignoriert? *Denise ist volljährig. Was soll ich machen? Sagen Sie es mir!*, erinnerte er sich an Annegret Schweikhards verzweifelten Ausbruch bei seinem ersten Besuch.

Fabio zupfte sich grübelnd am Kinn. »Ich glaube, sie sagte, sie habe eine Nachricht auf dem AB hinterlassen.«

»Ja«, bestätigte Peter. »Die Eltern seien schwer zu erreichen.«

Eine Nachricht konnte man löschen.

»Und wusste jemand etwas über die Beziehung zu ihrem Bruder?«

»Sara sagte, dass Denise häufig an den Wochenenden bei ihrem Bruder war, allerdings wäre der seit einigen Monaten weniger angesagt gewesen als sein Kumpel Robin«, berichtete Peter. »Der große Robin: Hat ein tolles Auto, eine eigene Penthouse-Wohnung, sieht so toll aus, weiß, wo's langgeht … Die Schwärmerei eines verliebten Teenagers.«

»Aber«, meldete sich Fabio wieder zu Wort, »sie hat sich auch damit gebrüstet, dass ihr Bruder zu Unrecht vom Staat verurteilt und bestraft worden wäre.«

»Zu Unrecht?«

»Ja, er habe unser Land verteidigt.«

War das Marcels Intention gewesen? Brander hatte seine Zweifel.

»Also nichts, was darauf hindeutet, dass es zwischen Bruder und Schwester irgendwelche Diskrepanzen gab«, resümierte Brander.

»Es gibt einen anderen interessanten Punkt: Denise sei zweimal mit blauen Flecken zur Schule gekommen. Sara hat sie erklärt, sie habe sich mit jemandem geprügelt.«

»Habt ihr da genauer nachgehakt? Mit wem hat sie sich geprügelt? Wann? Wo? Warum?«

»Das erste Mal war kurz vor den Sommerferien. Das zweite Mal war erst vor circa drei Wochen. Beide Male sei es, O-Ton, ›irgendeine Türkenschlampe‹ gewesen, die in Deutschland nix verloren hätte. Wo das Ganze stattgefunden hat, wusste Sara nicht, und sie war sich auch nicht sicher, ob die Geschichten stimmten.«

Brander hatte sofort ein Gesicht vor Augen. Er stieß Fabio kumpelhaft den Ellenbogen in die Seite. »So eine Information bitte demnächst ganz an den Anfang eures Berichts.«

Fabio grinste. »Dann hättest du dir den Rest ja nicht mehr angehört.«

»Die Aussage von Sara Geisslinger benötigen wir schriftlich. Kümmert euch darum und versucht, noch mehr herauszufinden. Hat Denise sich tatsächlich mit einem Mädchen geprügelt? Was für Verletzungen hatte sie? Hat sie die eher versteckt oder damit angegeben?«

»Irgendwie habe ich das Gefühl, dass du hier so langsam das Kommando übernimmst, kann das sein?«

Brander stutzte. Hatte Clewer mit den Kollegen über seine Pläne gesprochen? Unsinn. »Irgendeiner muss euch Jungspunden ja sagen, wo's langgeht.«

Brander setzte seinen Weg den Flur entlang zu seinem Büro fort und traf auf Stephan Klein, der anscheinend gerade erst zum Dienst kam. Die dicken Tränensäcke unter Kleins Augen waren trotz der vielen Bulldoggen-Falten im Gesicht nicht zu übersehen. Das halbherzige Begrüßungslächeln gelang ihm nicht.

»Schlecht geschlafen?«

»Yep.«

Brander wollte weitergehen, blieb aber noch einmal stehen. »Alles in Ordnung?«

»Nächste Frage.«

Der Kollege brauchte eine Ablenkung. »Ich will nachher nochmal zu Nuran Aydin und brauche jemanden dabei, der Türkisch versteht.«

»Gib mir Gelegenheit, wach zu werden.«

»Eine Espressolänge.«

»Du hast's ja eilig. Willste die verhaften? Dann zieh ich mir sicherheitshalber einen Tiefschutz an. Und Knieschützer.«

»Ich will mit ihr reden.«

»Dann bestell sie ein.«

»Sehr witzig.«

»Hat doch bei Yasin auch geklappt«, spottete Klein. »Bin in fünfzehn Minuten abfahrbereit.«

Peppi sah Brander erwartungsvoll entgegen, als er ihr gemeinsames Büro betrat. »Und? Wer hat Mist gebaut? Du oder ich?«

»Weder noch.«

»Dafür warst du aber lange weg.«

»Ich hab noch mit Fabio und Peter Kaffee getrunken.«

»So ist's recht. Und ich sitz hier und mach die ganze Arbeit allein.«

»Ach, gib's zu, du hast die ganze Zeit für den Angelschein gelernt.«

»Schön wär's.«

»Kannst gleich weitermachen. Ich fahr raus zu Nuran Aydin. Ich nehm Stephan mit.«

»Wieso das denn?«

»Weil der Türkisch kann.«

»Ich meinte: Wieso schon wieder die Aydin?«

Brander gab ihr eine Zusammenfassung des Gesprächs mit den Kollegen.

»Du denkst also, dass Denise Schweikhard und Nuran Aydin zweimal aneinandergeraten sind?«

»Möglich, oder?«

»Und jetzt verdächtigst du Nuran Aydin des Mordes?«

»Ich verdächtige niemanden. Ich sammle Informationen, und dann schauen wir weiter.«

Brander nahm eilig Jacke und Unterlagen, bevor Peppi auffiel, dass er ihr nichts über das Gespräch mit Clewer erzählt hatte.

***

Der Tag wollte nicht hell werden, ein Vorbote auf das bevorstehende Novemberwetter. Leichter Regen hatte eingesetzt. Brander lenkte den Wagen durch den mittäglichen Verkehr hinauf in den Esslinger Norden. Vielleicht hatten sie Glück und Nuran Aydin war mittags zuhause. Klein hatte den Sitz ein Stück zurückgedreht und die Augen geschlossen.

»Ich weiß nicht«, murmelte er, nachdem Brander ihn auf den neuesten Stand gebracht hatte. »Was ist mit Marcels Wohnung? Die Schmierereien an den Wänden?«

»Haben uns vielleicht in eine falsche Richtung gelenkt. Vielleicht bezog sich die 144 auf eine Sure im Koran.«

Klein gab ein spöttisches Lachen von sich. »Du Auskenner. Der Koran hat nur hundertvierzehn Suren.«

»Dann ist es eben die vierzehnte und da der vierte Vers oder Satz oder was weiß ich.«

»Glaub ich nicht.« Klein öffnete die Augen. »Schon mal was von David Lane gehört?«

»Nein.«

»War ein Rechtsextremist in den Staaten. *We must secure the existence of our people and a future for white children.* Sein Mantra. Gibt's auch auf Deutsch. Vierzehn Worte. Die vierzehn ist ein Zahlencode in der rechten Szene.«

»Und wofür steht dann die vier?« Brander hatte das Haus in der Krummenackerstraße erreicht und hielt nach einer Parklücke Ausschau. »Komm ich da rein?«

Klein sah sich um. »Bisschen schieben, bisschen drücken, dann passt das schon.«

Brander entschied sich für eine andere Parklücke, die mehr Platz bot. Sie gingen zu dem Mehrfamilienhaus, in dem Familie Aydin wohnte, und standen wenig später vor Onkel Ahmed.

»Wir würden gern noch einmal mit Ihrer Nichte sprechen. Ist sie zuhause?«, fragte Brander.

»Nein, ist sie in der Universität.«

»Wann kommt sie zurück?«

»Heute ist … eh … Donnerstag. Da sie kommt … Warten Sie.« Ahmed Aydin rief auf Türkisch etwas in die Wohnung, und eine weibliche Stimme antwortete. Es war seinem Gesicht anzusehen, wie er die Worte ins Deutsche übersetzte. »Meine Frau sagt, Nuran ist sie verabredet. Sie kommt spät nach Hause.«

»Kann man nichts machen«, erwiderte Brander bedauernd. »Hätten Sie eventuell ein paar Minuten Zeit für uns?«

»Ich?«

»Ja.«

»Bitte, Sie kommen herein. Nicht hier im Treppenhaus.« Er zog die Tür weiter auf.

Brander und Klein zogen die Schuhe aus, und der Hausherr führte sie ins Wohnzimmer. Sie setzten sich auf dieselben Plätze wie bei ihrem ersten Besuch. Auch dieses Mal hing der Geruch von orientalischen Gewürzen in der Luft. Mittagszeit.

»Bitte, Sie möchten einen Tee?«

»Nein, danke. Es dauert nicht lange. Stören wir Sie gerade beim Essen?«

»Oh, nein. Wir haben gegessen. Aber Sie haben Hunger? Meine Frau …«

»Nein, danke. Bitte bleiben Sie sitzen.« Brander hob eilig abwehrend die Hände. Ahmed Aydin, der schon fast aufgesprungen war, sank wieder zurück in die Polster.

»Herr Aydin, was wissen Sie über den Überfall auf Ihre Nichte und Herrn Özer vor drei Monaten?«

»Oh, das …« Der Mann sah bekümmert in die Gesichter der Beamten und sank in sich zusammen. »Sie besser sprechen mit Nuran.«

»Das werden wir. Uns interessiert aber auch, was Sie wissen.«

»Ich … nein, ich … Sie sprechen mit Nuran.«

»Herr Aydin.«

Der Mann sah unschlüssig auf seine Hände, die er in seinem Schoß ineinander gelegt hatte.

»*Kaç Adam idiler? Bir, Iki veya Üç mü*?«, übernahm Klein. Er hob die Hand, zählte die Finger ab.

»Sie sprechen meine Sprache?« Ahmed Aydin sah den Hünen überrascht an.

»Ein paar Brocken. Damit mein Kollege uns folgen kann: Wie viele Männer waren es? Einer? Zwei? Drei?«

»Oh, ich kann nicht antworten. Warten Sie …« Er sah zur Tür und rief: »Rabia!«

Eine kleine, füllige Frau erschien im Zimmer. Sie war wie Nurans Onkel vermutlich Ende fünfzig, hatte ein rundliches Gesicht mit dunklen Augen, das Haar war unter einem Kopftuch verborgen.

»Du weißt besser. Die Herren müssen sie wissen … Der Überfall auf Nuran.« Er wiederholte Kleins Frage.

»Erst es waren zwei Männer und eine Frau. Sie kamen von hinten, riefen Nuran und Yasin.«

»Die Täter kannten die Namen?«, unterbrach Brander.

»Nein, sie riefen so böse: Ey, Kanak! Stopp … So was. Ich weiß nicht genau.« Ihr Blick wurde grimmig bei den Worten. »Jemand fasst Nuran. Sie dreht sich um. Sie wird geschlagen. Yasin will helfen, aber auch wird geschlagen. Einer schlagen Nuran, zwei schlagen Yasin. Dann noch ein Mann kommt. Und dann sie plötzlich alle weg. Yasin … wie sagt man … Augen zu.«

»Ohnmächtig.«

»Ja. Nuran … Sie ganz allein.« Tränen stiegen der Frau in die Augen, ihre Stimme kippte. »Sie ganz allein.«

Ahmed fuhr fort: »Ein Nachbar kommt. Er sieht Nuran und Yasin. Er kommt zu mir. Wir gehen und bringen Yasin in Krankenhaus. Aber Nuran sagt dem Arzt, Yasin ist gefallen.«

»Warum?«

»Ich weiß nicht. Hat sie Angst.«

»Gab es danach noch einmal einen Vorfall?«, fragte Brander.

»Ich verstehe nicht.«

»Wurde Nuran noch einmal überfallen?«

»Nein.«

Brander wandte sich wieder an Rabia Aydin. »Wer hat Nuran geschlagen? Die Frau oder die Männer?«

Die Frau tupfte sich mit einem Taschentuch über die Augen. »Ich weiß nicht. Sie nicht viel erzählt. Wir wollen vergessen.«

So ganz ja doch nicht. »Warum ist Ihre Nichte vor zwei Wochen zu Marcel Schweikhard gegangen? Was wollte sie bei ihm?«

Ahmed Aydin hob die Handflächen zur Decke. »Wir wissen nicht. Sie redet nicht.«

»Aber sie hat Angst«, wisperte Rabia Aydin.

Hatte Denise Schweikhard Nuran geschlagen? Es schien Brander immer offensichtlicher. Aber hatte dieser Vorfall zu so blinder Wut geführt, dass Nuran das Mädchen tötete?

»Wo war Nuran abends am vorletzten Samstag, also vor knapp zwei Wochen?«

Ahmed sah seine Frau ratlos an. Auch sie überlegte eine Weile, bis sie ihrem Mann schließlich auf Türkisch antwortete.

»Nuran war bei Yasin«, übersetzte dieser. »Sie lernen. Sie oft ist bei ihm.«

»Die ganze Nacht?«

»Nein, so zehn oder elf Uhr vielleicht.«

»Und dann war sie hier bei Ihnen zuhause?«

»Ja.«

»Ist sie noch einmal weggegangen?«

»Nein.«

Es klang überzeugend. »Herr Aydin, warum lebt Ihre Nichte bei Ihnen und nicht bei ihren Eltern?«

Aydins Gesicht verzerrte sich kummervoll. »Ist Nurans Mutter meine Schwester. Sie starb bei Geburt. Nurans Vater er starb 2003 bei Bombenanschlag. Darum wir holen sie zu uns, nach Deutschland. Sie ist fleißig, wird gute Ärztin.«

»Ich danke Ihnen, Herr Aydin. Wir wollen nicht länger stören.« Brander stand auf. Ahmed Aydin begleitete sie in den Flur.

»Ich verstehe nicht. Was wir haben getan?«, fragte Aydin, während er ihnen die Tür öffnete. »Ich nicht verstehe diese Hass. Ich nicht verstehe diese Welt. Ich will arbeiten. Ich will essen. Ich will leben. Aber in meine Heimat ich kann nicht leben. Hier ich kann nicht leben. Warum überall nur Hass?«

Die Worte hingen einen Moment fragend in der Luft.

»Nicht überall.« Brander sah dem Mann fest in die Augen. »Nicht überall.«

»Lass uns ein paar Schritte gehen«, schlug Klein vor, nachdem sie die Wohnung der Aydins verlassen hatten. Noch immer ging ein leichter Nieselregen nieder, aber Brander willigte ein.

Sie gingen die Krummenackerstraße bis zum Ende hinauf, querten die Straße und wanderten einen Feldweg entlang.

»Es wäre zu einfach«, erklärte Klein, nachdem sie eine Weile schweigend durch das feuchte Wetter gelaufen waren.

»Du wirst dich wundern, wie einfach viele Fälle bei uns sind. Beziehungstaten, da passieren immer Fehler.«

»Diese Lösung würde mir nicht gefallen.«

»Darum geht's in unserem Job nicht.« Es gab einige Fälle, deren Auflösung Brander nicht gefallen hatte. »Gewalt erzeugt Gegengewalt, Opfer werden zu Tätern, das ist schon seit Menschengedenken so.«

Klein lachte freudlos. »Andreas, mein Freund, jetzt werd mal nicht philosophisch.«

»Das ist nicht philosophisch, das ist die Realität.« Brander kickte ein Steinchen über den Weg. »Ich gehe nicht von einem vorsätzlichen Mord aus. Eine Tat im Affekt, ein Streit, blinde Wut, ein unbedachter Schlag …«

»Und die Verwüstung in der Wohnung?«

»Keine Ahnung. Vielleicht hatten sie die Wohnung schon vorher verwüstet, und Denise ist unglücklicherweise dazugekommen.«

»Sie?«

»Nuran und Yasin.« Brander konnte sich nicht vorstellen, dass die Verwüstungen allein auf das Konto einer jungen Frau gingen.

»Ach, der Yasin war jetzt auch beteiligt?«

»Ich weiß es nicht«, stöhnte Brander auf. »Aber irgendwie passt das alles zu gut, findest du nicht? Nuran kann zuschlagen, das hat sie dir ja bestens bewiesen. Sie ist wütend, sie will keine Hilfe von uns. Yasin Özer taucht zum vereinbarten Termin nicht auf … *Ich hab nichts gemacht.* Warum sagt er das?«

»Und Denises Bruder ist untergetaucht. Das kann doch genauso gut ein Schuldeingeständnis sein.«

»Wenn er denn noch lebt.«

Klein sah zu Brander und hob eine Augenbraue. »Jetzt hängst du den beiden auch noch einen Doppelmord an?«

»Noch nicht.« Brander blieb stehen und blickte seinem Kollegen prüfend ins Gesicht. »Du willst nicht, dass es Nuran war, oder?«

Klein antwortete nicht.

»Warum?«, hakte Brander nach.

»Ich kann's mir einfach nicht vorstellen.«

»Sag lieber: berufliche Intuition, das klingt professioneller.«

Klein lachte erneut auf. »Und deine berufliche Intuition sagt dir, dass sie es war?«

Brander horchte in sich hinein. »Meine Intuition sagt mir, dass wir irgendetwas übersehen.«

* * *

Brander stieß mit Peppi an der Bürotür zusammen, als er in die Polizeidirektion zurückkehrte.

»Wohin so eilig?«

»Essen.«

»Nimm mich mit.« Bei Brander war das Mittagessen auch ausgefallen, und es war ungewiss, wie lang der Tag noch werden würde.

»Dann aber avanti. Ich wollte schon vor einer Stunde essen gehen.«

»Was hat dich aufgehalten?«

»Frag nicht.« Peppi wedelte mit der Hand, damit er sich beeilte.

»Wohin gehen wir?«, fragte er.

»Irgendwohin, wo's schnell geht.«

Sie marschierten in die Einkaufsstraße und landeten in *Kiri's Grillpfanne*. Sie bestellten Pommes mit Currywurst, und wenig später war Peppis Magen beschäftigt und ihr Gemüt ein wenig besänftigt.

»Warum bist du so genervt?« Brander beobachtete belustigt, wie Peppi rabiat die Gabel in die Pommes stieß.

»Rate mal, wer uns heute wieder beehrt hat. Was sag ich *uns*? Ich bin ja die Dumme, die im Büro saß.«

Brander hatte keinen Schimmer. »Wer?«

»Wer schon? Ihr wart gerade fünf Minuten weg, da kommt der Kazmaier wieder an. Und der ist bis gerade eben geblieben und hat mich vollgelabert mit seinen …« Peppi suchte nach einem passenden Ausdruck.

»Das heißt, du hattest keine Zeit, für deine Fischerprüfung zu lernen?«, entrüstete sich Brander.

»Stell dich bitte an den Tisch da drüben, ja?« Peppi wies auf einen Platz am anderen Ende des Raums.

Brander grinste. »Was hat der Kazmaier denn so Wichtiges zu berichten gehabt?«

»Nichts! Der verplempert meine Zeit. Er wollte wissen, wie weit wir mit den Ermittlungen sind. Ob wir schon herausgefunden hätten, wer Täter und Opfer seien. Er hätte sich gewundert, dass an der Bahnhofsunterführung keine Maßnahmen getroffen worden sind. Keine Absperrung, keine Befragung der Reisenden, keine verstärkte Polizeipräsenz. In der Zeitung hätte er auch nichts gelesen.« Peppi tippte sich an die Stirn. »Er hat mir einen Vortrag darüber gehalten, wie er sich unsere polizeiliche Ermittlungsarbeit wünschen würde. Wir wären doch verpflichtet, diesem Vergehen mit allen zur Verfügung stehenden Mitteln nachzugehen.«

»Das tun wir doch. Nur sind unsere Mittel nun mal bedauerlicherweise sehr begrenzt.«

»Ach, was?« Peppi sah ihn mit großen Augen an. »Zwei Stunden hat der mich zugeschwallt. Zwei Stunden hält der mich mit seinem affektierten Geschwafel von der Arbeit ab!«

»Warum hast du ihn nicht hinauskomplimentiert?«

»Dazu hätte ich Gewalt anwenden müssen.«

Brander konnte sein Grinsen nicht aus dem Gesicht wischen. Er war so froh, dass dieser Kelch an ihm vorübergegangen war. Er tippte sich auf die Wange. »Du hast da Ketchup.«

Sie wischte sich mit der Serviette über die Stelle. »Weißt du, das nervige Geschwätz war ja nicht alles. Holt der tatsächlich eine Plastiktüte aus seiner Jackentasche, und darin ist ein kleiner Stecker, so ein Ohrstecker, wie es ungefähr vierzig Milliarden auf dieser Welt gibt. Den hat er letzte Nacht da gefunden, wo es zu dem Überfall gekommen wäre. Er hätte alles ganz genau abgesucht. Der könnte vom Opfer sein, oder von einem der Täter, meint der werte Herr Sherlock-Kazmaier. Obwohl er es für wahrscheinlicher hält, dass der Ohrring vom Opfer stammt, weil der ja am Boden lag. Ey, geht's noch?« Ein Stück Currywurst verschwand zwischen ihren malmenden Zähnen. »Also, erstens sind seit dem angeblichen Überfall fast zwei Wochen vergangen. Den Schmuck kann jeder x-beliebige Reisende dort verloren haben. Und zweitens, wenn dieser Schmuck tatsächlich einem Tatbeteiligten gehören sollte, wie sollen wir jetzt noch nachweisen, dass der Ohrstecker tatsächlich dort gelegen hat?«

»Wir hätten unsere Kriminaltechniker zur Spurensicherung vor Ort schicken müssen.«

Peppi verdrehte die Augen. »Geh du mir nicht auch noch auf den Nerv! Es gibt kein Opfer! Ich habe Krankenhäuser, Notdienste und sogar Hausärzte angefragt.«

»Sehr gute Polizeiarbeit.«

»Hör auf, mich zu verarschen!«

»Würd ich nie wagen.« Brander schob seinen leeren Teller zur Seite. Er sah aus dem Fenster auf die Fußgängerzone. »Den halben Weg haben wir schon, lass uns doch mal zum Ort des Geschehens gehen.«

»Da haben wir ja wohl Wichtigeres zu tun. Wir wissen nicht einmal, ob die Geschichte von diesem Typen auch nur ansatzweise stimmt. Außer ihm hat niemand etwas gesehen oder gemeldet. Vielleicht denkt der sich solche Sachen aus, weil ihm langweilig ist, irgend so ein Möchtegern-Detektiv.« Sie wedelte mit der Hand vor ihrer Stirn hin und her.

»Wann soll dieser Überfall gewesen sein?«

»Angeblich in der Nacht von Freitag auf Samstag vor zwei Wochen.«

»Hm …« Branders Blick wanderte wieder zur Fensterfront. Passanten liefen mal eilig, mal gemütlich vorbei.

»Du denkst jetzt nicht ernsthaft darüber nach, oder?«

»Doch.« Tatsächlich war ihm ein Gedanke gekommen. »Er sagte, zwei Männer hätten einen dritten überfallen?«

»Personen, er sprach von Personen, vermutlich männlich, aber festlegen wollte sich der Herr Kazmaier nicht.« Peppi schüttelte genervt den Kopf.

»Samstagabend vor knapp zwei Wochen schickt Denise Schweikhard eine Nachricht an ihre zwei Kumpels: Wenn ihr meinem Bruder noch einmal ein Haar krümmt …« Brander hob die Augenbrauen. »Zwei Täter, ein Opfer.«

»Oh, nee, komm! Das kann doch nicht …«

»Warum nicht?«

»Weil … weil …« Peppi stöhnte kapitulierend auf. »Ich weiß es nicht.«

»Na los, wir machen einen Spaziergang.«

Von dem Schnellrestaurant war es kein weiter Weg. Sie überquerten den Busbahnhofsplatz und stiegen die Treppen zur Gleisunterführung hinab. Menschen strömten an ihnen vorbei und kamen ihnen entgegen. An einem Fahrkartenautomat hatte sich eine Schlange gebildet. Sie durchquerten die Unterführung bis zum Südausgang. Ein paar Stufen führten wieder ein Stück nach oben. Am Ausgang verlief linker Hand eine Treppe hinauf Richtung Villa Merkel und Landratsamt, zur Rechten ging es hinab auf den schmalen Neckarweg, der entlang des Flusses verlief.

»Hat er dir die Stelle beschrieben, wo er den Ohrring gefunden hat?«

»Vermutlich schon«, erklärte Peppi zerknirscht.

»Du hast nicht zugehört?«

»Verlang bitte nicht von mir, dass ich ihn anrufe und nochmal danach frage.«

Branders Gesicht verriet, dass er sie genau darum bitten würde. Er wandte sich der Treppe zu. »Da oben muss der Kazmaier in der Nacht gestanden haben.« Er stieg die Stufen hinauf, wandte sich nach links und sah über das Geländer. Er blickte auf die Treppe; um den Absatz komplett sehen zu können, musste er sich ein Stück über das Geländer beugen. Die Neonröhren an der Wand spendeten nachts vermutlich Licht, wenn sie funktionierten. Da müsste man aber mehr erkennen als nur Schatten, überlegte Brander. Er würde noch einmal zu späterer Stunde herkommen müssen, um sich ein genaueres Bild zu machen. Wie viele Menschen mochten sich nachts um zwei, drei Uhr hier herumtreiben? In der Nacht von Freitag auf Samstag gab es sicher einige Nachtschwärmer. Und in Cannstatt war zu der Zeit der Wasen gewesen. »Lass die Kollegen vom Öffentlichkeitsreferat mal einen Zeugenaufruf machen.«

»Das ist jetzt nicht dein …« Branders Blick brachte Peppi zum Schweigen.

»Wenn die Täter wieder in die Unterführung gerannt sind und Kazmaier das Opfer nicht hier oben davonlaufen gesehen hat, muss es über den Neckarweg geflüchtet sein. Da gibt es nicht viele Plätze, um sich zu verstecken.« Zur einen Seite verlief der Fluss, zur anderen erhoben sich Stützmauern und begrünte Wälle. Zwischen den Sträuchern und Hecken hätte man sich vielleicht in der Dunkelheit verkriechen können.

»Oder die Täter haben ihr Opfer in den Neckar gestoßen.« Peppi deutete auf eine schmale Treppe, die vom Neckarweg durch die Sträucher hinunter zum Fluss führte. »Da wir Marcel Schweikhard aber noch vor einer Woche quietschfidel vor seiner Wohnung gesehen haben, können wir uns wohl die Anforderung der Polizeitaucher fürs Erste sparen.«

»Ja«, stimmte Brander zu, während sie die Treppen wieder hinabstiegen »Eine Wasserleiche wurde in den letzten vierzehn Tagen meines Wissens auch nicht gefunden.«

»Das heißt, wir knöpfen uns Endress und Kastner nochmal vor?«

»Wir wissen nicht, ob es tatsächlich diese drei waren, die hier aufeinandergetroffen sind«, relativierte Brander seine Vermutung. Er musste über diese Option in Ruhe nachdenken. Vielleicht kam er nicht umhin, selbst noch einmal mit Vitus Kazmaier zu sprechen.

»Robin Endress hat ausgesagt, Denise wäre von Freitagnachmittag bis Samstagabend bei ihm gewesen«, gab Peppi zu bedenken. »Die wird doch nicht zugeguckt haben, wie die beiden ihren Bruder vermöbeln.«

»Endress kann uns viel erzählen. Wir können Denise ja leider nicht mehr befragen.«

* * *

Jens hatte eine E-Mail geschickt. Er hatte noch weitere Daten auf Denises Laptop wieder herstellen können und sandte ihm eine Datei mit einer Liste. Brander überflog die Daten. Es waren Straßen- und Ortsnamen. Ruit, Kirchheim, Stuttgart-Kaltental fielen ihm ins Auge. Er suchte ein paar Adressen online in einem Routenplaner, und es wurde ihm bestätigt, was er geahnt hatte. Es waren Adressen von Ayslunterkünften und Flüchtlingswohnungen.

»Wozu hat sie die Adressen wohl gebraucht?« Peppi sah über seine Schulter auf den Monitor.

»Ehrenamtliches Engagement«, schlug Brander vor.

»Klar.« Peppi tippte sich an die Schläfe. »Gibt es noch mehr dazu?«

»Weiß nicht, ich …«

»Lass uns nochmal zu Yasin fahren.« Stephan Klein war durch die offenstehende Tür in ihr Büro gepoltert.

»Warum?«, fragte Brander.

»Ich muss raus. Am Schreibtisch schlaf ich ein.«

»Dann geh nach Hause und schlaf dich aus.«

»Nein.«

Es war etwas im Blick des Kollegen, das Brander abhielt, weitere Fragen zu stellen. »Peppi, kümmerst du dich darum?« Er zeigte auf seinen Monitor.

»Wenn mir nicht wieder ein Herr Kazmaier dazwischenfunkt.«

Klein war still, während sie den Weg hinauf Richtung Serach fuhren. Der graue Himmel war an diesem Tag nicht mehr aufgerissen, und die Dämmerung brach langsam herein. Ein trostloser Oktobertag.

»Was ist los?«

»Hochzeitstag.«

Brander brauchte einen Moment, bis er verstand. Klein war seit zweieinhalb Jahren Witwer.

»Der dritte ohne sie. Haut mich jedes Mal um.«

»Tut mir leid.« Deswegen war der Kollege so spät zur Arbeit gekommen und sah aus, als ob er die Nacht durchgezecht hätte.

»Arbeit hilft.«

»Dann hoffen wir mal, dass Yasin Özer daheim ist.«

Sie fuhren die Seracher Straße hinauf. Eine Radfahrerin kam aus einem Seitenweg und strampelte die Steigung hinauf.

»Das ist doch unsere Freundin Nuran«, stellte Klein fest. »Wo die wohl hinwill?«

Brander überholte, bog in den Hopfengartenweg und suchte einen Parkplatz mit Blick auf den Eingang des Wohnblocks, in dem Yasin Özer wohnte.

»Nehmen wir sie oben in Empfang?«, fragte Klein.

»Nein, wir lassen sie vor uns raufgehen«, entschied Brander.

Sie mussten nicht lange warten. Nuran Aydin war sportlich. Doch statt nach rechts zum Wohnhaus abzubiegen, bog sie links in eine schmale Straße ein.

»Okay, machen wir eine kleine Rundfahrt.« Brander startete den Motor und wollte aus der Parklücke setzen.

»Warte«, bremste Klein ihn. »Die fährt da vorn wieder links. Da geht's zur Kleingartenanlage.« Er sprang aus dem Wagen und sprintete los.

Brander folgte. Sie rannten das kurze Stück die Straße hinauf, dann an einer hohen Hecke und Maschendrahtzaun vorbei. Am Ende blieben sie stehen, lauerten um die Ecke. Wenige Meter entfernt war ein geschlossenes Tor. Dahinter fuhr Nuran Aydin über den Weg.

»Die holt wahrscheinlich Gemüse fürs Abendessen«, mutmaßte Brander.

»Wer weiß, was unter den Radieschen vergraben liegt.«

»Ich dachte, du hältst sie für unschuldig?«

»Ich brauch gerade mal ein bisschen Action. Komm.«

Nuran war aus ihrem Sichtfeld verschwunden. Sie gingen zum Tor. Abgeschlossen. Klein hatte es in wenigen Sekunden geöffnet.

Brander fluchte. »Darf ich dich daran erin…«

»Papperlapapp. War offen. Die hat vergessen abzuschließen.«

Mit einem leisen Quietschen schwang das grüne Tor auf. Sie liefen den Weg entlang vorbei an sorgfältig gepflegten Gartengrundstücken – kleine Obstbäume auf kurzgehaltenen Rasenflächen, herbstliche Blumen- und Gemüsebeete, dazu Gartenhäuschen in individuellen Ausführungen. Sie mussten eine Weile suchen, bis sie das Fahrrad der jungen Frau in der Dämmerung in einem der Gärten fanden. Es war an die Wand einer Hütte gelehnt. Der Gemüsegarten war akkurat in zwei Reihen angelegt, mit vielfältiger Auswahl, zwei niederstämmige Apfelbäume warteten auf die Ernte. Von Nuran fehlte jede Spur.

Brander und Klein schlichen im Schatten über die Außengrenze des Grundstücks zu dem Gartenhäuschen, blieben lauschend neben dem Gebäude stehen. Von drinnen hörten sie undeutliche Stimmen. Männlich, weiblich. Brander lugte durch das kleine zerkratzte Fenster neben der Tür.

»Das glaub ich jetzt nicht«, zischte er fast tonlos. Er trat zur Seite und gewährte seinem Kollegen einen Blick.

»Da schau her«, erwiderte Klein ebenso baff.

Brander zog seine Waffe und positionierte sich neben der Tür. Er drückte die Klinke herunter. Die Tür war nicht verschlossen. Er stieß sie auf. »Polizei! Keine Bewegung!«

Nuran schrie auf. Der Mann, der neben ihr an dem kleinen Holztisch saß, ergriff ihren Arm – vielleicht um zu verhindern, dass sie kopflos versuchte zu flüchten.

»Bleiben Sie, wo Sie sind. Die Hände hinter den Kopf.« Brander behielt die zwei Personen vor sich im Visier, die Waffe schussbereit in den Händen. »Schön langsam.«

Der junge Mann am Tisch fluchte resigniert, erkannte aber die ausweglose Situation. Es gab nur den Fluchtweg durch die Tür, und die war von Brander und Klein versperrt. Er hob die Hände, zog Nurans Arm mit hoch. Mit erhobenen Armen saßen sie an dem Tisch und wagten kaum zu atmen.

Brander trat ein, scannte eilig den Raum. Auf zwei Isomatten war ein Schlafsack ausgerollt. Es gab ein altes Küchenbuffet, eine Schüssel mit Wasser stand darauf. Daneben ein Wasserkocher. An der gegenüberliegenden Seite stand ein Tisch mit drei Stühlen. Zwei davon waren besetzt.

»'nabend zusammen.« Brander entspannte sich, aber das Adrenalin ließ ihn wachsam bleiben. Er versuchte zu verstehen, in was für eine Situation sie da hereingeplatzt waren.

»Jetzt bin ich doch ein bisschen überrascht.« Klein musterte die beiden jungen Leute vor sich.

Nuran Aydin sah ängstlich zu Marcel Schweikhard. »Ich wusste das nicht. Bitte, das musst du mir glauben. Ich wusste das nicht. Ich …«

»Scht!«, zischte Klein verärgert. »Was geht hier eigentlich ab? Ist das 'ne Entführung? Ist das Romeo und Julia? Was spielt ihr hier für ein Theater?«

Eine Entführung sah definitiv anders aus. Brander steckte die Waffe wieder zurück ins Holster. »Herr Schweikhard, Sie sind vorläufig festgenommen. Sie stehen unter dem Verdacht, Ihre Schwester Denise Schweikhard getötet zu haben.«

»Nein!«, schrie Nuran auf. »Das ist nicht wahr!«

»Wer war's dann?«, fuhr Klein sie an. »Du? Dein Freund Yasin?«

»Nein, nein, nein!«

»Führst uns hier die ganze Zeit an der Nase rum! Was soll ich dir denn glauben?«

»Ich war das nicht. Marcel war das nicht.«

»Klar, keiner war's.«

»Das ist alles nicht wahr!«

»Stopp!«, brüllte Brander in das Geschrei. »Jetzt halten hier alle mal den Mund!«

Klein und Nuran starrten sich zornig an, während sich Marcel Schweikhard auf Brander konzentrierte. In seinem Blick lag keine Wut, sondern blanke Angst. Während Brander ihm seine Rechte verlas, kämpfte der junge Mann mit den aufsteigenden Tränen.

»Jetzt zu Ihnen, Frau Aydin. Sie kommen ebenfalls mit zur Polizeidirektion. Sie bekommen eine Anzeige wegen Behinderung polizeilicher Ermittlungen. Ob eine Mittäterschaft besteht, werden wir herausfinden.«

»Sie hat damit nichts zu tun«, rief Schweikhard entsetzt.

»Stephan, ruf die Kollegen für den Abtransport.« Brander diktierte auch der jungen Türkin ihre Rechte.

* * *

Brander nahm sich Marcel Schweikhard als Erstes vor und ließ Nuran Aydin in Obhut einer Polizeibeamtin. Er saß mit dem Dreiundzwanzigjährigen in einem Vernehmungszimmer. Stephan Klein gesellte sich hinzu.

Schweikhard saß aufrecht, aber mit hängenden Schultern auf seinem Stuhl. Er trug abgewetzte Jeans und ein Sweatshirt, das ihm zwei Nummern zu groß war und seinen Körper ausgemergelter erscheinen ließ, als er war. Die kurzgeschorenen Haare konnten die Überbleibsel einer heftigen Beule am Hinterkopf nicht verbergen, unter den Augen hatte er dunkle Tränensäcke, als hätte er die letzten Nächte kaum geschlafen. Was vermutlich den Tatsachen entsprach. Die Überreste eines Veilchens ließen sich über dem linken Auge noch erahnen. Die Lippen waren schmal und farblos. Ein paar Kratzer, die fast verheilt waren, zogen sich über seine Wange. Eine Rippenprellung bereitete ihm noch Probleme. Das hatte sich herausgestellt, als er in den Polizeiwagen einsteigen sollte und Mühe hatte, sich zu beugen.

»Sie sind nicht zu einer Aussage verpflichtet«, klärte Brander den jungen Mann noch einmal auf.

»Ich weiß nicht, was ich aussagen soll.« Seine Stimme war heiser, wie am Ende einer Erkältung.

Brander schob ihm ein Glas Wasser über den Tisch. »Wie haben Sie sich die Verletzungen zugezogen?«

»Bin gestürzt.«

Genauso wie Yasin Özer. »Brauchen Sie einen Arzt?«

Schweikhard schüttelte den Kopf und trank einen Schluck Wasser.

»Ihre Schwester Denise Schweikhard wurde am Donnerstag vor einer Woche tot in Ihrer Wohnung aufgefunden.«

Der Schmerz stand dem jungen Mann deutlich in den Augen, um die hellgraue Iris verlief ein dunkler Kreis wie ein Trauerflor, ein feuchter Glanz lag darüber.

»Sie starb vermutlich fünf oder sechs Tage zuvor. Sie wurde erstickt.«

Eine Träne löste sich aus den Augen, lief langsam durch die Furche zwischen Nase und Wange.

»Was ist passiert?«

»Ich weiß es nicht.« Schweikhard sprach so leise, das Brander befürchtete, die Antwort würde nicht von dem Diktiergerät aufgenommen werden.

»Können Sie bitte ein wenig lauter sprechen?«

Marcel räusperte sich. »Ich weiß es nicht.«

»Wann haben Sie Ihre Schwester zum letzten Mal gesehen?«

»Vor drei Wochen.«

»Und vor vierzehn Tagen?«

Er schüttelte den Kopf.

»Herr Schweikhard verneint durch Kopfschütteln. Ihre Schwester wollte am Samstagabend vor knapp zwei Wochen zu Ihnen kommen. Am siebten Oktober.«

»Das wusste ich nicht.«

»Laut Zeugenaussage war Denise an jenem Abend in Ihrer Wohnung.«

»Aber ich war nicht da.«

»Wo waren Sie?«

Schweikhard schloss die Augen und schwieg. Er wirkte unendlich erschöpft. Vielleicht war es besser, ihn erst einmal eine Nacht in der Zelle schlafen zu lassen. Brander nahm zwei Fotos von Schweikhards Wohnung aus einer Mappe und legte sie vor ihm auf den Tisch. »Was ist in Ihrer Wohnung passiert?«

Der junge Mann öffnete die Augen, starrte auf die Bilder. Unter seine Traurigkeit mischte sich Wut.

»War das Ihre Schwester?«

Er hob angewidert den Blick. »Nein!«

»Wer dann? Sie?«

Er gab ein abfälliges Pusten von sich. »Klar.«

»Warum?«, ignorierte Brander den Sarkasmus.

Sein Gegenüber neigte den Kopf leicht zur Seite und starrte ihn an. Er wusste, wer seine Wohnung verwüstet hatte, aber, so verzweifelt er auch war, er würde es Brander nicht sagen. Brander zog einen Zettel aus seiner Mappe, legte ihn neben die Fotos. »Diese WhatsApp-Nachricht wurde Samstagabend vom Smartphone Ihrer Schwester verschickt.«

Es war ein Moment von wenigen Sekunden. Die Pupillen wurden groß. Die Arme spannten sich. Die Hände ballten sich zu Fäusten. »Die Schweine!« Er schlug auf den Tisch, sprang auf. Der Stuhl kippte zurück. Er wollte zur Tür stürmen. Brander war im selben Augenblick aufgesprungen, brachte ihn sofort zu Boden.

»Die dreckigen Schweine. Ich bring die um!« Er schrie, schlug um sich. Brander hatte Mühe, ihn am Boden zu halten.

»Ich bring die um!«

Klein legte ihm Handschließen an. »Ruhig, mein Junge, ganz ruhig.«

Schweikhard schrie weiter, wehrte sich mit aller Kraft.

»Wir machen morgen weiter«, entschied Brander. Er rief zwei Kollegen, die ihn in die Arrestzelle bringen sollten. »Ich möchte, dass heute noch ein Arzt kommt und sich die Verletzungen ansieht. Kümmert ihr euch darum?«

Die Beamten nickten.

Brander warf einen letzten, besorgten Blick auf den jungen Mann, der jetzt lethargisch zwischen den beiden Uniformierten stand. »Passt gut auf ihn auf. Nicht, dass er sich etwas antut.«

Brander und Klein blieben in dem Raum zurück. Nach dem Geschrei, nach all der Hektik der letzten Stunden war die Stille erdrückend.

»Er hat die Nachricht nicht geschrieben«, stellte Brander fest.

Klein rieb sich durch das Gesicht. »Die Nuran und dieser kleine Stinkstiefel. Kapierst du das?«

»Vielleicht kann Frau Aydin uns das ja erklären.«

»Hans wird uns die Ohren abreißen, dass wir da einfach so reinmarschiert sind.«

»Du wolltest doch Action.«

»Ja.«

Sie hatten intuitiv gehandelt, anstatt sich abzusichern, Verstärkung zu holen. Sie hatten nicht gewusst, ob Marcel Schweikhard bewaffnet war, ob er nervös war und in welcher Beziehung er zu Nuran Aydin stand. Ein kleines Küchenmesser hätte gereicht, um die Situation eskalieren zu lassen. Schweikhard hätte die Türkin einfach nur bedrohen müssen. Aber im Gegenteil, er hatte verhindert, dass Nuran kopflos davonrannte. Er hatte versucht, sie zu schützen.

Brander ließ die Schultern kreisen. »Nimm es mir nicht übel, aber ich möchte lieber Peppi bei Nuran Aydins Befragung dabeihaben.«

Peppi war wenig begeistert, als sie Branders Bitte vernahm. »Es ist gleich acht …«

»Wir können sie nicht über Nacht hierbehalten.«

»Klar können wir.«

»Das macht genauso viel Arbeit wie eine Befragung.« Er legte die Hände flehend aneinander. »Peppi, bitte.«

Grummelnd gab die Kollegin nach.

Brander ließ Nuran Aydin zu sich ins Büro bringen. Die junge Frau starrte ihn störrisch aus geröteten Augen an.

»Frau Aydin, ich glaube, Sie schulden uns eine Erklärung«, begann Brander.

Sie presste die Lippen fest zusammen.

»In welcher Beziehung stehen Sie zu Herrn Schweikhard?«

Die Antwort war ein weiterer böser Blick.

»Weiß Ihr Onkel, dass Sie Marcel Schweikhard in seiner Gartenhütte versteckt haben?«

Ihre Augen wurden größer, aber sie schwieg noch immer.

»Frau Aydin, Sie haben die Wahl: Entweder Sie verbringen die Nacht heute in Polizeigewahrsam und wir lassen morgen einen Richter entscheiden, wie es weitergeht, oder Sie reden jetzt mit uns und wir schauen, wohin uns das führt.«

Sie blinzelte nicht einmal mit den Wimpern, verschanzte sich ganz und gar hinter ihrer Wut.

»Also gut, dann sehen wir morgen weiter. Ich werde Ihren Onkel anrufen, damit er sich keine Sorgen macht, wenn Sie heute Nacht nicht nach Hause kommen. Und Sie denken einfach mal in Ruhe über alles nach.« Brander griff zum Telefon. »Wissen Sie die Nummer auswendig?«

»Ich habe nichts verbrochen.«

»Na ja …« Brander legte das Telefon wieder zur Seite.

»Ich habe einem Freund Unterkunft gewährt.«

»Einem Freund?«

Sie presste die Lippen wieder bockig zusammen.

»Einem Freund, der unter Verdacht steht, seine Schwester getötet zu haben.«

»Das ist nicht wahr.«

»Was ist denn dann wahr?«, fragte Peppi. Die Anteilnahme in ihrer Stimme brachte etwas Wärme in die Befragung.

»Marcel hat Denise nicht getötet.«

»Woher wollen Sie das wissen?«

Nuran Aydin senkte den Blick in ihren Schoß. Sie hob die Hände ein kleines Stück, streckte die Finger, krümmte sie wieder, langsam, ohne Kraft. Streckte sie, beugte sie wieder.

»Wissen Sie, wer Denise getötet hat?«

Sie schüttelte den Kopf, ohne den Blick zu heben.

»Frau Aydin, Sie haben uns in einer Tour belogen«, mischte sich Brander wieder ein. »Ihnen ist doch wohl klar, dass das nicht ohne Konsequenzen bleibt.«

Ihre Hände sanken zurück in den Schoß. »Ich habe Marcel geschützt. Menschen, die in Not sind, muss man schützen.«

»Wovor haben Sie Herrn Schweikhard geschützt? Vor uns?«

»Nein.«

»Vor wem dann?«

Sie hob den Blick wieder, ihre Wut hatte sich gelegt. »Ich habe Ihnen gesagt, ich mache keine Aussage.«

»Tja, dann wünsche ich Ihnen eine gute Nacht bei uns.«

»Das dürfen Sie nicht! Ich habe nichts getan!«

»Soll ich mal anfangen aufzuzählen?« Brander hob die Hand, streckte den Daumen. »Als Erstes hätten wir da die Tätlichkeit gegen meinen Kollegen, dazu einen Fluchtversuch, Widerstand gegen die Staatsgewalt, Falschaussage. Sie behindern wissentlich eine polizeiliche Ermittlung.«

»Ich habe niemanden umgebracht. Ich habe überhaupt nie jemandem etwas getan! Ich wollte doch nur helfen!«

»Wem?«

Wieder schlossen sich die Lippen.

Brander sah stirnrunzelnd zu Peppi, deutete mit einer Geste an, dass sie übernehmen sollte.

»Mit Ihrem Schweigen helfen Sie den falschen Leuten«, versuchte es Peppi. »Warum verstecken Sie einen Typ wie Marcel Schweikhard?«

»Er kam zu mir und bat um Hilfe.«

»Verstehe.« Peppi wartete auf eine detailliertere Erklärung, als die nicht kam, sah sie zu Brander. »Verstehst du auch, oder?«

Brander zuckte die Achseln. »Also doch Romeo und Julia.«

»Nein!«, fuhr Nuran Aydin auf. »Sie verstehen nichts.«

»Wie denn?«, konterte Peppi ratlos. »Wir wissen, dass Marcel Schweikhard und seine Kameraden Sie und Ihren Freund überfallen haben. Die haben Herrn Özer krankenhausreif geschlagen. Erinnern Sie sich? Und dann kommt dieser Marcel drei Monate später zu Ihnen, hat gerade seine Schwester umgebracht, bittet um Hilfe, und Sie verstecken ihn.« Peppi hob die Hände, die Handflächen wenige Zentimeter voneinander entfernt zueinander gedreht und versuchte sie vergeblich zusammenzudrücken. »Ich krieg das, ehrlich gesagt, nicht zusammen.«

»So war das alles nicht.«

»Wie war es dann?« Peppi ließ die Arme wieder sinken und sah die Frau abwartend an. Auch Brander schwieg. Er beobachtete die Uhr unten rechts auf seinem Monitor. Zwei Minuten würde er ihr geben, keine Sekunde mehr.

»Marcel will raus da.«

Eine Minute und zwölf Sekunden waren vergangen.

»Wo?«, fragte Brander.

»Das muss er Ihnen selbst sagen.«

»Und seine Schwester war dagegen, und darum hat er sie umgebracht?«

»Er hat sie nicht umgebracht.«

»Woher wollen Sie das so genau wissen?«

»Die haben ihn zusammengeschlagen.«

»Wer sind *die*?«

»Das weiß ich nicht, ich war nicht dabei.«

Sie wusste ganz genau, wer. Brander beließ es dabei. »Und woher wissen Sie davon?«

»Er hat mich angerufen. An dem Samstag vor zwei Wochen, morgens um halb fünf.«

»Das werden wir überprüfen. Warum hat er Sie angerufen?«

»Er wusste nicht, wohin. Er hatte den Wohnungsschlüssel verloren, als er geflüchtet ist. Und er hatte Schmerzen. Ich bin Rettungssanitäterin, und ich studiere Medizin. Ich konnte ihm helfen.«

»Er hätte ins Krankenhaus gehen können.«

»Ja.«

»Na gut, warum er nicht ins Krankenhaus ist, können wir ihn selbst fragen. Was haben Sie gemacht?«

»Ich habe Yasin angerufen. Er hat das Auto seines Bruders genommen und wir sind zu Marcel. Er hatte viele blaue Flecken, Blutergüsse, Rippenprellung, wohl auch eine Gehirnerschütterung, er ist mit dem Kopf auf den Boden geschlagen. Er sagte, er müsste sich verstecken. Darum habe ich ihn in der Gartenlaube versteckt.«

Peppi schüttelte ungläubig den Kopf. »Das war unverantwortlich! Wenn er tatsächlich zusammengeschlagen worden ist, hätte er innere Verletzungen haben können, Blutungen im Hirn, was weiß ich!«

Nuran seufzte. »Ich habe lange gebraucht, sein Vertrauen zu gewinnen. Wenn ich ihn ins Krankenhaus gebracht hätte, wäre alles kaputt gewesen. Er wollte da nicht hin. Yasin und ich sind bei ihm geblieben, wir haben uns abgewechselt. Es war immer jemand bei ihm. Bis Sonntagabend. Wäre die Situation zu gefährlich geworden, hätten wir einen Notarzt gerufen.« Sie sah zu Brander. »Er hat seine Schwester nicht getötet.«

***

Es war nach Mitternacht, als Brander sich ins Haus schlich. Es war dunkel, doch unter der Wohnzimmertür schimmerte ein schwacher Lichtstrahl hervor. Er streifte die Schuhe von den Füßen, öffnete leise die Tür. Cecilia war auf dem Sofa eingeschlafen. Er huschte hinein, schloss die Tür wieder.

»Ceci?«, flüsterte er, als er bei ihr war. Er hatte sie nicht erschrecken wollen, dennoch zuckte sie zusammen.

»Da bist du ja.« Sie richtete sich auf. Ihre schulterlangen Haare waren zerzaust, das Muster des Sofakissens hatte sich auf ihre Wange gedrückt.

»Hey, Süße.« Er setzte sich zu ihr und deutete mit dem Kopf nach oben zu Nathalies Zimmer. »Wie ist's hier gelaufen?«

»Sie war in der Schule, aber nicht beim Training.«

»Konntest du mit ihr reden?«

»Ich hab's versucht. Sie sagt, es ist in ihren Genen. Ihre Mutter ist eine Säuferin, und sie wäre auch eine. Sie könnte nicht anders. Ich habe versucht, ihr aufzuzeigen, dass sie sehr wohl anders kann.«

»Natürlich kann sie anders.«

Cecilia legte den Kopf in den Nacken, rieb sich über die verspannten Schultern. »Danke übrigens für deinen Anruf.«

»Welchen Anruf?«

Sie warf ihm unter den halb geschlossenen Lidern einen Seitenblick zu. »Genau den.«

Nicht zum ersten Mal hatte Cecilia sich allein den Problemen mit Nathalie stellen müssen. Er hätte wenigstens zwischendurch eine Minute für sein Familienleben opfern können. Ein simpler Anruf wäre auch an seinem Arbeitstag möglich gewesen. »Böse?«

»Nein, aber ich dachte mir, ich fang mal frühzeitig an, mich zu beschweren. Du wirst hier gebraucht, Andi.« Sie schenkte ihm ein müdes Lächeln und suchte nach seiner Hand. Eine wohlig warme Welle breitete sich in ihm aus.

»Ich gelobe Besserung.« Er drückte sanft ihre Hand, strich mit dem Daumen über ihre zarte Haut. Er liebte dieses Lächeln. Er liebte diese Frau.

9

Freitag

Brander blieb keine Zeit für ein Gespräch mit seiner Pflegetochter. Peppi holte ihn um halb sieben ab, eine Dreiviertelstunde später waren sie in der Dienststelle.

»Ein Tag ohne Stau ist ein guter Tag«, befand Peppi.

»Warten wir's ab«, gab Brander sich nicht ganz so optimistisch. Die kurze Nacht steckte ihm in den Knochen, und ihn plagte das schlechte Gewissen, weil er keine Zeit fand, sich um seine Familie zu kümmern. Was war mit Nathalie los? Er verstand ihren Rückfall nicht. Es stecke ihr in den Genen. Woher hatte sie diesen Unsinn? Natürlich war sie vorbelastet durch ihren frühen und teils auch exzessiven Alkoholkonsum. Aber sie war mittlerweile mehr als anderthalb Jahre ohne einen Tropfen ausgekommen. Sie hatte immense Fortschritte in der Schule gemacht und Aussicht auf einen anständigen Realschulabschluss. Sie hatte ihre unkontrollierte Wut in den Griff bekommen. Sie war vor einem halben Jahr mit Begeisterung Mitglied der Jugendfeuerwehr geworden. Sie hatte einen Weg mit Perspektiven eingeschlagen. Auf keinen Fall durfte er zulassen, dass sie wieder in ihr altes Verhalten zurückfiel. Und darum wurde er zu Hause gebraucht. Aus irgendeinem Grund hatte Nathalie damals, als sie sich das erste Mal begegnet waren, beschlossen, ihm zu vertrauen und seine Hilfe anzunehmen.

Die Beziehung zu Cecilia war schwieriger. Sie brachte Nathalie in den Gewissenskonflikt, ihre Mutter zu verraten, so sehr sie auch immer darauf beharrte, nichts mehr mit ihrer Mutter zu tun haben zu wollen. Einen Vater gab es nicht. Brander beschloss, zeitig Feierabend zu machen, egal was der Tag brachte.

»Kaffee?« Peppi stand vor ihm und hielt einladend ihre Tasse hoch.

»Wir haben Sitzung.«

»Und mit Kaffee ist's gleich nochmal so schön.«

Brander folgte seiner Kollegin in den Flur. »Was macht dein Angelschein?«

»Oh je, frag nicht. Ich muss so viele Dinge lernen! Weißt du, was ein Wobbler ist?«

»Keine Ahnung … Ein Fisch, der durchs Wasser wobbelt?« Brander wackelte zur Untermalung mit wabernden Knien und schlackernden Armen durch den Flur.

Peppi lachte. »Nah dran. Ein Kunstköder, den man durchs Wasser zieht, um einen Raubfisch zu fangen.«

»Ein Kunstköder? Die Henkersmahlzeit eines armen edlen Hechts ist ein wabbeliger Kunstköder?«

»Ja, so ist das Leben. Das große Versprechen auf einen fetten Happen, und dann hängt er am Haken …«

»Wir werden Marcel Schweikhard heute Vormittag dem Haftrichter vorführen«, verkündete Isabella Mertens wenig später der Ermittlungsgruppe. Ihr Tablet-PC lag in gerader Linie zur Tischkante vor ihr. Der blonde Pagenschnitt war frisch frisiert, die Anzugjacke zugeknöpft. Heute musste alles akkurat sein.

»Ich bezweifle, dass wir damit durchkommen«, meldete Brander Bedenken an.

Die Staatsanwältin zog die Augenbrauen hoch. »Und warum zweifeln Sie, wenn man fragen darf?«

»Er hat ein Alibi für den mutmaßlichen Tatzeitraum. Ein ziemlich gutes, würde ich behaupten.«

»Die Aussage von Frau Aydin ist nichts wert. Sie hat vorher gelogen, warum sollte sie jetzt die Wahrheit sagen?«

»Die Befragung von Yasin Özer steht noch aus«, sprang Klein Brander bei.

Die Augenbrauen von Frau Mertens wanderten noch höher. »Jener Yasin Özer, der eng mit Nuran Aydin befreundet ist? Jener, der nicht zu einem Gesprächstermin am Mittwochabend erschienen ist? Jener Yasin Özer?«

»Yep.«

Brander spürte, wie sich die Fronten wieder verhärteten. Die Bedenken der Staatsanwältin waren nicht unbegründet. Warum sollte Nuran Aydin ausgerechnet jetzt die Wahrheit sagen? »Sie haben recht. Das Alibi steht wohl doch auf sehr wackeligen Füßen.«

Isabella Mertens nickte zufrieden.

»Was ist mit Endress und Kastner?«, fragte Peppi. »Die beiden haben vor zwei Wochen Marcel Schweikhard überfallen und zusammengeschlagen, und Marcel Schweikhard beschuldigt die beiden, am Tod seiner Schwester schuld zu sein.«

»Woher haben Sie denn diese Information?« Die Staatsanwältin scrollte auf ihrem Tablet durch die Protokolle. »So wie ich das sehe, sind keine Namen gefallen. Nuran Aydin weiß nicht, von wem Herr Schweikhard angeblich überfallen worden ist. Er selbst äußert sich nicht dazu … warten Sie, er sagt, er sei gestürzt, kein Wort von einem Überfall. Und ebenso wenig belastet er die beiden Herren namentlich, seiner Schwester etwas angetan zu haben.«

»Es steht zwischen den Zeilen.«

Die Staatsanwältin seufzte. »Frau Pachatourides, ich brauche Fakten. Welchen Grund sollten denn diese beiden Herren gehabt haben, eine dieser Taten zu begehen?«

»Herr Schweikhard wollte aussteigen. Seine Schwester wollte sie mit was auch immer hochgehen lassen.«

Ein verständnisloses Kopfschütteln war die Antwort. »Aussteigen – woraus? Hochgehen lassen – womit? Also wirklich! Das ist alles nur blauer Dunst, den Sie mir hier abliefern.«

Klein blies die Backen auf. Brander sah, wie sich unter dem Tisch seine Hände zu Fäusten ballten. Er war kurz davor zu explodieren, und auch Peppis Blick war nicht besonders freundlich.

»Diese Diskussion führt uns nicht weiter«, schritt Hans Ulrich Clewer ein. »Wir müssen noch einmal mit allen Personen sprechen, und wir müssen ihre Angaben zu ihrem Aufenthalt während des mutmaßlichen Tatzeitpunkts genauestens überprüfen. Dann sehen wir weiter.« Er wandte sich an Manfred Tropper. »Haben Sie neue Erkenntnisse, die uns weiterhelfen? Gibt es neue Informationen von der Rechtsmedizin? Wir haben immer noch nicht den exakten Todeszeitpunkt von Denise Schweikhard.«

»Tut mir leid. Wir versuchen, den Tatablauf zu rekonstruieren, aber das ist nicht so einfach. Die Spurenlage ist ziemlich undurchsichtig. Bezüglich einer genaueren Bestimmung des Todeszeitpunktes werden wir uns noch etwas gedulden müssen. Frau Doktor Sailer ist seit gestern Abend kurzfristig ausgefallen – Norovirus.«

»Sie arbeitet ja nicht allein«, monierte die Staatsanwältin.

»Ja, es ist aber auch nicht der einzige Fall, mit dem die Rechtsmedizin beschäftigt ist.«

Es war unglaublich, wie es dieser Frau gelang, mit jedem Satz, den sie von sich gab, die Kollegen gegen sich aufzubringen. War es Unsicherheit? Starrköpfigkeit? Brander verstand es nicht. »Bevor Marcel Schweikhard ins Untersuchungsgefängnis überstellt wird, möchte ich noch einmal mit ihm reden, um ihn zu den Äußerungen von Frau Aydin zu befragen«, meldete er an.

Isabella Mertens sah zu ihm. »Gut, da bin ich dabei.«

Das hatte ihm gerade noch gefehlt.

Brander wartete mit Isabella Mertens im Vernehmungszimmer auf Marcel Schweikhard. Er saß auf demselben Platz wie am Tag zuvor, die Staatsanwältin stand am Fenster und sah hinaus. Sie hatte die Hände auf dem Rücken verschränkt, die Finger ineinander verkrampft. Ihre ganze Haltung schien verkrampft.

»Spricht er mit Ihnen?«, fragte sie unvermittelt in das unangenehme Schweigen.

»Wer?«

»Marcel Schweikhard.«

»Ja.«

»Gut, dann überlasse ich Ihnen die Befragung.«

»Okay.« Brander fragte sich, ob eine Absicht dahinter steckte.

»Als er damals als Jugendlicher vor Gericht stand, hat er sich nicht zur Sache geäußert. Es ist wichtig, dass wir ihn zum Reden bringen«, erklärte sie, als hätte sie seine misstrauischen Gedanken erraten. »Er hat bisher auf einen Rechtsbeistand verzichtet?«

»Ja.«

»Vermutlich gut für uns.« Sie löste die Hände, gab ihren Fensterplatz auf und setzte sich neben Brander. Sie nahm ihren Tablet-PC, öffnete einen Ordner und studierte eine Notiz. »Sie haben gestern Abend noch einen Arzt kommen lassen?«

»Ja. Er hat einige Verletzungen, anscheinend von dem Überfall. Ich wollte sichergehen, dass es nichts Schwerwiegendes ist. Außerdem war er ziemlich aufgewühlt.«

Die Tür wurde geöffnet, und zwei Beamte führten Marcel Schweikhard herein. Wenn es überhaupt möglich war, sah der junge Mann noch ausgebrannter aus als am Tag zuvor.

»Herr Schweikhard, das ist Staatsanwältin Mertens.«

Schweikhard deutete ein kurzes Nicken in Richtung der Frau neben Brander an.

»Konnten Sie ein wenig schlafen?«

Die Antwort war ein Achselzucken. Vermutlich hatte er kaum ein Auge zugetan.

»Sie wissen, warum Sie hier sind. Ihre Rechte wurden Ihnen gestern erklärt.«

Ein kaum sichtbares Kopfnicken.

»Sie verzichten weiterhin auf einen Rechtsbeistand?«

Erneutes Kopfnicken.

»Möchten Sie sich zur Sache äußern?«

Achselzucken. Zeichensprache war auch eine Art zu reden. Brander schaltete das Diktiergerät ein.

»Ihre Schwester Denise Schweikhard starb mutmaßlich in der Nacht vom siebten auf den achten Oktober in Ihrer Wohnung. Wo waren Sie an besagtem Wochenende in der Zeit von Samstagabend bis Sonntagmittag?«

»Nicht in meiner Wohnung.«

»Wo waren Sie?«

»Nicht in meiner Wohnung.«

»Gibt es dafür Zeugen?«

Schweikhard schnaufte laut.

»Herr Schweikhard macht hierzu keine Angaben«, diktierte Brander dem Aufnahmegerät. »Es gibt eine Zeugin, die aussagt, Sie seien in diesem Zeitraum in einem Gartenhaus in der Kleingartenanlage in Serach gewesen.«

Schweikhard schob den Unterkiefer vor und starrte Brander wortlos an.

»Die Zeugin berichtet weiter, dass Sie einige Stunden zuvor, am frühen Morgen des besagten Samstages, zusammengeschlagen wurden. Sie hätten die Zeugin angerufen und um Hilfe gebeten.«

Schweigen.

Die Überprüfung des Anrufs stand noch aus. »Laut Aussage der Zeugin waren Ihre Verletzungen nicht unerheblich. Warum sind Sie nicht in ein Krankenhaus gegangen?«

Schweigen.

»Oder wenigstens in Ihre Wohnung?«

Schweigen.

»Vielleicht ging das nicht …« Brander sah auf seine Notizen. »Der exakte Todeszeitpunkt Ihrer Schwester konnte bisher nicht bestimmt werden. Vielleicht lag sie da bereits tot in Ihrer Wohnung?«

Das war eigentlich unmöglich, denn die Nachbarin hatte das Mädchen am späten Samstagabend noch vor Schweikhards Wohnung gesehen. Dennoch, irgendwie musste er diesen Mann zum Reden bringen. Zumindest die Pupillen seines Gegenübers hatten sich ungläubig geweitet.

»Ihr langjähriger Kumpel Robin Endress sagt zwar aus, dass Denise bis Samstagabend bei ihm gewesen sei, aber vielleicht hat er sich ja vertan … oder er lügt. Aber warum? Um Sie zu schützen?«

Er schob das Kinn vor. Auf den Wangen zeichneten sich rote Flecken ab.

»Es gab keine Einbruchspuren – abgesehen von der Verwüstung in Ihrer Wohnung. Die Daten von Handy und Laptop Ihrer Schwester wurden gelöscht. Wer hätte eine bessere Gelegenheit gehabt, die Daten zu löschen, als Sie?«

Marcel Schweikhard würde jeden Augenblick explodieren, so wie am Tag zuvor. Brander stützte die Ellenbogen locker auf den Tisch, hob versöhnlich die leeren Hände. »Ich bin bereit, Ihnen zu glauben, dass Sie Ihre Schwester nicht getötet haben. Aber wen wollen Sie mit Ihrem Schweigen schützen?«

Branders Zugeständnis irritierte Schweikhard. Er blinzelte, kleine Falten bildeten sich auf der jungen Stirn. Brander ließ einige Sekunden verstreichen. Isabella Mertens wischte mit dem Finger über ihren Tablet-PC. Sie fand, was sie suchte, zog die Schrift etwas größer, sodass Brander es lesen konnte.

»Jemand war in Ihrer Wohnung und hat Ihre Wohnung verwüstet. Wer hat das getan? Und warum?« Er nahm einen Zettel von seinen Notizen, wendete das Blatt und schrieb die Zahl 144 darauf. »Wofür steht das?«

Schweikhard schluckte trocken, eine Antwort gab er nicht.

»Ich brauch eine Pause«, erklärte die Staatsanwältin unvermittelt. »Wir unterbrechen kurz. Möchten Sie einen Tee oder einen Kaffee?«

Schweikhard sah die Frau an, als würde er sie erst jetzt bewusst wahrnehmen, dann schüttelte er den Kopf.

Isabella Mertens stand auf und gab Brander ein Zeichen, mitzukommen. Sie schickten den Beamten, der vor der Tür wartete, in den Raum und marschierten Richtung Pausenraum.

»Ich dachte, er spricht mit Ihnen?«

»Das tut er … auf seine Weise.«

Die Staatsanwältin sah zu ihm und zum ersten Mal sah er ein freundliches Lächeln über ihr strenges Gesicht huschen. »Ja, auf seine Weise.«

Sie waren im Pausenraum angekommen. Mertens Blick glitt suchend durch den Raum. »Gibt's hier auch Kaffee für Gäste?«

»Ja, wenn sie ihre eigene Tasse mitbringen.«

Isabella Mertens brauchte einen Moment, bevor sie in Branders Augen ein neckisches Funkeln entdeckte.

Brander öffnete einen Schrank. »Espresso, Kaffee oder Cappuccino?«

»Espresso, wir wollen ihm nicht zu viel Zeit lassen.«

Er nahm zwei Tassen heraus, bereitete die Getränke zu und reichte der Staatsanwältin ihren Espresso.

»Danke. Wie machen wir weiter?«

Wir. Isabella Mertens konnte also auch anders. »Halten Sie ihn für schuldig?«, stellte Brander eine Gegenfrage.

Sie rührte Zucker in ihren Espresso, blies in die Tasse und trank einen Schluck. »Ich weiß es nicht«, gestand sie. »Sein Schweigen kann ich nicht unbedingt zu seinen Gunsten auslegen. Und irgendwie hat er 'ne Verbrechervisage, finden Sie nicht?«

»Unter dem Gesichtspunkt kommt ein Sonnyboy wie Robin Endress natürlich nicht mehr als Täter in Frage.«

»Natürlich ist das kein Kriterium. Wieso gibt Frau Aydin diesem Kerl ein Alibi? Das verstehe ich einfach nicht. Zwingt er sie? Bedroht er sie?«

»Sie machte gestern nicht den Eindruck, als fühlte sie sich von ihm bedroht«, erinnerte sich Brander an das Gespräch vom Vortag. Auch die Zweisamkeit in der Gartenhütte hatte nicht den Anschein einer gefährlichen Atmosphäre gehabt.

»Dieser Fall ist ziemlich undurchsichtig.«

»Ja«, stimmte Brander zu. Ihn beschlich das Gefühl, dass die Ermittlung noch eine böse Überraschung bereithielt. Was übersahen sie? »Machen wir weiter.«

»Und wie?«

»Mir fällt schon was ein.« Brander nahm der Staatsanwältin die Tasse ab und stellte das Geschirr in das Spülbecken. Ihm blieben wenige Meter bis zur Tür des Vernehmungszimmers, um zu entscheiden, in welche Richtung er das Gespräch lenken wollte.

Marcel Schweikhard hatte sich zurückgelehnt, die Arme vor der Brust verschränkt, die Augen geschlossen. Er hob träge den Kopf, als Brander und Mertens den Raum betraten. Die Unterbrechung war gerade zum richtigen Zeitpunkt gekommen. Seine Wut war verebbt. Brander nahm seinen Platz wieder ein und musterte den jungen Mann vor sich. Verbrechervisage. Na ja, er war keine Schönheit. Er sah fertig aus. Erschöpft von den letzten Wochen, erschöpft von einem inneren Kampf. Dreiundzwanzig Jahre – ein junger Mann sollte nicht so ausgezehrt aussehen, als hätte er schon sein ganzes Leben hinter sich.

»Sie sagten gestern, Sie hätten sich die Verletzungen bei einem Sturz zugezogen. Wo war das?«

Schweikhard zuckte die Achseln.

»Temporäre Amnesie, so etwas kann nach einer Kopfverletzung vorkommen«, erklärte Brander zynisch. »Zum Glück haben wir einen Zeugen.«

Isabella Mertens sah überrascht zu ihm.

»Ein Zeuge berichtet, dass er am siebten Oktober gegen kurz vor drei beobachtet hat, wie am Südausgang des Esslinger Bahnhofs ein Mann von zwei anderen Männern zusammengeschlagen wurde. Das Ganze dauerte nicht sonderlich lange, denn der Zeuge hat besonnen reagiert und die Täter abgelenkt, die daraufhin von ihrem Opfer abließen und flüchteten. Am Tatort wurde ein Ohrring gefunden. Ein kleiner Stecker …«

Unwillkürlich griff Schweikhard an sein rechtes Ohrläppchen.

Brander nickte. »Sie können den Ohrstecker als Ihren identifizieren, ansonsten wird ein DNA-Abgleich das sicher ebenso gut erledigen.«

Schweikhard ließ den Arm wieder fallen und schluckte trocken.

»Herr Schweikhard, bitte lassen Sie uns den Samstag rekonstruieren. Wir können Ihnen nur helfen, wenn wir wissen, was geschehen ist.« Brander suchte den Blickkontakt zu dem jungen Mann und bekam ihn. Er sah in die hellgrauen Augen. »Denken Sie nicht, dass Sie das Ihrer Schwester schuldig sind?«

Und endlich war Marcel Schweikhard bereit zu reden.

***

»Fassen wir noch einmal zusammen.« Brander rieb sich mit Daumen und Zeigefinger über die Stirn. Das Gespräch war anstrengend gewesen, und er war sich nicht sicher, was er von Schweikhards Aussage halten sollte. »Am Morgen des siebten Oktober kamen Sie gegen viertel vor drei mit der S-Bahn aus Stuttgart. Als sie vom Bahnsteig über die Treppe in die Unterführung runtergingen, warteten dort

Robin Endress und Jochen Kastner auf Sie. Sie haben umgehend die Flucht ergriffen, rannten zum Südausgang. Die beiden Männer haben Sie eingeholt. Einer stieß sie von hinten in den Rücken, dadurch verloren Sie das Gleichgewicht und stürzten die Treppe hinunter zum Neckarweg. Endress und Kastner haben Sie weiter mit Fußtritten und Fäusten traktiert und dann plötzlich von Ihnen abgelassen.« Er sah zu seinem Gegenüber.

Schweikhard nickte.

»Warum diese Männer, mit denen Sie bis vor wenigen Wochen noch befreundet waren, Sie verprügelt haben, wissen Sie nicht.«

Erneutes Nicken.

»Warum sind Sie vor den beiden geflüchtet, als Sie sie gesehen haben?«

Schweikhard sah ihn stumm an. An dem Punkt mauerte er weiterhin.

»Sie sind dann links über den Neckarweg geflüchtet, das Nächste, woran Sie sich erinnern, ist, dass jemand Sie ansprach. Sie lagen auf einer Parkbank.«

»Ja. Ich weiß nicht, wie ich dahin gekommen bin. Mir war kotzübel, als ich aufgewacht bin.«

»Können Sie uns die Person, die Sie angesprochen hat, beschreiben?«

»Nee, das ist alles wie im Nebel. Ist weg.«

»Sie haben festgestellt, dass Sie Ihren Wohnungsschlüssel verloren hatten.« Brander suchte in seinen Unterlagen nach einem Bild. »Ist das Ihr Schlüsselbund?«

»Nein, der gehört Denise.«

Es war der Schlüsselbund, der in der Küche auf der Arbeitsplatte gelegen hatte. Tropper hatte es überprüft, die Schlüssel hatten bereits beim Auffinden der Toten in der

Küche gelegen. »Ihr Smartphone hatten Sie noch, und Sie haben Nuran Aydin angerufen. Warum Frau Aydin?«

»Ich hab nicht zu vielen Leuten Kontakt, und Nuran ist Ärztin.«

»Sie studiert Medizin«, relativierte Isabella Mertens die Auskunft. »Dass Frau Aydin Sie nicht in ein Krankenhaus gebracht hat, könnte in Anbetracht Ihrer Verletzungen als unterlassene Hilfeleistung ausgelegt werden. Das kann schwerwiegende Folgen für Frau Aydin haben.«

»Lassen Sie Nuran da raus! Sie hat mir geholfen! Ich wollte nicht in ein Krankenhaus, kapiert?«

»Das ist kein Grund, laut zu werden.«

»Ey, Scheiße, Mann! Ich unterschreib das nicht, wenn Nuran dadurch Schwierigkeiten kriegt!«

»Lassen wir diesen Punkt jetzt mal außer Acht«, versuchte Brander, die Gemüter wieder zu beruhigen. »Frau Aydin hat Ihnen geholfen, Sie wollten nicht in ein Krankenhaus – aber warum nicht in Ihre Wohnung? Der Hausmeister hätte Sie hereinlassen können.«

Schweikhard biss die Zähne zusammen.

»Wieso sind Sie nicht in Ihre Wohnung zurückgekehrt? Frau Aydin hätte da sicherlich bessere Möglichkeiten gehabt, Sie zu versorgen.«

»Ich … ich wusste nicht, ob die meinen Schlüssel haben.« Er senkte den Blick in seinen Schoß. Er hatte Angst. Vielleicht hatte er befürchtet, dass seine ehemaligen Kameraden ihm in seiner Wohnung auflauern würden.

»Und nach fünf Tagen – ausgerechnet an dem Tag, an dem wir vor Ort sind – wollten Sie in Ihre Wohnung zurückkehren?«

»Ich brauchte saubere Klamotten.«

Das Timing hätte nicht besser sein können.

»Und warum sind Sie dann geflüchtet?«

»Reflex.«

»Hm.« Brander überflog seine Notizen. Sollte er dem jungen Mann diese Geschichte abkaufen? Und was war das für eine undurchsichtige Konstellation mit Nuran Aydin?

»Was ist mit der Nachricht, die Ihre Schwester an Endress und Kastner geschickt hat?«

Schweikhard presste die Lippen zusammen, deutete ein Achselzucken an.

»Diese Nachricht hat Ihre Schwester vielleicht das Leben gekostet.«

Der Blick wurde verkniffener, eine Antwort gab Schweikhard nicht.

Brander sah zur Staatsanwältin. Die seufzte, klopfte mit der flachen Hand zweimal auf den Tisch und beugte sich ein Stück zu Schweikhard vor. »Drei Fragen: Warum haben Ihre Kumpels Sie überfallen? Warum wurde Ihre Wohnung verwüstet? Warum musste Ihre Schwester sterben?« Sie hatte die Augenbrauen leicht gehoben und sah ihr Gegenüber mit faltiger Stirn an.

Als keine Reaktion ihres Gegenübers erfolgte, schüttelte sie den Kopf. »Das reicht mir nicht.«

»Wieso erfahre ich nichts von diesem Zeugen?«, blaffte die Staatsanwältin Brander an, sobald sie wieder unter sich waren. Marcel Schweikhard würde die Zeit bis zu seinem Haftprüfungstermin in der Gewahrsamszelle bleiben.

»Der Zusammenhang zwischen der Aussage eines Mannes und dem Überfall auf Schweikhard war lediglich eine Vermutung, die mir während des Gesprächs kam.« Nun, eigentlich schon einen Tag zuvor, aber diese Tatsache würde die Wogen nicht unbedingt glätten.

»Ich will die Aussage lesen, und ich will mit dem Mann sprechen!«

»Kommen Sie mit.« Brander ging ihr voraus in sein Büro.

»Peppi, wir brauchen die Aussagen von Herrn Kazmaier und die Kontaktdaten. Frau Mertens möchte mit dem Zeugen sprechen.«

Peppi sah erstaunt in die Gesichter. »Ich schicke Ihnen die Unterlagen per Mail. Planen Sie Zeit ein für das Gespräch.«

»Ich plane immer Zeit ein.«

»Ja.« Peppi verkniff sich jeden weiteren Kommentar.

»Und Sie, Herr Brander, nehmen die Ermittlungen gegen Endress und Kastner auf. Verdacht auf gemeinschaftliche gefährliche Körperverletzung gegen Marcel Schweikhard und mutmaßlich dieses türkische Pärchen. Ich will, dass die Herren noch heute befragt werden, und sämtliche Alibis aller Beteiligten sind für die Tatzeitpunkte zu überprüfen. Heute Abend will ich Ergebnisse. Schriftlich. Haben Sie mich verstanden?«

»Ich bin nicht taub«, knurrte Brander. Hatte er mit dieser Frau tatsächlich vor kaum zwei Stunden friedlich einen Espresso getrunken? »Ohne richterliche Vorladung werden die beiden nicht mit uns sprechen.«

»Ach, Herr Brander, Sie sind doch sonst nicht so umständlich! Versuchen Sie's, und sonst kommen Sie gern noch einmal auf mich zu.«

Zynismus, du hast einen Namen, ging es Brander durch den Kopf. »Wir haben keinerlei Beweise.«

»Wir haben die Aussage von Herrn Schweikhard und Ihres ominösen Zeugen, den Sie mir netterweise vorenthalten haben.«

Brander schnaufte unzufrieden. »Was ist mit Denise Schweikhard?«

»Danke, dass Sie mich daran erinnern. Da habe ich nämlich gleich einen Haftprüfungstermin für den mutmaßlichen Täter.« Die Staatsanwältin rauschte aus dem Büro.

Peppi sah konsterniert zu Brander. »Womit hast du die jetzt wieder auf die Palme gebracht?«

Brander winkte ab und ließ sich an seinem Schreibtisch nieder. Stimmte die Aussage von Marcel Schweikhard? Oder hatte er nur nach Branders Köder gegriffen, um von sich abzulenken? Warum war er, nachdem seine zwei Kumpels ihn zusammengeschlagen hatten, nicht ins Krankenhaus gegangen? Hätte er die Chance gehabt, später am Abend von der Gartenlaube in seine Wohnung zu gehen? War es dort erneut zu einem handgreiflichen Streit zwischen den Geschwistern gekommen? Das Alibi, das Nuran Aydin ihm gab, war nicht ausreichend. Die Staatsanwältin hatte es deutlich gesagt – Aydin hatte gelogen, sie war nicht glaubwürdig. Er brauchte mehr Informationen. Schriftliche Ergebnisse bis heute Abend. Die Mertens konnte ihn mal. Sie würde ihre Ergebnisse bekommen, wenn er welche hatte.

Was würde eine erneute Befragung von Schweikhards Kameraden bringen? Und wen zuerst: Endress oder Kastner? Endress, entschied Brander. Bei Kastner bestand die Gefahr, dass Kastner Senior Endress vorwarnte, während sie den Junior einkassierten. Noch besser: Sie schlugen zeitgleich zu.

»Peppi, kannst du bitte bei den Bahnbetreibern prüfen, ob es Aufzeichnungen vom Bahngelände gibt vom Morgen des siebten Oktober? Ich fahr mit Stephan zu Robin

Endress.« Parallel dazu würde er Fabio und Peter zu Jochen Kastner schicken, um ihn herzuholen. Er musste dafür sorgen, dass die beiden Männer keine Zeit hatten, sich abzusprechen.

»Andreas, mein Freund, ich hab dir gesagt, die Mertens ist mit Vorsicht zu genießen.«

»Ich konnte ihr ja schlecht sagen, dass ich sie bei der Vernehmung nicht dabeihaben will.«

»Das Gesicht hätte ich gern gesehen.«

Brander war mit Klein auf dem Weg zu Robin Endress. Während Klein den Wagen mit einer Hand lässig durch den mittäglichen Verkehr lenkte, hatte Brander ihm von Schweikhards Befragung erzählt.

»Ich hätte ihr vorher etwas von dem Kazmaier sagen sollen. Vermutlich wäre ich auch sauer gewesen, wenn es umgekehrt so gelaufen wäre.«

»Warum verteidigst du die jetzt auch noch?«

»Sie macht keinen schlechten Job. Die Befragung lief gut. Obwohl sie vermutlich innerlich gekocht hat, ist sie die ganze Zeit ruhig geblieben. Sie leitet jetzt die richtigen Schritte in die Wege.«

Klein stieß die Luft vibrierend durch die Lippen aus. »Sie handelt übereilt. Wir sollten erst einmal die Punkte prüfen, die der Junge euch erzählt hat.«

»Das machen wir doch jetzt. Wo fährst du eigentlich hin?«, fragte Brander, als er bemerkte, das Klein auf die Hohenheimer Straße Richtung Scharnhauser Park fuhr. »Es ist halb eins. Der Endress wird noch bei der Arbeit sein.«

»Und die ist wo?«

»In Plochingen.«

»Nee, oder?« Klein sah in den Rückspiegel, trat auf die Bremse und wendete den Wagen.

Das Gebäude der Vermögensberatung, für die Robin Endress arbeitete, war ein mehrstöckiges Haus mit Flachdach in der Nähe des Bahnhofs. Sie parkten den Wagen auf einem Kundenparkplatz und betraten das Foyer. Eine Empfangsdame in mittleren Jahren und im dunkelblauen Business-Kostüm sah ihnen freundlich entgegen. Auf dem Tresen, der ihren Schreibtisch abschirmte, stand ein silbernes Schildchen, dessen schwarze Prägung sie als Frau Rademacher auswies.

»Guten Tag, die Herren, was kann ich für Sie tun?«

»Kriminalpolizei Esslingen, Brander, mein Kollege KHK Klein. Ist Herr Endress im Haus?«, spulte Brander herunter.

Die Empfangsdame sog die Luft ein, warf einen verunsicherten Blick auf ihren Monitor. »Ja. Worum geht es denn, bitte?«

»Das darf er Ihnen später gern selbst erzählen«, erklärte Brander unverbindlich. »Sagen Sie uns einfach, wo wir ihn finden.«

»Nun, Herr Brander, so einfach ist das nicht. Ich melde Sie bei Herrn Endress an. Er wird Sie hier abholen, sobald er Zeit für Sie hat. Nehmen Sie bitte so lange Platz. Darf ich Ihnen etwas zu trinken anbieten?« Sie deutete auf eine Sitzecke mit dunkelroten Ledersesseln vor einer Fensterfront. Auf einem niedrigen Glastisch waren verschiedene Hochglanzmagazine und die Süddeutsche Zeitung ausgelegt.

Stephan Klein lehnte sich mit dem tätowierten Unterarm auf den Tresen. »Sie verkennen da ein wenig die Situation, Frau Rademacher. Wir sind nicht zum gemütlichen Kaffeetrinken hier. Wir müssen in einer dringenden Angelegenheit mit Robin Endress sprechen.«

Die Frau wich mit dem Oberkörper vor Kleins massiger Erscheinung zurück. »Herr Endress ist im Kundengespräch.«

»Und das dauert wie lange?«

»Das kann ich Ihnen nicht sagen.«

»Keine Erfahrungswerte? Zehn, fünfzehn Minuten?«

»Ich kann es Ihnen nicht sagen.«

»Dann sagen Sie Herrn Endress bitte, dass er eine kurze Pause einlegen soll«, schaltete sich Brander ein. »Und zwar jetzt«, ergänzte er mit Nachdruck.

Widerwillig griff die Empfangsdame zum Telefon. »Entschuldigen Sie bitte, Herr Endress, hier sind zwei Beamte von der Kriminal… Nein, das … Das habe ich den Herren gesagt … « Ihre Wangen hatten sich rot verfärbt, als sie auflegte. »Er ist in wenigen Minuten bei Ihnen.«

Klein lächelte. »Besten Dank, Frau Rademacher.«

Sie mussten nicht lange warten, bis energische Schritte durch das Treppenhaus hallten. Robin Endress blieb im Foyer stehen, als er die beiden Kommissare beim Empfang entdeckte, und schüttelte verärgert den Kopf. »Das ist an Unverschämtheit ja wohl kaum noch zu überbieten! Was fällt Ihnen ein? Ich …«

»Herr Endress, jetzt warten Sie doch erst einmal ab, was wir zu sagen haben«, unterbrach Brander den jungen Mann, wobei er darauf verzichtete, seine Stimme diskret zu senken. »Sie sind Beschuldigter eines Verfahrens. Ihnen wird gemeinschaftliche gefährliche Körperverletzung in mindestens einem Fall vorgeworfen. Als Beschuldigter haben Sie das Recht zu schweigen, Sie haben das Recht …« Brander verlas ihm seine Rechte.

»Was reden Sie da?« Endress konnte nicht aufhören, den Kopf zu schütteln.

»Sie müssen sich nicht zur Sache äußern, aber vielleicht hilft ein Gespräch, Licht ins Dunkel zu bringen. Wir möchten Sie bitten, uns zur Polizeidirektion zu begleiten.«

»Wen soll ich denn bitteschön verletzt haben? Wann? Wo?«

War sein Unwissen echt oder gespielt?

»Marcel Schweikhard, gegen drei Uhr morgens am Samstag, siebter Oktober. Südausgang Bahnhof Esslingen. Sie waren mutmaßlich in Begleitung Ihres Kameraden Jochen Kastner und haben Herrn Schweikhard schwere Verletzungen zugefügt.«

»Das ist doch von vorn bis hinten gelogen«, zischte Endress zwischen zusammengebissenen Zähnen. Seine Augen glitten nervös zwischen der Empfangsdame und den Kommissaren hin und her.

»Wenn Sie bitte mit uns kommen würden.«

»Haben Sie einen Haftbefehl? Einen richterlichen Beschluss?«

»Für den Anfang tut's auch eine vorläufige Festnahme.« Branders Blick machte deutlich, dass er nicht davor zurückschrecken würde, ihn in Handschließen abzuführen.

»Das ist Verleumdung! Das ist … Das hat ein Nachspiel.« Endress sah zu der Empfangsdame. »Maria, es handelt sich um einen Irrtum. Da versucht jemand, mir etwas anzuhängen. Kannst du dich bitte um die Kunden kümmern? Mach bitte einen neuen Termin mit ihnen aus. Ich muss das kurz in Ordnung bringen.« Er lächelte sein unverbindliches Beraterlächeln. »Dürfte ich noch meine Jacke holen, bevor wir gehen?«

»Aber sicher, wir begleiten Sie gern«, erklärte Klein, ohne das Lächeln zu erwidern.

Endress bestand darauf, auf seinen Anwalt zu warten. Brander überließ ihn in einem Vernehmungszimmer der Obhut eines Uniformierten und begab sich zu Jochen Kastner, der im Büro von Fabio Esposito und Peter Sänger wartete. Fabio gab seinen Stuhl frei und stellte sich an die Tür. Brander setzte sich Kastner gegenüber. »Meine Kollegen haben Ihnen gesagt, welcher Vorwurf gegen Sie erhoben wird?«

»Kann mich nicht erinnern. Vielleicht hab ich den aber auch nicht verstanden.« Jochen Kastner saß zurückgelehnt, das Gesäß vorgeschoben, die Beine ausgestreckt, auf seinem Stuhl und sah provozierend zu Fabio Esposito.

»Sie werden beschuldigt, in den frühen Morgenstunden des siebten Oktober gemeinsam mit einem Freund Marcel Schweikhard überfallen und schwer verletzt zu haben.« Brander diktierte ihm seine Rechte, auch wenn er sicher war, dass Fabio und Peter das längst getan hatten.

»Möchten Sie sich zur Sache äußern?«

»Alles Unsinn.«

»Wo waren Sie am siebten Oktober zwischen ein Uhr und fünf Uhr morgens?«

»Zuhause.«

»Gibt es dafür Zeugen?«

»Meine Matratze.«

Was für ein Spaßvogel. »War jemand bei Ihnen?«

»Nein.«

»Können Ihre Eltern bezeugen, dass Sie zuhause waren?«

Kastner hob die Schultern. »Sie können meinen Vater ja mal anrufen und fragen.«

»Das werden wir. Wo waren Sie in der Nacht vom einundzwanzigsten auf den zweiundzwanzigsten Juli?«

»Zuhause in meinem Bett.«

»Das wissen Sie gleich so genau?«

Kastners Mundwinkel hoben sich zu einem überheblichen Grinsen. »Ja.«

Branders Blick zeigte deutlich, dass er es besser wusste. Er blätterte mit einem Seufzen durch einen Stapel Papiere. »Das wirft natürlich Fragen auf. Hier habe ich …« Brander hielt inne, als müsse er etwas überdenken.

»Die Muselfrau lügt.«

»Wie bitte?« Brander wandte sich Kastner wieder zu.

»Die behauptet doch, dass wir das mit dem Überfall auf sie und ihren Abdullah waren. Die lügt.«

Brander sah sein Gegenüber stumm an und ließ die Worte sacken. Je länger sein Schweigen dauerte, desto unruhiger wurde Kastner. Er saß zwar weiterhin nur da und versuchte, entspannt zu wirken, aber die Pupillen hielten nicht still, und er nagte unbewusst an der Innenseite seiner Unterlippe.

»Sie waren also nicht an dem Überfall im Juli beteiligt, bei dem eines der Opfer, ein junger türkischer Mann, mit schweren Verletzungen ins Krankenhaus verbracht werden musste?«

»Ja.«

»Das heißt, den Überfall haben Denise Schweikhard, ihr Bruder Marcel und Robin Endress durchgeführt?«

»Nein.«

»Woher wissen Sie das so genau, wenn Sie zur Tatzeit allein zuhause in Ihrem Bett lagen?«

Kastners Gesicht versteinerte sich. »Vielleicht war ich ja nicht allein.«

Brander nickte. »Waren Ihre Freunde bei Ihnen?«

Kastners Augen funkelten zornig. Er biss die Zähne zusammen. Anscheinend hatten die Herren sich nicht sehr gut abgesprochen.

»Tja, auf jeden Fall interessant«, murmelte Brander leise, als wäre die Erkenntnis nicht für sein Gegenüber gedacht.

»Was?«

»Woher wissen Sie von dem Überfall?«

»He?«

»Sie wissen anscheinend sehr genau von einem Überfall auf ein türkisches Paar in der Nacht vom einundzwanzigsten auf den zweiundzwanzigsten Juli. Dieser Überfall wurde nirgendwo gemeldet. Es gab keine Zeitungsnotiz. Er fand auch nicht in Ihrer unmittelbaren Nachbarschaft statt. Aber Sie wissen davon.«

»Ich weiß nichts.«

»Das klang vor wenigen Sekunden aber anders.«

Kastner blies schnaubend die Nasenlöcher auf. »Sie verdrehen mir die Worte im Mund. Das Gespräch ist für mich beendet.«

»Nur nochmal fürs Protokoll: Sie waren sowohl in der Nacht vom einundzwanzigsten auf den zweiundzwanzigsten Juli als auch in den frühen Morgenstunden des siebten Oktober allein zuhause?«

Kastner reckte sein Gesicht vor zu Brander und starrte ihm kalt in die Augen. Seine Stimme war ein leises, drohendes Zischen: »Vielleicht. Vielleicht hab ich aber auch deine Tochter gefickt.« Er stieß mit provozierendem Blick mit der Zunge in seine Wange, dann lehnte er sich wieder zurück und erklärte laut: »Ich will jetzt meinen Anwalt sprechen.«

Es war eine leere Drohung. Täter, die sich in die Enge getrieben fühlten, reagierten manchmal so. Es war nicht das erste Mal, dass ihm jemand drohte. So etwas durfte man nicht zu ernst nehmen, nicht an sich ranlassen. Das hatte er Fabio gesagt, der ausgeflippt war, kaum dass die Vernehmung beendet war. Vater von drei kleinen Mädchen. Brander konnte den jungen Kollegen verstehen. Auch für ihn war es ein Schlag in den Magen gewesen, obwohl er sich nichts hatte anmerken lassen. Woher wusste Kastner von Nathalie? Brander ging in sein Büro und rief zuhause an.

»Hallo Andi«, hörte er Cecilias erfreute Stimme.

»Ceci …« Und jetzt? Es tat gut, mit ihr zu sprechen, aber was sollte er ihr sagen? Er wollte nur ihre Stimme hören, sich vergewissern, dass es ihr gut ging. »Wie läuft's zuhause?«

»So la-la. Nathalie ist in ihrem Zimmer. Ich habe ihr zur Auflage gemacht, die Tür einen Spalt offenstehen zu lassen. Gefällt ihr natürlich nicht. Mir auch nicht.«

»Geht sie heute noch aus?«

»Nach der Aktion von Mittwochnacht glaubst du doch nicht, dass ich ihr das erlauben würde. Aber soweit ich weiß, hatte sie ohnehin nichts vor.«

Nathalie ging selten aus. Ihre alten Saufkumpane durfte sie nicht mehr treffen, zu ihren Schulkameraden hatte sie nur oberflächlichen Kontakt. Wenn sein Neffe Julian zu Besuch war, ging sie manchmal mit ihm ins Kino.

»Wie sieht's bei dir aus, wird es wieder spät?«

Brander sah auf die Uhr. Halb sechs. Wo war die Zeit geblieben? »Sieht so aus, ja. Tut mir leid, Schatz.«

»Ja, mir auch.«

»Pass gut auf euch auf.«

»Andi, warum sagst du das?«

»Was … ach, nur so, wie man das halt so sagt.« Brander verzog das Gesicht. Er wollte Cecilia nicht beunruhigen. Kastner und Endress waren in der Polizeiwache. Was sollte passieren? Er durfte sich nicht von einer dummen Provokation so ins Bockshorn jagen lassen.

Peppi kam herein und legte ihm eine Bäckertüte auf den Schreibtisch. Brander beendete das Gespräch.

»Dachte mir, dass du auch Hunger hast«, erklärte die Kollegin mit Hinweis auf das Brötchen in der Tüte.

»Danke.«

»Ich hab 'ne gute und zwei schlechte Nachrichten für dich. Die Gute: Die S-Bahnen sind videoüberwacht. Die Schlechten: der Südausgang des Bahnhofs nicht. Und die Aufzeichnungen werden nur wenige Tage aufbewahrt, vom siebten Oktober konnte ich keinerlei Aufzeichnungen mehr bekommen. Liegt schon zu lange zurück.«

»Toll.« Brander biss in sein Brötchen. Blieb also nur die Aussage von Kazmaier.

Stephan Klein gesellte sich zu Ihnen. »Wo ist mein Brötchen?«

»Beim Bäcker«, erwiderte Peppi ungerührt.

»Da liegt's gut. Wollt ihr erst essen, oder soll ich euch den Appetit verderben?«

Brander hob fragend den Blick.

»Robins Advokat war da. Unser Freund befindet sich bereits wieder in Freiheit.«

Brander schluckte den Brocken unzerkaut herunter.

»Jetzt verhandelt er gerade über Jochens Verbleib. Wird ähnlich laufen: Weder Flucht- noch Verdunklungsgefahr, mehr als schwache Beweislage, kein Grund, den Jochen über Nacht hierzubehalten.«

»Das kotzt mich an!« Brander donnerte wutschnaubend die Faust auf den Tisch. »Das war doch klar, dass es so laufen würde. Und wir sind mal wieder die Idioten vom Dienst!«

»Andi?«, fragte Peppi besorgt.

»Wir treten auf der Stelle! Wir sind keinen Schritt weiter, weder im Fall Denise Schweikhard noch in der Sache Aydin/Özer, die ja offiziell nicht mal eine Sache ist und die uns hier ja auch von vorn bis hinten verarscht haben. Und Kastner und Endress, diese beiden Hampelmänner, tanzen uns auf der Nase herum!«

»Hast 'n schlechten Tag, mein Freund?« Klein setzte sich rittlings auf den Besucherstuhl.

»Ja, hab ich.« Brander schnaufte entnervt. Er griff zum Telefon, das im selben Augenblick klingelte. »Ja? … Muss einen Moment warten, ich komme runter.« Er drückte das Gespräch weg und wählte eine Kurzwahlnummer. »Kommt mal rüber.« Wenig später standen Fabio und Peter im Raum.

»Prio eins: Denise Schweikhard. Wir überprüfen sämtliche Alibis zur mutmaßlichen Tatnacht von Samstag auf Sonntag. Fabio, Peter, nehmt euch ein paar Kollegen und fahrt zum Scharnhauser Park, befragt die Nachbarn von Endress. Angeblich war Kastner am siebten Oktober ab acht Uhr abends bei ihm, Denise Schweikhard soll kurz zuvor gegangen sein. Schaut, ob ihr den Samstag rekonstruieren könnt. Waren Endress und Kastner tatsächlich die ganze Zeit bei Endress zuhause? Wie ist Denise von dort zu ihrem Bruder gekommen? Und ich will wissen, ob Endress in der Nacht von Freitag auf Samstag zuhause oder unterwegs war. Haben die Nachbarn ein Kommen oder Gehen bemerkt? Peppi, Stephan, ihr holt mir Yasin Özer her. Ich will seine Version der Geschichte hören.«

»Wer hat dich hier eigentlich zum Chef gemacht?«, wagte Peppi zu fragen.

Branders Antwort war ein ungeduldiges Schnaufen.

»Passt schon«, befand Klein. Er stand auf. »Komm, Persephone.«

»Und du?«, wandte sich Peppi noch einmal an Brander.

»Ich höre mir an, was Annegret Schweikhard zu sagen hat. Die sitzt unten und wartet.«

Annegret Schweikhard trug ein schlichtes, schwarzes Kostüm, dazu eine dunkelgraue Bluse. Die Trauer zeichnete sich deutlich in ihrem Gesicht ab. Dunkle Schatten unter den Augen, die Gesichtszüge verhärmt.

»Sie haben Marcel verhaftet«, stellte sie mit dünner Stimme fest. Sie saß aufrecht auf dem Besucherstuhl, die Knie fest zusammengedrückt, ihre Handtasche auf dem Schoß.

»Ja.«

»Wo ist er?«

»Im Untersuchungsgefängnis in Stuttgart-Stammheim.«

»Wie geht es ihm?«

Wie ging es ihrem Sohn? Brander hatte keine Antwort darauf. »Fahren Sie hin und fragen Sie ihn.«

»Er hat Denise nicht getötet.« Als Brander sie nur schweigend ansah, fuhr sie fort: »Marcel ist nicht so einer.«

»Was heißt das?«

»Er ist kein Mörder.«

»Frau Schweikhard, diese Frage wird das Gericht klären. Warum sind Sie hergekommen? Wollen Sie eine Aussage machen?«

Sie wich seinem Blick aus, klammerte sich an ihre Handtasche. »In der Nacht …«

»Welche Nacht?«

»Die Samstagnacht an dem Wochenende, als … als Denise starb. Hermann ist nachts aufgestanden, sein Handy hatte uns geweckt. Es piept, wenn eine Nachricht eingeht. Er ging raus und hat telefoniert. Ich habe ihn gefragt, was los wäre, aber er hat nur abgewunken.« Sie knetete weiter das weiche Leder ihrer Handtasche. »Nachdem Sie bei uns waren, nachdem ich wusste, dass Denise tot ist, habe ich mit ihm geredet. Ich fragte ihn, was los war in der Nacht, mit wem er telefoniert hat.« Wieder verfiel sie in Schweigen, zweifelnd, ob das, was sie tat, richtig war.

»Und?«, hakte Brander nach einer Weile nach.

Sie wandte sich ihm wieder zu. »Er hat mit Jochen Kastner telefoniert.«

»Junior?«

»Ja.«

Schon wieder eine Information, die ihnen verheimlicht worden war. »Was wollte er von Ihrem Mann?«

Annegret Schweikhard senkte den Blick, strich das Leder ihrer Handtasche glatt, hob den Kopf wieder. »Jochen hatte Hermann eine Nachricht geschickt: *Krieg deine Tochter wieder in den Griff*, das hatte er geschrieben. Hermann wollte wissen, was los war, und Jochen hat gesagt, dass Denise aus dem Ruder läuft.«

»Was bedeutet das?«

»Ich weiß es nicht.«

»Frau Schweikhard, ich verstehe diese ganze Konstellation nicht. Was hat Ihr Mann mit Jochen Kastner zu tun?«

»Hermann war mit seinem Vater befreundet. Als wir noch in Esslingen lebten, haben wir uns hin und wieder getroffen. Aber nachdem das mit Marcel passiert war, wollte ich diesen Kontakt nicht mehr.«

»Was hat Familie Kastner damit zu tun?«

»Jochen hat Marcel gezeigt, wie man … wie man zuschlägt. Marcel war nicht so. Die haben ihn so gemacht.«

Es war immer leicht, mit dem Finger auf andere zu zeigen. »Jochen Senior oder Junior?«

»Junior. Aber sein Vater weiß genau, was sein Sohn treibt. Die beiden sind vom selben Schlag. Und Hermann ist genauso. Er war stolz auf das, was Marcel getan hatte. Vielleicht muss man sich wehren, ja, aber doch nicht, indem man jemanden halb totschlägt.«

»Was ist mit Robin Endress? Kennen Sie oder Ihr Mann den auch?«

»Nur flüchtig. Jochen und Robin waren schon damals Freunde, und Denise hat Robin angehimmelt. Ich habe es erst spät gemerkt, weil ich nur auf Marcel fixiert war. Ich wollte ihm helfen und habe Denise dabei vergessen. Aber sie haben sich beide von mir abgewandt. Ich bin diejenige, die nichts versteht.« Sie öffnete die Handtasche, suchte ein Taschentuch und tupfte sich über die Augenwinkel.

Brander musterte die Frau vor sich: Aufrecht, steif, unnahbar. Er hatte die kalte Atmosphäre zwischen ihr und ihrem Ehemann erlebt. Hatte sie je ihre Kinder in den Arm genommen? Die Distanz schien zu groß. »Warum erzählen Sie mir das erst heute?«

»Ich bin ausgezogen. Ich habe Hermann verlassen.« Es war keine Antwort auf Branders Frage. Vielleicht gab es auch keine Antwort. Keine rationale Antwort, die alles erklären konnte. Sie kramte wieder in ihrer Tasche, zog einen Zettel hervor. »Da wohne ich jetzt. Können Sie das bitte Marcel geben? Er kann sich jederzeit bei mir melden.«

Brander nahm den Zettel entgegen. Warum fuhr sie nicht selbst nach Stammheim und besuchte ihren Sohn? Das würde ihm sicherlich mehr helfen.

»Was wissen Sie über Ihre Kinder und deren Freunde?«

»Ich kenne meine Kinder nicht mehr. Ich wollte nichts damit zu tun haben. Ich hab das einfach nicht ertragen. Die Verurteilung – das war nicht mein Junge. Marcel hatte Angst vor diesen Kerlen, die ihn gemobbt haben. Und Angst schürt Hass. Genau das ist es, worauf Leute wie Kastner bauen. Sie haben mir meine Kinder genommen.« Sie klammerte sich wieder an ihre Tasche. »Ich verstehe das nicht – warum ruft Hermann bei Jochen an? Warum ruft er nicht Denise an? Vielleicht … vielleicht wäre sie dann noch am Leben.«

***

Krieg deine Tochter wieder in den Griff. Zwischen ein und zwei Uhr nachts sei die Nachricht eingegangen, hatte Brander noch von Annegret Schweikhard erfahren. Natürlich hatte ihr Mann die Botschaft längst aus seinem Handyspeicher gelöscht. Sie würden die Telefonverbindungen von Jochen Kastner und Hermann Schweikhard überprüfen müssen. Aber was bedeutete das für Denises Tod? Annegret Schweikhard hatte weiter ausgesagt, dass ihr Mann in der Nacht das Haus nicht verlassen hatte. Er habe vorgehabt, mit Denise zu sprechen, wenn sie nach dem Wochenende aus Esslingen zurückgekommen wäre. *Es ist deine Schuld.* Unter diesem neuen Aspekt bekam Annegret Schweikhards Vorwurf eine andere Perspektive. Sie gab ihm nicht die Schuld, dass Marcel womöglich seine Schwester getötet haben konnte, sondern dass er in der Nacht nicht versucht hatte, Denise zu erreichen. Hätte er das Drama verhindern können, das in der Wohnung seines Sohnes geschehen war? Brander griff zum Telefon und wählte Jens Schönes Nummer.

»Jens, ich brauche Informationen. Laut Aussage von Denises Mutter hat Hermann Schweikhard in der Tatnacht eine SMS oder WhatsApp von Jochen Kastner bekommen, im Anschluss muss es ein Telefonat zwischen beiden gegeben haben. Kannst du das checken?«

»Es ist Freitagabend ...«

»Das weiß ich. Ich habe die Infos selbst gerade erst bekommen.«

»Haben wir einen richterlichen Beschluss?«

»Den besorg ich euch.«

»Okay, ich schau, was ich machen kann. Bei der Gelegenheit, du hattest mich gebeten, nochmal zu prüfen, ob Marcel Schweikhard am Morgen des siebten Oktober mit Nuran Aydin telefoniert hat. Hat er. Vier Uhr vierundfünfzig. Das Gespräch dauerte knapp anderthalb Minuten.«

In dem Punkt hatte Nuran also nicht gelogen. »Danke, Jens.«

Stephan Klein und Peppi brachten Yasin Özer eine viertel Stunde später in Branders Büro. Neben Klein wirkte Özers schmächtige Gestalt noch zerbrechlicher. Er hatte die Hände in den Taschen seiner Jacke versteckt, und die Augen glitten hinter den Brillengläsern wieder nervös umher.

»Herr Özer, nehmen Sie Platz.« Brander deutete auf den Besucherstuhl. »Ich hatte Sie eigentlich bereits am Mittwochabend erwartet.«

Özer setzte sich zögernd. »Ich habe es vergessen. Tut mir leid.«

Vergessen. Ihm fiel anscheinend keine passende Ausrede ein.

»Sie hatten ja auch viel zu tun in den letzten Wochen. Sie mussten einen Privatpatienten versorgen, wie ich gehört habe.«

Özer hatte ein schmales Gesicht, hohe Wangenknochen, dichte, dunkle Wimpern, sanft geschwungene Lippen. Er wirkte eher wie ein sensibler Poet, weniger wie ein angehender Mediziner. Die Narbe an der Schläfe gab ihm fast etwas Verwegenes.

»Beginnen wir mal bei dem Anruf, den Sie am Morgen des siebten Oktober bekamen.« Brander sah ihn auffordernd an.

»Nuran rief mich an. Sie war sehr aufgeregt. Marcel brauchte Hilfe. Er war verletzt. Er wollte nicht in ein Krankenhaus. Wir haben versucht, ihn zu überreden, aber er wollte nicht.«

»Eins nach dem anderen. Was haben Sie nach Frau Aydins Anruf getan?«

»Ich habe das Auto meines Bruders genommen, habe Nuran abgeholt und dann sind wir zu Marcel gefahren.«

»Nach Hause?«

»Nein, er war im Merkelpark, wir haben ihn da beim Landratsamt abgeholt.«

Der Merkelpark samt Merkelvilla hatte nichts mit der langjährigen Bundeskanzlerin zu tun, sondern ging zurück auf eine Esslinger Unternehmerfamilie. Bis in die 1970er befand sich auf dem heutigen Parkgelände eine Wollspinnerei samt Triebwerkskanal und Turbinen. Es war gut möglich, dass Schweikhard vom Bahnhof den Neckarweg entlang dorthin geflüchtet war.

»Warum war er im Merkelpark?«

»Er wusste nicht, wie er dahin gekommen ist. Die hatten ihn am Bahnhof abgefangen und verprügelt. Er konnte flüchten, aber er konnte sich nicht erinnern, wie er vom Bahnhof in den Park gekommen ist.«

»War er verletzt?«

»Ja. Er hatte viele Blutergüsse, eine Rippenprellung, Kratzer im Gesicht, ein geschwollenes Auge, eine aufgeplatzte Lippe, ein Hämatom seitlich am Kopf. Er hatte sich wohl auch übergeben, zumindest sah seine Kleidung so aus.« Im Laufe der Aufzählung wurde seine Stimme sicherer. Ein angehender Arzt in seinem Element.

»Und dann haben Sie ihn nicht in ein Krankenhaus gebracht?«, fragte Brander.

»Wir wollten, aber er wollte nicht.«

»Warum nicht?«

Yasin Özer hob die Schultern.

»Wie ging es weiter?«

»Er sagte, er könne nicht nach Hause, weil die seinen Schlüssel hätten. Er hatte Angst, dass die kommen und er kann sich nicht wehren. Wir konnten ihn aber auch nicht mit zu uns nehmen. Wir können unsere Familien da nicht mit reinziehen.«

»Wo mit reinziehen?«

Yasin Özer sah ihn ungläubig an. »Der ist doch so ein Rechter. Den bring ich doch nicht zu meiner Familie.«

»Aber Sie helfen ihm?« Nun war es an Brander, ungläubig zu gucken.

»Der wollte raus aus der Szene. Aber nicht ohne seine Schwester. Aber die …« Özer schüttelte den Kopf.

»Bleiben wir bei dem Samstagmorgen.« Brander wollte den Faden nicht verlieren.

»Wir haben ihn in das Gartenhaus gebracht. Es war das Beste, was uns auf die Schnelle einfiel. Da gibt es Wasser, da ist es trocken, so kalt war es zum Glück noch nicht. Wir haben ihn versorgt. Nuran ist den ganzen Tag bei ihm geblieben. Aber sie durfte nicht die Nacht von zu Hause wegbleiben, also habe ich sie um zehn Uhr abgelöst. Wir wollten ihn nicht allein lassen. Es hätte ja sein können, dass sich sein Zustand verschlechterte.«

»Das heißt, Sie waren ab zehn Uhr abends die ganze Nacht bei ihm?«

»Ja.«

»Haben Sie zwischendurch geschlafen?«

»Ja, aber nicht lange. Ich habe mir einen Wecker gestellt. Ich habe stündlich Atmung, Puls und Blutdruck geprüft.«

Vorbildlich. »Weitere Zeugen gibt es vermutlich nicht?«

»Nein. Wir haben Marcel versteckt. Und da haben wir natürlich darauf geachtet, dass es niemand bemerkt.«

Brander lehnte sich zurück und sah zum Fenster. Es war dunkel, und in den Scheiben spiegelte sich verschwommen der Innenraum. Wenn Yasin Özer die Wahrheit sagte, hätte Marcel Schweikhard in der mutmaßlichen Tatnacht keine Gelegenheit gehabt, in seine Wohnung zu gehen. Ein türkisches Pärchen gab einem rechtsradikalen Schläger ein Alibi. Welchen Grund hatten sie dafür?

Er wandte sich wieder dem jungen Mann zu. »Warum bittet Marcel Schweikhard ausgerechnet Sie und Ihre Freundin um Hilfe?«

»Er hat niemanden. Und er wollte raus aus der Szene.«

»Warum?«

Özer hob die Schultern. »Das müssen Sie ihn fragen.«

10

Samstag

Brander hatte beschlossen, nicht wieder so früh zur Arbeit zu fahren. Wenn es schon nicht klappte, dass er zeitig Feierabend machte, dann wollte er wenigstens mit seiner Familie am Wochenende frühstücken. Auch Peppi hatte keine Einwände, mal wieder ein bisschen länger schlafen zu können.

Während Cecilia Kaffee kochte, radelte Brander zum Bäcker und kaufte Brötchen und Laugenbrezeln. Nebel lag noch über den Feldern und bedeckte die Hänge des Schönbuchs. Auf der Bundesstraße herrschte bereits reger Verkehr, und auch beim Bäcker musste er warten.

»Guade Morgen, Herr Brander«, erklang eine männliche Stimme hinter ihm.

Brander drehte sich um und sah in das schnauzbärtige Gesicht von Polizeihauptmeister Amadeus Schätzle. Schätzle war Polizist des Polizeipostens Ammerbuch und in seiner Freizeit Hobbyzauberer – seine aktive Vorbereitung auf die Pensionierung, die nicht mehr in weiter Ferne lag. Vor einem halben Jahr hatten sie gemeinsam an einem Vermisstenfall gearbeitet. Sie tauschten ein bisschen Smalltalk aus, kauften ihre Brötchen und verließen die Bäckerei. Sie hatten sich schon verabschiedet, da fiel Brander etwas ein.

»Ach, Herr Schätzle, eine Frage …«

»Ja?«

»Gab es in Ammerbuch in den letzten Wochen wieder Einbrüche?«

Schätzle überlegte. »Letztes Wochenende haben ein paar Jugendliche versucht, einen Zigarettenautomaten zu knacken. Konkret wüsste ich sonst gerade nichts. Warum?«

»Vermutlich ist es nichts, aber … meine Frau hatte letztens das Gefühl, dass in unserer Straße jemand nachts herumgeschlichen sei.«

»Ich frag mal bei den Kollegen. Aktuell ist mir aber nichts bekannt.«

»Falls da was wäre, wüsste ich gern Bescheid.«

»Ich hab Ihre Nummer, ich melde mich.«

Die Stimmung beim Frühstück war nicht so fröhlich, wie Brander es sich gewünscht hätte. Nathalie knabberte appetitlos an einer Brezel. Sie war zwar ohne Murren aufgestanden, aber noch immer stand ihre Alkoholeskapade im Raum.

»Nathalie, wir müssen reden«, sprach Brander seine Pflegetochter an.

Sie zuckte die Achseln, ohne den Blick zu heben.

»Was ist denn los?«

»Nix.«

»Deswegen hast du dir Mittwochnacht auch eine halbe Flasche Wodka reingezogen.«

Sie riss den Kopf hoch, funkelte ihn zornig an. »Ich brauch keinen Grund, mich zu besaufen.«

»Ich bin mir sicher, dass du einen Grund dafür hattest«, erwiderte Brander ruhig. Er würde sich von ihr nicht provozieren lassen.

Sie starte ihn trotzig an. »Meine Gene.«

Derselbe Unsinn, den sie schon Cecilia erzählt hatte. »Scheint so, als müssten wir mal mit deinem Biolehrer reden.«

»Ey, fuck!« Sie schob den Stuhl energisch zurück und sprang auf. »Ich bin so. Kapiert?«

»Ich kapier nur, dass du gerade total bockig bist.«

»Nathalie, bitte setz dich wieder«, bat Cecilia.

»Nee, hab ich keinen Bock drauf!« Das Mädchen stampfte aus der Küche, die Treppen hinauf, wenig später schlug ihre Zimmertür zu.

Brander seufzte enttäuscht. »Wir brauchen wohl eine andere Strategie.«

Cecilia schob ein paar Krümel auf ihrem Teller zusammen. »Vielleicht weiß sie wirklich nicht, warum sie wieder getrunken hat.«

»Es muss doch einen Auslöser gegeben haben.«

»Manchmal reicht ein dummer Spruch eines Klassenkameraden.«

Brander schüttelte den Kopf. »Da steckt mehr dahinter.« Wenn er doch diesen blöden Fall schon abgeschlossen hätte. Er wollte Cecilia jetzt nicht allein lassen. »Wie ist sie dir gegenüber? Ist sie aggressiv?«

»Sie ist … verschlossen. Aber nein, aggressiv ist sie nicht.«

***

Brander suchte seine Skizze heraus, die er zum Fall Denise Schweikhard gemacht hatte. Passte die Konstellation noch, in der er die Beteiligten angeordnet hatte? Nein, die Beziehungen untereinander waren anders, komplexer. Er nahm ein neues Blatt.

Denise Schweikhard im Zentrum. Triskele. 28. Direkte Beziehung zu Robin Endress. Er hatte kein Symbol für Endress. Eine Schachfigur? Verlobungsringe? Ein Herz? Jochen Kastner hatte versucht, Denise anzurufen, als sie bereits tot war, dafür hatte er das Handy als Symbol gewählt. Es passte auch dazu, dass er anscheinend Kontakt zu Denises Vater hatte – in der Nacht, als das Mädchen vermutlich starb. Also gab es da direkte Verbindungen. Die der Vater jedoch geleugnet hatte. So, wie Nuran Aydin und Yasin Özer den Kontakt zu Marcel geleugnet hatten.

Wo musste er ansetzen, um dieses Rätsel zu lösen? Marcel wollte die Freundschaft mit Endress und Kastner beenden. Woher kam der Sinneswandel? Er wollte raus aus der Szene, aber nicht ohne seine Schwester, hatte Özer behauptet.

Ich lass euch alle hochgehen. War diese Nachricht ausreichend, um einen Mord zu begründen?

Es klopfte, und Manfred Tropper erschien im Türrahmen. »Guten Morgen, Kollegen, ich hab was für euch.«

Brander faltete erlöst die Hände. »Freddy, danke.«

»Allzu viel ist es nicht. Ich hab mir den Duschvorhang ja noch mal vorgenommen. Es finden sich keine Spuren, die darauf schließen lassen, dass jemand diesen Vorhang mit Gewalt auf Denise Schweikhards Gesicht gedrückt hat.«

»Ich dachte, du hast was?«

»Nun, dank der erkennungsdienstlichen Behandlung von Endress gestern haben wir seine Fingerabdrücke. Und die finden sich auf dem Duschvorhang«, Tropper hob abwehrend eine Hand, als Brander etwas sagen wollte, »an unspezifischen Stellen: Am unteren Saum des Duschvorhangs.«

»Was bedeutet das?«, fragte Peppi ratlos.

»Wir haben auch minimale Spuren unter den Fingernägeln von Denise Schweikhard gefunden, die mit Schmutzpartikeln übereinstimmen, die sich auch auf dem Duschvorhang befinden: Kalk, Staub, Seife, Schimmel.«

Tropper sah abwartend in die Gesichter der Kollegen.

»Ja, und was bedeutet das?«, wiederholte Peppi.

»Denise hat sich relativ fest an diesen Duschvorhang gekrallt.«

Peppi schüttelte verständnislos den Kopf. »Warum das denn?«

Tropper grinste. »Keine Ahnung, find's raus.«

»Und was ist mit den Spuren von Endress?«, hakte Brander nach.

Das Grinsen des hageren Kriminaltechnikers wurde breiter. »Siehst du, jetzt habt ihr beide was, woran ihr knabbern könnt.«

»Du mich auch«, murrte Brander.

Mit einem fröhlichen Winken verschwand der Kriminaltechniker wieder.

»Das kann ich ja leiden«, schimpfte Peppi. »Schmeißt uns was vor die Füße, und wir können sehen, was wir damit anfangen.«

»Lass uns zu Marcel Schweikhards Wohnung fahren. Ich will mir das alles noch einmal ansehen.«

Was hatte er gehofft, hier zu finden? Brander stand unschlüssig in der Wohnung. Der Verwesungsgeruch war noch nicht verflogen, und auch der Uringestank vom Sofa stieg ihm unangenehm in die Nase. An den Wänden waren die Schmierereien. Der Flachbildschirmfernseher lag mit gesprungener Front auf dem Boden. Hinzu kamen die Spuren der Kriminaltechniker, die Wände, Möbel, Boden, Kissen, einfach alles abgesucht hatten, um Hinweise zu finden, was in dieser Wohnung geschehen war. Brander ging zum Badezimmer, blieb an der Türschwelle stehen, rief sich das Bild ins Gedächtnis, das er vor mittlerweile neun Tagen gesehen hatte. Das Mädchen lag zwischen Badewanne und Waschbecken auf dem Boden. Der Duschvorhang lag nicht weit von ihr entfernt in der Ecke, zwischen Wand und Waschbecken, nicht neben der Wanne.

Branders Blick ging zur Decke. Eine Schiene war dort angeschraubt. Ein einsamer Duschvorhangring steckte noch darin. Denise ging ins Bad … Riss sie den Vorhang herunter? Oder lag er schon am Boden, als Teil der Verwüstung? Oder schon vorher? Fingerabdrücke von Endress am unteren Saum, hatte Tropper gesagt. Brander stellte sich den Vorhang vor, wie er noch gehangen hatte. Wenn er ihn herunterreißen wollte, würde er nicht am Saum packen. Er würde oben greifen, mit einem kräftigen Ruck ziehen. Tropper hatte Spuren unter Denise Schweikhards Fingernägeln gefunden. Es konnte also sein, dass sie den Vorhang heruntergerissen hatte. Aber warum?

Brander wandte sich wieder der Verwüstung im Wohnraum zu. War das Denise Schweikhards Werk? Er konnte es sich einfach nicht vorstellen. Und wie sollte die WhatsApp-Nachricht dazu passen, die das Mädchen verschickt hatte? Sein Blick fiel auf das Buchregal. Die Heß-Biografie lag noch am Boden.

»Können wir gehen? Ich krieg bei diesem Gestank so langsam Brechreiz«, bat Peppi. Sie hielt sich ihren Schal vor Mund und Nase.

Brander nickte. Sie verließen die Wohnung, verzierten die Tür mit einem neuen Siegel und stiegen die Treppen hinunter. Als sie die Etage unter Schweikhards Wohnung erreichten, öffnete sich eine Tür.

»Schön, dass du da warst«, erklang Louise Gastls heisere Stimme aus dem Flur.

»Ich komme Mittwoch wieder.« Die Frau, die aus der Wohnung trat, hatte ihnen den Rücken zugewandt. Sie war so groß wie Brander, hatte kurze graumelierte Haare, trug einen langen dunkelroten Mantel und eine schwarze Handtasche über der Schulter.

Brander blieb stehen, damit sie nicht zusammenstießen.

Die Frau wandte sich um. »Oh, entschuldigen Sie.«

Brander schätzte sie auf Anfang fünfzig, sie hatte eine gesunde, leicht gebräunte Gesichtsfarbe mit vielen kleinen Lachfältchen um die strahlendblauen Augen.

»Keine Ursache, guten Tag, Frau Gastl«, grüßte er in die Wohnung.

»Oh, Herr Brander, Frau Pachatourides, wollten Sie zu mir?«

Die große Dame sah irritiert von den beiden Kommissaren zu der kleinen Frau im Flur.

»Maybrit, das sind die beiden Kommissare, von denen ich dir erzählt habe. Diese schreckliche Geschichte mit dem Mädchen von oben.« Sie deutete mit dem Finger zur Zimmerdecke und wandte sich an Brander. »Das ist meine Tochter, Maybrit Gastl-Weinzierl.«

Unvorstellbar, dass diese kleine Frau eine so große Tochter hatte.

»Maybrit, jetzt kannst du den Kommissaren doch gleich erzählen, was du beobachtet hast.« Louise Gastl sah wieder zu den Beamten. »Wir wussten nicht, dass Sie heute arbeiten. Aber, wo Sie schon einmal hier sind … Kommen Sie herein, das müssen wir ja nicht im Flur besprechen.« Sie winkte einladend mit der Hand und wich einen Schritt zur Seite.

Maybrit ließ den beiden Kommissaren den Vortritt.

»Ich koche einen Kaffee.«

»Danke Frau Gastl, aber heute geht es leider wirklich nicht«, lehnte Brander ab.

Louise Gastl blickte ein wenig enttäuscht. »Kommen Sie wenigstens in das Wohnzimmer. Setzen Sie sich. Maybrit, du musst es den Kommissaren erzählen, es könnte wichtig sein.«

Der freundliche Blick der Tochter war unsicher geworden.

Brander suchte nach Zettel und Stift in seinen Taschen. »Frau Gastl-Weinzierl, erzählen Sie bitte. Was haben Sie beobachtet?«

»Beobachtet stimmt so eigentlich nicht. Es war auch nicht an dem Samstag, sondern einen Tag später, am Abend des achten Oktober. Aber, bitte, ich will Ihre Zeit nicht verschwenden.« Die Frau, die ebenso aufrecht saß, wie ihre Mutter, hatte eine angenehm warme Stimme.

»Das tun Sie nicht. Bitte, erzählen Sie.«

»Ich hatte meine Mutter besucht. Wir haben abends einen Film im Fernsehen gesehen, danach haben wir ein wenig geredet und dann bin ich gegangen.« Ihr Blick kehrte sich nach innen, während sie versuchte, sich zu erinnern. »Ich verließ die Wohnung. Im selben Augenblick wurde in der Etage über uns eine Tür zugeschlagen. Ich hörte eilige Schritte. Ich ging die Treppe hinunter, an der Seite mit dem Geländer. Zum Glück hielt ich mich am Handlauf, denn die Person, die von oben herunterkam, stürmte an mir vorbei und rempelte mich an, sodass ich aus dem Gleichgewicht kam. Ich schimpfte, so etwas wie: ›Vorsicht, junger Mann.‹ Genau weiß ich es nicht mehr. Er blieb stehen, drehte sich zu mir. Er entschuldigte sich nicht, aber es lag irgendwie in seinem Blick. Ganz große Augen hatte er.« Sie deutete es mit den beiden Händen vor dem Gesicht an. »Dann rannte er weiter die Treppen hinunter.«

»War es Marcel Schweikhard?«

»Nein, Herrn Schweikhard kenne ich ja.«

»Können Sie uns die Person beschreiben?«

»Nur vage. Er war ungefähr so groß wie ich, vielleicht ein bisschen größer, schlank, jung. Mitte, Ende zwanzig, schätze ich. Ich glaube, er trug Jeans und eine dunkle Jacke. Ganz sicher bin ich mir aber nicht, es ist schon so lange her.«

Jochen Kastner?

Zwischen den Augenbrauen bildeten sich Falten, während sie nach weiteren Informationen suchte.

»Welche Haarfarbe hatte er?«

»Er war blond, mittelblond … So eine modische Frisur, an den Seiten kurz, das Deckhaar etwas länger.«

Nicht Jochen Kastner. Robin Endress.

»Wissen Sie noch, wie spät es war, als Sie gingen?«

»Es muss nach zehn gewesen sein, aber vor elf.«

»Haben Sie vorher gehört, dass jemand in der Wohnung über Ihnen war?«

Sie überlegte einen Moment, schüttelte schließlich den Kopf. »Ich habe ehrlich gesagt, nicht darauf geachtet. Ich kann mich nicht erinnern.«

»Und Sie sind sicher, dass es der achte Oktober war? Nicht vielleicht eine Woche davor oder danach?«

»Ja, letztes Wochenende war ich in Offenburg bei meinem Sohn. Und das Wochenende vor drei Wochen war ich sonntagabends nicht bei meiner Mutter. Ich kann Ihnen sagen, welchen Film wir an dem Abend gesehen haben, als ich hier war, dann können Sie das mit dem Fernsehprogramm abgleichen.«

»Danke, Frau Gastl-Weinzierl. Ich wollte nur sichergehen.« Brander steckte Stift und Zettel wieder in die Jackentasche. »Könnten Sie uns bitte zur Polizeidirektion begleiten? Ich möchte Ihnen gern ein paar Fotos zeigen.«

Maybrit Gastl-Weinzierl war eine der angenehmsten Zeuginnen, die Brander in diesem Fall erlebt hatte. Sie war klar in ihren Angaben, verlor sich nicht in überflüssigen Ausschmückungen, gab kurze und präzise Antworten auf Fragen und sie identifizierte Robin Endress eindeutig als jenen jungen Mann, der sie im Treppenhaus angerempelt hatte.

»Robin Endress war am Abend des achten Oktober in Marcel Schweikhards Wohnung. Wenn er sich bei dem Überfall auf Schweikhard am Tag zuvor dessen Schlüssel angeeignet hatte, hatte er ungehinderten Zutritt zu der Wohnung«, erklärte Brander dem Inspektionsleiter. Er war gleich nach dem Gespräch mit Maybrit Gastl-Weinzierl in Clewers Büro gegangen. »Er hat uns gegenüber nicht erwähnt, dass er in der Wohnung war. Es gibt Fingerabdrücke von Endress auf dem Duschvorhang, mit dem Denise Schweikhard bedeckt gewesen war. Ich benötige umgehend einen Durchsuchungsbeschluss sowohl für die Wohnung von Endress als auch für die von Jochen Kastner.«

»Den Beschluss kriegen Sie. Ich spreche mit Frau Mertens.« Clewer griff zum Hörer.

Brander trat ans Fenster. Er hatte nicht die Ruhe, zu sitzen. Endlich eine konkrete Fährte. Todeszeitpunkt zwischen fünf und sechs Tagen vor Auffinden der Leiche, hatte die Rechtsmedizinerin gesagt. Sie hatte sich aber nicht festlegen wollen. Vielleicht war Denise Schweikhard nicht in der Samstagnacht, sondern erst am Sonntagabend gestorben. Vielleicht hatte sie den ganzen Tag in der Wohnung ihres Bruders gewartet, dass er nach Hause kam.

Und der Lärm, den die Nachbarin Habring am frühen Samstagmorgen gehört hatte?, meldeten sich sogleich Zweifel in seinem Kopf. Das konnte etwas anderes gewesen sein. Was auch immer. Endress war in der Wohnung gewesen. Und er hatte es wohlweislich verschwiegen. Wann war Denise zum letzten Mal gesehen worden? Tatsächlich am Samstagabend vor der Wohnungstür oder danach noch einmal?

Brander wandte sich wieder dem Raum zu, nachdem Clewer das Telefonat beendet hatte.

»Frau Mertens stellt den Antrag beim Bereitschaftsrichter, Genehmigung sollte in Kürze kommen«, erklärte dieser. »Gute Arbeit, Herr Brander.«

»Warten wir's ab. Wir müssen die Nachbarschaft von Marcel Schweikhard noch einmal befragen. Vielleicht gibt es weitere Zeugen. Wir müssen wissen, ob Denise die Wohnung nach Samstagabend nochmal verlassen hat.«

»Machen Sie das, teilen Sie Ihre Leute ein.«

»Meine Leute?«

Clewer schmunzelte. »Sie haben in diesem Fall doch schon längst das Zepter übernommen.«

Das Büro von Fabio Esposito und Peter Sänger war verwaist. Brander nahm sein Handy, wählte Fabios Nummer. »Wo steckt ihr?«

»Befragung Scharnhauser Park. Wollten gerade Feierabend …«

»Fahrt bitte in die Maienwalterstraße.« Brander erklärte seinen Auftrag.

»Oh no, Andi! Du versaust mir schon wieder das Wochenende! Ich wollte …«

»Erzähl es mir später.«

»No! Meine Kinder – die fragen: Mammina, wer ist der fremde Mann da? Was soll ich …«

»Fabio, eine junge Frau ist tot. Wir wollen den Täter fassen.«

»Das ist nicht fair.«

»Ich weiß. Vielleicht kommen Ceci und ich mit zu deinem Salvatore.«

Damit brachte er den jungen Kollegen zum Lachen. »Wenigstens hast du auch ein schlechtes Gewissen. Commissario, das wird ein teurer Abend für uns beide.«

»Selber Commissario.« Brander beendete schmunzelnd das Gespräch. Warum eigentlich nicht? Ein Abend voll kulinarischem Luxus mit seiner Frau. Er ließ sie weiß Gott viel zu oft allein.

»Das ist Schikane!« Robin Endress funkelte Brander zornig an. »Sie haben nichts in meiner Wohnung verloren!«

»Mag sein, aber vielleicht finden wir dennoch etwas. Wir sind auf der Suche nach dem Wohnungsschlüssel von Marcel Schweikhard, den Sie mutmaßlich nach dem Überfall auf ihn an sich genommen haben.« Brander reichte ihm den Durchsuchungsbeschluss.

Endress lehnte sich gegen den Türrahmen und studierte das Blatt. »Ich werde meinen Anwalt anrufen.«

»Tun Sie das. Wenn Sie uns dann bitte unsere Arbeit machen lassen. Oder möchten Sie uns den Schlüssel direkt aushändigen?«

Endress' Mundwinkel zuckten kurz zu einem kalten Lächeln. »Ich protestiere aufs Äußerste gegen diese Maßnahme. Aber bitte, wenn der Staat befiehlt … Ein Hoch auf die braven Untertanen.« Er stieß die Tür mit dem Fuß auf und die Beamten, die Brander und Peppi begleiteten, machten sich ans Werk.

Endress ging ins Wohnzimmer, lehnte sich mit dem Gesäß gegen den Esstisch und beobachtete die Durchsuchung seiner Regale und Schränke.

»Sagen Sie, Herr Endress, wo waren Sie am Abend des achten Oktober?« Brander war ihm gefolgt. »Zwischen zweiundzwanzig und dreiundzwanzig Uhr?«

»Muss ich zukünftig ein Tagebuch führen? Erst der siebte Oktober, dann der einundzwanzigste Juli, jetzt der achte Oktober … Hey, gehen Sie bitte vorsichtiger mit meinen Sachen um!«, wies er einen Beamten zurecht.

»Und wo waren Sie?«

»Da muss ich erst einmal nachdenken.«

»Sie waren in der Wohnung von Marcel Schweikhard. Man hat Sie gesehen.«

»Ach?« Endress biss die Zähne zusammen. »Und was habe ich da gemacht?«

»Das wüssten wir gern von Ihnen.«

Endress nahm sein Smartphone zur Hand.

»Wen rufen Sie an?«

»Meinen Anwalt.«

Brander ließ ihn gewähren. In wenigen Sätzen hatte Endress seinen Gesprächspartner informiert.

»Mein Anwalt ist unterwegs.« Er stieß sich mit einem Ruck von der Tischkante ab und ging an der Theke vorbei, die den Wohnbereich von der Küche trennte. Er öffnete eine Schublade, fingerte an einem Kästchen herum und zog einen kleinen Bund mit zwei Schlüsseln hervor. »Wenn es das ist, wonach Sie suchen?«

»Ist das der Wohnungsschlüssel zu Marcel Schweikhards Wohnung?«

»Zu treuen Händen.« Und da war wieder sein kaltes, überhebliches Lächeln. »Ich hätte gern einen Beleg sowie ein ordentliches Protokoll dieser Durchsuchung.«

»Woher haben Sie den Schlüssel?«

»Von Marcel.« Endress sah Brander in die Augen, Überlegenheit im Blick. »Diese Aktion wird Folgen haben. Und jetzt bitte ich Sie höflich, meine Wohnung wieder zu verlassen.«

Hans Ulrich Clewer hatte die Ermittlungsgruppe zu einer späten Sitzung zusammenkommen lassen. Auch Isabella Mertens hatte sich eingefunden und sah nicht besonders fröhlich aus.

»Der Jochen hat ganz schön getobt, als wir vor seiner Tür standen«, berichtete Klein. »Schade, dass ihr den Schlüssel so schnell bekommen habt. Ich hätte mich gern mal ein bisschen genauer in seiner schicken Wohnung umgesehen.«

»Dass sich der Schlüssel in Besitz von Robin Endress befand, belegt nicht die Beteiligung an einem angeblichen Überfall auf Marcel Schweikhard«, erklärte die Staatsanwältin mit Blick auf das Protokoll.

»Wie ist er dann in den Besitz des Schlüssels gekommen?«, fragte Peppi.

»Vielleicht hat Herr Schweikhard ihm den Schlüssel gegeben. Er hat ihn ja auch ohne große Probleme an Sie ausgehändigt, wenn ich das richtig gelesen habe.« Sie deutete auf die Unterlagen vor sich.

»Damit wir nicht weiter seine Wohnung durchsuchen. Wer weiß, was wir sonst noch gefunden hätten.«

»Es gibt keinen Beweis, dass Endress irgendwelche illegalen Geschäfte betreibt, oder, wie Sie es vermuten, einer rechten Organisation angehört. Ebenso wenig belegt Endress' Anwesenheit in Schweikhards Wohnung einen Zusammenhang mit der Tötung von Denise Schweikhard.«

»Warum war er dann da?«, fragte Brander.

»Haben Sie ihn nicht dazu befragt?«

»Er hat sich nicht dazu geäußert.« Stattdessen hatte er seinen Anwalt angerufen und den Schlüssel herausgegeben.

»Zeit, einen Schritt zurückzutreten«, meldete sich Clewer zu Wort. Tatsächlich stand er auf und trat einen Schritt vom Tisch zurück. »Wir haben mehrere Fälle, die wir vielleicht erst einmal einzeln betrachten sollten. Da ist der Überfall auf Aydin und Özer im Juli dieses Jahres. Den lassen wir jetzt einmal außer Acht. Dann haben wir den Überfall auf Marcel Schweikhard am Morgen des siebten Oktober. Auch den lassen wir an dieser Stelle weitestgehend außen vor. Nun haben wir noch die Tötung von Denise Schweikhard, mutmaßlich in der Nacht vom siebten auf den achten Oktober.«

»Plus/minus ein bis zwei Tage«, ergänzte Manfred Tropper.

»Allerhöchstens später«, widersprach Brander. »Denise Schweikhard wurde am Abend des siebten Oktober noch lebend gesehen. Sie verließ laut Aussage von Robin Endress gegen zwanzig Uhr seine Wohnung. Die beiden hatten angeblich Streit. Endress behauptet, Marcel hätte seiner Schwester Lügen über ihn aufgetischt. Denise macht sich auf den Weg zu ihrem Bruder. Vermutlich war sie mit Bus oder Bahn unterwegs.«

»Wie lange braucht man da?«, hakte die Staatsanwältin nach.

»Mit der 122 gute zehn Minuten, die fährt samstags stündlich. Alternativ hat sie die Möglichkeit, mit der U7 zu fahren und dann auf die 119 oder 120 umzusteigen. Dann wäre sie zwischen fünfundzwanzig und dreißig Minuten unterwegs«, antwortete Fabio. »Hinzu kommt dann noch der Weg vom ZOB rauf zur Maienwalterstraße. Summa summarum kommt man jedoch nicht auf zweieinhalb Stunden Wegezeit.«

»Sie wurde erst gegen zweiundzwanzig Uhr dreißig vor Marcel Schweikhards Wohnung gesehen«, nahm Brander den Faden wieder auf. »Das heißt, wir haben ein Zeitfenster von mindestens neunzig Minuten, in dem wir nicht wissen, wo sie war.«

»Vielleicht war sie was essen«, schlug Tropper vor. »Die Rechtsmedizin hat noch einiges in ihrem Magen gefunden, wenn du dich erinnerst?« Tropper grinste, als Brander das Gesicht verzog.

»Gut möglich. Jedenfalls lebte sie da noch. Sie geht also in Marcel Schweikhards Wohnung. Er ist nicht zuhause. Die Zeugen Aydin und Özer sagen aus, dass Marcel Schweikhard die ganze Nacht in dem Gartenhäuschen von Ahmed Aydin verbracht hat. Frage: War die Wohnung zu dem Zeitpunkt bereits verwüstet? Wenn ja: Von wem? Und warum?«

»Ich glaube nicht.« Peppi blies sich eine Strähne aus der Stirn. »Sie hat ja anscheinend noch ein Bier in der Wohnung getrunken. Dazu hat sie vermutlich auf dem Sofa gesessen. Das ist die einzige gemütliche Sitzgelegenheit in der Wohnung. Aber man setzt sich doch nicht auf ein vollgepisstes Sofa.«

Brander nickte zustimmend. »Das bedeutet, dass entweder Denise Schweikhard die Wohnung verwüstet hat …«

»Es war nicht ihr Urin auf dem Sofa«, erinnerte Tropper Brander.

»… oder die Verwüstung fand erst später statt«, beendete Brander seinen Satz. Er rieb sich grübelnd über das Kinn. »Sie ist in der Wohnung ihres Bruders. Er ist nicht da. Laut den Verbindungsnachweisen, die uns vorliegen, hat sie auch nicht mit ihm telefoniert. Aber sie schickt eine WhatsApp an Endress und Kastner. Woher wusste sie, dass die beiden ihren Bruder verprügelt hatten?«

»Der Streit mit Endress«, schlug Peppi vor. »Vielleicht hat er damit vor ihr geprahlt? Sie haut ab und schickt ihm später diese verhängnisvolle Nachricht.«

»Und am nächsten Abend fährt Endress zu ihr, schleicht sich in die Wohnung, bringt sie um und verwüstet alles?« In Stephan Kleins Stimme schwang Skepsis mit. »Dann hätte er wissen müssen, dass Marcel nicht da ist, oder?«

»Man hätte auch etwas hören müssen«, ergänzte Brander. »Zumindest als der Fernseher zu Bruch gegangen ist. Das macht Lärm, wenn der auf den Boden knallt.«

Die Staatsanwältin hatte den Blick gesenkt, scrollte auf ihrem Tablet-PC herum. »Es gibt noch eine andere Möglichkeit«, murmelte sie und hob den Kopf. »Was ist mit Nuran Aydin? Sie war angeblich bis zum Abend bei Schweikhard in der Gartenlaube. Aber ist sie danach tatsächlich direkt nach Hause gefahren? Stimmt das, was sie sagt? Gibt sie Schweikhard ein Alibi oder verschafft sie sich selbst eines? Ihre naive, grenzenlose Hilfsbereitschaft gegenüber einem Mann, der ihr Schlimmes angetan hat, ist für mich nicht nachvollziehbar.«

Nuran Aydin, die Unschuld vom Lande. Brander dachte daran, wie sie Klein gegen das Knie getreten hatte. Er erinnerte sich an Yasin Özers Panik bei seinem ersten Besuch. »Aber dann hätte Endress Denise am Sonntagabend finden müssen.«

»Wer sagt uns denn, dass er tatsächlich in der Wohnung war?«

Brander kam ein Gespräch in den Sinn, das er vor wenigen Tagen mit Robin Endress geführt hatte. »Er wusste, dass Denise Schweikhard tot war, noch bevor er es von Jochen Kastner erfahren hat.«

***

Brander hatte die Lehne des Beifahrersitzes ein Stück nach hinten gedreht und eine Weile vor sich hingedöst. Er öffnete die Augen, als Peppi den Wagen von der Autobahn lenkte.

»Wenn wir den Endress als Zeugen vernehmen würden, wäre er verpflichtet, die Wahrheit zu sagen«, überlegte Peppi laut.

»Außer, wenn er sich damit selbst belastet.« Brander gähnte. Die kurzen Nächte steckten ihm in den Knochen, und die Dunkelheit machte ihn nicht munterer.

»Wenn er Denise nicht umgebracht hat – wie sollte er sich da selbst belasten?«

»Ist ein Ansatz, können wir mal mit der Mertens besprechen.« Brander stellte die Rücklehne wieder hoch. »Wann geht denn dein Angelkurs weiter?«

»Nächstes Wochenende. Da nehmen wir einen Fisch aus. Bin gespannt, wie Marco sich schlägt. Hat er nämlich noch nie gemacht.« Peppi lachte schadenfroh.

»Du aber schon?«

»Ja klar. Wenn du einen Fisch fangen willst, musst du ihn auch töten und ausnehmen können.«

Brander schielte zu seiner Kollegin. »Du überrascht mich immer wieder.«

»Warst du noch nie angeln?«

»Ich hab zumindest noch nie einen Fisch gefangen.« Die Angelversuche mit Stock und Schnur, die er mit seinem Bruder in der Kindheit unternommen hatte, waren wohl auch nicht die beste Voraussetzung, um eine dicke Forelle anzulocken. »Kannst mich an der Hauptstraße rauslassen. Die paar Schritte kann ich gehen.«

»Es regnet, ich setz dich zuhause ab.« Peppi reduzierte das Tempo am Ortseingang. Beim Supermarkt gingen gerade die Lichter aus, ein paar Jugendliche überquerten die Straße, vermutlich auf dem Weg zur Ammertalbahn, um sich in Tübingen oder Stuttgart ins abendliche Vergnügen zu stürzen. Ihm fiel auf, dass Kollege Schätzle vom Polizeiposten sich nicht mehr gemeldet hatte. Vermutlich gab es gerade wirklich keine nennenswerten Vorfälle in der Gegend. Umso besser. Peppi bog in den Herdweg ein. Ein Krankenwagen mit Blaulicht, aber ohne Sirene kam ihnen entgegen.

Peppi fuhr ein Stück die holprige Straße entlang. Die harten Winter der letzten Jahre hatten den Straßenbelag bröselig gemacht. Sie bog rechts in die Sackgasse ein, in der Brander wohnte. Sein Herz blieb stehen.

»Ist das bei euch?«, fragte Peppi im selben Augenblick.

Zwei Streifenwagen parkten in der Straße, Blaulichtkegel kreisten. Nachbarn standen vor ihren Häusern. Der Eingangsbereich zu seinem Haus war hell erleuchtet.

»Ceci!« Brander löste den Gurt, sprang aus dem Wagen, kaum, dass der stand. Er rannte über den Weg. Das Blut raste durch seine Adern.

Ein Uniformierter versperrte ihm die Tür. »Stopp! Wer …?«

»Andreas Brander. Ich wohne hier. Wo ist meine Frau? Meine Tochter«, schrie Brander atemlos. Er wollte den Beamten zur Seite stoßen.

»Andi.« Peppi packte ihn und zog ihn zurück. »Andi!« Ihre Hand krallte sich in seinen Arm. Sie wandte sich an den Beamten. »KHK Pachatourides, Kripo Esslingen. Was ist passiert?«

»Das kann ich nicht sagen. Frau Brander ist drinnen. Meine Kollegin ist bei ihr.«

Brander sah an ihm vorbei. Der Flur war leer. »Nathalie! Was ist mit Nathalie?« Der Krankenwagen. Er sah zurück zur Straße.

»Das wissen wir nicht.«

»Was heißt das? Was haben diese Dreckskerle … Lassen Sie mich zu meiner Frau.« Er riss sich von Peppi los und drängte an dem Beamten vorbei in sein Haus.

Cecilia lag auf dem Sofa, der Notarzt stand bei ihr. Eine Polizistin saß auf dem Sessel gegenüber.

»Andi.«

»Nicht bewegen, Frau Brander«, mahnte der Notarzt, während er etwas auf ihre Stirn tupfte. »Ich bin gleich fertig.«

Brander blieb vor dem Couchtisch stehen. Cecilia hatte Schrammen an der Schläfe, das Auge war geschwollen, die Lippe aufgeplatzt. Ihre Bluse war schmutzig. Schuhabdrücke. Er biss die Zähne zusammen, ein Kloß steckte in seinem Hals.

»Sie sind?«, meldete sich die Polizeibeamtin vom Sessel.

»Andreas Brander, ich bin ihr Mann. Wo ist … wo ist Nathalie?«

»Sie ist geflüchtet, als meine Kollegen und ich eintrafen.«

Brander riss die Augen auf. Es war die zweitschlimmste Befürchtung, die er gehabt hatte. Was hatte sie getan? Warum?

Der Notarzt packte seine Sachen wieder in seine Tasche und gab den Platz neben Cecilia frei. »Eigentlich würde ich Sie lieber zur Beobachtung mitnehmen.«

»Liegen kann ich auch hier.« Das Sprechen fiel ihr mit der aufgeplatzten Lippe schwer.

»Ist gewährleistet, dass jemand bei Ihnen ist?«

»Ich bin da.« Brander kniete sich neben sie, nahm vorsichtig ihre Hand. Er hatte Angst ihr wehzutun. »Was ist passiert? Warum hat Nathalie …«

»Herr Brander, wir brauchen die Aussage Ihrer Frau. Sie können nachher alles besprechen«, meldete sich die Polizistin wieder zu Wort.

»Meine Frau kann auch morgen noch aussagen.«

»Andi, lass …«

»Du stehst unter Schock, du bist verletzt.«

»Herr Brander, Ihre Frau ist die Einzige, die etwas Licht ins Dunkel bringen kann. Ich verstehe Ihre Sorge, aber Sie behindern unsere Arbeit.«

Brander sah zu der Frau auf dem Sessel. »Ich bin bei der Kripo, ich weiß, was zu tun ist.«

Die Beamtin atmete tief durch und sah ihn streng an. »Jetzt sind Sie Ehemann und Betroffener. Vergessen Sie

Ihre Dienstmarke für einen Moment.« Ihr Blick wurde milder, als sie sich Cecilia zuwandte. »Ich kann Ihren Mann rausschicken.«

»Nein, es ist okay.« Cecilia lächelte unter Schmerzen.

»Können Sie mir die Situation bitte schildern?«

»Es hatte geklingelt. Ich bin zur Tür gegangen und Gudrun Böhme stand vor mir.«

»Sie kannten die Frau?«

»Sie ist die Mutter unserer Pflegetochter«, erklärte Brander. Er erhob sich aus der Hocke, setzte sich auf eine Ecke des Couchtisches. Nur langsam beruhigte sich sein Puls. In seinem Kopf herrschte ein einziges Chaos. Zu groß war der Schock, der ihm in die Glieder gefahren war.

»Sie wollte zu Nathalie«, fuhr Cecilia fort. »Sie hatte glasige Augen, und ich habe gerochen, dass sie getrunken hatte. Ich wollte nicht, dass Nathalie sie so sieht, und sagte ihr, sie solle gehen. Sie fing an, mich zu beschimpfen. Ich wollte die Tür schließen, da schlug sie mir ins Gesicht und stieß mich zurück. Ich verlor das Gleichgewicht und fiel hin.« Ihre Augen wanderten zum Flur. »Sie hat mich getreten … ich …« Ihre Stimme brach, Tränen liefen über ihr Gesicht.

»Es ist gut, Ceci.« Brander strich über ihre Wange. Die Beamtin reichte ihm ein Papiertaschentuch und er tupfte die Tränen fort.

»Nathalie war oben in ihrem Zimmer.« Cecilia bemühte sich, die Fassung zu behalten. »Sie kam die Treppe heruntergestürmt. Sie hat Gudrun aus dem Haus gezerrt, sie beschimpft und geschlagen. Gudrun ist gestolpert, sie stürzte. Nathalie beschimpfte sie weiter. Ich bin hinterher und versuchte, Nathalie zu beruhigen, sie von Gudrun wegzuziehen. Nachbarn kamen hinzu. Dann hörten wir Sirenen und Nathalie ist weggerannt.« Sie versuchte, sich aufzurichten. »Wir müssen sie suchen.«

Brander legte sanft eine Hand auf ihre Schulter. »Du bleibst schön liegen.«

»Möchten Sie Anzeige gegen Frau Böhme erstatten?«

»Nein.«

»Natürlich«, widersprach Brander.

»Andi, nein.«

Erneut erntete Brander einen strengen Blick der Beamtin. »Sie müssen das nicht sofort entscheiden. Ich habe erst einmal Ihre Aussage. Wir werden dem so oder so nachgehen müssen. Frau Böhme ist im Krankenhaus. Wir werden ihre Aussage noch einholen. Ihre Pflegetochter werden wir zur Fahndung ausschreiben.«

»Zur Fahndung? Sie können eine Suchmeldung rausgeben!«

»Es geht hier um Körperverletzung, Herr Brander, nicht nur gegen Ihre Frau, sondern auch gegen Frau Böhme.«

»Nathalie hat versucht, meiner Frau zu helfen!«

»Nichtsdestotrotz möchten Sie doch sicher auch, dass Ihre Pflegetochter so schnell wie möglich gefunden wird?«

»Ja, sicher.« Brander mahnte sich innerlich zur Ruhe. Es war niemandem gedient, wenn er den Beamten vorschreiben wollte, was sie zu tun hätten.

»Haben Sie ein Foto? Können Sie uns sagen, womit Nathalie bekleidet ist?«

Cecilia kämpfte wieder mit den Tränen. »Sie hat keine Jacke an.«

Brander war froh, als endlich alle Beamten sein Haus verlassen hatten. Peppi hatte darauf bestanden, zu bleiben.

Während er bei Cecilia im Wohnzimmer saß, hörte er sie im Flur hantieren.

»Wir müssen Nathalie suchen.« Cecilia unternahm erneut einen Versuch, aufzustehen.

»Du nicht.«

»Sie braucht uns jetzt.«

Cecilia hatte Recht. Sie mussten Nathalie finden. Aber er wollte seine Frau nicht allein lassen. Was, wenn ihre Verletzungen doch schlimmer waren? Er hätte darauf bestehen sollen, sie ins Krankenhaus zu bringen und durchchecken zu lassen. »So weit kann sie nicht sein, ohne Jacke, ohne Geld«, versuchte er, Cecilia und auch sich selbst zu beruhigen.

»Ich habe ein bisschen im Flur aufgeräumt.« Peppi gesellte sich zu ihnen.

»Danke.« Brander nahm sein Handy und wählte Nathalies Nummer. In der Etage über ihm erklang die bekannte Melodie.

»Sie hat es nicht dabei«, stellte Cecilia fest. »Sie ist völlig panisch davongestürmt. Andi, ich kann hier nicht liegen und warten.«

»Du bist verletzt, du stehst unter Schock. Du gehst nirgendwohin«, erklärte Brander mit Nachdruck. »Ich rufe Karsten an.« Aber er erreichte nur Beckmanns Anrufbeantworter. »Ruf mich bitte an. Es ist dringend«, hinterließ er eine Nachricht.

»Bitte, Andi, lass uns …«

Brander schüttelte den Kopf. »Wir können nicht beide losziehen und sie suchen. Wenn sie nach Hause kommt, muss wenigstens einer von uns hier sein.«

Peppi ließ sich in den Sessel fallen, auf dem vor wenigen Minuten noch die Beamtin gesessen hatte. »Vorschlag: Ich bleibe mit Ceci hier, wir telefonieren sämtliche Freunde und Bekannte ab. Du fährst los und schaust an den Orten, wo du sie sonst immer mal wieder aufgegabelt hast.«

Brander holte den Wagen aus der Garage und durchstreifte die Entringer Straßen. Es war nicht viel los. Wo konnte sich Nathalie verkrochen haben? Der Bahnhof, das Feuerwehrhaus, der überdachte Treppenaufgang zur Kirche, einer der Spielplätze, das Freibad? Würde sich Nathalie irgendwo in Entringen verstecken? Oder wohin würde sie gehen? Tübingen. Dort kannte sie sich aus. Er wählte Beckmanns Handynummer.

»Mein Lieblingsbulle! Du bist doch wohl gerade nicht bei mir?«, rief Beckmann fröhlich in den Apparat. Im Hintergrund war lautes Stimmengewirr. Anscheinend hatte er Branders Nachricht noch nicht abgehört.

»Wo bist du?«

»Aftershowparty im SI Center.«

»Ich brauche deine Hilfe.« Brander berichtete in knappen Sätzen, was geschehen war.

»Bin unterwegs.«

Brander fuhr nach Tübingen. Er hielt an sämtlichen Bahnhöfen, die auf dem Weg lagen. Nichts. Keine Spur von Nathalie. Er erreichte Tübingen, fuhr zum Anlagensee. Er parkte den Wagen vor dem Schulkomplex und umrundete den See. Samstagnacht. Jugendliche, Studenten, Kino- und Theaterbesucher waren unterwegs. Dazu die üblichen Verdächtigen, die man immer in dem Park antraf, samt Hund, Bierkiste und härterem Stoff. Nathalie war nicht bei ihnen. Einerseits war er froh, andererseits half es ihm nicht weiter. Wo sollte er sie suchen? Alter Botanischer Garten?

Innenstadt? Bahnhof? Da waren sicherlich auch die Kollegen von der Schutzpolizei unterwegs. Aber Nathalie war es gewöhnt, unterzutauchen, sich zu verstecken. Wo konnte sie sein? Beim *Top10?* Bei irgendeinem früheren Freund? Brander rief Peppi an.

»Habt ihr was rausgefunden?«

»Dann hätten wir uns schon bei dir gemeldet.«

»Holt euch ihr Handy, ruft sämtliche Kontakte an.«

»Was meinst du, was wir die ganze Zeit machen? Ich geb dich an deine Frau weiter.«

Cecilia klang so traurig, dass er am liebsten umgehend zu ihr gefahren wäre. »Ich bin in Tübingen«, berichtete er ihr. »Karsten hilft mir suchen.«

Brander ging zurück zu seinem Wagen. Das Wasserkraftwerk am Neckar. Schon einmal hatte er Nathalie dort getroffen. Damals war sie verzweifelt. Heute sicherlich auch. Er startete den Motor, parkte wenig später in der Bismarckstraße in einer Parkbucht vor dem Stauwehr. Er ging den Weg entlang, schaute links und rechts des Wehrs, lief über die Brücke auf die andere Seite. Er rief ihren Namen. Nichts. Ein spätes Pärchen eng umschlungen auf dem Heimweg sah kurz zu ihm und ging seiner Wege. Sein Handy meldete sich. Karsten Beckmann. »Ich bin am Bahnhof, kannst du mich abholen?«

»Sorry, ging nicht schneller.« Beckmann setzte sich auf den Beifahrersitz und schnallte sich an.

»Hat Nathalie Kontakt zu irgendjemandem aus eurem Taekwondo-Verein?«

Beckmann überlegte. »Ein, zwei Typen, mit denen versteht sie sich ganz gut.«

»Telefonnummer?«

»Hab ich zuhause.«

Brander fädelte sich in den Verkehr und fuhr Richtung Katharinenstraße.

»Du weißt, dass hier Tempo dreißig ist?«

»Ja.« Brander bog von der Hechingerstraße in die Katharinenstraße und parkte den Wagen in einer Einfahrt.

»Ich spring schon rauf und du suchst 'nen ordentlichen Parkplatz.«

Brander fand einen Parkplatz wenige Meter entfernt. Er lehnte sich zurück, rieb sich mit den Händen energisch über das Gesicht. Er musste Ruhe bewahren. So konnte er nicht klar denken. Noch immer steckte ihm der Schock in den Gliedern. Diese furchtbare Angst, die ihn befallen hatte, als Peppi in die Straße eingebogen war. Die stumm kreisenden Blaulichter, der hellerleuchtete Hauseingang. Die vielen fremden Menschen vor und in seinem Haus. Er sah Jochen Kastners Gesicht vor sich. *Machen Sie sich eigentlich nie Sorgen um Ihre Frau und Ihre Tochter?* Sein Blut begann sofort wieder zu kochen.

Es war gut, dass alle anderen ruhig geblieben waren, dass Peppi da gewesen war. Er war völlig außer sich gewesen. Die Beamtin hatte vollkommen recht gehabt, als sie ihn auf seine Rolle in dieser Situation hingewiesen hatte. Ruhe bewahren, einen Schritt nach dem anderen. Er würde Nathalie finden. Er hatte sie immer wieder gefunden.

Er stieg aus und klingelte bei Beckmann. Er musste sich gedulden, bis der Türsummer betätigt wurde. An der Wohnungstür versperrte sein Kumpel ihm den Weg. »Es ist …« Beckmann verstummte unschlüssig. Er trat in das Treppenhaus, zog die Tür hinter sich ran und wisperte: »Sie ist hier. Sie saß auf der Treppe.« Er deutete auf die Stufen hinter Brander.

»Gott sei Dank.« Brander wollte hinein, aber Beckmann legte bremsend eine Hand auf seine Brust. »Sie hat Angst, dass sie verhaftet wird. Wenn du sie verhaften willst, lass ich dich nicht rein.«

»Was ist denn das für 'n Quatsch? Sie wird doch nicht verhaftet.« Brander schob Beckmann zur Seite.

Nathalie saß auf dem Sofa, die Knie zur Brust gezogen. Sie war verheult, nass, schmutzig, und zitterte vor Kälte.

»Ich wollte das nicht.« In ihren Augen, in ihrem ganzen Körper spiegelte sich ihre Angst.

»Das weiß ich doch.« Sie war da, das war das Einzige, was zählte. »Karsten, hast du mal einen warmen Pulli und einen heißen Tee für sie?«

»Ja, ich ruf auch Ceci an, okay?« Beckmann zog sich zurück.

»Die sperren mich ein.«

»Niemand sperrt dich ein. Wie kommst du denn darauf?«

»Ich hab sie aus dem Haus gezogen und geschlagen …«

»Du hast Cecilia verteidigt. So etwas nennt man Nothilfe.« Er ging zum Sofa, setzte sich neben das Mädchen. Er hätte sie gern in seine Arme genommen, aber er war sich nicht sicher, ob Nathalie das wollte. Da waren noch so viele ungeklärte Fragen in ihrem Blick.

»Ich will nicht in so eine Scheißwohngruppe, und zu meiner Mutter geh ich auch nicht.«

»Das musst du auch nicht.«

»Aber ich kann doch jetzt nicht mehr bei euch bleiben.«

»Doch, das kannst du.« Was ging in diesem jungen Kopf nur vor? Brander spürte, wie ihm Nathalies Hilflosigkeit das Herz zuschnürte. Was für fürchterliche Sorgen musste sie in den letzten Stunden ausgestanden haben?

»Aber …«

»Kein Aber.«

Sie sah zu ihm, prüfte in seinen Augen, ob er die Wahrheit sagte. »Was ist … was ist mit Cecilia?«

»Na ja, gut geht's ihr nicht.«

»Das ist alles meine Schuld.« Nathalie begann wieder zu weinen.

»Nein, ist es nicht.« Er legte den Arm um ihre Schultern und zog sie zu sich.

11

Sonntag

Brander war erst in den frühen Morgenstunden eingeschlafen und erwachte bereits wenige Stunden später. Cecilia lag so still neben ihm, dass er prüfte, ob sie noch atmete. Was für eine Nacht. Draußen vor dem Haus erstarb der Motor eines Wagens. Er sah auf die Uhr. Kurz nach sieben. Er hatte doch mit Peppi ausgemacht, dass er heute zuhause bleiben würde. Leise schlich er sich aus dem Bett in den Flur. Durch das Fenster sah er einen dunklen Mercedes vor dem Haus stehen. Wem gehörte dieser Wagen? Die Fahrertür öffnete sich, eine große, schlanke Gestalt stieg aus. Ein schlaksiger junger Mann. Das konnte doch nicht … Brander ging in den Flur und öffnete die Haustür.

Julian sah auf und grinste unschuldig. Mit einem Klicken verriegelte sein Neffe den Wagen und kam zu ihm. Er war ebenso übernächtigt wie die Bewohner des Hauses.

»Was machst du hier?«, flüsterte Brander ungläubig. Die kalte Luft ließ ihn frösteln.

»Die Natti hat mir ’ne WhatsApp geschickt. Da bin ich gleich los.«

Ein Katzensprung – mal eben von Düsseldorf nach Entringen. Was hatte Nathalie ihm geschrieben? »Wem gehört der Wagen?«

Julian senkte den Kopf. »Papa.«

»Und der weiß, dass du damit hier bist?«

Der Junge biss sich auf die Lippen und schielte verlegen zu ihm.

»Oh, nein.« Brander atmete tief durch. Auch das noch. »Du rufst ihn sofort an. Ich hoffe nur, dass er den Wagen nicht schon gestohlen gemeldet hat. Komm rein.«

Er dirigierte Julian in die Küche und holte das Telefon.

»Kannst du nicht …?«

Brander schüttelte den Kopf. Auch wenn Julian es gut gemeint hatte, so etwas ging einfach nicht. Er rief die Nummer seines Bruders im Adressbuch auf und reichte seinem Neffen das Telefon. Julian hatte kaum zwei Sätze gesagt, als das Donnerwetter am anderen Ende der Leitung losging. Brander hörte jedes Wort, obwohl der Lautsprecher nicht eingeschaltet war. Daniel war mächtig sauer. Verständlich.

»Gib mal her.« Brander nahm Julian den Hörer ab. »Dan? Andi hier. Ich weiß, es ist nicht korrekt, was …«

»Nicht korrekt? Der spinnt doch wohl! Das ist mein Dienstwagen. Den darf er gar nicht fahren. Wenn was passiert wäre!«

»Deinem Wagen geht's gut.« Brander sah sicherheitshalber zu Julian, der bestätigend nickte. »Dan, verdau das jetzt erst einmal, und dann telefonieren wir später noch mal und besprechen in Ruhe, was wir machen, okay? Wir haben hier gerade eine Ausnahmesituation.«

»Wieso fährt der zu euch? Der kann sich …«

»Wir erklären dir alles später.« Brander beendete das Gespräch. »Und du kannst dir inzwischen überlegen, wie du das wieder geradebiegst.«

»Der soll sich nicht so anstellen, wegen seiner Scheißkarre.«

»Du hättest ihn fragen können.«

»Der hätt' mir die Kiste doch nicht gegeben.«

Sein heiliges Blechle. »Nein, und das mit gutem Grund. Willst du 'nen Kaffee oder erstmal eine Runde schlafen?«

»Pennen wär gut.«

Brander schickte Julian ins Wohnzimmer, versorgte ihn mit einer Decke und kehrte ins Schlafzimmer zurück.

»Wer ist gekommen?«, fragte Cecilia.

»Julian.«

»Julian?«

»Er schläft unten. Versuch du auch noch, ein wenig zu schlafen.« Er küsste ihre Stirn und legte sich neben sie. »Wir können das alles später regeln.«

Die Verrücktheit der Jugend. Nathalie schlug Alarm, und Julian klaute seinem Vater kurzerhand das Auto. Unwillkürlich dachte er an Marcel und Denise Schweikhard. Denise war in Nathalies Alter, Marcel ein paar Jahre älter als Julian. Sein Neffe und seine Pflegetochter hatten sich auf Anhieb gut verstanden. Vielleicht, weil sie ähnliche Situationen erlebt hatten. Nathalie, die ihre Mutter aufgefunden hatte, die sich ins Koma gesoffen hatte. Julian, der seine Mutter nach einem Selbstmordversuch gefunden hatte.

Und Denise und Marcel? Was verband diese Geschwister? Sie waren aufgewachsen in einem dem Anschein nach auf Leistung und Ordnung ausgerichteten Haushalt, der nicht von Herzenswärme geprägt war. Denise, die Ehrgeizige, Einser-Abi-Kandidatin hatte Fabio gesagt. Marcel, der vom Weg abgekommen war, vorbestraft, mittlerer Abi-Schnitt, Studium abgebrochen, Aushilfsjob. Denise, die den Eltern sagte, dass der Bruder gemobbt wurde. Denise, die ihren Freunden drohte, weil sie ihren Bruder verprügelt hatten. Die kleine Schwester ganz groß. Wie war das für Marcel? Half sie ihm damit? Oder beschämte sie ihn?

Das Licht schimmerte taghell durch die Jalousien, als er das nächste Mal erwachte. Im Flur schepperte ein Eimer. Brander drehte sich zu seiner Frau.

»Mir tut alles weh«, murmelte sie, ohne sich zu regen.

Kein Wunder. Jede Menge blaue Flecken, die Anspannung, der Stress, die Angst. Das alles musste ihr Körper verarbeiten. Sie würde mit Sicherheit noch einen ordentlichen Muskelkater bekommen. »Wie geht es deinem Kopf?«

»Der tut auch weh.«

»Ist dir schlecht? Oder schwindelig?«

»Bisschen schwindelig.«

»Dann bleib liegen und versuch, zu schlafen. Ich schau mal, was unten los ist.«

»Ziehst du das Rollo hoch? Ich will nicht den ganzen Tag in einer dunklen Höhle verbringen.«

Brander stand auf und ging zum Fenster. Er zog den Rollladen hoch. Strahlendblauer Himmel schimmerte hinter den Gardinen. So friedlich, als ob nichts die Ruhe stören könnte. Er griff nach dem Vorhang, um ihn ein Stück aufzuziehen. Er hielt inne, sah nach oben, zur Schiene. Wie viel Kraft brauchte man, um einen Duschvorhang herunterzureißen? Er zog leicht an der Gardine.

»Was machst du?«, fragte Cecilia verwundert.

»Nichts … Ich war in Gedanken.« Er zupfte den Vorhang wieder glatt.

»Bei der Arbeit?«

»Nur ganz kurz. Jetzt bin ich wieder hier.« Er lächelte entschuldigend und ging zu ihr. »Darf ich dir eine Schmerztablette servieren? Wir haben hier was ganz Tolles im Angebot.«

Er drückte eine Tablette aus dem Blister und gab sie Cecilia mit einem Glas Wasser.

»Du stehst nicht ohne mich auf. Das ist ein Befehl.«

»Dann brauch ich ein Glöckchen, damit ich dich herbimmeln kann.« Sie versuchte zu lächeln, aber ihr rechtes

Auge und die Lippe waren stark geschwollen, sodass nur eine Grimasse daraus wurde. Wäre er doch nur eine halbe Stunde früher zuhause gewesen.

Nathalie stand mit Wischer und Eimer im Flur, als Brander die Treppe herunterkam.

»Was machst du da?«

»Das muss wieder alles ordentlich sein, wenn Cecilia aufsteht.« Sie hatte einen Gedanken, riss erschreckt die Augen auf. »Oder darf ich das nicht? Verwische ich Spuren?«

»Nein, das ist alles schon geregelt. Aber du musst das nicht machen.«

»Doch.« Sie drückte den Lappen aus und begann den Boden zu wischen.

Es war rührend und gleichzeitig besorgniserregend. Nathalie kannte häusliche Gewalt. Und es war immer sie gewesen, die alles hinterher aufgeräumt hatte, damit es wieder *normal* aussah. »Konntest du schlafen?«

Sie zuckte die Achseln.

Brander setzte sich auf die vorletzte Treppenstufe. »Komm mal her.« Er klopfte auf den Platz neben sich. Sie setzte sich zu ihm, die Unterarme auf den Knien, den Blick auf den Boden gerichtet.

»Könnt ihr mich nicht adoptieren? Bitte. Ich will nicht mehr Böhme heißen. Ich will Brander heißen, so wie ihr.«

Es war nicht das erste Mal, dass Nathalie mit dieser Bitte kam.

»Das ist nicht so einfach. Deine Mutter müsste zustimmen, und das tut sie nicht.« Und das Jugendamt wollte keinen zusätzlichen Druck auf die Frau ausüben, um die Chancen zu erhöhen, dass sie den Alkoholentzug endlich schaffte. Ein Stück Hoffnung: Wenn du trocken bist, bekommst du deine Tochter zurück. Nur hatte die Behörde die Rechnung ohne Nathalie gemacht.

»Das ist mir egal. Das muss weg, das muss raus aus meinem Leben, sonst schaff ich das nie. Dann werd ich genauso eine versoffene Schlampe wie die.«

»Stopp.« Er legte einen Arm um ihre Schultern. »Red dir das nicht ein.«

»Die blöde Fot… Die Alte … die verfolgt mich. Ständig taucht die überall auf. Du bist meine Tochter. Du bist mein Fleisch und Blut«, ahmte Nathalie ihre keifende Mutter nach. »Und ich hab ihre scheißversoffenen Gene in mir.«

»Nathalie, du bist nicht deine Mutter. Du brauchst den Alkohol nicht. Und du bist intelligent und klug genug, um aus deinem Leben etwas zu machen.« Brander strich ihr sanft über den Rücken. »Was meinst du damit, dass sie dich verfolgt?«

»Wenn ich aus der Schule komme, steht sie da. Vorm Training hat sie mich schon abgefangen. Und hier schleicht die auch ständig rum.«

Von wegen Einbrecher. »Nathalie, so etwas musst du uns sagen.«

»Aber … nachher wollt ihr mich dann nicht mehr hier haben. Hast doch gesehen, wie scheiße die ist.«

Wie sollte ein Mensch, der nie die Gewissheit gehabt hatte, geliebt und angenommen zu sein, das Vertrauen entwickeln, dass man ihn nicht bei der geringsten Kleinigkeit wieder wegschickte?

»Wir wollen dich immer hier haben. Wir lieben dich.«

Er drückte sie fest an sich. Das Klingeln des Telefons durchbrach die Stille. Bevor Brander sich aufraffen konnte, hörte er Julian an den Apparat gehen. Kurz darauf öffnete sich die Wohnzimmertür, und er streckte Brander den Hörer entgegen. »Für dich. Eine Frau irgendwie, klang etwas verwirrt.« Er sah zu Nathalie und breitete grinsend die Arme aus. »Hey, Kleine.«

»Brander?«

»Seit wann ist dein Neffe bei euch?«, fragte Peppi verdutzt.

»Seit um sieben ungefähr. Was gibt's?« Er ließ die beiden Teens allein und verzog sich in die Küche.

»Ich wollte hören, wie es euch geht.«

»Ceci hat Schmerzen, liegt noch im Bett, Julian hat seinem Vater das Auto geklaut, Nathalie will adoptiert werden, und ich koche Kaffee.« Die Filter waren alle. Er durchsuchte die Schränke. »Wie ist bei euch die Lage?«

»Alle sind besorgt – ihr steht in den internen Ereignismeldungen.«

Brander zwickte es unangenehm im Magen. So war es also, auf der anderen Seite einer Ermittlung zu stehen – die Kollegen erfuhren Dinge über sein Leben, die sie nichts angingen.

»Bist du noch dran?«

»Ja.«

»Endress hat sich gemeldet. Er kommt morgen Vormittag mit seinem Anwalt. Er will eine Aussage machen. Käpten Huc sagt, er kann das mit der Mertens zusammen übernehmen.«

»Nein, ich …« Brander strich sich unentschlossen über den Kopf. »Ich bin morgen wieder da.«

12

Montag

Branders Bruder war am späten Sonntagnachmittag mit dem Zug gekommen, um seinen Wagen abzuholen. Julian hatte beschlossen, noch ein paar Tage in Entringen zu bleiben. »Jemand muss sich um Cecilia kümmern, wenn du bei der Arbeit bist. Und Natti muss zur Schule«, hatte er als Argument angeführt.

Mit schlechtem Gewissen hatte Brander sich am Montagmorgen auf den Weg nach Esslingen gemacht. Peppi hatte ihn mit ihrem frisch erworbenen Fischkundewissen abgelenkt. So wusste er am Ende der Fahrt, dass Barsche zwei Rückenflossen hatten, dass die Äsche nach Thymian roch und dass es sich beim Butterkrebs nicht um ein Kochrezept handelte, sondern um einen Krebs nach der Häutung. Wer weiß, wann ihm dieses Wissen einmal weiterhelfen würde?

Isabella Mertens war überrascht, als sie Brander im Flur der Dienststelle begegnete. »Ich hatte Sie heute nicht erwartet.«

»Tja.« Was sollte er sagen?

»Das heißt, wir beide führen das Gespräch mit Robin Endress?«

»Ja.«

»Okay.« Sie schien noch etwas sagen zu wollen, überlegte es sich aber wieder anders.

Robin Endress erschien zehn Minuten vor dem vereinbarten Termin mit seinem Anwalt in der Polizeidienststelle. Brander holte die beiden Herren am Empfang ab und brachte sie in das Vernehmungszimmer. Endress hatte sich heute für einen hellgrauen Anzug entschieden, der Undercut war sorgfältig frisiert, das Kinn rasiert, dennoch verrieten die Schatten unter den Augen, dass er in den letzten Nächten nicht viel geschlafen hatte. Sein Anwalt war wenig älter als sein Mandant, trug einen konservativen dunklen Zweireiher, Seitenscheitel und Aktentasche. »Anton Zank – für Ihr Recht von A bis Z« stand auf seiner Visitenkarte.

»Herr Endress, die Rechtsbelehrung haben Sie bekommen. Ich weise Sie nochmals darauf hin, dass Sie verpflichtet sind, die Wahrheit zu sagen. Jedoch müssen Sie nichts sagen, womit Sie sich selbst belasten würden. Das ist Ihnen klar?«, fragte Isabella Mertens den jungen Mann.

Endress nickte. Sein Anwalt hatte ihn sicherlich bereits über all seine Rechte genauestens informiert. Robin Endress saß Brander aufrecht gegenüber, die Hände auf dem Tisch ineinander verschränkt. Würden die Knöchel nicht so deutlich hervortreten, hätte es eine lockere Geste sein können. Auch die großen Pupillen verrieten seine innere Anspannung.

»Dann erzählen Sie mal«, übernahm Brander. Er lehnte sich zurück und musterte sein Gegenüber abschätzend.

Endress sah zu seinem Anwalt, der ihm zunickte. Das Startsignal.

»Ich war am Sonntagabend in Marcels Wohnung.«

»Fürs Protokoll: Welcher Sonntagabend?«

»Am achten Oktober.«

»Um wie viel Uhr?«

»Gegen zehn Uhr abends. Vielleicht auch etwas später, ich weiß es nicht mehr genau.«

»Hat Herr Schweikhard Sie hereingelassen?«

»Nein, ich hatte geklingelt, aber niemand hat aufgemacht. Ich habe gesehen, dass Licht brennt. Also bin ich davon ausgegangen, dass Marcel zuhause ist. Ich hatte seinen Wohnungsschlüssel, ich bin ins Haus und in seine Wohnung.«

Einfach so. Als ob das ganz normal wäre. Brander schwieg abwartend. Er wollte hören, was Endress sich für eine Story zurechtgelegt hatte.

»Es roch ganz komisch. Ich kann das nicht beschreiben. Nicht normal. Es brannte überall Licht, aber Marcel war nicht da. Die Tür zum Bad stand ein Stück weit offen. Ich bin hingegangen.« Endress schluckte, sein Blick fixierte einen Punkt auf der Tischplatte vor ihm. »Da lag sie. Ich habe es erst gar nicht richtig kapiert. Der Duschvorhang lag über ihr. Ihre Beine schauten darunter hervor. Ich dachte, sie lebt noch, hab den Duschvorhang von ihr weggezerrt. Aber sie …« Er wandte den Kopf zur Seite. Tatsächlich schimmerten Tränen in seinen Augen. »Sie war ganz steif.« Er wischte sich über die Augenwinkel.

Der Rigor mortis – die Leichenstarre – war sechs bis neun Stunden nach Todeseintritt vollständig ausgeprägt. Die Lösung der Leichenstarre begann in der Regel erst eineinhalb bis zwei Tage nach Todeseintritt. Konnte Robin Endress das wissen? Brander sah zu seinem Anwalt. Der wusste das mit Sicherheit. Eine vollständige Ausprägung der Leichenstarre würde darauf hindeuten, dass Denise Schweikhard tatsächlich wie vermutet bereits in der Samstagnacht gestorben war.

»Was taten Sie dann?«

»Ich bin raus. Ich war … ich musste da einfach raus.«

»Warum haben Sie nach Entdeckung der Toten nicht die Polizei informiert?«, fragte die Staatsanwältin.

»Ich hatte den Duschvorhang weggezogen.«

»Das hätten Sie uns ja sagen können«, erwiderte Brander.

»Mein Mandant stand unter Schock«, mischte sich Zank ein.

»Ich wollte Marcel zur Rede stellen, bevor Sie ihn …«

»Zur Rede stellen?« Isabella Mertens zog skeptisch die Augenbrauen hoch. »Sie hatten ihn doch am Tag zuvor schon gemeinsam mit Ihrem Kameraden Jochen Kastner zusammengeschlagen. Wie sollte das denn aussehen – ihn zur Rede stellen?«

»Dieser Vorwurf ist nicht erwiesen. Im Übrigen tut das hier nichts zur Sache«, kam der Anwalt einer Antwort seines Mandanten zuvor.

»Ich möchte das Geschehen noch einmal mit Ihnen durchgehen«, erklärte Brander. Endress' Aussage warf einige Fragen auf. »Was wollten Sie am Abend des achten Oktober in der Wohnung von Marcel Schweikhard?«

»Mit Marcel reden.«

»Und weil niemand auf Ihr Klingeln reagierte, ließen Sie sich einfach selbst herein?«

»Ich war in Sorge.«

»Worüber machten Sie sich Sorgen?«

»Mein Mandat muss Ihnen nicht sagen, warum er in die Wohnung gegangen ist.«

»Ja, wenn Herr Endress unbefugt die Wohnung betreten hat, muss er es nicht. Denn das käme einem Hausfriedensbruch gleich, was nach Strafgesetzbuch eine Straftat ist«, stimmte Brander zu. Er wandte sich wieder an Endress. »Was bereitete Ihnen denn Sorge?«

»Das tut nichts zur Sache«, wiederholte Zank.

Dann eben nicht. Brander sah Endress in die Augen, der seinen Blick starr erwiderte, die Hände wieder fest ineinander verschränkt.

»Woher hatten Sie den Schlüssel?«

»Von Marcel.«

»Wann hat er Ihnen den Schlüssel gegeben?«

»Das weiß ich nicht mehr.«

»Vielleicht am Samstagmorgen am Südausgang vom Esslinger Bahnhof?«, schlug Brander vor.

»Sie …«, setzte Endress an, wurde aber von seinem Anwalt unterbrochen.

»Mein Mandant weiß es nicht mehr.«

Endress löste die Finger und rieb sich mit den Handflächen über die Oberschenkel. Er bemerkte, dass Brander ihn beobachtete, und hielt inne.

»Lassen wir das mal so stehen. Sie sind also in die Wohnung gegangen. Was haben Sie dort gemacht?«, fragte Brander.

»Das sagte ich schon.«

»Lag der Duschvorhang über Denise oder war sie darin eingewickelt?«

»Das weiß ich nicht.«

»Der Körper war steif. Sie hätten es gemerkt, wenn sie eingewickelt gewesen wäre.«

»Bitte, ich kann das nicht … es war schrecklich.«

»Schrecklicher, als zu zweit auf ein am Boden liegendes Opfer einzutreten?«, fragte Isabella Mertens provozierend.

»Das verbitte ich mir! Was sollen diese haltlosen Anschuldigungen gegen meinen Mandanten?«

Die Staatsanwältin lächelte kühl. »Es gibt Zeugen.«

»Hier geht es um den Fall Denise Schweikhard.«

»Ja, und alles hängt irgendwie zusammen.« Isabella Mertens sah wissend zu Endress.

Der erwiderte grimmig ihren fixierenden Blick.

»Zurück zum Geschehen«, griff Brander ein. Er wollte nicht, dass die Situation entgleiste wie bei dem ersten Gespräch mit Endress. »Sie haben den Duschvorhang entfernt. Wie haben Sie das gemacht? Wo haben Sie den Duschvorhang angefasst?«

Endress wandte sich ihm wieder zu, kniff die Augen zusammen, machte eine greifende Bewegung mit der Hand, als wollte er die Erinnerung fühlbar visualisieren. »Ich habe ihn am unteren Ende gefasst, ihre Füße lagen in meine Richtung. Ich habe ihn zurückgeschlagen. Dann habe ich ihn zur Seite weggezogen. Ich weiß nicht, warum ich das getan habe …«

Die Beschreibung passte zu dem Bild, das sich den Beamten in dem Badezimmer geboten hatte.

»Was taten Sie weiter?«

»Ich habe mich neben sie gekniet. Ich sah, dass sie nicht mehr lebte. Sie war steif und kalt. Dann bin ich aus der Wohnung raus.«

»Sie haben die Wohnung direkt verlassen?«

»Ja.«

War da ein kurzes Zögern gewesen? »Haben Sie das Licht ausgeschaltet?«

»Das weiß ich nicht mehr. Ich war … wie betäubt.«

»Und Sie haben sonst nichts in der Wohnung verändert?«

»Nein.«

»Wie sah die Wohnung aus, als Sie sie betraten?«

»Wie?«

»War irgendetwas ungewöhnlich?«

»Nein.«

»Ist Ihnen die Verwüstung nicht aufgefallen? Die Schmierereien an den Wänden?«

»Ich …« Endress zuckte die Schultern. Die Pupillen begannen unruhig hin und her zu wandern. Er strich wieder mit den Händen über die Oberschenkel.

»Jemand hat auf das Sofa uriniert«, ergänzte die Staatsanwältin.

Endress hielt einen winzigen Augenblick den Atem an. Dann beugte er sich zu seinem Anwalt und flüsterte ihm etwas zu. Der konnte sich ein Stirnrunzeln nicht verkneifen, nickte schließlich und wandte sich wieder Brander und der Staatsanwältin zu. »Wir beenden die Aussage meines Mandanten an dieser Stelle.«

»Nur eine Bitte noch …« Isabella Mertens kramte in ihrer Aktentasche und holte ein Blatt Papier hervor. »Herr Endress, bitte lesen Sie mir das einmal vor.«

Endress sah irritiert auf den Zettel. »Was soll das denn?«

»Einfach nur vorlesen. Sie können doch lesen, oder?«

Er sah zu seinem Anwalt. Der zuckte kopfschüttelnd die Achseln. »Das ist Humbug, aber bitte, tun wir Ihnen den Gefallen.«

»Eine graue Ratte.«

»Was sollte das denn zum Schluss?«, fragte Brander, nachdem sie wieder unter sich waren.

»Ich hatte Freitagabend ein langes, anstrengendes Gespräch mit Herrn Doktor Vitus Kazmaier. Ich möchte, dass Sie das bitte auch einmal laut vorlesen.«

»Eine graue Ratte.«

»Ins Mikro bitte, ich benötige die Aufnahme.«

»Eine graue Ratte«, wiederholte Brander.

»Kazmaier hat bei dem Überfall, den er beobachtet hat, ein Wort gehört. Er sprach von Watte oder Ähnlichem. Zählen wir eins und eins zusammen. Wenn ich jemanden verprügle, werde ich ihn nicht als Watte beschimpfen. Aber was klingt so ähnlich?«

Ratte. Da hätte er auch selbst draufkommen können.

Mertens nickte zufrieden. »Von Herrn Schweikhard und Herrn Kastner werde ich die Aufnahme auch noch einholen. Vielleicht kann Herr Kazmaier die Stimme identifizieren. Seine Personenbeschreibungen waren leider mehr als vage.«

»Ist einen Versuch wert. Vor Gericht wird das aber keinen Bestand haben.«

»Wir werden sehen. Was halten Sie von Endress' Aussage?«

Brander war sich nicht sicher. »Wenn er die Wahrheit gesagt hat, dann nicht die ganze. Den Schlüssel von Schweikhards Wohnung hat er nicht einfach so von ihm bekommen und die Verwüstung … Er wusste nicht, wie er auf die Fragen reagieren sollte.«

»Stimmt, da hat ihn sein Anwalt schlecht vorbereitet. Vielleicht hat Endress ihm aber auch nichts davon erzählt. Was denken Sie, hat er die Wohnung nach Auffinden der Leiche so verwüstet?«

»Das passt nicht zu den Aussagen der Nachbarn. Die haben die Randale in den frühen Morgenstunden am Samstag gehört. Sonntagabend hat niemand bemerkt, dass es laut in der Wohnung gewesen wäre.« Brander dachte an die Aussage von Maybrit Gastl-Weinzierl. Sie war an dem Sonntagabend bei ihrer Mutter gewesen, in der Wohnung direkt unter Schweikhards. Sie hätte etwas gehört, und sie hätte es Brander mitgeteilt.

»Ja, das passt nicht.« Die Staatsanwältin seufzte frustriert. »Würden Sie mir einen Gefallen tun? Sprechen Sie noch einmal mit dieser Nuran Aydin. Diese ganzen Überfälle – das hängt alles zusammen. Ich will wissen, wie der Ablauf war, wer genau an der Tat beteiligt war.«

»Ich kann's versuchen. Was machen wir mit Marcel Schweikhard? Bleibt er in U-Haft?«

»Solange sein Alibi nicht hieb- und stichfest ist, bleibt er für mich der Hauptverdächtige Nummer eins.«

»Wir haben immerhin zwei Zeugenaussagen.«

»Von zwei Zeugen, die zuvor gelogen haben. Da, wo Herr Schweikhard ist, ist er im Moment gut aufgehoben.« Isabella Mertens presste kurz die Lippen zusammen, als hinge sie einem anderen Gedanken nach, den sie nicht preisgeben wollte.

Brander musterte sie stirnrunzelnd. Er erinnerte sich an die Informationen, die er von Stephan Klein bekommen hatte. Hatte sie Angst, einen Fehler zu begehen? Wem galt ihre Sorge? Dem Leben von Marcel Schweikhard – oder Nuran und Yasin?

Die Staatsanwältin räumte ihre Unterlagen in ihre Aktentasche und stand auf. »Herr Brander, ich habe von dem Überfall auf Ihre Frau erfahren. Das tut mir leid. Das wollte ich Ihnen noch sagen.«

Bevor er etwas erwidern konnte, war sie gegangen.

Sie hatten sich in Troppers kleinem Büro mit der schönen Aussicht eingefunden. Der Himmel war strahlend blau und bildete den perfekten Hintergrund zu den bunten Weinbergen. Aber die Kommissare hatten keinen Blick für die Schönheit der Natur. Brander hatte dem Kriminaltechniker von Robin Endress' Aussage berichtet. »Kann das sein? Passt das ins Spurenbild?« Er hatte Peppi den freien Stuhl überlassen, während er neben der Tür stand, mit dem Rücken an die Wand gelehnt.

Tropper brummte unschlüssig, öffnete einen Ordner mit Bilddateien auf seinem Monitor und suchte ein Foto von Marcel Schweikhards Badezimmer heraus.

»Wenn man reinkam, sah man zuerst die Füße, das stimmt. Wir haben Endress' Fingerabdrücke am unteren Saum des Duschvorhangs gefunden, auch das würde passen. Wenn das Opfer teilweise auf dem Vorhang lag, müsste er auch seitlich am Vorhang gezogen haben, um ihn wegzuziehen. Da muss ich nochmal auf Spurensuche gehen.« Er kratzte sich grübelnd am Kinn. »Wir sollten mit Maggie sprechen, ob die Livores mit der Auffindesituation zusammenpassen. Wenn wir davon ausgehen, dass das Mädle zum Zeitpunkt des Auffindens von Endress bereits knapp zwanzig Stunden tot war, dürfte es keine Veränderung der Livores gegeben haben. Die Leiche muss sich aber bewegt haben, wenn Endress den Vorhang unter ihr weggezogen hat. Also müsste es eine Diskrepanz geben zwischen den Leichenflecken und der Auffindesituation … warte mal …« Tropper wählte Margarete Sailers Nummer und schaltete den Lautsprecher ein.

»Was willst du?«, erklang die Stimme der Rechtsmedizinerin unwirsch.

»Maggie, meine Liebe, wie geht es dir?«

»War schon besser, aber ich hab drei Kilo abgenommen. Und jetzt spar dir den Smalltalk. Was willst du?«

Tropper brachte sein Anliegen vor. Sailer stöhnte genervt. »Weißt du, was ich hasse? Wenn man den Leichnam abtransportiert, ohne dass ich am Fundort war. Ich habe hier nur eure Laienaufnahmen als Vergleichsmaterial.«

»Hey, so schlecht sind die Bilder nicht.«

»Aber ihr habt beim Entkleiden sicher die Lage verändert, wenn vielleicht auch nur minimal – sie wurde verändert! Die Position der Leiche wurde beim Transport verändert. Alles war verändert, bis ich sie hier auf meinem Tisch hatte. So aus dem Stegreif kann ich dir gar nichts sagen. Ich muss mir die Bilder nochmal anschauen.«

»Maggie, was ist mit dem Todeszeitpunkt?«, fragte Brander.

Die Rechtsmedizinerin stöhnte erneut auf. »Samstagabend wurde sie zuletzt gesehen. Von da an gebe ich euch ein Zeitfenster von sechsunddreißig Stunden. Ich kann es dir nicht genauer eingrenzen, zu viele unbekannte Parameter.«

»Sechsunddreißig Stunden kann nicht sein. Endress sagt, er hat sie Sonntagnacht gefunden. Wenn wir seiner Aussage glauben, war sie da bereits tot. Das heißt, sie war maximal dreiundzwanzig Stunden in den Duschvorhang eingewickelt. Hilft das nicht weiter?«

»Was ist mit dieser Todeszeitbestimmung nach eurem Spezialisten da … diese Methode von dem Wehner?«, fragte Tropper.

»Du meinst den immunhistochemischen Nachweis?«

»Genau den.«

»Daran hab ich noch gar nicht gedacht.«

»Gut, dass wir …«

»Das ist längst in Auftrag gegeben! Aber auch mit dem Ergebnis werden wir euch keinen exakten Todeszeitpunkt nennen können. Ob sie Samstagnacht oder Sonntagmittag gestorben ist.«

»Das würde den Zeitraum aber vielleicht doch noch genauer eingrenzen, oder?«, wagte Brander zu bemerken.

»Ich meld mich, falls ich etwas für euch habe.« Bevor noch jemand etwas sagen konnte, hatte sie aufgelegt.

»Sie klang ein wenig genervt«, stellte Peppi fest.

Tropper grinste. »Frauen und Diät.«

»Eine Magen-Darmgrippe würde ich nicht als Diät bezeichnen.« Peppi sah zu Brander. »Gehen wir essen?«

»Gleich.« Branders Blick war noch auf Troppers Monitor mit den Bildern der Wohnung geheftet. »Von dem Urin auf dem Sofa, kriegt ihr da eine DNA-Spur?«

Tropper schüttelte den Kopf. »DNA ist im Urin nicht enthalten. Es können allenfalls Hautschuppen mit ausgespült werden, aber auf dem Sofa wird daraus eine Mischspur. Du kannst nicht eindeutig zuordnen, ob die Hautschuppen durch den Urin dahin kamen oder weil die Person mal irgendwann auf dem Sofa gesessen hat.«

Es wäre auch zu schön gewesen.

Brander war mit Peppi in die Kantine gegenüber der Dienststelle beim Bürgeramt essen gegangen. Anschließend sichtete er die Protokolle vom Vortag. »Ihr habt gestern Nuran Aydins Alibi für die Samstagnacht überprüft?«

»Ja. Sie war bis circa halb elf abends mit Marcel Schweikhard in dem Gartenhäuschen. Yasin Özer kam gegen zweiundzwanzig Uhr hinzu. Sie war mit dem Fahrrad da und ist von dort direkt zu ihrem Onkel gefahren. Ihr Onkel und ihre Tante sagen aus, dass sie vor elf Uhr zuhause war.«

Brander sah auf seinen Monitor. »Die WhatsApp hat Denise kurz vor elf verschickt. Damit wäre Nuran raus, oder?«

»Falls alle die Wahrheit sagen, ja.«

»Was denkst du?«

»Ich halte Nuran Aydins Tante und Onkel für glaubwürdig.«

»Marcel lag verletzt im Gartenhäuschen, wäre damit ebenfalls raus. Yasin hat seinen Gesundheitszustand überwacht, auch raus. Bleiben Endress und Kastner.«

»Ja.« Peppi verzog bedauernd das Gesicht. »Dummerweise gibt es einen Nachbarn, der bezeugen kann, dass die beiden gegen Mitternacht zuhause waren. Haben Fabio und Peter bei der Nachbarschaftsbefragung herausgefunden. Es hat wohl eine lautstarke Diskussion zwischen Endress und Kastner gegeben. Vielleicht auch einen Streit. Dem Nachbarn war es jedenfalls zu laut. Er ist rüber und hat sich beschwert, dabei hat er beide Herren gesehen. Endress war an der Tür, Kastner kam hinzu und hat ihm gesagt, er solle sich verpissen. Endress hat sich dafür bei dem Nachbarn entschuldigt, sonst hätte der noch in der Nacht die Polizei gerufen.«

»Sie könnten zu einem späteren Zeitpunkt losgezogen sein.«

»Jochen Kastners Vater schwört Stein und Bein, dass sein Sohn gegen ein Uhr nach Hause gekommen ist. Er selbst war noch auf, hat den Wagen kommen hören und Jochen in seine Wohnung gehen sehen.«

»Bleibt Robin Endress, dessen Fingerabdrücke wir auch im Bad gefunden haben.«

»Ja.«

Branders Telefon klingelte. Der Kollege von der IT-Forensik.

»Hallo Jens, was gibt's?«

»Ich dachte, du wartest schon ungeduldig auf meinen Anruf.«

»Ja, tue ich auch.« Brander überlegte. Worum hatte er Jens Schöne gebeten?

»Es gab tatsächlich nicht nur ein Gespräch zwischen Hermann Schweikhard und Jochen Kastner.«

Die Aussage von Annegret Schweikhard – die nächtliche Nachricht, die ihr Mann erhalten hatte, fiel Brander wieder ein. Das hatte er völlig verdrängt.

»In der Nacht vom siebten auf den achten Oktober hat Hermann Schweikhard bei Jochen Kastner um ein Uhr neununddreißig angerufen«, fuhr Jens fort. »Das Gespräch dauerte knapp vier Minuten. Ein weiteres Telefonat folgte am Montagabend, einundzwanzig Uhr vierundvierzig, da hat Kastner angerufen, Gesprächsdauer vierundachtzig Sekunden. Am Samstag darauf gab es erneut ein Telefonat, dreieinhalb Minuten.«

Das letzte Gespräch war vermutlich das, bei dem Hermann Schweikhard Jochen Kastner über den Tod seiner Tochter informiert hatte, erinnerte Brander sich an Kastners Aussage.

»Sag mal, könnt ihr noch rauskriegen, in welcher Funkzelle Kastners Smartphone eingeloggt war, als er in der Samstagnacht mit Schweikhard telefoniert hat?«

»Bei dir hat man auch nie Feierabend. Ich tu, was ich kann.«

Brander legte auf, klopfte nervös mit den Fingern auf der Schreibtischplatte. »Wir müssen nochmal mit Hermann Schweikhard reden.«

»Aber erst kommt Frau Aydin. Die sollte ich doch einbestellen, hattest du vorhin gesagt.« Peppi sah auf ihre Uhr. »Sie müsste jeden Augenblick kommen.«

Nuran Aydin kam zwanzig Minuten zu spät. Sie trug Jeans und einen weiten Strickpulli. Die langen, dunklen Haare waren vom Wind zerzaust, die Wangen von der frischen

Luft gerötet. »Ich war in der Uni und die Bahn hatte Verspätung«, brachte sie zu ihrer Entschuldigung vor.

»Jetzt sind Sie ja da.« Brander wies einladend auf den Besucherstuhl. Wie sollte er anfangen? Wie konnte er sie dazu bringen, mit ihm zu reden?

»Wie geht es Marcel?« Sie setzte sich auf die vorderste Kante des Stuhls.

»Ich denke, den Umständen entsprechend.« Brander lehnte sich zurück und sah der Frau aufmerksam ins Gesicht. »Wie geht es Ihnen?«

»Ich weiß es nicht.« Sie erwiderte seinen Blick ratlos. »Was passiert jetzt? Bekomme ich eine Anzeige?« Sie sah zu Peppi. Unterlassene Hilfeleistung. Das hatte Nuran Aydin getroffen. Welche Auswirkung würde eine Anzeige auf ihr Studium haben?

»Frau Aydin.« Brander neigte sich ein Stück näher zu seinem Gegenüber. »Warum riskieren Sie so viel für einen Mann wie Marcel Schweikhard?«

»Er hat seine Schwester nicht umgebracht.«

»Wie oft sind Sie Denise begegnet?«

»Selten … ich weiß nicht.«

»Aber sie war beteiligt an dem Überfall auf Sie und ihren Freund im Juli. Sie hat sich hinterher damit vor einer Freundin gebrüstet.«

Nuran Aydin senkte die Augenlider.

»Wie war das vor drei Wochen? Gab es einen erneuten Vorfall?« Brander erinnerte sich an die Information der Mitschülerin. Vor drei Wochen war Denise mit blauen Flecken zur Schule gekommen. Auch die Rechtsmediziner hatten ältere Verletzungen festgestellt.

Nuran hob überrascht den Blick. »Nein. Was für einen Vorfall?«

»Eine Auseinandersetzung zwischen Ihnen und Denise Schweikhard.«

»Nein, es gab nur dieses eine Mal.«

»Und vor zwei Wochen – waren Sie da samstagabends vielleicht doch nochmal in der Wohnung von Marcel Schweikhard? Sie wussten, dass er Ihnen nicht in die Quere kommen kann. Er war ja unter Beobachtung von Herrn Özer.«

Die junge Türkin schüttelte entsetzt den Kopf. »Ich war nicht dort. Ich war nie in seiner Wohnung! Nehmen Sie meine Fingerabdrücke, meine DNA, Sie werden nichts von mir dort finden.«

»Ihre Fingerabdrücke haben wir.« Er hatte Nuran Aydin erkennungsdienstlich erfassen lassen, nach dem Zusammentreffen in der Gartenhütte. »Finden wir Spuren von Herrn Özer?«

»Nein.« Unsicherheit schwang in der Stimme mit.

»Frau Aydin, wer hat Marcel Schweikhards Wohnung verwüstet? Ein kleiner Racheakt für die Gewalt, die er Ihnen angetan hatte? Dummerweise kam Denise dazwischen ...«

»Nein!«

Brander musterte die Frau grübelnd, schüttelte schließlich langsam den Kopf. »Marcel Schweikhard kommt mit seiner Schlägertruppe und überfällt Sie. Er schlägt Ihren Freund krankenhausreif. Und Sie spielen hier die selbstlose, rettende Samariterin. Das will mir irgendwie nicht in den Kopf.«

Nuran Aydin sah ihn resigniert an. »Aber so war es doch gar nicht.«

»Wie dann?« Brander hob fragend die Augenbrauen. Wenn sie ihm jetzt mit der Story kam, Yasin Özer sei die Treppe hinuntergestürzt, würde er ... ja, was? Er konnte die

Wahrheit nicht aus ihr herausschütteln. Geduld, mahnte er sich innerlich.

»Ohne Marcel … Ich weiß nicht, ob Yasin den Überfall damals überlebt hätte.« Zum Ende des Satzes war ihre Stimme so leise geworden, das Brander nicht sicher war, ob er richtig gehört hatte.

»Wie bitte?«

»Marcel … Er war keiner von den Schlägern.«

»Das müssen Sie mir ein bisschen genauer erklären«, bat er.

Sie schluckte trocken. »Das ist alles so kompliziert.«

Jetzt kein falsches Wort. Er durfte sie nicht verschrecken. »Ich frag einfach nach, wenn ich etwas nicht verstehe.« Er lächelte ihr aufmunternd zu.

Sie kämpfte mit sich. Die Erinnerung zeichnete die Angst und den Schrecken deutlich auf ihr Gesicht.

»Frau Aydin, bitte helfen Sie uns, zu verstehen, was passiert ist«, schaltete sich Peppi ein. »Wir können Ihnen und Marcel nur helfen, wenn wir die Wahrheit kennen.«

Nuran Aydin sah zu Peppi, klammerte sich mit ihrem Blick haltsuchend an ihr fest. »Yasin und ich waren abends bei Freunden. Er brachte mich nach Hause. Als wir an die Unterführung kamen …«

»Welche Unterführung?«, unterbrach Brander.

»Die unter der Krummenackerstraße durchführt. Wir kamen über den Fußweg, und da läuft man dann direkt in die Unterführung und muss nicht über die Straße.«

»Da, wo die Maienwalterstraße abgeht, in unmittelbarer Nähe des Wohnhauses, in dem Marcel Schweikhard wohnt?«

Aydin nickte. »Jemand rief nach uns. Wir sollten stehenbleiben, Wegzoll zahlen. Wir ignorierten das. Dann rannten sie hinter uns her. Sie packte mich am Arm. Ich sagte, sie soll mich loslassen, aber sie schlug gleich zu. Sie schlug mir ins Gesicht.« Sie strich mit dem Finger über die Narbe an ihrer Schläfe. »Yasin wollte mir helfen. Da haben die anderen beiden ihn getreten. Er ging sofort zu Boden. Sie schlugen und traten ihn.« Nuran Aydin sog bebend die Luft ein. »Denise schubste mich und schlug mich. Dann tauchte Marcel auf. Er schrie sie an und stieß sie weg. Er sah mich an … Er erkannte mich. Dann zerrte er seine Freunde weg und alle waren plötzlich verschwunden. Wie ein böser Traum. Es waren nur Sekunden. Es waren die schlimmsten meines Lebens. Ich lief zu Yasin. Er war bewusstlos. Er blutete … seine … seine Brille war kaputt. Ich wusste nicht, was ich tun sollte. Ich hatte solche Angst. Ich … ich war so allein.«

Sie schluckte wieder hart, die Angst stand ihr auch jetzt deutlich in den Augen. »Ein Mann kam, er kannte mich. Er holte meinen Onkel, und wir brachten Yasin ins Krankenhaus. Ich wollte keine Polizei. Marcel kannte mich. Er wusste, wo ich wohne. Ich hatte Angst, verstehen Sie?« Ihre Stimme wurde hektischer. »Ich dachte, die bringen Yasin um. Ich dachte, die bringen uns beide um.«

Sie brauchte einen Moment, um wieder ruhiger zu werden. »Am nächsten Tag besuchte ich Yasin im Krankenhaus und als ich ging … als ich ging … Marcel stand vor der Klinik. Ich wollte weg, aber er rief mich. ›Nuran‹, rief er, ›Nuran, es tut mir leid.‹«

Sie verstummte, starrte, in der Erinnerung gefangen, auf ihre zitternden Hände.

»Und dann haben Sie ihm alles einfach mal verziehen?«, fragte Peppi ungläubig.

»Nein. Nein, das habe ich nicht. Aber er bat mich, ihm zuzuhören. Er war durcheinander. Ich war durcheinander. Alles war …« Sie hob die Arme, zeichnete einen Kreis. »Chaos.« Wut mischte sich in ihren Blick. »Wissen Sie, warum er uns geholfen hat? Nicht, weil er mich kannte. Er wollte nicht mir helfen, nicht Yasin. Es war das erste Mal, dass seine Schwester zugeschlagen hatte. Er sah, wie sie dabei war, denselben Weg einzuschlagen, den er eingeschlagen hatte. Und das wollte er nicht. Wir haben viel geredet. Und es war … ich weiß nicht … Er war so voller Wut und Hass gegen Ausländer, gegen Flüchtlinge, gegen den Islam, gegen Moslems, gegen alles, was fremd war. Und dann passierte das. Aber er konnte mich nicht hassen. Er kannte mich.« Sie sah zu Brander. Eine Träne lief still über ihr Gesicht. »Es ist einfacher, jemanden zu hassen, den man nicht kennt.«

»Heute ist der Tag der interessanten Aussagen«, stellte Brander fest, nachdem Nuran Aydin gegangen war. »Was hältst du von der Geschichte?«

»Welchen Grund hätte sie, sich so eine Story auszudenken?«, stellte Peppi eine Gegenfrage.

Er wollte nicht, dass seine Schwester so wurde wie er. Manchmal reichten kleine Schlüsselmomente, um einen Menschen zur Besinnung zu bringen. »Lass uns morgen mit Marcel Schweikhard sprechen. Ich will seine Version der Geschichte hören.« Brander griff zum Telefon und wählte Troppers Nummer. »Freddy, nimm dir die Fingerabdrücke von Nuran Aydin vor. Lass einen Abgleich mit sämtlichen Fingerabdrücken aus Schweikhards Wohnung machen. Sie behauptet, sie wäre noch nie in der Wohnung gewesen. Ich will wissen, ob das stimmt.«

»Gerne, bis wann?«

»Bis gestern.«

»Es ist immer eine Freude, mit dir zusammenzuarbeiten.« Tropper legte auf.

»Fahren wir noch zu Hermann Schweikhard?«, fragte Peppi in Erinnerung an Branders Pläne vor dem Gespräch mit Nuran Aydin.

Brander sah auf die Uhr. Halb sechs. »Nein, mir reicht's für heute. Wir bestellen ihn für morgen ein. Und den Kastner auch.«

»Auch gut. Andi …« Peppi blies sich eine Locke aus dem Gesicht. Ihre Stimme bekam einen persönlichen Unterton. »Samstagabend … welchen Dreckskerl hast du gemeint?«

»Was?«

»Als wir bei euch waren und du noch nicht wusstest, was geschehen war. Du sagtest irgendwas von ›diese Dreckskerle‹.«

Brander wollte nicht an den Schrecken denken. Er zuckte die Achseln. »Hab ich das gesagt?«

»Ja, hast du. Und Fabio erzählte mir gestern von Kastners Bemerkung.«

»Hm.«

»Nichts *hm*! Warum steht das nicht im Protokoll? Warum gibt es keinen Aktenvermerk? Warum hast du uns nichts davon erzählt?«

»Peppi, so einen Schwachsinn darf man nicht ernst nehmen. Wie sollen wir denn sonst noch unsere Arbeit machen?«

»Du hättest es wenigstens mir sagen können.«

»Um deine Wut auf diese Kerle weiter zu schüren?«

»Andi, geh nicht so leichtfertig mit solchen Drohungen um.«

»Es war keine Drohung, er wollte provozieren.«

»Auch eine Provokation kann eine Drohung sein! Es sollte wenigstens einen Aktenvermerk dazu geben.«

»Wenn du dann besser schläfst.«

Peppi funkelte ihn ärgerlich an. »Ja, tue ich. Und bemüh dich nicht. Den Aktenvermerk gibt es inzwischen.«

Brander erwachte um ein Uhr nachts. Nachdem er sich eine halbe Stunde hin und her gewälzt hatte, gab er sich geschlagen und stand auf. Julian hatte zum Glück sein Quartier im Keller bezogen, sodass Brander sich ins Wohnzimmer verziehen und vom Fernseher berieseln lassen konnte. Aber auch das brachte das Karussell in seinem Kopf nicht zum Stillstand. Die Welt hatte sich verändert. Eine Veränderung, die er noch vor wenigen Jahren in Deutschland nicht für möglich gehalten hatte. So viel Gewalt, so viel Hass, so viel Angst. Natürlich hatte es schon immer rechte und linke Extremisten gegeben. Auch den Terror im Nahen Osten hatte es gegeben. Die Globalisierung griff um sich – in allen Bereichen, und statt eines gemeinsamen Miteinanders schien sie überall nur zu noch mehr Verunsicherung und Abgrenzung zu führen. Mauern wurden errichtet, von denen man dachte, sie wären längst überwunden.

Es ist einfacher, jemanden zu hassen, den man nicht kennt, hallten Nuran Aydins Worte in seinem Kopf wider. Da war was dran. Die Angst vor dem Unbekannten. Nuran war von Denise geschlagen worden. War die junge Türkin fähig, einen Menschen zu töten? Waren die Verwüstungen in der Wohnung von ihr? Von ihrem Freund? Aber dann hätte es Einbruchspuren geben müssen. Sie hatte keinen Schlüssel zur Wohnung. Endress hatte den Schlüssel. War Denise tatsächlich bereits tot gewesen, als er in der Wohnung war?

Jedes Mal, wenn er dachte, eine sichere Spur gefunden zu haben, zerschlug sie sich wieder. Tod durch Ersticken. Keine sichtbaren Anzeichen von äußerer Gewalteinwirkung. Aber man wickelte sich doch nicht in einen Duschvorhang und wartete entspannt auf den Erstickungstod.

Irgendetwas übersah er. Er rief sich Schweikhards Wohnung in Erinnerung. Die Verwüstung, die Schmierereien. Die Bücher. Eines lag am Boden, die anderen standen im Regal. Sie standen ordentlich im Regal. Der Randalierer hatte den Fernseher zertrümmert, die Geige zerbrochen, aber warum hatte er die Bücher nicht aus dem Regal geschleudert?

Branders Augen brannten. Er sollte schlafen, damit er wieder klar denken konnte. Er wollte diesen Fall abschließen und sich um Cecilia kümmern. Sie schlug sich tapfer, aber er war sich nicht sicher, wie sie den Überfall verkraftete. Sie war der friedlichste Mensch, den er kannte. Natürlich gab es auch in ihrer Ehe mal die eine oder andere Auseinandersetzung. Aber nie wurde sie unsachlich, nie verletzend und vor allem niemals handgreiflich. Wie konnte er ihr helfen, das alles zu verarbeiten, ohne sie dabei zu sehr beschützen zu wollen? Es konnte wieder passieren. Diese Ohnmacht, dass er seine Frau nicht hatte schützen können, nagte an ihm. Und da war auch noch Käpten Hucs Angebot. Stellvertretender Inspektionsleiter. Dann würde er noch weniger Zeit für seine Familie haben.

Er zuckte zusammen, als die Tür leise geöffnet wurde.

»Hier steckst du.« Cecilia huschte herein, schloss die Tür hinter sich und kam zu ihm aufs Sofa. »Hab uns was mitgebracht.« Sie stellte eine Flasche und zwei Gläser auf den Tisch.

»Woher hast du …?«

»Sollte eigentlich dein Nikolausgeschenk werden.«

»Sechs Wochen zu früh.«

»Und deine Stiefel sind auch noch nicht geputzt.« Sie ließ sich neben ihm nieder. »Reimanns wollen ihr Haus verkaufen.«

Reimanns waren die Besitzer der Doppelhaushälfte direkt neben Brander. Ein ruhiges, älteres Ehepaar, das ihnen immer mal wieder eine Schale Obst oder eingemachte Marmelade aus eigener Ernte vorbeibrachte.

»Schade.«

»Ja. Sie ziehen nach Freiburg, näher zu ihrer Tochter und den Enkelkindern. Sie haben gefragt, ob wir jemanden wüssten, der Interesse an dem Haus hätte. Sie wollen, dass wir wieder nette Nachbarn bekommen.«

»Ich denk mal drüber nach.« Er nahm die Flasche. Finch Barrique R – Schwäbischer Highlandwhisky. Eine Destillerie auf der Blaubeurer Alb. Brander hatte den Whisky vor wenigen Wochen beim *Schwäbischen Whisky Tag* in Tübingen probiert. Er war in Barrique-Fässern gelagert worden, und das Aroma hatte eine deutliche Rotweinnote gehabt, erinnerte er sich.

»Du hast Schmerztabletten genommen.«

»Die letzte gestern Mittag.«

Brander zögerte dennoch. Eigentlich gab es eine Abmachung mit Nathalie, dass im Hause Brander kein Alkohol getrunken wurde. Normalerweise saß er draußen auf der Bank neben der Eingangstür und genoss dort, meistens mit Karsten, einen guten Tropfen. Aber er wollte Cecilia jetzt nicht in die nächtliche Kälte hinausschicken. Konnten sie sich diese kleine Inkonsequenz erlauben?

»Wir müssen aufpassen, dass die Kinder nichts mitkriegen.« Er füllte die rotgolden schimmernde Flüssigkeit in die Gläser, reichte eines seiner Frau und prostete ihr zu. »Auf den Nikolaus.«

Sie versuchte zu lächeln, aber es entglitt ihr. Sie starrte auf das Glas in ihrer Hand. Tränen traten in ihre Augen. Sie versuchte, eine Fassade des Normalen aufrecht zu halten, aber in ihr war noch immer alles in Aufruhr.

»Ceci?« Er nahm ihr das Glas wieder ab und stellte es zurück auf den Tisch.

»Ich … ich bin so durcheinander.« Sie vergrub ihr Gesicht an seiner Schulter.

13

Dienstag

Sie hatten beschlossen, den Whisky bei einer anderen, einer besseren Gelegenheit zu trinken. Er sollte sie an einen schönen Moment erinnern und nicht als Seelentröster nach einem Überfall dienen. Brander hatte angeboten, am Dienstag zuhause zu bleiben, aber Cecilia hatte das abgelehnt. »Julian ist doch da«, hatte sie abgewehrt. Sie hatte zwar ihre Praxistermine für die nächsten zwei Wochen abgesagt, weil sie ihren Patienten nicht mit einem blauen Auge gegenübersitzen wollte, aber sie wollte dennoch einen möglichst normalen Rhythmus, um schnell wieder in den Alltag zurückzufinden.

Brander war sich nicht sicher, ob diese Verdrängung der Ereignisse der richtige Weg war. Aber war er der richtige Ansprechpartner, um ihr über dieses traumatische Erlebnis hinwegzuhelfen? Oder brauchte sie professionelle Hilfe? Er würde am Abend mit Cecilia über dieses Thema sprechen, beschloss er, während er sich durch Tübingens Baustellen quälte, um Peppi abzuholen.

Statt zur Dienststelle nach Esslingen führte Brander und Peppi der erste Weg nach Stammheim. Marcel Schweikhard wirkte genauso ausgebrannt wie bei den vorangegangenen Gesprächen. Die triste Umgebung – ein paar einfache Tische und Stühle vor grauen Wänden im Besucherzimmer – trug ein Übriges dazu bei.

»Nuran Aydin hat uns von dem Überfall im Juli dieses Jahres erzählt. Ich möchte gern Ihre Version hören«, kam Brander gleich zur Sache.

»Warum?«

»Sie waren dabei.« Brander wedelte ungeduldig mit der Hand.

Schweikhard starrte unschlüssig vor sich hin und begann, an einem Fingernagel zu knibbeln.

»Herr Schweikhard, wir versuchen, den Tod Ihrer Schwester aufzuklären.«

Schweikhard hob kurz den Blick, konzentrierte sich dann wieder auf seinen Fingernagel.

»Tja, dann. Sie sind der Einzige, der Frau Aydins Geschichte bestätigen kann. Herr Kastner und Herr Endress werden sicher nicht zu einer Aussage bereit sein.« Brander schob seinen Stuhl zurück.

Schweikhard hob erneut den Blick. »Warten Sie.« Er strich sich über den Nacken und verfiel wieder in unschlüssiges Schweigen.

»Wollen Sie jetzt aussagen oder nicht?«, fragte Brander unwirsch.

»Ich …« Er biss sich auf die Lippe, nickte schließlich, als wollte er sich selbst eine Redegenehmigung erteilen. »Wir kamen aus Stuttgart, hatten was getrunken.«

»Wer ist wir?« Brander schob seinen Stuhl wieder näher an den Tisch.

»Denise, Robin, Jochen und ich. Wir gingen zu Fuß vom Bahnhof rauf zu mir. Denise war ziemlich überdreht, sie hatte getrunken. Wir hatten alle getrunken. Ich musste pissen, und die anderen gingen weiter. Als ich sie einholte, waren die schon voll zu Gange. Ich sah nur Denise, wie sie die Frau schlug. Es war ganz seltsam. Ich sah das und es war, als würde ich mir selber zusehen … wie ich damals den Scheißkanaken zusammengeschlagen hatte. Alles kam wieder hoch. Ich dachte nur, die kommt in den Knast. Ich hab sie weggerissen, hab Robin und Jochen von dem Jungen weggezerrt. Der lag nur noch da. Und dann … dann erkenne ich Nuran. Dann sagt die auch noch meinen Namen! Ich mein, wie bescheuert ist die?« Schweikhard sah zum vergitterten Fenster. »Scheiße, haben Sie was zum Rauchen?«

»Hier ist Rauchverbot. Warum haben Sie nicht mitgeprügelt?«

»Ich … das war meine Schwester. Die soll so was nicht tun.«

»Was passierte dann?«

»Wir sind zu mir. Die waren alle stinksauer auf mich. Robin hatte mitgekriegt, dass Nuran mich erkannt hat. Er wollte wissen, wer sie ist. Wir müssen die mundtot machen, hat er gesagt. Uns hat noch nie jemand erkannt. Robin und Jochen können sich keine Anzeige leisten.«

»Das heißt, Sie haben schon öfter Leute überfallen und zusammengeschlagen?«

Schweikhard zuckte die Achseln. »Nicht, wenn Denise dabei war.«

Brander sah aus den Augenwinkeln, wie Peppis Gesichtszüge gefroren.

»Wie ging es weiter?«, fragte er.

»Ich sagte, ich wüsste nicht, wer die waren, woher die mich kennt. Aber Robin ist ja nicht doof. Der hat das gleich gecheckt. Ich hab die Nacht nicht gepennt. Ich sah immer nur Nuran vor mir und wie Denise auf sie einschlägt. Wir hatten ihr ein paar Techniken beigebracht, damit sie sich verteidigen kann. Mit diesem ganzen Ausländergesocks sind unsere Frauen ja nicht mehr sicher. Für die sind unsere Frauen Freiwild. Und unser Staat schaut nur zu, statt die ins nächste Boot zu setzen und zurückzu…«

»Hier geht es jetzt nur um den Vorfall im Juli«, unterbrach Brander.

Schweikhard begann an seinem Daumennagel zu nagen.

»Sie konnten nicht schlafen«, half Brander ihm, den Faden wieder aufzunehmen.

»Ja … Ich bin am nächsten Tag zur Klinik, wollte wissen, ob Nuran da liegt. Ihren Freund kannte ich nicht. Da stand Nuran plötzlich vor mir. Sie hatte eine Wunde im Gesicht, die war genäht worden. Ich hab sie gebeten, Denişe nicht anzuzeigen. Ich hab ihr gesagt, dass es scheiße war, dass sie meinen Namen gesagt hat. Dass sie auf sich aufpassen muss. Die hat sich damit in Gefahr gebracht.«

»In Gefahr war sie ja wohl schon vorher!«, fuhr Peppi den Mann an. »Ihnen ging es doch nur um ihre Schwester. Sie und Ihre verfluchte …« Sie hielt abrupt inne. »Ich hab noch einen Termin.«

Brander nickte ernst. Sie stand auf und verließ den Raum.

Schweikhard sah ihr nach und verfiel wieder in Schweigen. Brander war sich nicht sicher, was in dem Mann vor sich ging. Auf jeden Fall hatte Peppi seinen Redefluss erfolgreich zum Stillstand gebracht.

»Wie ging es weiter?«

Schweikhard sah zu den vergitterten Fenstern, schien innerlich abwesend. »Ihre Kollegin hat ja recht«, murmelte er leise vor sich hin. »Ich hab mir keine Gedanken darüber gemacht, was Nuran und Yasin durchgemacht hatten. Mir ging es um Denise.« Er wandte sich Brander wieder zu. »Wenn man einmal zugeschlagen hat, wenn man diese Schwelle überschritten hat … Da denkst du nicht daran, dass das ein Mensch ist. Du willst einfach nur zuschlagen, Brei aus dem machen … Der ist kein Mensch, der ist dein Feind.«

Brander war froh, dass Peppi den Raum bereits verlassen hatte.

Schweikhard suchte in Branders Gesicht nach Verständnis. »Haben Sie schon mal zugeschlagen?«

»Warum sollte ich jemanden schlagen?«

»Aber, wenn jemand Ihre Frau …«

»Es geht jetzt nicht um mich, sondern um Sie«, unterbrach Brander ihn streng. »Und soweit ich das beurteilen kann, hatte Frau Aydin Ihre Schwester in keiner Weise bedroht.«

Schweikhard senkte betreten den Blick. Schließlich fuhr er fort: »Die Nuran, die ist echt speziell … Ich kenn die noch von der Schule. Die hat auch Geige gespielt. Und jetzt hatte die voll Angst vor mir. Aber sie hat mir zugehört. Wir haben geredet.« Wieder wanderte sein Blick zum Fenster. »Und ich hab irgendwie kapiert, dass das, was wir tun, nicht der richtige Weg ist. Ich mein, es trifft die Falschen. Da gibt's 'ne Menge Arschlöcher. Aber Nuran und Yasin …« Er schüttelte den Kopf. »Ich hab versucht, mit Denise zu reden. Aber die wollte nichts davon hören. Was Robin sagt, ist ihre Wahrheit.«

Brander sah seinem Gegenüber in die Augen. »War.«

Schweikhard nickte. »Warum haben die sie umgebracht?«

»Wir wissen nicht, ob es Ihre Freunde waren.«

»Wer denn sonst?«

»Warum löscht jemand sämtliche Daten von Denises Smartphone und Computer?«

»Keine Ahnung.«

Das nahm Brander seinem Gegenüber nicht ab. »Haben Sie noch einen Schlüssel zur Wohnung Ihrer Eltern?«

»Nein.«

Er brauchte auch keinen Schlüssel. Er hätte Denises Schlüssel nehmen können.

»Wer sonst hätte die Daten löschen können?«, hakte Brander nach.

»Ich weiß es nicht.«

»Haben Sie einen PC oder einen Laptop?«

»Einen Laptop.« Branders Frage irritierte Schweikhard.

»Wo?«

»In meiner Bude.«

»Da haben wir keinen Laptop gefunden.«

Schweikhard pustete die Luft aus seinen Lungen und hob ratlos die Hände.

»Warum haben Ihre Kumpels Sie zusammengeschlagen? Wer hat Ihre Wohnung verwüstet?«

Schweikhard begann wieder an seinem Daumennagel zu knabbern.

»Herr Schweikhard, wenn Sie nicht angeklagt werden wollen, für etwas, das Sie nicht getan haben, dann müssen Sie uns helfen.«

Ein Hoffnungsschimmer glomm in Schweikhards Augen auf. Gab es tatsächlich jemanden, der an seine Unschuld glaubte? »Als … als Denise das letzte Mal bei mir war, hab ich ihr gesagt, dass ich aussteige, dass ich nicht mehr mitmache. Ich wollte, dass sie auch aussteigt. Sie ist ausgeflippt. Wir haben gestritten. Sie ging auf mich los. Ich wollte sie abwehren, aber ich hab sie mit dem Unterarm mit voller Wucht am Kopf erwischt. Sie ist auf die Tischkante geknallt, hat sich die Seite geprellt. Ich habe mich entschuldigt, aber sie wollte nichts hören, ist abgehauen. Vermutlich ist sie direkt zu Robin. Eine Woche später haben Robin und Jochen mir aufgelauert. Ich denke, deswegen.«

So langsam fügte sich ein Puzzleteil zum anderen.

»Und am nächsten Abend kommt Ihre Schwester zu Ihnen und schickt den beiden Herren eine Nachricht. Kurz darauf ist sie tot.« Brander rieb sich übers Kinn. »Ich kann mir irgendwie nicht vorstellen, dass es dabei nur um ein paar Prügeleien geht. Was war das für eine Drohung? Womit wollte Ihre Schwester die beiden hochgehen lassen?«

Und schon verschloss sich Schweikhards Blick wieder.

»Sie waren an dem Donnerstag, an dem wir Ihre Schwester in Ihrer Wohnung gefunden haben, nachts im Scharnhauser Park. Was wollten Sie dort?«

Schweikhard schwieg.

»Wussten Sie vom Tod Ihrer Schwester?«

»Nein, die Leute erzählten, dass man eine tote Frau in meiner Wohnung gefunden hätte. Ich wusste nicht, dass es Denise war.«

»Und dennoch fuhren Sie umgehend zu Robin Endress.«

»Nein … ja … Mann, da lag eine tote Frau in meiner Wohnung! Die hatten meinen Schlüssel geklaut. Ich dachte, die wollen mir eine riesengroße Scheiße anhängen!«

»Und Herr Endress sagte Ihnen dann, dass es Denise war?«

»Nein, er war gar nicht zuhause. Das mit Denise habe ich erst später erfahren, nachdem Sie bei Nuran waren.«

»Waren Sie nach diesem Donnerstag nochmal in Ihrer Wohnung?«

Schweikhard schlug die Augenlider nieder. »Nein … ja …«

»Was denn nun?«

»Ich wollte, aber ich war nicht.«

»Das heißt im Klartext?«

»Das ist meine Wohnung. Ich wollte wissen, was da los war.«

»Und?«

»Ich hatte doch keinen Schlüssel … Ich hab die Siegel geritzt, aber ich hab das Schloss nicht aufgekriegt. Sie hatten abgeschlossen.«

»Und dann sind Sie unverrichteter Dinge wieder gegangen?«

»Ja.«

»Wann war das?«

»Freitagnacht.«

»Was ist mit der Verwüstung in Ihrer Wohnung?«

Schweikhard zuckte die Achseln.

»Wann waren Sie zum letzten Mal in Ihrer Wohnung?«

»An dem Freitag, bevor das alles passiert ist.«

»War Ihre Wohnung da schon verwüstet?«

»Nein.«

»Wann haben Sie an dem Freitag die Wohnung verlassen?«

»Gegen achtzehn Uhr. Ich bin nach Cannstatt gefahren. Ich war auf dem Wasen.«

»Gibt es Zeugen?«

»Waren eine Menge Leute da.«

»Das heißt, Sie waren allein dort? Können Sie mir ein, zwei Namen von Personen nennen, die Sie gesehen haben?«

Schweikhard haderte mit sich. »Ich hab in einem Zelt beim Ausschank ausgeholfen. Nicht offiziell, das ziehen die mir ja sonst alles gleich wieder ab. Aber die Kollegen können bezeugen, dass ich da war.«

»Und als Sie zurückkamen, haben Ihre Kumpels Ihnen aufgelauert und Sie zusammengeschlagen.«

»Ja.«

»Und danach waren Sie nicht mehr in Ihrer Wohnung?«

»Ich schwör. Ich hab die nächsten Tage nur in dieser Gartenhütte gelegen. Mir ging's echt beschissen.«

»Was bedeutet die Zahl 144?«

Schweikhards Lippen schlossen sich. Er schob das Kinn leicht vor. Er würde Brander die Frage nicht beantworten.

»Wofür steht diese Zahl? Ein Code? Eine Drohung?«

Schweikhard zuckte die Achseln.

Hier kam Brander nicht weiter. »Sie sagen mir, dass Sie nichts mit dem Tod Ihrer Schwester zu tun haben. Warum sind Sie an dem Donnerstag vor uns geflüchtet?«

»Da waren überall Bullen, und der Beyer zeigt auf mich. Hab ich Panik gekriegt.«

»Sie hätten sich auch später noch bei uns melden können.«

»Ich hatte Schiss.«

Schweikhard war erschöpft und auch Brander spürte, dass er Zeit brauchte, um die Aussage zu verarbeiten, die neuen Informationen in sein Bild einzufügen. »Ich habe noch eine Frage zu Ihrem Badezimmer. Der Duschvorhang, hing der an der Schiene über der Badewanne?«

»Wozu wollen Sie das denn wissen?«

»Beantworten Sie bitte meine Frage.«

»Der hängt … aber nur an so zwei, drei Ösen. Ich hatte den mal abgerissen, als ich besoffen war, und da waren einige Ösen ausgerissen. Warum wollen Sie das wissen?«

»Das wär's dann für heute.« Brander schob seinen Stuhl zurück und stand auf.

»Herr Brander?«

»Ja?«

»Wann ist Denises Beerdigung? Ich möchte gern dabeisein.«

»Der Lei… Sie ist noch nicht freigegeben.«

Peppi hob ergeben die Hände, als Brander vor die Tür trat. »Mea Culpa.«

»Du hast ja die Kurve noch gekriegt.«

Sie verließen den Zellentrakt, und Brander war froh, wieder unter freiem Himmel zu sein. Dieser riesige Gefängniskomplex erdrückte ihn jedes Mal aufs Neue. Da war das Untersuchungsgefängnis in Tübingen in der Doblerstraße wesentlich überschaubarer. Café Dobler wurde es von den Insassen genannt – klein und, na ja, nicht unbedingt gemütlich. Aber Stammheim war einfach Stammheim.

Sie hatten Hermann Schweikhard am frühen Nachmittag noch einmal zur Befragung einbestellt. Er erschien unrasiert, schien übernächtigt, und sein Anzug hatte Knitterfalten.

»Meine Frau ist ausgezogen«, berichtete er mit Grabesstimme.

»Das haben wir gehört.« Brander sah auf die Notizen, die er sich vor dem Gespräch gemacht hatte. »Herr Schweikhard, Sie haben uns einiges verschwiegen. Sie hatten Kontakt zu Jochen Kastner in der Nacht vom siebten auf den achten Oktober, mutmaßlich die Tatnacht. Was wollte Herr Kastner von Ihnen?«

»Ich …« Er stockte. »Bin ich verpflichtet, Ihnen das zu sagen?«

Brander lehnte sich zurück und verschränkte die Arme vor der Brust. »Im Moment stehen Sie bei mir noch nicht auf der Liste der Tatverdächtigen.«

Schweikhard erwachte aus seiner Lethargie. »Was soll das heißen?«

»Genau das, was ich gesagt habe. Ihre Tochter schickt eine Nachricht an Endress und Kastner, in der sie den beiden droht. Keine zwei Stunden später bekommen Sie eine Nachricht von Herrn Kastner und telefonieren mit ihm. Was hat Herr Kastner Ihnen geschrieben, dass Sie ihn umgehend mitten in der Nacht zurückriefen? Und warum wendet er sich an Sie – wo Sie ihn doch kaum kennen?«

»Sie wissen doch, dass wir mit seinen Eltern befreundet waren.«

Ja, nachdem deine Frau es uns gesagt hat, erwiderte Brander gedanklich. »Was für eine Nachricht hat er Ihnen geschickt?«

»Er schrieb … ich weiß den genauen Wortlaut nicht mehr.«

»Ihre Frau wusste es aber«, unterbrach Brander ihn ungehalten. *»Krieg deine Tochter wieder in den Griff.«*

Schweikhard wich seinem Blick aus. »Ja.«

»Und?«

»Ich habe ihn angerufen.«

»Das wissen wir.«

»Ich wollte wissen, was los ist.«

»Und was war los?«

»Das kann ich Ihnen nicht sagen.«

»Als Zeuge vor Gericht werden Sie aussagen müssen. Was taten Sie nach dem Gespräch?«

»Ich konnte nicht schlafen und habe ferngesehen.«

»Sie sind nicht nach Esslingen gefahren, um Ihre Tochter wieder in den Griff zu kriegen?«

Er schnaubte entrüstet. »Nein!«

»Was haben Sie im Fernsehen angesehen?«, fragte Peppi.

»Das weiß ich nicht mehr. Ich habe rumgezappt.«

»Haben Sie Ihre Tochter angerufen?«

»Nein.«

»Warum nicht?«

»Weil …« Er verstummte, zuckte hilflos mit den Schultern.

»Weil sie da bereits tot war?«

»Was denken Sie, wie oft ich mir wünschte, ich hätte sie angerufen! Ich weiß nicht, was geschehen ist. Ich weiß es nicht!«

»Es gab ein weiteres Telefonat zwischen Ihnen und Herrn Kastner, am Montagabend«, fuhr Brander fort.

»Ja.« Schweikhard räusperte sich, versuchte, wieder ruhiger zu werden.

»Und was wollte Herr Kastner dieses Mal?«

»Nichts.«

»Übers Wetter plaudern, oder was?« War es zu fassen? Brander hätte am liebsten mit der Faust auf den Tisch gedonnert. »Sie reiten sich gerade mächtig rein, Herr Schweikhard. Gibt es Zeugen dafür, dass Sie Samstagnacht nicht nach Esslingen gefahren sind?«

»Meine Frau.«

»Die hat geschlafen.«

»Sie hätte es gehört, wenn ich das Haus verlassen hätte.«

»Vielleicht. Ich erinnere mich daran, dass Ihre Frau Sie beschuldigt hat, schuld am Tod Ihrer Tochter zu sein. Und sie hat behauptet … sagen wir, angedeutet, dass Sie die Daten von Denises Computer gelöscht haben.«

»Warum hätte ich das tun sollen?«

Brander zog einen Ausdruck mit dem Liedtext hervor. »Damit wir so etwas nicht finden?«

Schweikhard starrte auf den Zettel.

»Wer sonst – außer Ihnen oder Ihrer Frau – hatte Zugriff auf den Rechner Ihrer Tochter? Die Daten wurden am neunten Oktober gelöscht. Da war Denise bereits tot. Wer hatte Zugriff?«

»Niemand.«

»Hat Ihre Frau die Daten gelöscht?«

»Nein.« Schweikhards Pupillen wanderten rastlos umher. Er suchte nach einem Ausweg. »Ich habe die Daten gelöscht.«

»Warum?«

»Damit niemand das sieht.«

»Das heißt, Sie wussten zu dem Zeitpunkt, dass Ihre Tochter tot ist?«

»Nein!«

»Warum haben Sie dann die Daten gelöscht?« War das ein Hobby?, hätte Brander fast zynisch hinterhergeschoben.

»Jochen hat gesagt, ich soll die Daten löschen.«

»Wie darf ich mir das vorstellen? Ein Freund der Familie ruft an, bittet Sie, die Daten auf dem Rechner Ihrer Tochter zu löschen, und dann machen Sie das einfach mal so?«

»Nein … ja … ich …« Er seufzte hilflos.

»Wann haben Sie erfahren, dass Ihre Tochter tot ist?«

»Das haben Sie uns gesagt.«

»Haben wir? Oder wussten Sie das schon von Herrn Kastner?«

»Nein, ich …«

»Warum haben Sie die Daten gelöscht?«

»Ich wusste nicht, dass Denise tot ist.«

»Warum haben Sie die Daten gelöscht?«

Hermann Schweikhard konnte Branders Blick nicht standhalten, seine Schultern sackten nach vorn, er senkte den Kopf. »Jochen hat gedroht, wenn ich die Daten nicht lösche, würde er mit ein paar Freunden kommen, und dann würden nicht nur die Daten auf Denises Laptop gelöscht.« Er hob den Blick wieder. »Ich habe meine Tochter verloren. Meine Frau hat mich verlassen. Mein Sohn wurde verhaftet …«

Branders Mitleid hielt sich in Grenzen. »Sie wussten, was Ihr Sohn und Ihre Tochter getrieben haben?«

»Die haben nichts getrieben. Sie sind politisch interessierte Menschen.«

»Interessen, die man auch gern mal mit Gewalt durchsetzt.«

»Die Polizei macht ja nichts! Das sind Fremde, die uns bedrohen! Die gehen mit dem Messer auf uns los. Die zünden Bomben. Die vergewaltigen unsere Frauen! Wir wollen die nicht in unserem Land.«

Als wäre jeder Ausländer ein potenzieller Attentäter. Angst schürt Hass, erinnerte sich Brander an Annegret Schweikhards Worte. Aus den Augenwinkeln sah er, wie sich Peppis Blick bereits wieder verfinsterte. Er hoffte, dass sie ruhig blieb, eine Diskussion über die Flüchtlingspolitik würde sie jetzt nicht weiterbringen. Er lehnte sich zurück und fixierte den Mann mit den Augen.

»Ihr Sohn wollte aussteigen.«

Schweikhard sog überrascht die Luft ein.

»Wussten Sie das nicht?«

»Wir sagten Ihnen doch, dass wir keinen Kontakt mehr zu Marcel haben.«

»Sie haben uns Vieles gesagt und Vieles nicht gesagt.« Brander wartete auf eine Reaktion, aber Schweikhard saß nur stumm vor ihm.

»Herr Schweikhard, ich möchte Ihre Fingerabdrücke nehmen lassen.«

»Wozu?«

»Sie haben gesagt, Sie waren nie in der Wohnung Ihres Sohnes. Ich möchte das zweifelsfrei abklären.«

Schweikhard sah ihn grübelnd an. Schließlich willigte er ein.

Brander stand am Fenster des Aufenthaltsraums und starrte in den grauen Himmel. Die Wolkendecke hatte sich im Laufe des Tages wieder zugezogen. Er versuchte, den Kopf frei zu kriegen für die nächste Befragung.

»Wann kommt der Kastner?«, fragte er in den Raum.

»Wir haben ihn auf fünf Uhr einbestellt. Fraglich, ob er kommt. Mir wäre es nicht unrecht.« Das Zischen des Kaffeeautomaten erklang. Kurz darauf hielt Peppi ihm eine dampfende Tasse hin.

»Danke. Du hast dich gerade gut geschlagen.«

»Ich kann ihn ja einerseits sogar irgendwie verstehen. Ich will auch keinen Flüchtling« – sie setzte das Wort mit den Fingern in Anführungszeichen – »hier haben, der Straftaten begeht und womöglich Attentate plant oder unsere Werte mit Füßen tritt. Wir haben auch so schon mehr als genug zu tun.« Sie wandte sich wieder der Maschine zu, um sich selbst einen Kaffee zuzubereiten. »Aber dieser Generalverdacht gegen alles und jeden kotzt mich einfach an. Die schüren Ängste auf allen Seiten. Und Angst ist keine Basis für eine Demokratie.«

Demokratie war auch nicht das Ziel dieser Leute. Brander blies in seine Tasse und trank einen Schluck. Während der Automat lautstark die Kaffeebohnen mahlte, überlegte er, wie er bei dem Gespräch mit Kastner vorgehen sollte.

»Die Persephone kocht Kaffee. Krieg ich auch einen?«, erklang Kleins Stimme hinter ihm.

»Das kriegst du schon ganz gut allein hin.«

»Persephone, ich lade dich auch mal zum Essen ein.«

»Daraus wird nix.«

»Verklagt mich dann dein Advokat?«

Brander wandte sich wieder dem Raum zu. »Spar dir deine Mühe. Die beiden machen gerade zusammen den Fischereischein. Da kommst du nicht mehr zwischen.«

»Fischereischein? Persephone, meine Angelgöttin!« Klein strahlte. »Ich geh ständig angeln. Da können wir zwei ja mal …«

»Stephan, vergiss es«, unterbrach Peppi ihn. Seit ihrer ersten Begegnung versuchte Klein immer wieder, Peppi zum Essen einzuladen, und handelte sich jedes Mal aufs Neue einen Korb ein.

»Was ist mit deiner Krankenschwester? Hat die sich jetzt lieber einen Doktor geangelt?«, stichelte Brander.

»Das eine schließt das andere ja nicht aus, oder?«

Peppi bedachte Klein mit einem vernichtenden Blick.

Brander grinste. »Ich glaube, damit hast du dir gerade sämtliche Chancen auf Lebenszeit verspielt.«

»Schaun wir mal.« Klein zwinkerte Peppi unbeeindruckt zu.

»Zählt das eigentlich als sexuelle Belästigung am Arbeitsplatz?«, wandte sie sich an Brander.

»Könnte«, erwiderte er vage.

»Oh, Stephan, da kommen ganz schwere Zeiten auf dich zu.« Einen winzigen Augenblick gelang es ihr, mit ihrer strengen Miene, den Koloss vor sich zu verunsichern.

»Was kann ich tun, um den Zorn der Angelgöttin zu besänftigen?«

Peppi lächelte maliziös. »Du kannst mit Andi den Kastner befragen. Wenn die Herren mich dann entschuldigen.«

Klein sah ihr nach. »Eigentlich mag sie mich.«

»Ja, als Kollegen.« Brander war sich nicht sicher, ob hinter Kleins Geplänkel vielleicht doch ernstere Absichten steckten. Er nahm sein Smartphone und wählte Jens Schönes Nummer. »Hast du schon Infos zu den Funkzellen?«

»Lies deine E-Mails.«

»Bin gerade nicht im Büro.« Dass er nur wenige Meter davon entfernt war, musste er ja nicht verraten.

»Ihr Hinterwäldler. Du kannst deine Mails auch über dein Diensthandy lesen.«

»Du kannst mir aber auch einfach meine Frage beantworten.«

»Beide Gespräche, sowohl Samstagnacht als auch Montagabend, wurden aus Berkheim geführt. Kastners Smartphone war dort in einer Funkzelle eingeloggt. Hermann Schweikhards Telefon konnten wir in Dußlingen zuordnen.«

»Danke.«

»Ich würde ja sagen, ich hab jetzt was gut bei dir, aber in der Regel bist es ja immer du, der was von mir will.«

***

»Wessen werde ich dieses Mal beschuldigt?«, fragte Kastner gereizt, als er vor Brander und Klein saß. Sie waren wieder im Vernehmungszimmer gelandet. Brander wollte Kastner nicht in seinem Büro haben und Kleins Büro war noch ein Provisorium.

»Im Moment möchten wir Sie lediglich als Zeugen im Fall Denise Schweikhard befragen«, erklärte Brander.

»Ich hab nix zu bezeugen.«

»Wann haben Sie von Frau Schweikhards Tod erfahren?«

»Ihr Vater hat mich informiert. Das habe ich Ihnen schon gesagt.«

»Wie gut kennen Sie Hermann Schweikhard?«

Kastner zuckte die Achseln.

»Auf jeden Fall gut genug, um ihm mitten in der Nacht eine Nachricht zu schicken. *Krieg deine Tochter wieder in den Griff.* Was haben Sie damit gemeint?«

Kastner zuckte erneut mit den Achseln. Seine Gesichtszüge verhärteten sich.

»Und zwei Tage später fordern Sie, dass Herr Schweikhard sämtliche Daten von Denise Schweikhards Laptop löscht.«

Jochen Kastner starrte sie weiter nur stoisch an.

»Warum sollte Herr Schweikhard die Daten löschen?«, fragte Brander, erhielt aber auch darauf keine Antwort. Er nahm den Ausdruck mit dem Liedtext. »Damit wir so etwas nicht finden? Aber wieso hätten wir danach suchen sollen? Zu dem Zeitpunkt wussten wir noch nichts von Denise Schweikhards Tod. Sie auch nicht. Niemand wusste davon. Außer …«

Brander lehnte sich zurück und ließ die Andeutung offen im Raum stehen.

Die Zeit verging. Im Flur erklangen Schritte, die sich näherten und wieder entfernten. Vor den Fenstern brach die Dämmerung an.

»Warum lag Ihnen so viel daran, dass wir das nicht finden?« Brander klopfte mit dem Zeigefinger auf den Ausdruck.

Kastner verschanzte sich weiter hinter seinem Schweigen.

»Hatten Sie und Ihre Freunde eine kleine Neonazi-Rockband gegründet und Angst, auf dem Index zu landen?«

Branders Gegenüber verzog einen Mundwinkel zu einem abfälligen Grinsen.

»Bevor Sie am Montagabend Denises Vater anriefen, haben Sie versucht, Denise Schweikhard auf ihrem Handy zu erreichen.«

Die höhnische Maske seines Gegenübers bekam kleine Risse.

»Am Abend des siebten Oktober kann belegt werden, dass Sie bis kurz vor Mitternacht bei Robin Endress waren. Gegen ein Uhr kamen Sie, laut Aussage Ihres Vaters, nach Hause. Das gibt uns ein Zeitfenster von einer Stunde. Sie waren mit Ihrem eigenen PKW unterwegs?«

»Ich habe Denise nicht umgebracht.« Die Stimme war nur ein grimmiges Knurren.

»Das sagt auch niemand«, erklärte Klein im kumpelhaften Ton. »Uns interessiert, seit wann du wusstest, dass Denise tot ist.«

»Herr Endress hat zugegeben, dass er am Sonntagabend in Marcel Schweikhards Wohnung war und Denises Leiche dort aufgefunden hat«, ergänzte Brander. »Wenn wir uns die Einzelverbindungsnachweise ihrer Telefone anschauen, werden wir doch sicher auch einen Anruf zwischen Herrn Endress und Ihnen finden.«

Kastners Fassade bröckelte.

»Was hat er dir erzählt? Dass er Denise mit all seiner Liebe erstickt hat?«

»Hören Sie auf, mich zu duzen«, fuhr Kastner Klein an.

»Wollen Sie warten, bis wir die Einzelverbindungsnachweise geprüft haben, oder verraten Sie uns, wann Herr Endress Sie angerufen hat?«, fragte Brander.

Kastner wandte sich ihm wieder zu. »Robin rief mich am Montagabend an. Er sagte, dass Denise tot sei. Sie liege tot in Marcels Wohnung. Ich konnte das nicht glauben und habe versucht, sie auf dem Handy zu erreichen. Aber sie ging nicht ran. Ich habe ihren Vater angerufen. Er sagte mir, dass Denise nicht zuhause sei.«

»Und dann hast du ihm gesagt, er solle mal sicherheitshalber die Daten auf ihrem Laptop löschen«, vollendete Klein. »Entschuldigung, dann haben Sie …«

»Nein.«

»Der Hermann behauptet was anderes.«

Kastner zuckte die Achseln.

»Was berichtete Ihnen Herr Endress über Frau Schweikhards Tod?«, hakte Brander nach.

»Nichts.«

»Herr Kastner, Ihr Kumpel ruft Sie an, sagt Ihnen, dass seine Freundin tot ist, und Sie haken da nicht nach?«

Kastner flüchtete sich wieder in ein wortloses Achselzucken.

»Vielleicht mussten Sie das ja auch gar nicht fragen.«

»Wir haben Denise kein Haar gekrümmt!«, fuhr Kastner auf. »Fragen Sie doch mal ihren Bruder! Der hat ihr eine geballert, dass sie quer durch die Wohnung geflogen ist. Die hatte so ein Veilchen.« Er hielt sich die Hand vor das Gesicht.

»Und dennoch ist sie am Samstagabend zu ihm gefahren«, stellte Brander fest. »Und sie schickt Ihnen kurz vor ihrem Tod diese verhängnisvolle WhatsApp.«

»Ich habe Denise nicht umgebracht.«

»Niemand beschuldigt Sie, Denise Schweikhard umgebracht zu haben.«

»Robin war es auch nicht.«

»Was macht Sie so sicher?«

»Der hat Denise geliebt.«

Liebe. Es fiel Brander schwer, diesen Männern romantische Gefühle zuzugestehen.

»Deswegen habt ihr den Marcel ja auch mal ordentlich in die Mangel genommen«, erkannte Klein.

»Das ist 'ne Sache zwischen Marcel und uns.«

»Wann haben Sie die Wohnung Ihres Kumpels verwüstet? Vor oder nach dem Auffinden der Leiche?«

Kastner bedachte Brander mit einem finsteren Blick.

»Fanden Sie es nicht …« – Brander suchte nach dem richtigen Wort – »geschmacklos, in der Wohnung zu wüten, während Ihre Kameradin tot im Badezimmer liegt?«

»Sie war nicht in der Wohnung.«

Das nächste Puzzleteilchen lag vor ihm. Brander lächelte innerlich. Den Lärm, den die Nachbarin am frühen Samstagmorgen gehört hatte, mussten Endress und Kastner verursacht haben.

Kastner schien im selben Augenblick zu merken, was ihm da rausgerutscht war. »Mir reicht's. Wenn Sie noch weitere Fragen haben, wenden Sie sich an meinen Anwalt.« Er stand auf.

»Setz dich wieder hin, ohne uns kommst du hier eh nicht raus«, erklärte Klein unbeeindruckt.

»Sie dürfen mich nicht gegen meinen Willen festhalten.«

»Ich möchte mal den sehen, der hier nicht gegen seinen Willen in die Gewahrsamszelle kommt«, spottete Klein.

Brander warf einen Blick auf die Uhr. Er wollte nicht wieder erst um Mitternacht zu Hause sein. Cecilia brauchte ihn. »Wir melden uns, wenn wir noch Fragen haben. Halten Sie sich bitte bis auf Weiteres zu unserer Verfügung.«

***

Es war halb zehn, als Brander endlich die Tür zu seinem Haus aufschloss. Cecilia lag im Wohnzimmer auf dem Sofa und sah fern, von den Kindern war nichts zu sehen.

»Bist du allein?«

»Nein, die beiden sind oben.«

Brander ging zu ihr und gab ihr einen Kuss. »Wie geht es dir?«

»Der Muskelkater lässt nach. Das Auge juckt.«

»Und sonst?«

»Geht so …«

»Kommst du mit in die Küche? Ich muss noch was essen.«

»Ja.« Sie stand auf und geriet ins Schwanken. Brander umfasste ihre Taille.

»Mein Kreislauf … Ich sollte nicht so viel liegen.«

»Du solltest nicht so schnell aufstehen.«

Sie lehnte ihre Stirn einen Moment gegen seine Brust. Dann hob sie den Kopf zu ihm. »Jetzt bin ich bereit für den Weg in die Küche.«

Brander machte sich ein paar belegte Brote.

»Wie läuft's bei der Arbeit?« Cecilia hatte es sich auf der Bank bequem gemacht und stibitzte ihm eine Scheibe Brot.

Brander lächelte. Wenn Sie Appetit hatte, war das ein gutes Zeichen. »Zäh. Ich hoffe immer noch darauf, dass uns Freddy oder die Rechtsmedizin den zielführenden Hinweis bringen. Theoretisch könnte es jeder oder gar keiner gewesen sein.«

Aus dem Flur erklangen Schritte, kurz darauf gesellten sich Nathalie und Julian zu ihnen, und die nächste liebevoll zubereitete Schnitte verschwand von Branders Teller.

»Es gibt Neuigkeiten«, berichtete Julian kauend.

»Aha.« Brander sah den Jungen fragend an. Seine Scheibe Brot behielt er lieber in der Hand, damit diese nicht auch noch dem Rest der Familie anheimfiel.

»Ich weiß jetzt, was ich mache.«

»Aha«, wiederholte Brander.

»Ich studiere Medizin.«

»Gibt es da nicht einen NC an der Uni?« So berauschend war das Abitur seines Neffen nicht gewesen.

»Doch, aber ich studier ja nicht sofort. Erst mach ich den Rettungsassistenten. Das wird sicher angerechnet.«

»Aha.«

»Ich fahr die Tage mal nach Tübingen und informier mich in der Klinik und beim Roten Kreuz wegen der Ausbildung. Wohnen kann ich ja erst mal bei euch, oder?«

Brander sah zu seiner Frau. »Hörst du das auch gerade zum ersten Mal?«

Cecilia nickte.

Es war ja schön, wenn sein Neffe sich endlich einmal Gedanken über seine berufliche Zukunft machte, aber das kam jetzt doch alles sehr plötzlich.

»Ja, und dann …« Julian sah zu Nathalie, die ihm mit strahlenden Augen zunickte. Julian straffte die Schultern. »Wir wollen heiraten.«

Das Brot rutschte Brander in die Luftröhre. Er hustete, bis ihm die Tränen in die Augen stiegen. Er meinte, zu ersticken, hustete heftiger. Endlich löste sich der Brocken. Er spuckte ihn in eine Serviette. Julian war schon aufgesprungen, um einen Rettungsgriff anzuwenden, den er mal im Fernsehen gesehen hatte.

»Setz dich«, röchelte Brander. Er wischte sich die Tränen aus den Augenwinkeln, trank einen Schluck Apfelschorle und hustete noch ein paar Mal. Dann sah er die beiden jungen Leute vor sich an. »Wer ist wir?«

»Die Natti und ich.«

»Heiraten?«

Die beiden nickten begeistert.

»Dann müsst ihr mich nicht mehr adoptieren, und ich heiße Brander.«

»Ihr habt sie ja wohl nicht mehr alle.«

14

Mittwoch

Branders Laune befand sich im Keller, als er Peppi morgens zur Arbeit abholte. Wie viel Schwachsinn musste er sich in seinem Leben eigentlich noch anhören? Reichten nicht die fadenscheinigen Geschichten der Leute, mit denen er immer wieder beruflich zu tun hatte? Mussten jetzt auch noch sein Neffe und seine Pflegetochter dieses Kindertheater aufführen? Heiraten nur wegen eines Nachnamens! Cecilia hatte geistesgegenwärtig seine Hand genommen und ihn aus der Küche gezogen. Der Frust der ganzen letzten Tage hätte sich sonst über die beiden Kindsköpfe entladen.

»Wie geht es Ceci?«, erkundigte sich Peppi, während sie den Sicherheitsgurt anlegte.

»Gut.«

»Gut?«

»Nein, natürlich nicht. Lass mich einfach in Ruhe.«

»Habt ihr Streit?«

»Nein.«

»Andi, jeder im Team hat Verständnis, wenn du mal ein paar Tage zu Hause bleibst, nach dem, was bei euch los war.«

»Darum geht es nicht.«

»Worum dann?«

Brander schnaufte wütend. »Julian und Nathalie wollen heiraten.«

»Ach was?« Peppi sah überrascht zu ihm. »Sag jetzt nicht, dass Nathalie schwanger ist.«

Brander stockte der Atem. Das wäre noch die Krönung der ganzen Geschichte. Er würde am Abend ganz dringend ein sehr ernstes Gespräch führen müssen.

»Die Soko-Sitzung wurde auf heute Nachmittag verschoben«, informierte Fabio Brander und Peppi, als sie in der Dienststelle ankamen. Ausbesserungsarbeiten an einer Mittelleitplanke hatten hinter der Aichtalbrücke aus der zweispurigen B27 eine einspurige Kriechstrecke gemacht. Die Staufahrerei hatte nicht dazu beigetragen, dass Branders Laune stieg. Verschwendete Zeit, die er besser mit seiner Familie verbringen sollte. Entglitt ihm zu Hause gerade alles? Er sollte für Cecilia da sein, doch selbst jetzt, wo sie mit sich selbst genug zu tun hatte, war sie es, die die Wogen glättete, einen kühlen Kopf behielt und Nathalie und Julian heute vermutlich ordentlich ins Gebet nehmen würde. Heiraten. Er hatte zumindest Julian für vernünftiger gehalten.

»Erinnere mich daran, dass ich heute Mittag ein paar Blumen kaufe«, bat er Peppi, während sie den Flur entlang zu ihrem Büro gingen.

»Für die Verlobungsfeier?«

»Dir erzähl ich nochmal was. Für Ceci«, ergänzte er noch zur Sicherheit. Verlobungsfeier. Soweit kam es noch!

Brander zog seine Skizze aus der Schublade und ging noch einmal alle Informationen durch, die sie im Laufe der Ermittlungen gesammelt hatten. Die Nachbarin Habring hatte Denise Schweikhard am späten Samstagabend gehört und gesehen. Auch eine andere Nachbarin hatte ausgesagt, dass jemand gegen halb elf das Haus betreten hätte. Sie wusste aber nicht, wer. Zu Sonntagabend gab es außer von

Louise Gastls Tochter keine Aussage. Brander suchte die Telefonnummer von Ines Habring heraus. Er hatte Glück und erreichte sie zwischen zwei Kur-Anwendungen.

»Frau Habring, es geht noch einmal um das Wochenende, bevor Sie zur Kur gefahren sind«, erklärte Brander. »Haben Sie an dem Sonntagabend mitbekommen, ob jemand in Marcel Schweikhards Wohnung war?«

»Das ist jetzt schon so lange her …« Ines Habring dachte eine Weile nach. »Ich hatte abends mit Herrn Beyer gesprochen. Das war so gegen sechs Uhr … Ich weiß es nicht mehr.«

Brander hörte Ines Habring unruhig atmen. Anscheinend ging sie gerade umher.

»Ich glaube, der Herr Beyer war dann zwei Mal oben. Beim ersten Mal war wohl niemand da.«

»Haben Sie gesehen, dass Herr Beyer mit Ihrem Nachbarn gesprochen hat?«

»Nein, ich hab gehört, dass jemand die Treppe heraufkam. Das Haus ist ja ziemlich hellhörig. Und beim zweiten Mal hab ich die Tür schlagen hören. Vermutlich war der Herr Schweikhard sauer, wegen der Beschwerde.«

»Wissen Sie vielleicht noch, um wie viel Uhr das war?«

»Oh, da müsste ich lügen … irgendwann später abends. Aber eine Uhrzeit kann ich Ihnen nicht sagen.«

»Danke, Frau Habring.« Brander beendete das Gespräch und wählte Ottmar Beyers Nummer.

»Herr Beyer, die Mieterin Frau Habring hatte sich doch am Sonntagabend, bevor sie zur Kur ging, bei Ihnen über den Lärm aus Marcel Schweikhards Wohnung beschwert?«

»Ja, das hat sie. Ich war kaum zu Hause, da stand sie schon vor der Tür. Als ob man als Facilitymanager niemals

Feierabend machen dürfte. Da kommen die Leute zu jeder Tages- und Nachtzeit, und ich muss mich dann sofort um alles kümmern. Das …«

»Herr Beyer«, unterbrach Brander den Redefluss, »wann sind Sie zu Herrn Schweikhard gegangen?«

»Ich bin gleich rauf, damit die liebe Seele ihre Ruh' hat. Ich schiebe nie was auf die lange Bank. Das wissen die Mieter auch. Auf den Ottmar Beyer ist Verlass. Ich habe mir Frau Habrings Beschwerde angehört und dann bin ich gleich rauf zum Herrn Schweikhard. Aber der war ja nicht da. Das habe ich Ihnen aber damals gleich schon gesagt, dass der nicht zuhause war. Haben Sie das nicht notiert? Das muss doch da stehen, in Ihren Unterlagen.«

»Ja, das steht hier auch.« Brander raschelte wie zum Beweis vernehmlich mit ein paar Zetteln. »Und Ihnen hat niemand aufgemacht?«

»Ganz genau. Ich hab geklopft, aber der hat nicht aufgemacht. War auch ganz still in der Wohnung. Also, ich denk, der war nicht zuhause.«

»Könnte seine Schwester dagewesen sein?«

»Das weiß ich nicht. Aber die hätte ja dann aufmachen können, als ich geklopft habe. Und da hätte man ja auch was gehört – ist ja nur so eine kleine Ein-Raum-Wohnung. Wenn da der Fernseher läuft oder so, das hört man ja, wenn man direkt vor der Tür steht. Also, ich habe natürlich nicht gelauscht. Aber, wie gesagt, es war ganz still in der Wohnung.«

»Sind Sie später am Abend noch einmal raufgegangen?«

»Nein, irgendwann muss ja auch mal Feierabend sein. Und es war auch ganz ruhig da oben. Sonst wäre ich natürlich noch mal rauf. Aber ich hab dann mit meiner Chrischta ferngesehen, und wir sind zeitig ins Bett gegangen. Ist ja immer schön, wenn man bei den Verwandten ist, aber ich schlaf da nicht gut. In anderen Betten krieg ich immer Rückenschmerzen. Da war ich müde am Sonntagabend und bin früh ins Bett. Ich war aber am Montag nochmal oben, aber da hat er auch nicht aufgemacht. Also, ich denk, der war nicht da. Und da war das Mädle ja auch schon tot, nicht wahr? Hätte ich das geahnt, ich hätte Sie ja schon viel früher informiert, aber das konnte ja niemand ahnen. Woher denn auch? Da rechnet man ja nicht mit, mit so was.«

»Danke, das war alles, was ich wissen wollte.«

»Was ist denn nun eigentlich mit der Wohnung? Ich mein, das kann ja nicht so bleiben. Das muss ja mal gereinigt und renoviert werden. Und das kann doch der Herr Schweikhard nicht, wenn der im Gefängnis ist. Der Eigentümer will die Wohnung ja neu vermieten. Da muss …«

»Die Wohnung bleibt vorläufig noch versiegelt. Alles Weitere muss der Vermieter mit Herrn Schweikhard regeln.«

Brander vertiefte sich wieder in die Unterlagen. Wenn Denise Schweikhard Sonntagabend noch gelebt hätte, warum hätte sie dem Hausmeister die Tür nicht öffnen sollen? Und was hatte sie die ganze Zeit in der Wohnung getrieben? Gelesen? Ferngesehen? Aber der Fernseher muss zu dem Zeitpunkt bereits kaputt gewesen sein. Kastner hatte zugegeben, dass sie die Wohnung verwüstet hatten, bevor Denise dort war. Erneut zuckte ein Lächeln über Branders Lippen bei der Erinnerung daran, wie Kastner sich verplappert hatte, dieser selbstgefällige Mistkerl. Branders Lächeln verschwand. Bleib sachlich, ermahnte er sich. Er musste innere Distanz bewahren.

Brander nahm sich die Berichte der Kriminaltechniker vor. Aufgrund der Verwüstung waren sie davon ausgegangen, dass in der Wohnung ein Kampf stattgefunden hatte. Doch es gab keine Anzeichen dafür, dass jemand den Vorhang mit Gewalt auf ihr Gesicht gedrückt hatte. Aber wie war sie dann erstickt?

Brander griff zum Telefon. »Freddy, wie groß war der Duschvorhang?«

»Warte … eins achtzig mal zwei Meter, warum?«

»Ich brauch dich in einer Stunde. Wir fahren zu Schweikhards Wohnung.«

Peppi sah überrascht auf. »Was hast du vor?«

»Wo krieg ich auf die Schnelle einen Duschvorhang her?«

»Keine Ahnung, frag Fabio oder Stephan, die kennen sich hier aus.«

»In spätestens einer Stunde fahren wir zu Schweikhards Wohnung.«

»Hab ich gerade schon mitgekriegt. Warum?«

»Weil wir hier nicht weiterkommen.«

Eine Stunde später stand Brander mit Peppi und Manfred Tropper im Treppenhaus in der Maienwalterstraße vor Schweikhards Wohnungstür.

»Es ist Samstagabend halb elf«, begann Brander. »Denise Schweikhard steht vor der Tür. Sie war bei ihrem Freund. Die beiden hatten Streit, der dazu führt, dass sie zu ihrem Bruder fährt – der sie eine Woche zuvor geschlagen hatte. Sie ist emotional vermutlich in Aufruhr. Die Nachbarin sagt aus, dass sie laut war. Sie hat erst an die Tür geklopft. Dann ist sie hineingegangen. Marcel Schweikhard war laut eigener Aussage nicht zuhause. Er konnte ihr also nicht öffnen. Ergo hat sie sich mit ihrem eigenen Schlüssel selbst hereingelassen.«

»Die Nachbarin hat aber laute Stimmen gehört«, gab Peppi zu bedenken.

»Sie hat Denise rumschreien hören«, konkretisierte Brander die Aussage von Ines Habring. Er schloss die Tür auf. Sie traten ein. Noch immer beherrschte das Chaos den Wohnraum. Aber die Luft war kälter und der Gestank hatte nachgelassen.

»Denise kommt rein und entdeckt dieses Chaos. Manch einem würde es die Sprache verschlagen. Sie sieht diese Verwüstung und macht ihrer Wut lautstark Luft. Sie schreit herum. Das ist vermutlich das, was Ines Habring gehört hat.«

»Und dann nimmt sie sich erst einmal ein Bier aus dem Kühlschrank und setzt sich auf das vollgepisste Sofa?« Tropper verzog skeptisch das Gesicht.

»Sie hat ein Bier getrunken. Ob sie auf dem Sofa gesessen hat, wissen wir nicht.«

»Es muss gestunken haben«, erwiderte Tropper.

»Sie könnte das Bier auch unterwegs getrunken haben und nur die leere Flasche auf dem Tisch abgestellt haben. Aber kümmern wir uns später um das Sofa. Fakt ist, sie war in der Wohnung. Sie hat – wann auch immer – ein Bier getrunken. Sie war wütend. Das hier gibt ihr den Rest.« Brander ließ seinen Blick durch das Zimmer gleiten. »Sie nimmt ihr Smartphone und schickt ihren Freunden eine Botschaft.«

»Die kommen nachts her und bringen sie um«, vollendete Peppi.

»Das wäre eine Möglichkeit, die wir aber bisher nicht beweisen können.« Brander sah auf den Couchtisch. »Sie war eine Weile unterwegs, bevor sie in die Wohnung gekommen ist. Sie hat einen halben Liter Bier getrunken. Vielleicht musste sie zur Toilette. Sie geht also ins Bad.« Brander ging durch den Raum ins Badezimmer. Er packte den neu gekauften Duschvorhang aus. »Marcel Schweikhard sagt, der Vorhang hing nur noch mit zwei, drei Ösen an der Schiene.« Er betrachtete den Vorhang. »Können wir den irgendwie da oben einhängen?« An Gardinenösen hatte er natürlich nicht gedacht.

»Zeig mal her.« Tropper nahm ihm den Vorhang ab. »Hättest auch mal vorher sagen können, was du vorhast.«

»Warte mal …« Brander war das Gespräch mit Marcel Schweikhard noch einmal im Geiste durchgegangen. »Er wusste nicht, dass der Duschvorhang heruntergerissen war. Er war ganz verdutzt, als ich ihn fragte, wie der Vorhang aufgehängt war.«

»Muss nicht heißen, dass Endress und Kastner ihn bei ihrer Umräumaktion nicht bereits heruntergerissen hatten«, warf Peppi ein.

»Sie haben nur im Wohnraum randaliert. Küche und Bad waren weitestgehend in einem normalen Zustand.« Tropper gab Brander den Duschvorhang zurück. »Ohne Ösen kriegen wir den nicht aufgehängt.«

»Wir können ja improvisieren. Ich stell mich in die Wanne und halte den Vorhang, und Peppi, du ziehst daran und lässt dich fallen.«

Peppi sah ihn entgeistert an. »Bei dir piepst's wohl.«

»Du musst ja nicht richtig fallen, lass dich einfach auf den Boden …«

»Ich leg mich doch nicht zwischen Klo und Wanne.« Peppi zeigte ihm einen Vogel. »Dir mag das ja nicht auffallen, aber hier wurde ziemlich lange nicht mehr gründlich geputzt.«

»Sei froh, dass wir nicht den Original-Duschvorhang zur Rekonstruktion verwenden«, feixte Tropper.

»Peppi, bitte.« Brander versuchte einen Dackelblick.

»Das kannst du gar nicht wiedergutmachen.«

Brander stellte sich in die Wanne und hielt den Duschvorhang hoch. »Stellen wir uns mal vor, Denise kommt ins Bad und aus irgendeinem Grund verliert sie das Gleichgewicht. Sie greift instinktiv nach dem Nächstbesten und packt den Duschvorhang. Peppi greif mal zu.«

Peppi tat ihm den Gefallen.

»Der Duschvorhang gibt unter ihrem Zug nach. Zieh mal …« Brander ließ so plötzlich los, dass Peppi tatsächlich ins Trudeln geriet. Sie fing sich gerade noch ab.

»Ey, spinnst du?«

»Du sollst dich fallen lassen.«

Murrend ließ sich Peppi auf den Boden gleiten, sorgfältig darauf bedacht, dass der Duschvorhang ihr Gesicht vom mit Urinspritzern, Kalk, Staub und anderem undefinierbarem Dreck verschmutzten Boden schützte.

»Freddy, zeig mal die Fotos von der Auffindesituation. Wie hat sie gelegen?«

Tropper nahm sein Tablet und suchte nach den Bildern. Sie zogen und schoben an Peppis Armen und Beinen so lange herum, bis die Lage einigermaßen mit den Aufnahmen übereinstimmte. Anschließend drapierten sie den Duschvorhang so um und über Peppi, wie er vielleicht über Denise Schweikhard gelegen haben konnte.

»War's das jetzt?« Peppi blies gegen den Vorhang, um sich Luft zu verschaffen.

»Nein, bleib so. Mach dich so steif wie möglich.« Brander stellte sich an ihr Fußende.

»Wenn Denise den Duschvorhang im Sturz heruntergerissen hat, muss sie teilweise darauf gelegen haben«, stellte Tropper fest. Er schob noch ein Stück unter Peppis Hüfte.

»Okay, Peppi, ich ziehe jetzt. Du bleibst so, wie du bist.«

»Och, Andi, nee …«

Endress hatte ausgesagt, er hätte den Vorhang erst zur Seite geschlagen und ihn dann weggezogen. Brander versuchte es. Es kostete ihn Kraft, den Vorhang unter Peppi wegzuziehen.

»Er muss sich schon ein bisschen angestrengt haben«, stellte er fest.

»Wir sollten mit Endress die Szene nachstellen und sehen, wie er reagiert«, schlug Tropper vor.

»Aber ohne mich.« Peppi hielt es nicht länger am Boden. Brander streckte ihr die Hand entgegen und half ihr auf.

»Nächstes Mal nehmt bitte eine Anwärterin mit oder Fabio, der spielt doch so gern Theater.« Peppi klopfte sich über die Kleidung, drehte den Wasserhahn auf und wusch Hände und Gesicht. »Hat mal jemand ein Taschentuch?«

Brander reichte ihr eines. »Zwei Fragen sind offen: Warum ist Denise Schweikhard gestürzt? Und warum ist sie dann unter dem Vorhang liegen geblieben?« Er zog sein Smartphone hervor, wählte Margarete Sailers Nummer und stellte den Lautsprecher ein.

»Ich weiß es nicht«, meldete sich die Rechtsmedizinerin. Im Hintergrund hörte Brander Motorengeräusche. Anscheinend war sie gerade mit dem Auto unterwegs.

»Du weißt doch gar nicht, was ich fragen will.«

»Du willst den exakten Todeszeitpunkt von Denise Schweikhard wissen. Ich weiß es nicht. Tut mir leid. Wir können es nicht genauer eingrenzen.«

»Maggie, du enttäuschst mich.«

»Werd Fernsehkommissar, dann kannst du dir die exakten Angaben ins Drehbuch schreiben lassen.«

»Wir sind gerade in Schweikhards Wohnung und versuchen, den Fall zu rekonstruieren.«

»Und jetzt soll ich wieder eine Ferndiagnose stellen?«

»Ja. Was könnte einen Sturz von Denise Schweikhard verursacht haben?«

»Gestolpert, geschubst, Kreislaufprobleme …«

Brander sah zur Türschwelle. Es gab keine offensichtliche Stolperfalle. »Denise war gesund. Warum hätte sie Kreislaufprobleme bekommen sollen? Sie war nur leicht alkoholisiert, keine Anzeichen von Drogenmissbrauch …« Er erinnerte sich daran, wie er sich am Abend zuvor verschluckt und um Luft gerungen hatte. »Hatte sie vielleicht was gegessen und sich verschluckt?«

»Ich meine, mich zu erinnern, dass du bei der Obduktion anwesend warst. Kannst du dich entsinnen, dass wir irgendetwas in ihrer Luft- oder Speiseröhre gefunden haben?«

Brander setzte sich auf den Badewannenrand und sah ratlos zu seinen Kollegen. »Aber wenn wir keine Anzeichen für Drittverschulden finden, welche Möglichkeit bleibt uns dann noch?«

»K.-o.-Tropfen«, schlug Tropper vor. »Die sind eh kaum nachzuweisen und nach der langen Liegezeit kannst du's grad vergessen.«

»Und wer hätte ihr die Tropfen geben sollen?«

»Wer weiß, wo sie gewesen ist, bevor sie zu ihrem Bruder kam.«

Aus dem Telefonhörer erklang das Ticken des Blinkers, kurz darauf erstarb das Motorengeräusch. Anscheinend war Margarete Sailer am Ziel angekommen. »Wäre eine Option, aber wie Freddy schon sagt, die werden wir nicht mehr nachweisen können.«

»Maggie, bitte schau dir das Mädchen nochmal an. Such nach allem, was auch nur irgendwie zu Schwindel, Kreislaufproblemen, plötzlicher Bewusstlosigkeit geführt haben könnte. Hatte sie einen Hirnschlag …«

»Nein, hatte sie nicht.«

»Irgendeine minimale, aber gefährliche Verletzung, die wir übersehen haben? Hat sie irgendeine neumodische Droge genommen, die wir vielleicht nicht so auf dem Schirm haben? Es muss doch eine Erklärung geben.«

»Ich tue mein Bestes«, versprach die Rechtsmedizinerin.

Sie beendeten das Gespräch und kehrten in den Wohnraum zurück. Branders Blick glitt über Möbel und Wände, blieb am Buchregal hängen. Die Zahl 144 war direkt darüber an die Wand gesprüht worden. Er trat näher an das Regal.

»Was suchst du?«, fragte Tropper.

»Habt ihr euch die Bücher angesehen?«

»Biografien von Heß und Himmler, eine Abhandlung über ›Mein Kampf‹, das Grundgesetz …«

»Das meine ich nicht. Ein Buch liegt am Boden. Die anderen stehen im Regal.« Brander trat noch näher. »Auf den Büchern ist keine Farbe. Aber die Farbe verläuft ein klein wenig hinter den Büchern. Minimal, aber … guck mal.«

Tropper kam zu ihm. »Stimmt.«

»Wenn die Bücher in dem Regal standen, müsste da auch Farbe drauf sein.«

Tropper fluchte.

»Warum ist das wichtig?«, fragte Peppi.

»Wenn die Farbe hinter den Büchern an der Wand ist und an den Büchern selbst ist keine Farbe, standen sie nicht im Regal, als die Wände beschmiert wurden«, erklärte Brander.

»Und?«

»Das bedeutet, dass jemand die Bücher später wieder in das Regal gestellt haben müsste. Und das werden wohl kaum diejenigen gewesen sein, die die Wohnung verwüstet haben.«

Auf Peppis Stirn bildeten sich Falten. »Du meinst, Denise kommt in die Wohnung, sieht das Chaos und beginnt aufzuräumen?«

»Möglich. Dann müsste man Fingerabdrücke von Denise auf den Büchern finden.« Brander sah zu Tropper.

»Die Bücher hatten bisher keine Priorität.«

Brander lächelte. »Red dich nur raus.«

Hans Ulrich Clewer hörte sich Branders Bericht in der Sitzung an. »Das heißt, Sie schließen eine direkte Fremdeinwirkung aus?«

»Ausschließen will ich es nicht, aber die Informationen, die wir gesammelt haben, die gesamte Spurenlage, die wir in den letzten Wochen untersucht und rekonstruiert haben ... es spricht eine Menge dagegen«, erwiderte Brander. »Die Verwüstung in der Wohnung ließ uns vermuten, dass es dort zu einem Kampf zwischen Denise und dem Täter gekommen war. Wenn wir einmal annehmen, dass Denise tatsächlich allein in der Wohnung war, muss es einen anderen Auslöser gegeben haben, der zu dem Sturz und ihrem späteren Tod geführt hat.«

»Der wäre?«

Brander hob die leeren Hände.

Clewer stand auf, lief ein paar Schritte durch den Raum und blieb schließlich vor dem Whiteboard stehen, auf dem die Fotos aller Beteiligten befestigt waren. »Ist der Leichenfundort tatsächlich auch der Tatort?«

Brander sah fragend zu Tropper.

»Zu neunundneunzig Komma neun Prozent, ja.«

»Was heißt das?«, hakte der Inspektionsleiter nach.

»Sie hat dort mehrere Tage gelegen und die Lage der Leiche ist nur geringfügig verändert worden, vermutlich als Endress den Duschvorhang weggezogen hat.«

»Ich kann mir nicht vorstellen, dass jemand eine Leiche unbemerkt durch das Treppenhaus in die Wohnung geschafft hat«, erklärte Brander überzeugt. »Und zudem hat die Nachbarin am Samstagabend gesehen, wie Denise die Wohnung ihres Bruders betreten hat.«

Der Inspektionsleiter nickte nachdenklich. »Wie …« Der Rest ging in einem Hustenanfall unter.

»Hör endlich mit der Scheißqualmerei auf«, schimpfte Klein.

»Wie machen wir weiter?«, krächzte Clewer, nachdem sich der Husten wieder gelegt hatte.

»Wir müssen herausfinden, was in den zweieinhalb Stunden geschehen ist, nachdem Denise Schweikhard die Wohnung von Endress verlassen hat«, entschied Brander. »Vielleicht ist da etwas vorgefallen, das ihren späteren Tod verursacht hat.«

»Beginnen Sie bei Endress. Befragen Sie die Nachbarn, ob jemand gesehen hat, ob und wann Denise seine Wohnung verlassen hat.«

Fabio legte stöhnend den Kopf in den Nacken. »Das haben wir doch schon.«

»Und?«

»Der Besuch von Jochen Kastner konnte bestätigt werden. Denise Schweikhard hat niemand gesehen.«

»Das spricht doch dafür, dass Sie sich dort noch einmal umhören«, befand Clewer. »Irgendwann muss Denise Schweikhard Endress' Wohnung verlassen haben. Ich will wissen, wann und wohin sie gegangen ist.«

»Wir könnten ihr Foto an die Medien geben und einen Zeugenaufruf starten. Vielleicht erinnert sich jemand daran, Denise am Abend des siebten Oktober gesehen zu haben«, schlug Brander vor.

»Das sollten wir vorher mit den Eltern absprechen.« Clewer tippte grübelnd die Fingerspitzen aneinander. »Darum kümmere ich mich. Beginnen Sie mit den Befragungen. Dann sehen wir weiter.«

Brander stand mit Peppi vor dem Wohnblock, in dem Endress seine Penthouse-Wohnung hatte. Die Kollegen hatten mit der Befragung begonnen. Brander sah die breiten Gehsteige entlang und überlegte, welchen Weg Denise nach Verlassen der Wohnung eingeschlagen haben konnte. War sie direkt zur U-Bahn-Station gegangen? Oder war sie noch in der Gegend geblieben?

»Woher wusste Denise eigentlich, dass Endress und Kastner ihren Bruder zusammengeschlagen hatten?«, überlegte Peppi. »War sie dabei?«

»Glaub ich nicht.«

»Aber sie war doch angeblich seit Freitagabend bei Endress.« Peppi strich sich durch die Locken und fasste ihre langen Haare zu einem Zopf zusammen. »In diesem Fall gibt es so viele Ungereimtheiten.«

»Darf man fragen, was das hier werden soll?« Robin Endress trat aus der Haustür und funkelte die Beamten grimmig an.

»Sie sind zuhause?«, wunderte sich Brander.

Endress schnaufte wütend. »Ich wurde bis auf Weiteres freigestellt, dank Ihrer haltlosen Beschuldigungen letzten Freitag in der Firma. Man möchte den Namen des Unternehmens nicht in Verbindung mit einem Strafverfahren gegen einen Mitarbeiter sehen. Gegen einen unschuldigen Mitarbeiter.«

»Was noch zu beweisen wäre.« Brander erwiderte Endress' Blick gelassen. »Niemand hat gesehen, dass Denise Ihre Wohnung verließ.«

»Wie auch? Sie geht oben raus, nimmt den Fahrstuhl und geht unten aus dem Haus. Wer sollte sie da sehen?«

»Es könnte ja zufällig jemand mit ihr im Fahrstuhl gefahren sein.«

»Was bezwecken Sie eigentlich mit dieser Aktion?« Endress' Augen waren schwarz vor Wut. »Das ist Rufmord, was Sie hier betreiben.«

»Nein, das ist eine polizeiliche Ermittlung.« Brander musterte sein Gegenüber. Endress hatte eine Menge seiner Gelassenheit eingebüßt. »Sie und Herr Kastner haben Marcel Schweikhards Wohnung verwüstet. Ich frage mich, wer von Ihnen beiden auf das Sofa gepinkelt hat und warum?«

»Das hat nichts mit Denises Tod zu tun.«

Peppi zog eine Grimasse. »Denise muss Sie ja sehr geliebt haben, dass sie sich auf ein Sofa setzt, auf das Sie vorher uriniert haben.«

Endress starrte die Beamtin angeekelt an. »Das ist widerlich.«

»In der Tat«, pflichtete Peppi ihm bei. »Oder haben Sie erst auf das Sofa gepisst, nachdem Sie Denise umgebracht haben?«

Endress' Brustkorb spannte sich, er schnaufte zornig. »Denise war tot, als ich in die Wohnung kam.«

»Und dann haben Sie mal geschwind Ihr Revier markiert, oder was?«

Der Fausthieb kam so schnell, dass Peppi kaum reagieren konnte. Der Schlag traf sie im Gesicht. Sie schrie auf, wandte sich ab und hielt sich die Hände vor ihr Auge.

Brander packte Endress, verdrehte ihm den Arm auf den Rücken, drückte ihn mit dem Gesicht an die Wand. »Schön ruhig, Freundchen.«

»Die hat mich provoziert!«

»Schnauze!« Brander legte ihm Handschließen an. »Peppi, alles in Ordnung?«

»Nein!«

Brander wandte den Kopf zu ihr. Blut war auf Peppis Jacke getropft. Noch immer stand sie vorgebeugt da und presste eine Hand auf ihr linkes Auge.

»Du bleibst, wo du bist.« Brander öffnete die Haustür. »Fabio, Peter!«

»Was ist …?« Fabio hielt inne, als er Peppi sah.

»Nehmt ihn mit.«

»Ich bin Ersthelfer. Lass mal sehen.« Peter Sänger zog Peppis Hand von der Wunde. »Klassischer Cut, würde ich sagen. Sollte genäht werden.«

»Ey, die hat mich provoziert!«, schrie Endress. »Ich will meinen Anwalt.«

»Den kriegen Sie. Fabio, bring ihn weg.« Brander nahm sein Handy und forderte einen Rettungswagen an.

Als Brander in die Dienststelle kam, wurde er bereits von Isabella Mertens erwartet. »Herr Clewer hat mich informiert. Ich will von Ihnen den exakten Tathergang. Wie geht es Frau Pachatourides?«

»Dürfte ich vielleicht noch meine Jacke ausziehen und mir die Hände waschen?«

»Sie hat Endress provoziert«, befand Mertens, nachdem Brander berichtet hatte.

»Selbst wenn, ist das kein Grund, einer Frau die Faust ins Gesicht zu schlagen.«

»Nein, ist es nicht. Allerdings hat Frau Pachatourides ihn ja auch nicht zum ersten Mal verbal angegriffen.« Als sie Brandes überraschten Blick bemerkte, erklärte sie: »Herr Clewer hat mir gesagt, dass da eine Beschwerde läuft. Endress hat sich allerdings nicht an Ihren Chef gewandt, sondern gleich ganz nach oben an den Polizeipräsidenten.«

Brander stieß die Luft aus den Lungen. Da stand Peppi ja noch einiger Ärger bevor.

Anton Zank war seinem Klienten ebenso schnell zur Hilfe geeilt, wie die Staatsanwältin Brander. Er trug denselben konservativen Zweireiher und dieselbe Aktentasche wie bei ihrem ersten Gespräch.

»Mein Mandant bedauert den Vorfall mit Ihrer Kollegin«, begann Zank. »Dieser Vorfall ist jedoch das Resultat der vorangegangenen Schikanen, der falschen Vorwürfe und Provokationen und des Drucks, der seitens dieser Dienststelle auf meinen Mandanten in den letzten zehn Tagen vehement ausgeübt wurde. Aufgrund des unsensiblen Vorgehens droht meinem Mandanten der Verlust seines Arbeitsplatzes. Zudem befindet er sich in Trauer, da seine Freundin Opfer eines brutalen Verbrechens wurde.«

»Das war eine Tätlichkeit gegen eine Beamtin. Die Kollegin befindet sich in ärztlicher Behandlung im Krankenhaus. Wir wissen noch nicht, wie schwer die Verletzung ist, die Ihr Mandant ihr zugefügt hat. Sie sind Boxer, nicht wahr?«, wandte sich Isabella Mertens direkt an Endress.

»Nicht mehr aktiv.«

»Als Kampfsportler sollten Sie sich besser unter Kontrolle haben.«

»Wie ich schon sagte, befindet sich mein Mandant in einer sehr schwierigen emotionalen Lage, die insbesondere durch Kriminalhauptkommissarin Pacha…« Er sah auf seinen Zettel.

»Pachatourides«, half Brander aus.

Zank nickte. »… verursacht wurde.«

»Es geht um die Aufklärung eines Todesfalls«, schnaubte Mertens. »Ein Todesfall, der Ihrem Mandanten sehr wohl bekannt war, lange bevor er entdeckt wurde, den er aber nicht gemeldet hat. Wäre Ihr Mandant zu einer ehrlichen und vollständigen Aussage bereit, hätten wir nicht in seinem Umfeld so intensiv recherchieren müssen. Er zeigt sich in keiner Weise kooperativ.«

»Er hat ausgesagt, dass er Denise Schweikhard nicht getötet hat.«

»Ja, das hat er. Und die Unschuldsvermutung gilt auch bis zum Beweis des Gegenteils. Dass Ihr Mandant jedoch zu unüberlegten Kurzschlusshandlungen fähig ist, hat er ja heute schlagkräftig bewiesen.«

»Er hat die junge Frau nicht getötet.«

Endress saß neben seinem Anwalt und beobachtete den Schlagabtausch. Er hatte sich wieder gefasst, schien aber bei weitem nicht mehr so souverän, wie bei den vorherigen Gesprächen.

»Herr Endress schlägt aber gern mal zu«, stellte Mertens fest. »Hat er Denise Schweikhard vielleicht auch zu

Boden geschlagen und dann unter dem Duschvorhang liegen lassen? Damit hätte er ihren Tod billigend in Kauf genommen.«

Branders Blick huschte zu der Staatsanwältin. Er bemühte sich um einen neutralen Gesichtsausdruck. Es gab keine Anhaltspunkte, dass Denise Schweikhard zu Boden geschlagen worden war. Wie gut kannte der Anwalt den Obduktionsbericht?

»Ich hab Denise nicht geschlagen.«

»Herr Endress, lassen Sie mi…«

Endress unterbrach seinen Anwalt mit einem Kopfschütteln. »Ich will aussagen, damit das hier endlich ein Ende hat. Ich habe Denise nicht umgebracht.«

»Dann erzählen Sie mal«, forderte die Staatsanwältin.

»Was wollen Sie wissen?«

»Wann haben Sie Denise Schweikhard zum letzten Mal lebend gesehen?«, fragte Brander.

»Am siebten Oktober. Denise war bei mir. Wir haben abends gegessen. Sie wollte wissen, wo ich in der Nacht zuvor gewesen wäre. Jochen hatte mich nachts aus dem Bett geklingelt, weil er wusste, wann wir Marcel treffen können. Ich hab Denise gesagt, dass wir ihrem Bruder eine Abreibung verpasst hätten, weil er sie geschlagen hat. Denise war stinksauer und ist abgehauen.«

»Um wie viel Uhr war das?«

»Kurz vor acht.«

»Das wissen Sie genau?«

»Ja, das weiß ich genau. Ich habe danach den Tisch abgeräumt und nebenbei die Tagesschau gesehen, bei den Sportergebnissen kam Jochen.«

»Was haben Sie gegessen?«

»Weiß ich doch jetzt nicht mehr.«

»Aber Sie wissen, dass es acht Uhr war, als Denise ging.«

»Ja.« Endress sah grübelnd in die Ferne. »Keine Ahnung, Brot, Salat …«

»Was für Salat?«

»Ist das so wichtig? So 'n gemischter, Gurke, Tomate, Thunfisch, Mais … So was eben.«

»Danke.« Brander notierte sich die Zutaten. »Ihre Freundin ging, und danach haben Sie nichts mehr von ihr gehört?«

»Diese Scheißnachricht halt. Die war sauer. Ich hatte ihr nicht gesagt, dass wir auch in Marcels Wohnung waren. Hatten da 'n bisschen gezaubert.«

So konnte man es auch nennen. »Wie ging es weiter?«

»Jochen ist irgendwann nach Hause. Mir ging's nicht gut, und ich hab überlegt, wie ich das mit Denise wieder auf die Reihe krieg. Hab gedacht, die meldet sich nochmal. Hat sie aber nicht.«

»Und darum sind Sie noch einmal in Marcel Schweikhards Wohnung eingebrochen?«

»Bin ich nicht. Ich hatte einen Schlüssel.«

»Den Sie ihm am Tag zuvor gestohlen hatten.«

»Er hat ihn verloren, und ich habe ihn verwahrt.«

»Warum sind Sie in die Wohnung hineingegangen, als Ihnen niemand aufgemacht hat?«

Endress zuckte die Achseln. »Ich wollte mit Denise reden … Aber sie lag im Bad. Sie war tot.«

»Das wäre der richtige Zeitpunkt gewesen, uns zu informieren«, stellte Brander fest.

»Ich war … Mann, Denise liebt ihren Bruder, und der bringt sie um. Da hab ich rot gesehen. Ich … ich hab auf sein Sofa gepisst und bin abgehauen.«

»Was ist mit den Daten auf Denises Smartphone?«

Endress senkte den Blick. »Hab ich gelöscht. Wegen der WhatsApp. War doch klar, dass Sie mich gleich verdächtigen.«

»Da hätte es doch gereicht, die Nachricht zu löschen.«

Endress zuckte die Achseln.

»Warum haben Sie Marcel Schweikhards Laptop mitgenommen? Was waren da für wichtige Daten drauf?«

»Ich hab Marcels Laptop nicht. Und jetzt hab ich alles gesagt, und das ist die Wahrheit.«

Brander sah ihm forschend in die Augen. »Das mag die Wahrheit sein. Aber alles haben Sie uns noch lange nicht gesagt.«

Auf seinem Handy war eine Nachricht von Peppi: »Hol mich bitte ab, ich will nach Hause.«

Brander wählte Peppis Nummer.

»Hey, wo bleibst du?«, nuschelte Peppi.

»In welche Klinik haben sie dich denn gebracht?«

»Filderklinik.«

»Bin unterwegs.«

Bevor er sich auf den Weg machte, rief er Margarete Sailer an. »Hast du schon was rausgefunden?«

»Nerv mich nicht.«

»Denise Schweikhard hat am Samstagabend Brot und einen Salat mit Thunfisch gegessen.«

»Andi, ich habe ihren Mageninhalt vor mir liegen. Ich weiß, was sie zuletzt gegessen hat.«

Brander verzog das Gesicht bei der Vorstellung.

»Spekulierst du auf eine Vergiftung?«

»Oder eine allergische Reaktion«, überlegte Brander.

»Es war sehr warm an dem Wochenende. Vielleicht wurde sie von einem Bienchen gestochen.«

»Ja, vielleicht.«

»Da hätten wir andere Symptome gefunden.« Margarete Sailer seufzte schwer. »Aber zu deiner Beruhigung: Ich schau mir alles noch einmal ganz genau an.«

Brander wollte gerade das Büro verlassen, als Hans Ulrich Clewer zu ihm kam.

»Wie geht es Frau Pachatourides?«

»Sie hat eine Platzwunde an der Augenbraue, es musste genäht werden. Ich will sie gerade abholen.«

»Herr Brander, bitte überreden Sie Frau Pachatourides, den Rest der Woche zuhause zu bleiben. Sie soll sich erholen.«

Brander musterte seinen Inspektionsleiter misstrauisch. »Das ist nicht der Grund.«

»Nicht der einzige. Ihre Kollegin verursacht mir einen Haufen überflüssigen Papierkram. Ich will, dass der Fall abgeschlossen ist, bevor sie wieder zum Dienst kommt.«

»Sie wollen Sie suspendieren?«

»Nein, aber sie wird nicht mehr an diesem Fall mitarbeiten.«

15

Donnerstag

»Die Frauen an deiner Seite leben gefährlich«, war Cecilias Kommentar gewesen, als Brander ihr von Peppi erzählt hatte. Er hatte seine angeschlagene Kollegin tatsächlich überreden können, ein paar Tage zuhause zu bleiben. Zur Strafe musste er sich nun allein durch den morgendlichen Berufsverkehr quälen. Statt in die Dienststelle nach Esslingen zu fahren, schlug Brander noch einmal den Weg nach Stammheim ein. Vielleicht war Schweikhard heute bereit, mehr zu erzählen.

Marcel Schweikhard sah schlecht aus, als er Brander im Besucherraum gegenübersaß. Er wirkte abgemagert, die Haut war kränklich blass, der Blick stumpf. Die Untersuchungshaft bekam ihm nicht.

»Wie lange muss ich noch hierbleiben?«

»Bis die Staatsanwaltschaft von Ihrer Unschuld überzeugt ist«, antwortete Brander.

»Sie haben doch überhaupt nichts gegen mich in der Hand!«

»Immerhin haben Sie Ihre Schwester eine Woche vor ihrem Tod brutal zu Boden geschlagen.«

»Aber doch nicht mit Absicht. Das war ein Unfall! Das war …« Marcel Schweikhard verstummte, die Schultern sackten mutlos herab. »Das ist, weil ich vorbestraft bin, oder? Bitte, glauben Sie mir doch: Ich habe Denise nicht umgebracht!«

Brander sah in die verzweifelten Augen. Er glaubte ihm. Und es war ein Unding, dass Schweikhard noch immer hier einsaß. Er hatte ein Alibi und sie hatten nichts, was seine Täterschaft belegte. Aber es lag nicht an ihm, die Tür zu öffnen und den jungen Mann zu entlassen. Er würde mit Isabella Mertens reden.

»Herr Schweikhard, Sie hatten eine enge Beziehung zu Ihrer Schwester, oder?«

»Ja.«

»Hatte Denise gesundheitliche Probleme?«

Schweikhard schüttelte den Kopf. »Denise war gesund. Bisschen niedrigen Blutdruck hat sie manchmal gehabt.«

»Hatte sie Kreislaufprobleme? Ist ihr mal schwindelig geworden?«

»Manchmal, so 'n bisschen, wenn sie zu schnell aufgestanden ist.«

Reichte das aus, um im Bad zu stürzen und das Bewusstsein zu verlieren? Sämtliche Überlebensinstinkte auszuschalten?

»Warum fragen Sie? Robin oder Jochen haben Denise umgebracht.«

»Herr Endress sagt, Denise war bereits tot, als er sie gefunden hat. Er beschuldigt Sie.«

»Ich war nicht in der Wohnung. *Er* war in meiner Wohnung. Die hatten mir meinen Schlüssel geklaut!« Schweikhard sah sehnsüchtig zum Fenster. Er wollte diesen Mauern entkommen.

»Was wollte Ihre Schwester verraten? Ich lass euch alle hochgehen – womit?«

Die Antwort war lediglich ein Schnaufen.

»Ihr Schweigen ist sicherlich nicht der direkte Weg zurück in die Freiheit. Sie haben Nuran Aydin gesagt, Sie wollten aussteigen. Woraus wollten Sie aussteigen? Was für einer Gruppe hatten Sie sich angeschlossen?«

Dieses Mal reagierte Branders Gegenüber mit einem gleichgültigen Achselzucken.

»War es Ihnen damit wirklich ernst?«

Schweikhard wandte sich ihm wieder zu. »Was denken Sie, warum die mir die Fresse poliert haben?«

»Ich dachte, weil Sie Ihre Schwester versehentlich geschlagen haben.«

»Ja … auch …«

»Was könnten wir auf Ihrem Laptop finden? Oder auf Denises Laptop?«

Schweikhard verkroch sich wieder in sein Schweigen.

»Wenn Sie doch noch aussagen wollen, lassen Sie es mich wissen.« Brander stand auf und ging zur Tür. Zurück in die Freiheit.

»Ich muss hier raus.«

»Reden Sie mit mir, und ich schau, was wir für Sie tun können.«

Schweikhard begann an seiner Lippe zu nagen. Sein Blick wanderte durch den Raum, schließlich senkte er den Kopf. »Ich kann nicht.«

Brander fuhr zur Dienststelle und suchte Tropper in seinen Gefilden auf.

»Wie geht's unserer Boxerin?« Der Kriminaltechniker grinste ihm vom Schreibtisch aus entgegen.

»Das war nicht lustig.«

»Ja, hätte ins Auge gehen können«, konnte sich Tropper dennoch nicht verkneifen. »Irgendwie zieht unsere Peppi manchmal Ärger an.«

»Freddy, lass uns die Spurenlage noch einmal durchgehen. Irgendetwas muss in der Wohnung vorgefallen sein. Niemand fällt einfach um und erstickt.«

»Seit vierzehn Tagen tue ich nichts anderes, als die Spurenlage zu analysieren. Und je mehr wir den Fall untersuchen, umso mehr verstärkt sich der Verdacht, dass es keine Fremdeinwirkung gab.«

»Was ist mit den Fingerabdrücken von Aydin?«

»Negativ. Wir konnten nirgends ihre Fingerabdrücke finden.«

Hatte Nuran Aydin also nicht gelogen. »Auch nicht auf den Büchern?«

»Auch da nicht. Allerdings waren da Denises Abdrücke drauf. Deine Theorie könnte stimmen, dass sie das Chaos aufräumen wollte.«

»Und jemand hat sie dabei gestört.«

Tropper verzog zweifelnd das Gesicht. Er suchte ein Foto des Duschvorhangs auf seinem PC und drehte den Monitor so, dass Brander es sehen konnte. »Dort bei der Kennzeichnung war der Gesichtsabdruck von Denise. Drumherum haben wir Faserspuren von ihrer Kleidung gefunden. Es gibt einzelne Fingerabdrücke von ihr und Marcel Schweikhard, die höchstwahrscheinlich durch die Nutzung beim Duschen entstanden sind. Dann haben wir unten am Saum die Abdrücke von Endress. Er hat hier angefasst.« Tropper fuhr mit dem Mauszeiger über die Stelle. »Und dann hier an der Seite. Da konnten wir auch noch ein paar Spuren sichern. Das war's. Die Spurenlage passt zu der Beschreibung, die Endress uns gegeben hat, wie er den Duschvorhang von ihr weggezogen hat.«

Er wandte sich Brander wieder zu. »Es gibt keine Abdrücke, die belegen, dass eine dritte Person Denise mit dem Vorhang gewaltsam erstickt hat.«

»Aber wie ...« Das Klingeln von Branders Handy unterbrach ihn. Margarete Sailer.

»Maggie, sag, dass du was für uns hast.«

»Wie wäre es erst einmal mit: Hallo, wie geht es dir? Ich hab mir die ganze Nacht für euch um die Ohren geschlagen.«

Brander schaltete einen Gang zurück. »Hallo, liebe Maggie. Wie geht es dir?«

»Geht doch. Ich habe Neuigkeiten.«

»Raus damit.«

Tropper gab ihm ein Zeichen, dass er mithören wollte, und Brander schaltete den Lautsprecher ein.

»Es wird dir nicht gefallen.«

»Es muss mir nicht gefallen.«

»Es besteht eine relativ hohe Wahrscheinlichkeit, dass Denise Schweikhard eine Fischvergiftung hatte. Also, konkret vermutlich eine Intoxikation durch Scombroid.«

»Scrombo-was?«, fragte Brander.

»Scombroid. Das ist eine bakterielle Kontamination von Meeresfischen. Thunfisch oder Makrelen sind da recht anfällig, sie weisen dann besonders hohe Mengen an Histamin auf.«

»Aber an einer Histaminvergiftung stirbt man doch nicht«, warf Tropper ein.

»In der Tat die Allerwenigsten. Es gibt Menschen, die haben eine Histamin-Intoleranz. Histamin findest du in vielen Lebensmitteln, die länger haltbar sind. Wenn du zum Beispiel nach dem Genuss von Rotwein Kopfschmerzen bekommst, könnte das nicht unbedingt am Trollinger liegen, sondern an einer Histamin-Intoleranz. Extreme Kopfschmerzen sind ein Leitsymptom. Weitere Indikatoren sind Hitzewallungen, Schwindel, Hypotonie und auch gastrointestinale Beschwerden, also Durchfall, Erbrechen. Stresssituationen und Alkohol können die Beschwerden verstärken. Die Symptome können nach wenigen Minuten oder im Laufe der nächsten Stunden nach dem Verzehr der histaminhaltigen Nahrung auftreten und klingen in der Regel innerhalb von vierundzwanzig Stunden wieder ab. Medikamentös kann man das mit Antihistaminika behandeln. Und wie Freddy sagt, stirbt man nicht so leicht an Scombroid.«

Während Brander noch damit beschäftigt war, diese Informationen zu verarbeiten, fuhr die Rechtsmedizinerin fort: »Wie wir wissen, hatte das Mädchen einen niedrigen Blutdruck. Scombroid kann zu weiterem Blutdruckabfall führen. Das wiederum führt zu erheblichen Kreislaufproblemen. Rekonstruieren wir mal: Denise fühlt sich äußerst unwohl, die extremen Kopfschmerzen könnten auch zu einem Übelkeitsgefühl führen. Der Alkohol und der Stress, unter dem sie steht, verstärken die Beschwerden noch. Sie geht ins Bad, weil sie vielleicht befürchtet, dass sie sich übergeben muss. Ihr Blutdruck sackt in den Keller, ihr wird schwindelig. Sie greift ins Leere, stürzt, schlägt sich dabei auch noch den Kopf an, was zu einer kurzweiligen Bewusstlosigkeit geführt haben könnte.«

»Und wie ist sie dabei erstickt?«, fragte Brander.

»Nun, unsere Theorie ist, dass sie vielleicht beim Sturz den Duschvorhang heruntergerissen hat, und der hat sich direkt über sie gelegt. Das Szenario hattet ihr doch auch schon in der Wohnung nachgestellt.«

»Sie hat sich in den Duschvorhang gekrallt«, erinnerte sich Tropper. »Wir haben deutliche Spuren unten ihren Fingernägeln gefunden.«

»Siehst du«, sah sich die Rechtsmedizinerin bestätigt. »Die Histamin-Intoxikation schwächt ihr Kreislaufsystem.

Hinzu käme der Sauerstoffmangel, durch den Duschvorhang direkt vor ihrem Gesicht. Das war PVC – nicht atmungsaktiv, quasi, als hätte sie sich eine Plastiktüte über den Kopf gezogen. Sie kommt nicht wieder richtig zu Bewusstsein … Eine Verkettung äußerst unglücklicher Umstände. Todesursächlich war letztendlich der Sauerstoffmangel.«

Brander stieß die Luft aus den Lungen. »Aber was ist mit Endress? Der müsste dann doch auch Symptome gehabt haben.«

»Hast du ihn danach gefragt?«

»Nein. Das ist jetzt alles …« Brander starrte ratlos auf den Boden. Mir ging's nicht gut, hatte Endress am Tag zuvor ausgesagt. Brander hatte es auf den Streit mit seiner Freundin bezogen. Aber ging es ihm womöglich auch körperlich schlecht?

»Die Symptome müssen auch nicht bei jedem gleich stark auftreten. Der eine reagiert sensibler als der andere.«

»Wie sicher ist der Befund?«

»Leider nicht hundertprozentig wasserdicht. Histamin ist ein Protein, das mit der Zeit wieder denaturiert. Wir haben nur die Werte, die uns nach den fünf bis sechs Tagen Liegezeit vorliegen. Wir werden noch einige Untersuchungen machen, um diese Theorie irgendwie verfestigen zu können. Wie gesagt, man stirbt normalerweise nicht an einer Histamin-Intoxikation, daher gibt es dazu auch nicht allzu viele Erfahrungs- und Vergleichswerte. Und eine Garantie, dass es so gewesen ist, kann ich dir leider nicht geben.«

»Was halten wir jetzt davon?« Brander sah fragend zu Tropper.

»Klingt nach einer Möglichkeit.«

»Meines Erachtens ist es das Wahrscheinlichste«, antwortete Margarete Sailer. »Weder wir noch eure Techniker konnten Hinweise auf ein Fremdverschulden finden, und irgendetwas muss ja zu diesem Sturz geführt haben.«

»Ja, aber …« Brander haderte mit sich. »Hättet ihr das nicht schon früher feststellen können?«

»Klar hätten wir. Wenn wir gewusst hätten, wonach wir suchen. Aber ganz ehrlich, Andi, wer hätte bei dieser Geschichte denn an eine Fischvergiftung gedacht?«

Das Schweigen im Raum war lähmend. Die Kollegen saßen im Sitzungszimmer und verarbeiteten die Neuigkeiten, die Brander und Tropper ihnen gegeben hatten. Einige starrten ratlos in die Runde, wie Brander wenige Stunden zuvor bei dem Telefonat mit Margarete Sailer.

»Uns fehlt noch die Auskunft von Robin Endress über seinen Gesundheitszustand in der Nacht vom siebten auf den achten Oktober. Da er eine direkte Kommunikation mit uns ablehnt, läuft die Anfrage über seinen Anwalt. Wir hoffen, schnell eine Antwort zu bekommen«, berichtete Brander.

Fabio verschränkte die Hände hinter dem Kopf und seufzte laut. »Dann war unsere ganze Arbeit für ’n Arsch.«

»Herr Esposito.« Clewer warf ihm einen tadelnden Blick zu.

»Entschuldigung, aber …«

»Ihre Arbeit war nicht umsonst«, unterbrach ihn die Staatsanwältin. »Wir sind es Eltern, Angehörigen und auch dem Opfer schuldig, herauszufinden, was geschehen ist. Ob wir am Ende eine Mordanklage haben oder einen Unfalltod, spielt schlussendlich keine Rolle.«

Clewer tippte grübelnd die Fingerspitzen aneinander. »Wie können wir die Vermutung der Rechtsmedizin stützen?«

»Wenn wir wüssten, woher der Thunfisch kam, könnte man versuchen, Vergleichsmaterial zu bekommen«, überlegte Brander. »Ich vermute, dass es Dosenthunfisch war. Ich kann mir nicht vorstellen, dass sie den Fisch frisch gekauft haben.«

»In Robins Müll werden wir nichts mehr finden«, prophezeite Klein. »So ordentlich, wie's in seiner Wohnung aussah, entsorgt der seine Abfälle regelmäßig.«

»Thunfischdosen kommen in den gelben Sack, oder? Wie oft wird der abgeholt?«

»Vierzehntägig.« Fabio sah Unheil ahnend zu Brander. »Jetzt sag nicht, wir müssen zu den Abfallbetrieben und die gelben Säcke der letzten drei Wochen durchforsten.«

»Das halte ich für wenig zielführend«, erlöste Brander den Kollegen von seiner Sorge. »Wir schicken eine Anfrage an Endress' Anwalt. Vielleicht kann Endress sich noch an die Marke erinnern oder hat die Dose noch.«

»Wir könnten die Geschäfte im Scharnhauser Park befragen, von welchen Herstellern die ihren Thunfisch beziehen«, schlug Klein vor.

»Guter Ansatz, ja«, stimmte Brander zu. Er rieb sich grübelnd über den Nacken. »Wie lange hält sich so eine Dose Thunfisch?«

Klein schürzte abwägend die Lippen. »Dosenfutter hält sich ewig. Ein, zwei, drei Jahre?«

»Das heißt, die Dose kann auch schon über längere Zeit in Endress' Vorratsschrank gestanden haben.« Wie groß war die Wahrscheinlichkeit, dass sie noch irgendwo Vergleichsmaterial finden würden?

Brander saß am Schreibtisch, seine Skizze vor sich. Der Cursor blinkte auf dem Monitor in der Eingabezeile einer Suchmaschine. Wer hätte bei dem Szenario, das sich ihnen beim Auffinden der Toten in der Wohnung geboten hatte, an eine Fischvergiftung gedacht? Eine durchaus berechtigte Frage der Rechtsmedizinerin. Er sah auf die Uhr an seinem Monitor. Kurz vor fünf. Wenn er jetzt Feierabend machte, konnte er mit etwas Glück gegen sechs Uhr in Entringen sein. Nein, Hauptverkehrszeit, vermutlich eher halb sieben. Dennoch früh genug, um mit Cecilia einen gemütlichen Abend zu verbringen. Sie könnten einen Ausflug nach Tübingen machen. Er könnte sie ins Weinhaus *Beck* auf ein Glas Wein einladen. Sie mochte die urige Schenke am Rathauseck.

Das Telefonklingeln durchkreuzte seine Feierabendpläne. Brander zögerte. Er könnte es einfach ignorieren und aus dem Büro verschwinden. Sein Pflichtgefühl ließ ihn das Gespräch annehmen. Hoffentlich nicht der Kazmaier, schickte er ein Stoßgebet zum Himmel. »Brander.«

»Ist das wahr?«

Ein Mann. Er kannte die Stimme. »Mit wem spreche ich, bitte?«

»Endress. Ist das wahr? Ist Denise an einer Fischvergiftung gestorben?«

Hatte der Anwalt ihm also die Fragen übermittelt und Endress hatte eins und eins zusammengezählt. »Wer behauptet das?«

»Ihre Fragen, die mein Anwalt mir weitergegeben hat.«

»Unsere Fragen behaupten gar nichts. Unsere Fragen dienen dazu, Informationen zu bekommen.«

»Ich müsste doch dann auch tot sein.«

»Nein, müssten Sie nicht.«

»Wollen Sie mir unterstellen, ich hätte Denise vergifteten Fisch gegeben?«

Brander schloss die Augen und stöhnte innerlich auf. »Haben Sie?«

»Nein!«

»Wie ging es Ihnen an dem Samstagabend, nachdem Denise gegangen war?«

»Ich … ich war sauer.«

»Ihre Gefühle sind mir egal. Mich interessieren körperliche Symptome.«

»Ich hatte Kopfschmerzen.« Endress schwieg einen Moment grübelnd. »Und so Schwitzattacken. Ich dachte, das wäre, weil ich mich so aufgeregt hatte …«

»Kriegen Sie dann immer Kopfschmerzen und Schweißausbrüche?«

»Nein, eigentlich nicht.«

»Hatten Sie Kreislaufprobleme?«

»Ich weiß nicht mehr … Das war ein ziemlicher Scheißabend. Ich war nur froh, als Jochen weg war und ich ins Bett konnte.«

»Haben Sie sich keine Sorgen um Ihre Freundin gemacht?«

»Warum? Die hatte uns doch diese blöde Nachricht geschickt. Da hatte ich andere …« Endress brach abrupt ab.

Sorgen, vollendete Brander den Satz still für sich. »Der Thunfisch, den Sie an dem Samstagabend gegessen haben, war der aus der Dose?«

»Ja.«

»Haben Sie die Dose frisch geöffnet, oder war sie schon angebrochen?«

»Denise hat den Salat gemacht. Aber sie muss die Dose frisch aufgemacht haben. Sowas bewahre ich nicht auf.«

»Haben Sie die Dose zufällig noch? Vielleicht im Hausmüll?«

»Herr Brander, das ist mehr als drei Wochen her. Natürlich nicht! Fisch stinkt, das entsorg ich sofort.«

»Wissen Sie, welche Marke es war?«

»Nein … Ich glaub, es war eine Dose mit blauer Banderole. Aber ich weiß es nicht mehr genau.«

»Woher hatten Sie die Dose?«

»Keine Ahnung. Den habe ich irgendwann mal eingekauft oder vielleicht hatte Denise den mitgebracht.«

»Sie haben nicht zufällig noch eine zweite Dose im Schrank?«

Brander hörte, wie Endress eine Tür öffnete und etwas hin und her schob. »Nein.«

Das war nicht sehr ergiebig. »Gehen Sie gewöhnlich im Scharnhauser Park einkaufen oder woanders?«

»Hier. Man muss die Händler vor Ort unterstützen.«

Das war wohl die gute Seite an seiner nationalistischen Einstellung. »Danke, dass Sie sich bei mir gemeldet haben.«

»Ich will wissen, was Denise passiert ist. Auch wenn Ihre Kollegin es gern in den Dreck zieht: Ich habe Denise geliebt. Ich hätte ihr nie etwas angetan.«

Brander hatte das Gespräch beendet und sah auf den leeren Schreibtisch gegenüber. Noch ein Monat, dann würde Peppi ihren singenden Weihnachtsmann aufstellen und das Büro mit allerlei Kitsch auf die Adventszeit einstimmen. Hatte sie Endress wirklich so sehr provoziert? Oder hatte er nur ein Ventil gesucht, um seine aufgestaute Wut rauszulassen? Brander strich sich über die Glatze, fühlte die kurzen Stoppeln, die sich hervorwagten.

War eine Dose Thunfisch schuld an diesem Unglück? Die Dose war nicht angebrochen gewesen. Das bedeutete, dass der Thunfisch definitiv bereits verdorben gewesen sein musste, als er in die Dose kam. Und das wiederum bedeutete, dass es höchstwahrscheinlich nicht nur diese eine Dose war, also mussten auch andere Personen betroffen gewesen sein. Er sollte bei der Lebensmittelüberwachung nachfragen. Vielleicht war das Problem dort bekannt? Aber so spät am Abend würde er da niemanden mehr erreichen. Er tippte »Rückrufaktion Thunfisch in Dosen« in die Suchmaske ein.

Er fand eine Nachricht zu einer Rückrufaktion aus dem Jahr 1999. Damals ging es um Thunfisch mit zu hohen Histaminwerten. Die komplette Charge war zurückgerufen worden. 1999. Niemand bewahrte so lange eine Dose Thunfisch auf. Brander suchte weiter. Er fand eine Meldung vom Juni des Jahres. Es war ein anderer Hersteller als vor der Jahrtausendwende – aber auch dieses Mal wurde eine komplette Charge zurückgerufen, weil zu hohe Histaminwerte im Fisch festgestellt worden waren. Juni. Das war vor vier Monaten. Brander notierte sich die Firmendaten. Auf der offiziellen Seite des BVL *lebensmittelwarnung.de* war der Fall von 1999 nicht mehr aufgeführt, aber die aktuelle Rückrufaktion vom Juni wurde ausführlich erläutert: Kontaktdaten des Herstellers, Chargennummer, Produktfoto und Rückrufgrund. Brander druckte den Bericht aus und wählte Fabios Nummer.

»Ich wollte gerade gehen«, meldete sich dieser.

»Mach einen Umweg über mein Büro.«

Wenig später stand der Kollege vor ihm.

Brander gab ihm einen Zettel. »Check morgen bei den Einzelhändlern im Scharnhauser Park, ob die diesen Thunfisch im Programm hatten. Es gab eine Rückrufaktion.«

»Die werden das Zeug nicht mehr im Regal haben.«

»Das nicht, aber es wäre ein Indiz dafür, dass es der Thunfisch war, den Endress eingekauft haben könnte.«

»Da kann ich die türkischen Feinkostläden ja außen vor lassen.«

»Mach dir bitte die Mühe und frag bei allen Händlern nach. Wir wollen uns keine schlampige Ermittlungsarbeit vorwerfen lassen.«

***

Die Tagesschau war zu Ende, als Brander sein Haus betrat. Cecilia kam in den Flur, um ihn zu begrüßen.

»So früh habe ich dich gar nicht erwartet.«

»Ich hatte Sehnsucht.« Er zog sie in die Arme, sog ihren Duft ein. »Wo sind die Kinder?«

»Auf Hochzeitsreise.«

»Mach darüber keine Witze.«

Cecilia schmunzelte, als sie Branders Gesicht sah. »Keine Sorge. Ich habe ihnen gesagt, sie sollen sich bis zum Wochenende drei Gründe überlegen, warum wir einer Heirat zustimmen sollten.«

»Du willst mit den beiden ernsthaft darüber diskutieren?«

»Natürlich, und wir sollten uns gute, sachliche Gründe überlegen, die gegen eine Hochzeit sprechen.«

»Ceci! Du bringst uns in Teufels Küche!«

»Nein, letztendlich entscheidet sowieso das Familiengericht, ob Nathalie mit siebzehn schon heiraten darf. Und eine Namensänderung ist definitiv kein akzeptabler Grund. Aber ich habe mich noch weiter informiert. Nathalie darf mit achtzehn selbst bestimmen, ob und von wem sie adoptiert werden möchte. Und wenn wir beide dann bereit wären, sie zu adoptieren, welchen Grund hätte sie dann noch, Julian zu heiraten? Liebe ist es nicht.«

»Du bist die Beste!« Er gab ihr einen Kuss. »Und wo sind die beiden jetzt?«

»Es ist Donnerstag, Taekwondo. Nathalie hat Julian mitgenommen.«

»Das heißt, wir haben sturmfrei?«

»Ja, wir können fernsehgucken, Chips und Schokolade essen, so viel wir wollen, und nackt durchs Haus springen.«

Brander grinste. »Geht's dir ein bisschen besser?«

Die Lockerheit in ihrer Stimme verflog. »Solange es nicht an der Tür klingelt.«

Brander sah zur Haustür. »Wir können eine Kamera mit Gegensprechanlage installieren, dann siehst du im Vorfeld, wer vor der Tür steht.«

»Ist das nicht ein wenig überreagiert?«

Brander dachte an Jochen Kastner. »Nein, ist es nicht.«

16

Freitag

Es regnete Bindfäden, was zu einem Unfall auf der A81 führte und Brander dazu verleitete, vor Böblingen die Autobahn zu verlassen und über Land nach Esslingen zu fahren. Es war keine gute Idee. Die Strecke zog sich hin, und er war nicht der Einzige, der über die Bundes- und Kreisstraßen ausgewichen war.

Fabio und Peter waren bereits ausgeflogen, um die Einzelhändler zu befragen, als er in der Dienststelle ankam.

Brander suchte die Kontaktdaten der Lebensmittelüberwachung und der Fischkonservenfabrik heraus. Als er die Zentrale der Fischkonservenfabrik anrief, ging man dort sofort in Hab-Acht-Stellung. Er wurde hin und her verbunden, niemand fühlte sich befähigt, ihm Auskunft über die von der Rückrufaktion betroffenen Konserven zu geben, und man vertröstete ihn schlussendlich mit dem Versprechen, dass sich jemand bei ihm melden würde. Wäre die Ostsee nicht so weit entfernt gewesen, wäre er kurzerhand persönlich vorstellig geworden. So blieb ihm nur der Weg, die Kollegen vor Ort um Amtshilfe zu bitten. Er würde der Firma eine Stunde Zeit geben, beschloss Brander.

Es war schließlich der Geschäftsführer Johann Hansen persönlich, der sich bei Brander meldete.

»Meine Sekretärin hat mir Ihre Anfrage weitergegeben. Worum geht es bitte genau? Wir haben das Produkt damals umgehend vom Markt genommen.«

»Das wissen wir. Ich benötige dennoch die Laborwerte, die damals erhoben wurden.«

»Wozu, wenn man fragen darf?«

»Wir brauchen Vergleichswerte.«

»Aber wozu? Das Produkt ist seit Monaten nicht mehr im Handel.«

»Haben Sie die komplette Charge zurückbekommen?«

»Nein, das nicht … aber wir haben damals umgehend, nach Bekanntwerden des Problems, alle notwendigen Maßnahmen getroffen. Man kann uns nichts vorwerfen.«

Der Unternehmer befürchtete erneut schlechte Publicity. »Herr Hansen, ich sehe zwei Möglichkeiten: Die eine ist, dass Sie uns die Daten, um die wir Sie bitten, schnellstmöglich zukommen lassen. Die andere wäre, dass ich einen richterlichen Beschluss erwirke.«

»Einen richterlichen Beschluss?«

»Es geht um einen ungeklärten Todesfall.«

»Doch nicht durch unseren Fisch!«

»Vermutlich nicht.«

Am anderen Ende wurde es still. Brander wartete geduldig. Schließlich räusperte sich Hansen vernehmlich. »Ich schicke Ihnen die Laborberichte per Mail.«

Eine viertel Stunde später leitete Brander die Mail an Margarete Sailer weiter.

Hans Ulrich Clewer trommelte seine Mannschaft am späten Freitagnachmittag zu einer Sitzung zusammen.

»Herr Esposito, was ergab die Befragung der Einzelhändler?«

»Wir haben einen einzigen Supermarkt gefunden, der den betroffenen Thunfisch im Programm hatte. Seit dem Vorfall hat er aber von dem Hersteller keinen

Thunfisch mehr bezogen. Der Filialleiter sagte aus, dass er bis Ende September ein Plakat mit der Rückrufaktion im Laden hängen hatte. Der Laden befindet sich zwei Straßen entfernt von Endress' Wohnung, knapp fünf Gehminuten.«

»Also gut möglich, dass Endress dort einkaufen war«, überlegte Clewer.

»Ich habe heute Vormittag die Laborwerte des betroffenen Dosenfisches vom Hersteller bekommen«, berichtete Brander. »Die Rechtsmediziner sagen, dass man bei den gemessenen Werten definitiv von einer Histamin-Intoxikation nach Verzehr ausgehen kann. Nur können wir leider nicht belegen, dass es sich bei dem Thunfisch tatsächlich um den gleichen handelt, den Denise Schweikhard und Robin Endress gegessen haben.«

»Wir haben mit dem Hausmeister gesprochen, der für den Block zuständig ist, in dem Endress wohnt«, ergänzte Tropper. »Sowohl gelbe Tonne als auch Restmüll werden dort vierzehntägig entsorgt. Restmüll ist seit dem siebten Oktober einmal, gelbe Tonne zweimal abgeholt worden. Eine Suche nach der Thunfischdose bei den Abfallbetrieben ist aussichtslos. Zudem hätten wir auch das Problem, dass die Werte sich aufgrund Temperatur, Luft, Kontakt zu anderen Lebensmitteln et cetera verändert haben und ein eindeutiger Rückschluss nicht möglich ist.«

Clewer nickte verstehend. »Fassen wir also zusammen: Wir haben keine eindeutigen …« Er warf einen Blick auf seine Notizen. »Ja, nicht einmal ansatzweise Spuren, die eine Fremdeinwirkung belegen, die zum Tod von Denise Schweikhard geführt haben. Sämtliche mutmaßlich in Frage kommenden Personen, die im weitesten Sinne ein Motiv gehabt hätten, sind überprüft worden. Sie haben für den mutmaßlichen Zeitraum mehr oder weniger gute Alibis. Einzig Robin Endress konnte durch die Fingerabdrücke am Duschvorhang eine Anwesenheit am Leichenfundort nachgewiesen werden, jedoch kann kein direkter Zusammenhang mit einem Tötungsdelikt hergestellt werden. Stimmt das so weit?«

Er sah zu Brander.

»Ja«, bestätigte er. »Nach Stand der Dinge ist die Schilderung des Tathergangs durch die Rechtsmedizin das wahrscheinlichste Szenario.«

Die Staatsanwältin, die den Ausführungen bisher schweigend gefolgt war, atmete hörbar durch. »Allem Anschein nach haben wir hier schlussendlich einen tragischen Unfall mit Todesfolge. Ich sehe die Notwendigkeit, Marcel Schweikhard noch länger in Untersuchungshaft zu halten, als nicht mehr gegeben. Ich werde seine Entlassung noch heute veranlassen. Eine mögliche Täterschaft von Robin Endress ist nicht nachweisbar.«

»Es steht immer noch die Frage im Raum, warum er den Leichenfund nicht umgehend gemeldet hat«, gab Klein zu bedenken.

»Zunächst war es der Schock, später waren es nach eigener Aussage Rachegedanken an dem mutmaßlichen Täter.« Als Isabella Mertens sah, dass Klein diese Antwort nicht reichte, ergänzte sie: »Es gibt kein Gesetz, das vorschreibt, dass man einen Leichenfund melden muss. Zudem hielt er sich unberechtigt in der Wohnung auf und hätte sich mit einer Aussage selbst belastet.«

Klein lehnte sich mit verschränkten Armen zurück. Zufrieden war er nicht.

»Wie auch immer. Das Szenario, das Endress uns beschrieben hat zu seiner Anwesenheit in Schweikhards

Wohnung, passt zu der Spurenlage, die die Kriminaltechniker und Rechtsmediziner feststellen konnten.« Mertens sah zu Tropper, der bestätigend nickte.

»Summa summarum: Ich werde das Ermittlungsverfahren zum Tode Denise Schweikhards mangels hinreichenden Tatverdachts einstellen. Irgendwelche Bedenken?« Sie ließ einen Moment verstreichen, um den Beamten Gelegenheit zu einem Widerspruch zu geben. »Herr Brander?«

»Ich kann nur wiederholen, was ich gerade gesagt habe. Eine Garantie, dass es tatsächlich ein tragischer Unfall war, gibt es nicht. Aber …«

»… es ist die wahrscheinlichste aller Möglichkeiten. Gut. Ich werde natürlich dennoch Verfahren gegen Robin Endress und Jochen Kastner wegen gemeinsamer gefährlicher Körperverletzung gegen Yasin Özer und Marcel Schweikhard einleiten. Obwohl die Beweislage in beiden Fällen leider alles andere als gut ist. Ich danke Ihnen für Ihre gute Arbeit. Ich erwarte Ihre Abschlussberichte.«

Die Schlussworte wirkten ein wenig einstudiert, dennoch rechnete Brander es ihr an, dass sie den Einsatz des Teams anerkannte. Ihr Blick schweifte über die Anwesenden. »Herr Clewer, Herr Brander, wenn Sie gleich noch eine Minute für mich hätten.«

Was kam denn jetzt noch? Brander sah stirnrunzelnd zu seinem Inspektionsleiter, der ratlos seinen Blick erwiderte. Sie warteten, bis die Kollegen den Sitzungsraum verlassen hatten.

»Es steht noch die Sache mit Frau Pachatourides im Raum«, erklärte die Staatsanwältin. »Ich kann versuchen, mit Herrn Endress' Anwalt eine Absprache zu treffen. Vielleicht kann ich ihn überzeugen, dass Endress seine

Beschwerde zurückzieht, wenn Frau Pachatourides im Gegenzug von einer Anzeige wegen der Tätlichkeit absehen würde. Kein optimaler Deal, aber es würde nicht nur Herrn Endress eine Menge Ärger sparen.«

»Denken Sie, dass er sich darauf einlässt?«, fragte Clewer skeptisch.

»Lässt sich Frau Pachatourides darauf ein?«, fragte Isabella Mertens.

Die beiden sahen zu Brander. Der hob die Schultern.

»Reden Sie mit ihr und dann geben Sie uns Bescheid. So schnell wie möglich«, bat die Staatsanwältin.

»Und seien Sie überzeugend«, hängte Clewer noch dran.

Brander hatte mit Peppi telefoniert. Wie erwartet war sie nicht begeistert von dem Vorschlag der Staatsanwältin.

»Ich hab ein geschwollenes Auge. Das musste genäht werden, und ich habe Schmerzen.«

»Du hast auch eine Menge Ärger: Mit seiner vorangegangenen Beschwerde wird er glaubhaft rüberkommen, wenn er behauptet, du hättest ihn erneut provoziert.«

Peppi brummte missmutig. »Ich will erst mit Marco darüber sprechen.«

»Okay, meld dich bei mir oder Käpten Huc, wenn du dich entschieden hast.«

»Ja …« Peppi hatte noch etwas auf dem Herzen. »Unfalltod also?«

»Ja.«

»Für die Angehörigen ist das vermutlich besser zu ertragen. Aber ich hätte gern den Endress auf der Anklagebank gesehen.«

»Wegen Körperverletzung ist er auf jeden Fall dran.«

»Bei der Beweislage wird er nicht lange genug einfahren, wenn überhaupt. Ich tippe auf Bewährungsstrafe.« Peppi seufzte schwer. »Manchmal frage ich mich, wozu wir das alles machen. Am Ende sind doch sowieso immer wir die Dummen. Wir werden beschimpft, wir werden kritisiert … Der schlägt mir ins Gesicht – und am Ende krieg ich ein Disziplinarverfahren, nur weil ich mich angeblich im Ton vergriffen habe.«

Brander konnte die Frustration seiner Kollegin gut verstehen. »Peppi, versuch, ein bisschen Abstand zu bekommen. Konzentrier dich lieber auf deinen Angelschein. Ich will meine Forelle.«

»Es heißt immer noch Fischereischein.«

»Man sollte meinen, du wärst Beamtin«, frotzelte Brander und legte auf.

Brander tippte seine Berichte. Die Augen brannten ihm, als er sich schließlich vom System abmeldete. Die Dunkelheit war längst hereingebrochen, und nur seine kleine Schreibtischlampe spendete mattes Licht.

Am Ende sind immer wir die Dummen. Wie oft bezogen sie Schelte von der Öffentlichkeit? Von Politikern, Presse, Bürgern. Entweder war die Polizei zu rigoros bei einem Einsatz vorgegangen oder zu nachlässig. Jeder schrie nach Sicherheit. Aber keiner wollte irgendwelche Einschränkungen. Freiheit und Sicherheit waren nur schwer in der Waage zu halten. Und in Deutschland war der Wind in den letzten Jahren rauer geworden.

»Andreas, warum sitzt du hier im Dunkeln?« Klein schaltete den Deckenstrahler ein.

Brander blinzelte. »Ich hab nachgedacht.«

»Es ist Freitagabend. Fahr nach Hause zu Frau und Kind.«

Oh ja, da galt es noch eine Hochzeit zu verhindern. Brander ließ die steifen Schultern kreisen und packte seine Sachen zusammen.

»Nathalie will Brander heißen, und darum hat mein Neffe beschlossen, sie zu heiraten«, erzählte er Klein auf dem Weg ins Parkhaus.

Klein schlug ihm lachend auf die Schulter. »Andreas, mein Freund, bei dir wird's auch nie langweilig. Ich hoffe, ich krieg 'ne Einladung.«

17

Montag

Peppis linkes Auge schimmerte in schillernden Regenbogenfarben. Brander ahnte, dass sie sich einigen Spott von den Kollegen würde anhören müssen. Er bot an, ihr den Kaffee an den Schreibtisch zu bringen, was sie dankbar annahm. Wieder zurück in seinem Büro studierte er die Ereignismeldungen vom Wochenende. Nichts, was ihn betraf. Er scrollte durch seine E-Mails, blieb an einem Betreff hängen: »Gruppe 144«. Marcel Schweikhard hatte sie am späten Sonntagabend an ihn geschickt. Er öffnete die Mail, sein Adrenalinspiegel stieg von Zeile zu Zeile:

Herr Brander,

ich hatte nicht den Mut mit Ihnen zu sprechen. Ich weiß nicht, warum ich es jetzt tue. Vielleicht, weil Sie fair zu mir waren und ich das Gefühl habe, Ihnen eine Antwort zu schulden.

Die Gruppe 144 wurde 2014 gegründet, von vier Personen. Vierzehn – Vier, das ist alles. Sie können sich denken, wer diese Personen waren. Die Gruppe 144 gehört keiner Organisation an. Niemand ist Mitglied bei NPD, AfD, Reps, Identitären oder sonst wo. Es sollen sämtliche Auffälligkeiten vermieden werden, um nicht ins Blickfeld des Staatsschutzes zu geraten. Möglichst nicht in der Öffentlichkeit in Erscheinung treten. Die Gruppe 144 sammelt Informationen über geplante und bestehende Flüchtlingsheime und andere Unterkünfte und Adressen von Ausländern, die in Deutschland straffällig geworden sind. Diese werden im Netz veröffentlicht. Es gibt detaillierte Auskünfte über Schwachstellen und mögliche Angriffspunkte, damit getan werden kann, was getan werden muss.

Brander erinnerte sich an die Liste, die Jens auf Denises Laptop gefunden hatte. Er las weiter.

Die Seite steht verschlüsselt im Darknet. Ich schicke Ihnen die Zugangsdaten. Machen Sie damit, was Sie machen müssen.

Ich wollte meine Kameraden nie verraten. Sie haben mir geholfen, als mir sonst keiner half. Aber ich konnte ihren Weg nicht mehr gehen. Aber man steigt nicht einfach aus einer Kameradschaft aus. Die Treue gilt bis in den Tod.

Für mich spielt es keine Rolle mehr. Denise ist tot. Ich wünschte, ich wäre an ihrer Stelle gestorben. Für mich gibt es kein Zurück mehr. Ich hatte andere Pläne für mein Leben, aber das war's jetzt. Ich will nicht mehr.

M.

»Was … der wird doch nicht …« Branders Gedanken überschlugen sich. Verstand er diese Abschiedsworte richtig?

Peppi sah zu ihm. »Was ist?«

Er wählte Schweikhards Nummer, sein Puls schlug hart in seinem Hals. Er wurde direkt auf die Mailbox umgeleitet. »Verflucht! Fahndung nach Marcel Schweikhard. Ruf seine Eltern an, ob er da ist. Schick umgehend einen Einsatzwagen zu seiner Wohnung. Ich fahr hin.«

»Was ist denn los?«

»Lies das und schick es weiter an Jens.« Er rannte aus dem Büro, stieß im Flur mit Stephan Klein zusammen. »Komm mit.«

Das Martinshorn heulte. Innerhalb weniger Minuten erreichten sie das Haus in der Maienwalterstraße. Brander hatte Klein von der Mail berichtet.

»Wenn er die Nachricht gestern Abend geschickt hat, kommen wir zu spät.«

Sie hielten mitten im Hof, stürmten ins Haus, die Treppen hinauf. Brander schlug gegen die Tür. »Herr Schweikhard! «

Keine Reaktion.

»Hast du keinen Schlüssel? «, fragte Klein.

»Nein.« Den hatten sie am Freitag an Schweikhard ausgehändigt.

Klein betrachtete die Tür. »Zur Seite.«

Im nächsten Augenblick hatte seine Masse dem alten Schloss den Garaus gemacht. Die Tür sprang auf.

Marcel Schweikhard lag zusammengekrümmt auf dem Boden vor dem Sofa. Ein aufgeklapptes Taschenmesser lag neben ihm, dazu eine Flasche Schnaps und eine Packung Tabletten. Branders Blick raste zu den Handgelenken. Kein Blut. In zwei Schritten war er bei dem Mann, kniete nieder, suchte nach Lebenszeichen.

»Herr Schweikhard?«

Der Körper war warm, er lebte, aber er reagierte nicht.

»Ruf den Notarzt«, wies Brander Klein an, während er Schweikhard auf die Wangen schlug. »Aufwachen, Junge. Mach die Augen auf, komm …«

Klein bückte sich, hob die Tablettenpackung auf und sah hinein. »Der ist nur besoffen.«

Schweikhards Augen flackerten.

»Ruf einen Notarzt«, wiederholte Brander energisch. »Marcel, hey …«

Mühsam öffnete der Mann die Augenlider. Er konnte Brander nicht fokussieren.

»Komm zu dir, Junge. Was hast du genommen?«

»Ich will nich …«, nuschelte er. Sein Körper zuckte. Er erbrach sich vor Kleins Füße.

»Das muss doch nicht sein«, stöhnte Klein.

»Gut so, der Mist muss raus«, befand Brander. Aus der Ferne erklang die Sirene eines Rettungswagens.

Es war später Nachmittag, als ein Anruf aus der Klinik Brander informierte, dass Marcel Schweikhard ansprechbar war. Brander fuhr mit Peppi ins Krankenhaus.

»Er hat eine ordentliche Alkoholvergiftung«, berichtete der behandelnde Arzt. »Er ist noch ziemlich mitgenommen, psychisch instabil. Ich gestatte Ihnen maximal fünf Minuten.«

»Wir halten uns zurück«, versprach Brander.

Ihre Schritte hallten auf dem Linoleum, als sie durch den Flur gingen. Brander klopfte an die Zimmertür und trat ein. Marcel lag allein in dem Raum, das zweite Bett war leer. Seine Augen waren gerötet, darunter zeichneten sich schwarze Ringe in dem sonst blutleeren Gesicht ab. Die Kurven der angeschlossenen Geräte gaben Auskunft über Puls und Atmung.

Sein Blick wanderte langsam von Brander zu Peppi und wieder zurück zu Brander. »Die muss raus«, murmelte er tranig.

Brander sah zu Peppi, die das Zimmer wortlos verließ.

»Ich will nicht lange stören«, begann Brander und trat näher an das Krankenbett.

Schweikhard drehte den Kopf zur Seite, sodass er Brander nicht ansehen musste. Tränen standen in seinen Augen. »Ich war zu feige.«

»Woher hatten Sie die Tabletten?« Es waren verschreibungspflichtige Anti-Depressiva gewesen.

»Von meiner Mutter. Die schluckt die seit … seit das damals passiert ist. Ich war gestern bei ihr.«

Vermutlich hatte er von dort auch die E-Mail verschickt. In Schweikhards Wohnung hatten sie keinen Computer gefunden. Sein Laptop war noch nicht wieder aufgetaucht.

»Es gibt Organisationen, die Ihnen bei Ihrem Ausstieg helfen können.« Brander legte eine Broschüre der Organisation *Exit* auf den Nachttisch, handschriftlich hatte er den Namen und die Telefonnummer eines Mitarbeiters darauf notiert.

»Packen Sie das in die Schublade, muss ja nicht jeder wissen.«

Immerhin lehnte er die Hilfe nicht ab. »Warum wollten Sie, dass meine Kollegin vor die Tür geht?«

Schweikhard schluckte und wandte sein Gesicht Brander zu. »Reicht es nicht, wenn Sie mich so sehen?«

Er schämte sich seiner Tränen, seiner Hilflosigkeit.

Brander stand am Fußende des Bettes. Er überlegte, sich einen Stuhl heranzuziehen, entschied sich aber dagegen. »Unsere Leute haben sich die Daten angesehen, die Sie uns geschickt haben. Sie zeigen die Schwachstellen von Asyl- und Flüchtlingsunterkünften auf und rufen explizit dazu auf, möglichst viele der gelisteten Unterkünfte in der kommenden Silvesternacht zu überfallen. Fehlgeleitete Silvesterböller, Brandsätze, Raubzüge. Ein Rachefeldzug für Köln 2015.« Jens hatte ihm diese Informationen erst vor wenigen Minuten telefonisch mitgeteilt.

»Wir wollten ein Zeichen setzen.«

»Mit Ihrer Mail verhindern Sie vermutlich das Schlimmste.«

Schweikhard starrte an die Decke. Er war nicht stolz, auf das, was er getan hatte. Eine verlorene Seele, ging es Brander durch den Kopf.

»Wie geht es jetzt weiter?«

»Der Fall fällt nicht in meinen Zuständigkeitsbereich«, erklärte Brander. »Wir werden die Informationen an den Staatsschutz weitergeben. Die Kollegen werden mit Ihnen sprechen. Die Staatsanwaltschaft wird Anklage erheben. Sie werden um eine Gerichtsverhandlung sicher nicht herumkommen, Sie waren Teil der Gruppe 144. Ihre Kooperationsbereitschaft könnte sich positiv auf den Verlauf Ihrer Verhandlung auswirken.«

»Was ist mit Robin und Jochen?«

»Auch um die beiden Herren werden sich die Kollegen kümmern.«

Schweikhards Blick wanderte wieder zur Decke. »Politik ist Psychologie, sagt Robin. Man muss die Unsicherheiten des Volkes erkennen und genau diese Unsicherheiten bekämpfen. Zeichen setzen. Sie brauchen eine starke Hand, jemanden, der sie führt, zu dem sie aufsehen, der Sicherheit verspricht und sich nicht einschüchtern lässt. Die Parteien gucken nach den Minderheiten. Aber man muss nach dem Volk schauen. Das Volk gibt dir die Macht.«

Eine simple Theorie. Und bei dem, was überall auf der Welt geschah, schien dies Robin Endress' Theorie zu bestätigen – aber es ging hierbei nur um Macht. Nicht um das Wohl der Menschen.

»Eine scheinbare Sicherheit mit dem Verlust von Freiheit und Demokratie zu erkaufen, kann nicht der richtige Weg sein.«

»Demokratie … existiert die wirklich noch?« Schweikhard schloss die Augen. »Ich bin müde.«

Brander blieb noch einen Moment im Raum, dann wandte er sich ab und ging.

Epilog

Der Himmel leuchtete in kräftigem Rot über den Hängen des Schönbuchs und bildete einen dramatischen Kontrast zum Graubraun der brachliegenden Felder und der vom Laub befreiten Bäume des Naturschutzgebietes. Brander saß mit Karsten Beckmann vor dem Haus. Cecilia war mit Nathalie im Stage Apollo Theater in Stuttgart, um das Musical *Mary Poppins* anzusehen. Karstens Lebensgefährte Manuel wollte ihnen vorher einen Blick hinter die Kulissen gewähren.

Brander und Beckmann hatten indes den Nachmittag mit der Installation einer neuen Klingelanlage mit Kamera verbracht. Nun konnte Cecilia sehen, wer vor der Tür stand, bevor sie öffnete. Dieser Neuerwerb war nicht nur dem Vorfall mit Nathalies Mutter geschuldet. Jochen Kastners Worte hallten immer wieder in Branders Kopf. Auch wenn er es nicht wollte, er machte sich Sorgen. Kastner und Endress waren zwar festgenommen worden, aber es war ungewiss, wie das Strafverfahren ausgehen würde.

»Worüber grübelst du schon wieder?« Beckmann stieß ihn in die Seite.

Brander schüttelte seine Sorgen ab. »Ob du was Gutes mitgebracht hast als Lohn für getane Arbeit.«

»So ist's recht. Mich dienstverpflichten, und dann muss ich meinen Lohn noch selbst mitbringen.«

»Dafür kriegste nachher auch 'ne Pizza vom Lambros.«

Beckmann grinste und öffnete seinen Rucksack. »Hol mal Gläser.«

Wenig später kehrte Brander mit zwei Nosing-Gläsern zurück. Beckmann hielt eine Flasche Scotch in Händen:

Bowmore White Sands. Er füllte die Gläser. Der Whisky schimmerte kräftig goldrot in der Abendsonne. Sie prosteten sich zu.

Brander schnupperte an dem Whisky, ließ ihn dann einen Moment im Mund verweilen und widmete sich ganz dem Aroma. Der Whisky schmiegte sich weich an den Gaumen, war karamellig und malzig. Er schloss die Augen, spürte, wie der Scotch die Kehle hinunterglitt und genoss die milde Rauchnote, die sich im Nachklang entfaltete, als säße er vor einem wohligen Kaminfeuer.

»Der hat mich jetzt wirklich überrascht«, stellte er fest. »Ich glaube, das wäre ein Islay, der sogar Ceci gefallen könnte.«

»Ja«, stimmte Beckmann zu. Er ließ die Flüssigkeit im Glas kreisen. »Wie geht es ihr eigentlich?«

»Nicht so gut.« Cecilia hatte den Angriff von Nathalies Mutter noch nicht überwunden. Sie war nervös und leicht reizbar, ein Wesenszug, den Brander an seiner Frau so nicht kannte. »Ein Überfall ist kein Schnupfen, den man vergisst, wenn es vorbei ist.« Er trank einen Schluck. »Aber wir kriegen das wieder hin.«

Eine Weile saßen sie schweigend nebeneinander und hingen ihren Gedanken nach. Schließlich deutete Brander mit dem Glas zu der Doppelhaushälfte, die an seine anschloss. »Unsere Nachbarn wollen verkaufen. Sie ziehen nach Freiburg.«

»Aha.« Beckmann sah von ihm zu dem Haus.

»Ihr zwei sucht doch schon so lange was Eigenes …« Brander hob das Glas vor seine Augen, genoss versonnen den Anblick des warm schimmernden Scotchs. »Kannst ja mal drüber nachdenken.«

Folgende Whiskys begleiteten Kriminalhauptkommissar Andreas Brander bei seinem 7. Fall:

Tomatin Cù Bòcan
Single Malt Scotch Whisky (Highland-Whisky)
ohne Altersangabe, 46 Vol.%
Tomatin Distillery, Tomatin, Inverness-shire

Glen Scotia Double Cask
Single Malt Scotch Whisky (Campbeltown-Whisky)
ohne Altersangabe, 46 Vol.%
The Glen Scotia Distillery, Campbeltown, Mull of Kintyre

Old Pulteney
Single Malt Scotch Whisky (Highland-Whisky)
12 Jahre, 40 Vol.%
Old Pulteney Distillery, Wick, Caithness

Bowmore White Sands
Single Malt Scotch Whisky (Islay-Whisky)
17 Jahre, 43 Vol.%
The Bowmore Distillery, Isle of Islay, Argyll

Finch Barrique R
Schwäbischer Hochlandwhisky
8 Jahre, 42 Vol.%
Brennerei Finch, Heroldstatt

Whisky ist ein Genussmittel. Bitte trinken Sie verantwortungsvoll.

DANKE!

Ein Buch zu schreiben bedeutet nicht nur, am Schreibtisch zu sitzen und Gedanken zu Papier zu bringen. Vieles könnte ich nicht erzählen, wenn es nicht so viele Menschen gäbe, die bereit sind, mich an ihrem Wissen und ihren Erfahrungen teilhaben zu lassen, die mir Einblicke in fremde Bereiche geben und meine Fragen ausführlich und kompetent beantworten. Sie alle tragen dazu bei, dass ich meine Romane schreiben kann – ihnen allen gilt mein tiefer Dank.

Insbesondere danke ich herzlich den Kriminalbeamten, die mir seit vielen Jahren zur Seite stehen und es mir dadurch ermöglichen, Brander in einem realen Umfeld ermitteln zu lassen – auch wenn die Fiktion natürlich nie an die Realität herankommen kann. Ein Roman ist und bleibt ein Roman.

Ein ganz herzlicher Dank an Claus-Dieter Sitter von der Kriminalpolizei Esslingen, der einige Mittagspausen opferte, um Brander und mich insbesondere im Bereich der kriminaltechnischen Möglichkeiten zu beraten, und mir wertvolle Rückmeldungen zu meinem Manuskript gab. Für ihre fachliche Unterstützung danke ich außerdem ganz besonders Kommissar Josef Hönes von der Polizeidirektion Reutlingen sowie Kommissar Hans Georg Pohl von der Kripo Esslingen.

Großartige Hilfe bekam ich auch dieses Mal wieder von Oberstaatsanwalt a. D. Robert Bechthold. Herzlichen Dank für die vielen hilfreichen Informationen. Viele scheinbar simple Fragen sind rechtlich oft sehr komplex.

Rechtsmedizinisch stand mir Dr. Frank Wehner vom Institut für gerichtliche Medizin der Universität Tübingen zur Seite und gab mir wieder spannende Einblicke in seine Arbeit. Ein ganz herzlicher Dank, dass ich immer wieder mit Branders Fällen zu Ihnen kommen darf!

Des Weiteren gilt mein Dank Ulrike Ascheberg und Michael Steffens für viele gute Tipps und Rückmeldungen zum Manuskript. Für die kurzfristige fremdsprachliche Nachhilfe danke ich Isa Avtur.

Für Unterstützung, Begeisterung und konstruktive Kritik an Branders neuem Fall danke ich von Herzen meinem Mann, insbesondere auch für die Begleitung bei manch schweißtreibender Recherchetour in und durch und um Esslingen herum.

Und zu guter Letzt auch ein herzlicher Dank an Titus Häussermann und das Team des Silberburg-Verlags sowie an die vielen BibliothekarInnen, BuchhändlerInnen und Büchermenschen – und an Sie, liebe Leserinnen und Leser für die Unterstützung und das Interesse an Branders Fällen.

Tübingen

In Ihrer Buchhandlung

Sybille Baecker

Mordsbrand

Ein Baden-Württemberg-Krimi

Schlechte Zeiten für Andreas Brander: Wegen der Polizeireform fürchtet der Tübinger Kommissar um seinen Arbeitsplatz. Doch bevor er in Selbstmitleid verfallen kann, wird er an den nächsten Tatort gerufen: In einer ausgebrannten Scheune im Ammertal wird ein Toter gefunden. Wenig später meldet die Tochter eines Schnapsbrenners ihren Vater als vermisst. Dieser hatte sich zuvor von ihr eine große Summe Geld geliehen. Ist er der unbekannte Tote? Die Ermittlungen führen Brandner und sein Team zu einigen Whiskybrennern in der Region. Ein inhaftierter Bordellbesitzer gerät ins Blickfeld und das Verdächtigen-Karussell nimmt Fahrt auf. Schon bald sieht Brander den Wald vor lauter Bäumen nicht mehr …

336 Seiten.
ISBN 978-3-8425-1320-4

Silberburg-Verlag

www.silberburg.de